네또츠까 네즈바노바

네또츠까 네즈바노바
Неточка Незванова

표도르 도스또예프스끼 장편소설
박재만 옮김

NETOCHKA NEZVANOVA
by FEDOR MIKHAILOVICH DOSTOEVSKII (1849)

일러두기

1. 번역 대본은 F. M. Dostoevskii, *Sobranie sochinenii v dvenadtsati tomakh* (Moskva: Pravda, 1982)와 F. M. Dostoevskii, *Polnoe sobranie sochinenii v tridtsati tomakh*(Leningrad: Nauka, 1972~1990)를 주로 사용하였습니다. 다만 판본에 차이가 없는 한 옮긴이가 번역 대본을 임의로 선택하였습니다.
2. 러시아어의 로마자 표기와 우리말 표기는 〈열린책들〉에서 정한 표기안을 따르되, 관행적으로 굳어진 일부 용어만 예외로 하였습니다

이 책은 실로 꿰매는 정통적인 사철 방식으로 만들어졌습니다.
사철 방식으로 만든 책은 오랫동안 보관해도 손상되지 않습니다.

이 책은 실로 꿰매어 제본하는 정통적인 사철 방식으로 만들어졌습니다.
사철 방식으로 제본된 책은 오랫동안 보관해도 손상되지 않습니다.

네또츠까 네즈바노바

7

역자 해설
현실적 색채의 미완성 소설

277

도스또예프스끼 연보

297

1

아버지를 나는 기억하지 못한다. 당신은 내가 두 살이었을 때 돌아가셨고 어머니는 재혼을 하셨다. 이 두 번째 결혼은 비록 두 사람이 사랑해서 이루어진 것이기는 하였으나 어머니에게 많은 고통을 안겨 주었다. 계부는 음악가였다. 그의 운명은 매우 특출 났고, 그는 내가 알고 있던 모든 사람 중에서 가장 이상하고 특이한 인물이었다. 그에 대한 인상은 내 유년 시절의 첫 기억들 속에 너무도 또렷이 내 생애 전체에 영향을 줄 만큼 그렇게 또렷이 남아 있다. 내 이야기의 이해를 돕기 위해, 모든 것에 앞서 여기 그의 생애를 적어 보려 한다. 지금부터 얘기하는 것은 모두 계부의 젊은 시절 동료이자 친한 친구였던 이름 난 바이올리니스트 B씨를 통해서 나중에 알게 된 것들이다.

계부의 성은 예피모프였다. 그는 대단히 부유한 지주의 마을에서 어느 가난한 음악가의 아들로 태어났다. 계부의 부친은 오랜 방랑 끝에 이 지주의 영지에 눌러앉아 그의 오케스트라 단원으로 고용되었다. 지주는 매우 호사스럽게 살았고 무엇보다 탐욕적이라 할 만큼 음악을 사랑하였다. 사람들은 그에 대해서 이러한 얘기를 하곤 하였다. 자기 마을을 벗어

나서는 어느 한 곳에도, 심지어 모스끄바에도 가본 적이 없던 그가 어느 날 갑자기 외국의 온천장에 갈 결심을 하고 몇 주일 안 되는 여정으로 떠났는데, 신문들이 보도한 바에 따르면 그 이유라는 것이 온천장에서 세 차례 공연하기로 되어 있는 어느 유명한 바이올리니스트의 연주를 듣기 위해서였다는 것이다. 그는 훌륭한 오케스트라를 거느리고 있었으며 자기 수입의 거의 전부를 그곳에 소비하였다. 계부는 이 오케스트라에 클라리넷 연주자로 입단하였다. 그가 어떤 이상한 인물을 알게 된 것은 스물두 살 때였다. 같은 군(郡) 내에, 지금은 영락했지만 소인극(素人劇)[1]에 돈을 대는 부유한 백작이 살고 있었다. 이 백작은 이탈리아 출신의 지휘자를 품행이 좋지 않다며 자기 오케스트라에서 해고시켜 버렸다. 이 지휘자는 사실 좋지 못한 사람이었다. 내쫓기게 되자 그는 완전히 자신을 비하하여 마을의 선술집을 전전하며 잔뜩 술을 퍼마시고, 때로는 구걸을 하기도 했다. 이 지방에 사는 사람은 어느 누구도 그에게 일자리를 주려고 하지 않았다. 계부가 사귀게 된 사람은 바로 이 사람이었다. 두 사람의 관계는 납득하기 어려운, 이상한 것이었다. 왜냐하면 동료를 흉내 내서 계부의 행동거지가 조금이나마 변한 것을 아무도 눈치 채지 못했기 때문이다. 처음에는 이 이탈리아 사람과 사귀지 못하게 했던 지주 자신도 나중에는 이들의 우정을 못 본 체했다. 그러다가 지휘자가 돌연 세상을 떠났다. 그의 주검은 이른 아침 둑 어귀에서 농민들에 의해 발견되었다. 사체 검증이 있은 후 사인(死因)은 뇌졸중으로 밝혀졌다. 그의

---

[1] 전문적인 연극인이 아닌 사람들이 하는 연극으로 당시에는 귀족 저택에 무대를 만들어 연극 등을 공연하는 일이 많았다.

재산은 그에 대한 완전한 상속권을 가지고 있다는 증거를 제시한 계부가 갖게 되었다. 고인(故人)은 자신의 손으로 직접 작성한 유언장에다, 자신이 죽을 경우 예피모프에게 모든 것을 물려준다고 남겼던 것이다. 유산은 일자리를 얻을 것이라 여전히 기대하고 있던 고인이 공들여 보관해 오던 검은 연미복과 보기에는 매우 평범한 바이올린이 전부였다. 이 유산에 대해 왈가왈부하는 사람은 아무도 없었다. 하지만 며칠 되지 않아 백작이 거느리는 오케스트라의 제1바이올리니스트가 백작의 편지를 들고 지주 앞에 나타났다. 이 편지에 따르면 백작은 이탈리아 사람이 남긴 바이올린을 팔라고 예피모프를 설득해 달라는 부탁을 하고 있었다. 자신의 오케스트라를 위해 이것을 무척이나 갖고 싶다는 것이었다. 그는 3천 루블을 제안하고 이에 덧붙여 말하기를, 거래를 개인적으로 끝내려고 이미 몇 번이나 예고르 예피모프를 부르러 보냈으나 한사코 거절을 하더라는 것이었다. 백작은 바이올린의 지불 대금은 현금이라는 것, 자신은 그 이상을 주지 않으리라는 것, 그리고 예피모프의 고집에 대해 그가 거래에서 자신의 단순함과 무지를 이용하고 있는 듯한데, 이것은 백작 자신을 모욕하는 처사이니 그를 설득해 줄 것을 부탁한다는 말로써 끝을 맺었다.

지주는 곧바로 계부를 부르기 위해 사람을 보냈다.

「자네는 어찌해서 바이올린을 넘겨주려 하지 않는가?」 그가 물었다. 「자네에겐 그것이 쓸모없을 텐데. 3천 루블을, 그것도 현금으로 준다고 하더군. 자네가 그 이상을 받으려 한다면 그건 현명한 처사가 아니네. 백작은 자네를 속이지 않을 걸세.」

예피모프는 자신이 제 발로 백작에게 가지는 않겠다, 하지만 만일 백작이 자신을 부르러 사람을 보낼 경우 그에게 가는 것은 주인님의 의지에 달려 있으며, 백작에게 바이올린을 팔지는 않겠지만 그가 강제로 그것을 가져가려 한다면 이것 또한 주인님의 마음에 달린 것이라고 대답하였다.

이러한 답변으로 그가 지주의 성격 중 가장 민감한 부분을 건드렸음은 분명한 일이다. 문제는 지주가 자신의 악사들은 어느 한 사람 빠짐없이 모두 진정한 예술가이기 때문에 자신은 그들을 어떻게 대해야 하는지 알고 있으며, 자기 덕에 자신의 오케스트라가 백작네보다 훌륭하며 수도의 그것들에 못잖다고 언제나 자랑스레 얘기해 왔다는 데에 있었다.

「알았네!」 지주가 말했다. 「자네가 마음이 내키지 않아서 바이올린을 팔려 하지 않는다고 내 백작에게 얘기함세. 팔고 안 팔고는 자네의 권리니까, 알겠나? 하지만 바이올린이 자네한테 무슨 필요가 있는지 물어보고 싶군. 비록 서투르기는 하지만 자네의 악기는 클라리넷이 아닌가? 그것을 나에게 양도하면 어떻겠나. 3천 루블을 주겠네. (실상 이 악기가 어떤 것인지 아무도 모르고 있었다!)」

예피모프는 가만히 미소를 지었다.

「아닙니다, 어르신. 그것을 팔지는 않겠습니다.」 그는 대답했다. 「물론 주인 어른의 마음에 달려 있기는 하지만…….」

「아니, 정말로 내가 자네를 학대라도 하고 있단 말인가, 내가 자네에게 억지라도 부리고 있단 말인가!」 몹시 화가 난 지주가 소리를 질렀다. 화가 난 것은 이러한 일이 백작 집의 악사가 있는 앞에서 일어나고 있다는 것과, 그 악사가 이런 장면을 보고 지주의 오케스트라에 소속된 악사들이 부당한 대우를 받고 있다고 생각할 수 있을 것이라는 사실 때문에 더 그러하였다. 「내 눈앞에서 없어지게, 이 은혜도 모르는 자 같으니! 이 순간부터 내 자네를 보는 일이 없을 것이네! 내가 아니었으면, 연주도 할 줄 모르면서 그 클라리넷을 갖고 자네가 어디다 몸을 기탁했겠는가 말이야? 내 집에서 잘 먹고 잘 입고 봉급까지 받으며 자네는 고상하게 지내 왔지, 자네는 예술가니까. 하지만 자네는 이를 이해해 보려고 하지도 않고 느끼지도 못하고 있어. 썩 내 앞에서 없어져 버리게나, 화나게 하지 말고!」

지주는 자신을 화나게 한 모든 사람을 곁에서 물리쳤다. 자신과 자신의 결기가 두려웠기 때문이다. 그는 어떤 일이 있더라도 스스로 〈예술가〉라고 일컫는 자신의 악사들을 너무 엄하게 대하기를 원치 않았던 것이다.

거래는 성사되지 않았고 일은 그것으로 끝난 듯하였다. 그리고 한 달이 지난 어느 날 갑자기 백작의 바이올리니스트가 놀랄 만한 일을 생각해 냈다. 그는 자기 명의로 계부를 고발했던 것이다. 이 고발장에서 그는 계부가 그 이탈리아 인의 죽음에 대해 죄가 있으며 많은 유산을 가로챌 이기적인 목적으로 그를 죽였다고 증언하였다. 그는 유언장이 회유에 의해 억지로 씌어진 것이라고 주장하며 이 고발을 증명할 사람들을 내세우겠다고 다짐하였다. 계부를 변호하는 백작과 지주가 부탁하고 충고를 하여도 고발자의 생각은 그 어느 것으로도 바꾸어 놓을 수가 없었다. 사람들은 고발자에게, 죽은 지휘자의 시신에 대한 의학적 검진은 정확하게 이루어진 것이었으며, 어쩌면 개인적인 원한이나 그가 받게 되었을지도 모르는 그 비싼 악기를 소유하지 못한 데 대한 불만으로 그가 명백한 현실을 거스르고 있는 것이라고 설명하였다. 그러나 악사는 입장을 고수하며 자기 말이 옳다고 단언하고, 뇌졸중은 음주 때문이 아니라 독극물에 의해 일어난 것이라고 증언하면서 다시 한번 검시할 것을 요청하였다. 처음 보기에 그의 증언은 심각해 보였다. 재판은 당연히 진행되었다. 예피모프는 체포되어 시내의 감옥으로 이송되었다. 시 전체를 흥분시키는 사건이 시작되었다. 이 사건은 매우 빠르게 진행되어 악사가 허위 고발을 했다는 것으로 일단락되었다. 그에게는 합당한 형벌이 선고되었지만, 그는 끝까지 입장을 고수하며 자기 말이 옳다고 주장하였다. 그러나 마침내 그는 자신이 아무런 증거도 갖고 있지 못하고 그가 제시한 증거는 자기 혼자 지어낸 것이며, 이 모든 것을 고안해 내면서 다음과 같은 가정, 추측으로 그렇게 행동하였다는 것을 자인하였다. 즉 이제 다른 심리가 이루어지게 된 지금도, 그리고 형식상으로는 이미 예피모프가 무죄라는 것이 증명된 지금도, 그 자신은 여전히 불운한 운명의 지휘자가 죽은 것이, 비록 살해 도구는 독극물이 아닌 다른 것일지 몰라도, 예피모프 때문이라는 사실만은 확신한다고 했다. 하지만 그에 대한 판결은 이루어지지 못했다. 그가 갑자기 뇌염을 앓기 시작하다가 정신이 나가 버리고, 감옥 안의 의무실에서 죽어 버렸던 것이다.

 이 모든 일이 진행되는 동안 지주는 계부에게 매우 자상하게 대해 주었다. 그는 마치 친자식인 양 계부를 위해 많은 애를 썼다. 그는 여러 번 계부를 위로해 주려고 감옥을 찾아갔으며 그에게 약간의 돈을 주는가 하면, 예피모프가 담배 피우는 것을 좋아한다는 것을 알고는 최고급 담배를 넣어 주기도 하였다. 또 계부가 무죄 판결을 받자 오케스트라 단원 전체에게 휴가를 주었다. 지주는 자기 휘하에 있는 악사들의 훌륭한 품행을, 최소한 그들의 재능을, 그 이상은 아니더라도 그에 상응하는 만큼은 소중히 여기고 있었으므로 예피모프의 일을 오케스트라 전체와 관계된 일로 보았다. 그 뒤 꼭 1년이 지나고 난 후 시(市)에는 어떤 유명한 프랑스 바이올리니스트가 찾아와 지나는 길에 몇 차례 연주회를 가질 것이라는 소문이 갑자기 퍼졌다. 지주는 어떻게 해서든 그를 자기 집의 손님으로 모셔 오려고 노력했다. 일이 순조롭게 진행되어 프랑스 음악가는 지주 집에 내방하겠다는 약속을 하였다. 이제 그의 도착에 대한 만반의 준비가 갖추어졌으며 거의 온 마을 사람들이 초청을 받았다. 그런데 돌연 사태는 다른 방향으로 전개되었다.

어느 날 아침, 예피모프가 어딘지 모를 곳으로 사라졌다는 보고가 들려왔다. 수소문을 해보았지만 온데간데없었다. 클라리넷 연주자가 부족한 오케스트라는 곤란한 지경에 빠졌다. 예피모프의 증발 이후 사흘쯤 지나서 지주는 불쑥 그 프랑스인에게서 한 통의 편지를 받았다. 이 편지에 그는 오만한 어투로 초청을 거절한다는 내용을 담아 보냈고, 이에 덧붙여서 넌지시 앞으로 자신은 개인 소유 오케스트라를 가지고 있는 양반들과 교제하는 데 매우 신중하게 행동하리라는 것, 참된 재능이 있는 사람이 그 가치를 몰라 주는 사람의 통제를 받고 있는 모습을 보는 것은 아름답지 못하다는 것, 그리고 마지막으로, 그가 러시아에서 만나 볼 수 있었던 진정한 예술가이자 훌륭한 바이올리니스트인 예피모프의 경우가 자신이 한 말이 올바르다는 것에 대한 증거라고 했다.

편지를 다 읽은 지주는 몹시 놀랐다. 그는 깊이 상심하였다. 어째서 그랬을까? 예피모프, 그가 그토록 잘 돌보아 주었던, 그토록 잘해 주었던 바로 그 예피모프, 예피모프란 자가, 자신의 의견을 높이 존중한다던 그 사람이 유럽에서 온 예술가 앞에서 그렇게 인정사정없이, 양심도 없이 비방을 하다니! 그리고 마지막으로, 편지는 또 다른 면에서 석연치 않은 점이 있었다. 거기에는, 예피모프는 정말 재능이 있는 예술가이며 바이올리니스트인데도 그가 가진 재능을 알아줄 줄 모르고 다른 악기를 연주하도록 시켰다고 씌어 있었다. 이런 모든 일들에 너무도 충격을 받은 지주는 곧바로 이 프랑스 인을 만나러 갈 작정을 하였다. 그런데 뜻밖에도 프랑스 인이 그를 초대하였다는 쪽지를 백작을 통해 보내왔다. 백작은 자기가 사태를 전부 파악하고 있으며 이국의 그 명인이 지금 그의 집에서 예피모프와 함께 있다는 것, 자기는 그자가 당돌하게 행동하고 비방하는 것에 놀라 그자를 붙잡아 놓도록 명하였다는 것, 끝으로 예피모프란 자의 비난이 백작 자신과도 관계가 있기 때문에 지주를 출석시키는 것이 불가피하다고 알려 왔다. 그리고 이번 일은 매우 엄중하게 처리해야 할 일이므로 가능한 한 빨리 진상을 밝힐 필요가 있다고 하였다.

　지주는 즉시 백작 집으로 가서 곧바로 프랑스 인과 인사를 나누고 계부가 한 모든 이야기를 해명한 뒤, 자신은 예피모프에게 그만큼 대단한 재능이 있었다는 것을 의심치 않았으며, 다만 그는 자기 집에서 꽤나 서투른 클라리넷 연주자로 있었고 자기에게서 떠난 이 악사가 바이올리니스트라는 얘기는 처음으로 듣는다고 부언하였다. 그리고 한마디 덧붙이며, 예피모프는 구속을 받지 않는 사람이고 완전한 자유를 누리고 있어서 실제로 그가 박해를 받았다면 언제라도 자신을 떠날 수 있었을 것이라고 하였다. 프랑스 인은 놀라워했다. 예피모프가 불려 왔지만 그는 전혀 다른 사람처럼 행동하였다. 그는 거드름을 피우고 비아냥 섞인 대답을 하면서 자신이 프랑스 인에게 실컷 털어놓았던 얘기는 틀린 것이 아니라고 주장하였다. 이 모든 것이 백작을 너무도 격분하게 만들었다. 그리하여 그는 계부에게 불한당, 중상모략꾼 같은 자라고 하면서 가장 치욕스러운 형벌을 받아 마땅하다고 맞대 놓고 말하였다.

「심려치 마십시오, 어르신, 저도 이미 어르신을 충분히 사귀어서 어르신이 어떤 분이신지는 잘 알고 있습죠.」 계부는 이렇게 답변하였다. 「어르신의 보살핌 덕에 하마터면 형사 처벌을 면치 못할 뻔하였습죠. 저는 어르신의 이전 악사인 알렉세이 니끼포리치가 누구의 사주로 저를 고소했는지 알고 있습니다.」

백작은 그같이 엄청난 비난을 듣고는 제정신을 잃을 만큼 분노하였다. 그가 막 자제력을 잃어버리려는 순간에 마침 용무가 있어 백작 집에 들렀다가 우연히 홀에 있던 관리 한 사람이, 이 모든 사태를 가만히 두어서는 안 되며 예피모프의 무례한 언동에는 정당치 못하고 간악한 비난과 비방이 들어 있으므로 〈삼가 그자를 백작 집에서 즉각 체포할 수 있도록 허락해 주십사〉 하는 의견을 표명하였다. 프랑스 인은 대단한 분노를 나타내며, 그같이 더러운 배은망덕은 자신도 이해하지 못하겠노라고 하였다. 그러자 계부는 지주 댁 오케스트라에서 극도의 빈곤함 때문에 이곳을 더 일찍 떠날 만한 돈도 마련하지 못한 채 지내 온 지금까지의 생활보다는, 법원의 선고를 받고 다시 금고형을 받더라도 그 편이 더 나을 것이라고 흥분하며 대답하였다. 이 몇 마디 말을 하고 나서 그는 그를 체포한 사람들과 함께 홀을 나갔다. 그는 같은 건물 안의 외떨어진 방에 수감되었으며 내일이면 도시로 이송될 것이라 하였다.

자정 무렵 수감자의 방문이 열렸다. 방 안에 들어선 것은 지주였다. 그는 실내복에 슬리퍼를 신고 있었으며 양손에는 불을 밝힌 등불을 들고 있었다. 아마도 괴로운 심사에 잠을 이루지 못하고 그 시간에 침대에서 일어났던 모양이었다. 예피모프는 잠을 자지 않고 있다가 들어온 사람을 놀라서 바라보았다. 그는 등잔을 내려놓고 몹시 흥분한 기색으로 맞은편 걸상에 앉았다.

「예고르,」 그가 말하였다. 「자네가 나를 그렇게 모욕하는 이유는 무엇인가?」

예피모프는 대답하지 않았다. 지주는 같은 질문을 되풀이하였는데, 그의 말 속에는 어떤 깊은 애정이, 어떤 이상한 애수가 서려 있었다.

계부는 마침내 손을 한번 내저은 뒤 대답하였다. 「하느님만은 아시겠죠, 제가 왜 그렇게 당신을 모욕했는지, 어르신! 악마가 저를 홀린 게죠! 제 자신도 무엇이 이 모든 짓을 하도록 저를 부추겼는지 모르겠습니다! 정말이지 어르신 집에서는 편하게 지낼 수가 없었습니다요. 제게 악마가 씌었던 모양입니다!」

「예고르!」 지주가 다시 말하였다. 「내게로 돌아오게나. 내 모든 걸 잊고 자네를 용서해 주겠네. 그리고 말일세, 자네를 내가 거느린 악사들 가운데서 가장 우대해 주지, 봉급도 다른 사람들과 다르게 주겠네…….」

「아닙니다, 어르신, 아닙니다요. 그렇게 말씀하시면 안 됩니다. 저는 이미 그 집 사람이 아니니까요! 어르신, 저한테는 악마가 붙어 버렸습니다. 그 집에 남아 있게 된다면 어르신 집에 불을 지르게 될 것입니다. 어떤 때는, 세상에 태어나지 않았으면 더 좋았을 텐데 하고 슬픈 생각이 들기도 합니다. 이제는 제가 저 자신도 책임을 질 수가 없을 지경입니다. 어르신, 어르신께서는 저를 그냥 내버려 두시는 게 더 나을 겁니다. 그 악귀가 저와 의형제를 맺고 난 이후로는 항상 그랬죠…….」

「누구 말인가?」 지주가 물었다.

「정말이지 그 이탈리아 인은 세상에서 버림받은 개처럼 죽어 버렸죠.」

「하지만, 예고루쉬까, 자네를 가르친 건 그 사람이지 않은가?」

「물론입니다! 그자는 내가 파멸하도록 많은 것을 가르쳐 주었지요. 그를 만나지 않았다면 더 나았을 텐데 그만 이렇게 되어 버렸습니다.」

「그가 바이올린의 대가였다는 얘기는 정말인가, 예고루쉬까?」

「아니었지요, 그 자신은 아는 것이 많지 않았죠, 하지만 가르치기는 잘 가르쳤습니다. 공부는 제 스스로 한 것이었고 그는 단지 지시만 하였지요. 그리고 그런 가르침을 배우느니 제 손이 썩어 없어지는 쪽이 더 나았을 겁니다. 이제는 제 자신도 무엇을 하고 싶은지 모르겠습니다. 어르신이 한번 〈예고루쉬까! 자네가 하고 싶은 게 뭔가? 내 자네에게 모든 것을 해줄 테니〉라고 얘기하신다면, 어르신, 저는 한마디도 대답하지 못할 겁니다. 제 자신도 무엇을 원하는지 모르고 있으니까요. 아닙니다, 어르신, 다시 말씀드리지만 저를 그냥 내버려 두시는 편이 좋겠습니다. 안 그러시면 어디로든 저를 멀리 쫓아 버리시도록 저 자신한테 무슨 짓이라도 하겠습니다. 그렇게 되면 모든 게 끝나겠지요!」

「예고르!」 잠시 침묵한 뒤 지주가 말했다. 「내 자네를 그렇게 내버려 두지는 않겠네. 자네가 내 집에서 일하고 싶지 않다면 떠나도록 하게나. 자네는 자유로운 사람이니 자네를 붙잡을 수는 없네. 하지만 나로서는 자네한테서 그렇게 물러서고 싶지가 않군. 예고르, 자네 바이올린으로 연주 한번 해주지 않겠나, 그래 주게! 제발 한 번만 들려주게나! 이것은 명령이 아닐세, 내 말 이해하겠나, 자네에게 억지로 시키겠다는 얘기가 아닐세. 간곡히 부탁하겠네. 예고루쉬까, 자네가 프랑스 인에게 들려준 것을 제발 내게 한 번만 들려주게나! 마음을 열게나! 자네도 고집이 세지만 내게도 고집이 있다네. 나한테도 성깔이 있단 말일세, 예고루쉬까! 내가 자네를 이해하듯이 자네도 나를 이해하려 해보게나. 자네가 스스로 원해서 그 프랑스 인에게 들려준 곡을 듣지 않고서는 살 수가 없을 것 같으이.」

「그럼 그렇게 하지요!」 예피모프가 말했다. 「주인 어른, 제가 어르신 앞에서는, 진정 어르신 앞에서는 악기를 연주하지 않겠다는 언약을 한 적이 있지만 이제 결심했습니다. 연주해 드리겠습니다. 하지만 이번이 처음이자 마지막입니다, 어르신, 앞으로는 언제고 어디서고 제 연주를 듣지 못하실 겁니다. 1천 루블을 주신다 해도요.」

그 자리에서 그는 바이올린을 잡아 러시아 민요의 변주곡을 연주하기 시작했다. B에 따르면, 계부는 이 변주곡이야말로 처음이자 최상의 바이올린 연주였으며 그 이후 그는 그만큼 훌륭하고 영감에 찬 연주를 더 이상 할 수 없었다고 말했다 한다. 그렇지 않아도 무심하게 음악을 듣지 못하던 지주는 목 놓아 울었다. 연주가 끝나자 그는 자리에서 일어나 3백 루블을 꺼내 계부한테 주며 이렇게 얘기했다.

「이제 가보게나, 예고르. 자네를 여기서 내보내 주겠네. 그리고 백작과의 문제는 내가 알아서 처리하겠네. 하지만 앞으로 자네와 내가 만날 일은 없을 걸세. 자네의 전도는 창창하네. 그리고 만일 우연히라도 만나게 된다면 자네나 나나 모두 기분 나쁠 걸세. 자, 이제 헤어지세나! 아, 잠깐 기다리게! 내 한 가지 더 자네의 앞길을 위해 충고하겠네. 꼭 한 가지만 하지. 술은 하지 말고 배우게나, 쉴 새 없이 배우게나. 자만은 하지 말게! 이것은 아버지가 자식한테 말하는 것과 같은 심정으로 말하는 걸세. 거듭 말하지만 술은 잊어버리고 정진하게나. 만일 괴롭다고 술을 퍼마시기 시작하면(괴로움이 많을 걸세) 그때는 가망도 없어지고 만사는 다 틀려 버리게 되지. 그러다가 그 이탈리아 사람처럼 어느 개천 같은 곳에서 쓰러져 죽을지도 모르네. 자, 이제 그만 가보게나! 가만, 나에게 키스해 주게나!」

그들은 입을 맞추었고 계부는 곧 이어 방면되었다.

자유로운 몸이 되자마자 계부는 부근에 있는 한 도시에서 몹시도 더럽고 추악한 부랑인 무리와 사귀어 수중에 있던 3백 루블을 탕진하는 것으로 새로운 생활을 시작하였다. 그런 뒤 가난 속에서 누구의 도움도 받지 못하고 홀로 있게 되자 어느 보잘것없는 지방 순회 극단에 제1바이올린 연주자로 — 그 극단의 바이올린 연주자는 아마도 그 혼자였을 것인데 — 입단하지 않을 수 없게 되었다. 이 모든 일들은 계부가 애초에 생각하였던, 한시라도 빨리 뻬쩨르부르그로 가서 공부하여 좋은 자리를 얻고 훌륭한 예술가가 되어 보겠다던 의도와는 전혀 다른 것이었다. 그는 결국 지방에 남게 되어 다시 어떤 극단에 들어갔지만 거기에도 눌러앉지 못하였고, 어떻게 해서든 빠른 시일 내에 뻬쩨르부르그로 상경하겠다는 영원한 이상을 품은 채 그런 식으로 여기저기를 전전하다 그럭저럭 6년이란 세월을 보내게 되었다. 마침내 그에게 알 수 없는 두려움이 일었다. 끊임없이 문란한 생활과 가난에 내몰려 자신의 재능이 손상되고 있음을 절망적인 심정으로 느끼게 된 어느 날 아침, 그는 바이올린을 들고 극단을 떠나 거의 구걸하다시피 하여 뻬쩨르부르그에 도착하였다. 그는 시내 한곳의 다락방에 자리를 잡고 여기서 B와 처음으로 상면하게 되었다. 독일에서 이제 막 돌아온 B도 출세하려는 생각을 가지고 있었다. 둘은 이내 친해졌으며 B는 지금도 이 만남을 깊은 애정으로 회상하고 있다. 두 사람은 모두 젊었으며 같은 꿈과 목적을 지니고 있었던 것이다. 그러나 B는 아직 청춘기의 초입에 있었고 가난이나 고통을 겪어 본 적이 거의 없었다. 더욱이 그는 다름 아닌 독일 사람이었으므로 자기 목적을 위해서 부단히 그리고 체계적으로 노력하는 사람이었고, 자기 역량을 철저히 파악하고 있었으며, 자신이 어느 정도의 인물이 될 것인지도 사전에 생각하고 있었다. 반면에 그의 친구는 나이가 이미 서른 살이었고, 지치고 권태에 빠져서 인내심도 잃었으며, 만 7년 간 끼니를 해결하려고 지방의 극단들과 지주의 오케스트라들을 떠돌아다녀 자신이 처음에 지니고 있던 강한 힘을 상실하고 있었다.[2] 단지 그를 받쳐 주고 있던 것은 변치 않는 어떤 생각, 즉 비천한 처지에서 빠져나와 돈을 모아서 결국에는 뻬쩨르부르그로 가야겠다는 생각뿐이었다. 그러나 이 생각은 막연하고 불분명한 것이었다. 그것은 꺾이지 않는 내부의 어떤 부름이었지만, 예피모프 자신이 보기에도 해를 거듭하면서 처음의 명료했던 형태를 상실하였다. 그리하여 그가 뻬쩨르부르그에 도착했을 때는 거의 무의식적으로 이 여행에 대한 갈망과 지울 수 없는 상념이라는, 오래된 과거의 타성에 따라 행동하였으며, 이미 스스로도 이 도시에서 무엇을 해야 할지 도무지 알지 못하고 있었다. 그의 열의는 발작적이고 신경질적이고 성급한 것이었다. 그러나 그는 이런 열의로 스스로를 기만하고 그 열의를 통해 아직도 자신한테는 처음의 힘과 처음의 열정, 처음의 영감이 고갈되지 않았다고 믿고 싶어하는 듯했다. 끊이지 않고 계속되는 이 열광은 냉정하고 차분한 성격의 B를 놀라게 했다. 그는 눈이 멀어 계부를 미래의 위대한 음악 천재로 반겨 맞았다. 하지만 얼마 안 있어 B의 눈이 열렸고 그를 완전히 파악하게 되었다. 이 모든 성급함과 열중, 초조함이란

---

[2] 1847년 1월, 도스또예프스끼는 형에게 보낸 편지에서 이렇게 말하고 있다. 〈형, 곧 『네또츠까 네즈바노바』를 읽을 수 있게 될 거야. 이건 골랴드낀(『분신』의 주인공)의 고백 같아. 그렇지만 톤도 다르고 부류도 다른 인간이지.〉 실제 작품 내용에서 이것은 여러 페이지에 걸쳐 들어맞았다. 도스또예프스끼는 그때 출판되기도 전에 문단에서 대단한 평을 들은 『가난한 사람들』 외에는 단 한 편의 소설도 내지 못하고 있었다. 이어서 낸 『분신』, 『여주인』으로는 실패를 맛보았고 비평가 벨린스끼와 불화가 있었다. 도스또예프스끼는 돈에 쪼들려 고투하면서 자신의 재능에 회의를 품었다.

사라져 버린 재능을 아쉬워하는 무의식적인 절망과 다를 바 없다는 것, 그리고 결국에는 재능 자체도 원래 그렇게 위대한 것이 아니었고 그 대부분은 현혹과 허황된 자신감, 원초적인 자기만족 그리고 자신의 천재성에 대한 끊임없는 공상이 낳은 환상에서 기인한 것이었음을 그는 분명히 알게 되었다.「하지만,」B는 이렇게 얘기하였다.「그 친구의 이상한 기질에는 놀라지 않을 수 없더군. 의지와 내적인 무기력 간의, 참으로 절망적이고 열병에 걸린 것처럼 발작적으로 긴장된 투쟁이 내 눈앞에서 전개되었지. 불행한 만 7년의 기간은 자신이 예술의 가장 기초적인 것들을 간과하고 있으며, 심지어는 문제의 초보적인 원리마저 잊어버렸다는 사실도 깨닫지 못할 만큼, 미래의 영광을 꿈꾸는 것 하나만으로 만족했던 시간이었지. 그런 한편으로, 그의 무질서한 상상 속에서는 매순간 미래에 대한 대단히 거대한 계획이 만들어지고 있었지. 세계 제일의 천재 그리고 제1급의 바이올린 연주자 가운데 한 사람이 되려고 했지. 아니, 그는 자신을 그 같은 천재로 생각했을 뿐만 아니라 설상가상으로 대위법은 하나도 모르면서도 작곡가가 되어 보겠다는 생각까지 했던 거야. 하지만 무엇보다도 나를 놀라게 한 것은, 완전한 무기력과 하등 보잘것없는 예기(藝技)에 대한 지식에도 불구하고 이 사람한테는 비상할 정도로 깊고 대단히 분명한 그리고 이렇게 얘기할 수 있을지는 모르겠지만, 예술에 대한 본능적인 이해력이 있었다는 점이지. 그 사람은 이것을 너무나 강하게 느끼고 있었고, 비록 자기 자신에 대한 판단에 착오가 있어 스스로를 예술에 조예가 깊고 본능적인 이해력을 지닌 비평가를 넘어선 예술 그 자체의 봉사자이며 천재라고 생각한다 하더라도 조금도 놀라운 일이 아니라고 스스로 이해하고 있었지. 때론 학술적인 언사와는 거리가 먼 거칠고 소박한 자신의 언어로 나로서는 꽉 막혀 있던 매우 심오한 진리를 나한테 얘기해 주었는데, 아무것도 읽은 적이 없고 아무것도 배운 적이 없는 그가 어떻게 그 모든 것을 알아냈는지 이해할 수가 없었네. 그리고 내가 이렇게 성공한 것은 그한테……」 B는 덧붙여 말했다. 「그와 그의 충고에 힘입은 것이었지. 내 개인에 관해 말한다면…… 스스로에 관해서는 무덤덤했지. 이 길에 첫발을 내디뎠을 때, 비록 타고난 재능도 많지 않고 사람들의 말마따나 예술 분야에서 하찮은 노릇이나 하게 될 것이라고 생각하기는 했지만 나 또한 예술 자체를 무척 사랑했지. 하지만 그 대신에 이런 것은 자부하고 있었어. 말하자면 자연이 내게 부여해 준 것을 게으른 노예처럼 썩혀 버리지 않고 1백 배로 성장시켰다는 것이지. 그리고 만일 사람들이 내 연주 솜씨가 뛰어나다고 칭찬한다면 그것은 전적으로 잠자지 않고 끊임없이 기울인 노력과 내가 가진 역량에 대한 정확한 인식, 겸허함 그리고 방자함이나 섣부른 자만심, 또 이 자만심의 당연한 결과인 나태에 대한 끊임없는 혐오에 힘입은 것이었지.」

처음에 그렇게 따랐던 자기 동료와 이젠 충고를 주고받기를 B쪽에서 원했지만 이것은 아무 보람도 없이 그를 성나게 할 뿐이었다. 둘의 관계는 냉각되었다. 얼마 안 되어서 B는 자기 친구가 권태와 근심, 우울에 더 자주 사로잡히고 열정의 격발이 드물어졌으며, 이 모든 일에 뒤이어 어떤 어둡고 기이한 침체에 빠졌다는 것을 알게 되었다. 마침내 예피모프는 바이올린을 방치하기 시작하였고 때로는 몇 주일 내내 손한 번 대지 않는 일도 있었다. 그가 아주 타락하기까지는 오랜 시간이 걸리지 않았고 이내 그 불행한 사람은 완전히 몹쓸 구렁에 빠져 버렸다. 지주가 경고했던 일이 드디어 일어나고 말았던 것이다. 그는 절제할 수 없이 음주에 빠져 들었다. B는 두려운 심정으로 그를 바라보기만 할 뿐이었다. B의 충고도 아무 소용이 없었고 결국 B는 말을 꺼내는 것조차 꺼리게 되었다. 차츰차츰 예피모프는 아주 극단적인 냉소주의자가 되었고 B의 생활비로 사는 것을 부끄러워하지도 않았다. 뿐만 아니라 마치 그렇게 해도 된다는 완전한 권리를 가진 사람처럼 행동하였다. 하지만 생활비는 바닥이 났다. B는 과외를 해서 연명하거나, 상인이나 독일인, 또는 그런 경우가 많지는 않았으나 무엇으로든 보답을 하는 가난한 관리 집에서 연주를 하여 생활비를 충당하였다. 예피모프는 친구의 궁핍은 알고 싶지도 않다는 듯이 그에게 냉랭하게 대하고 몇 주 내내 한마디 말로도 고맙다는 표시를 하지 않았다. 한번은 B가 그에게 매우 정중하게 바이올린을 너무 방치하지 않는 것이 나을 것이며 악기를 몸에서 떼어 놓지 말라고 지적하였다. 그러자 예피모프는 버럭 화를 내면서, 마치 자기에게 무릎 꿇고 사정할 거라 상상이라도 한 듯이, 자신이 바이올린에 손을 대지 않는 것은 일부러 그러는 것이라고 해명하였다. 또 한번은 어느 작은 연회의 연주 때문에 동료가 필요하게 되자 B는 예피모프에게 그것을 권유하였다. 이 권유가 예피모프를 분노케 하였다. 그는 불끈하며 발작하였다. 그리고 자신은 거리의 악사가 아니며, B처럼 그렇게 연주나 재능에 대해 아무것도 이해하지 못할 비천한 직공들 앞에서 훌륭한 예술을 비하시킬 만큼 천박하게 굴지는 않을 거라고 얘기했다. B가 이에 대해 한마디도 대꾸하지 않은 채 연주를 하러 떠나고 나자 예피모프는 그의 권유에 대해 생각을 거듭하였다. 그런 끝에 이 모든 일이 자신이 B의 돈으로 살고 있다는 것과 자기도 돈을 벌어 와야 한다는 것을 알리려는 B의 의도를 암시하는 것일 뿐이라고 생각했다. B가 돌아오자 예피모프는 갑자기 그의 행위가 천한 것이었다고 질책하기 시작했고, 그하고는 1분도 같이 있을 수 없다고 하였다. 그리고 실제로 그는 이틀 동안 어딘가 종적을 감추었다가 3일째 되는 날에는 아무 일도 없었다는 듯이 다시 나타나 예전의 생활을 계속하기 시작했다.

B에게 그 같은 상식에 어긋나는 생활을 끝내고 친구와 아주 헤어지려는 생각을 자제하게 만들었던 것은 단지 옛날의 정리(情理)와 동정 — B는 고인에게 이것을 느끼고 있었다 — 이었다. 그러나 마침내 그들은 헤어졌다. B에게 행운이 미소를 지었다. 그는 든든한 후원자를 얻어 화려한 연주회를 가질 수 있었다. 당시 그는 이미 최고의 예술가가 되어 있었으며 빠르게 상승하는 인기로 인해 곧 오페라 극단에서 한자리를 차지하게 되었다. 거기서 그는 얼마 지나지 않아 충분히 정당한 성공을 거두었다. 헤어질 때 그는 예피모프에게 돈을 주며 다시 참된 길로 복귀하기를 눈물로 간원하였다. B는 지금도 그를 회상할 때면 각별한 감정을 느낀다. 예피모프와의 만남은 그가 젊은 시절에 겪은 가장 인상 깊었던 일 중의 하나였다. 그들은 함께 인생 행로를 밟기 시작했으며 그렇듯 뜨겁게 서로 결속되어 있었고, 심지어 예피모프의 그 괴팍한 성질과 대단히 난폭하고 험악한 단점들이 B를 더욱 강하게 그에게로 끌어당겼던 것이다. B는 그를 잘 알고 있었다. 그

는 예피모프를 꿰뚫고 있었고, 그리하여 이 모든 일이 어떻게 끝날 것인지를 예상하고 있었다. 헤어지는 순간 그들은 서로 포옹하며 두 사람 모두 눈물을 흘렸다. 그 당시 예피모프는 흐느껴 울면서, 자신은 이미 죽어 버린 가장 불행한 사람이며 이것을 오래전에 알았지만 이제 와서야 자신이 파멸했다는 것을 분명히 알게 되었다고 말했다.[3]

「내게는 재능이 없어!」 얼굴이 죽은 사람처럼 창백해진 예피모프가 이렇게 말을 맺었다.

B는 강한 충격을 받았다.

「내 말을 들어 보게나, 예고르 뻬뜨로비치.」 그는 예피모프에게 말했다. 「자네 지금 자신한테 무슨 짓을 하고 있는 건가? 자네는 절망으로 스스로를 죽이고 있어. 자네에겐 인내심도 용기도 없네. 그러고선 우울증이 발작하여 자네한테는 재능이 없다고 얘기하는 거야! 그렇지 않아! 자네에겐 재능이 있어. 자네에게 단언할 수 있네. 재능이 있고말고. 자네가 예술을 이해하고 느끼는 것 하나만 보더라도 이를 알 수 있네. 자네가 살아 있는 동안이라면 언제라도 증명해 보일 수 있어. 그런데 자네는 예전의 삶에 관해 내게 얘기해 주었지. 그리고 그때와 똑같은 절망이 무의식적으로 자네를 찾아왔네. 그때 자네가 그렇게 많이 얘기했던 처음 스승, 그 이상한

---

[3] 〈일이 산더미 같아. 1월 5일에는 끄라예프스끼에서 『네또츠까 네즈바노바』의 첫 부분을 다시 써야 해……. 밤낮없이 일해. 저녁 일곱 시부터는 생각을 가다듬으러 이탈리아 오페라의 화랑에 가서 훌륭한 가수들의 노래를 듣지. 난 열심히 쓰고 있어. 항상 난 우리 문학계와 잡지들, 비평가들을 비난하고 있는 것 같아. 그리고 『조국 수기』에 실릴 내 3부작 소설로 나에게 악의만 가득한 사람들의 면전에서 올해 나의 우월함을 확신시킬 거야.〉(1846년 12월 17일 형에게 보낸 편지)

사람이 처음으로 자네의 마음속에 예술에 대한 사랑을 일깨우고 자네의 재능을 발견하였지. 자네는 지금 느끼고 있는 것과 마찬가지로 그 당시에도 그것을 강하고 무겁게 느꼈지. 하지만 자네 자신은 모르고 있었네, 자신의 일이 어떻게 될지. 자네는 지주 집에 머물 수가 없었고 스스로도 무엇을 원하는지 몰랐지. 자네 스승은 너무 일찍 죽었네. 그는 막연한 열의만을 갖고 있던 자네를 남겨 두고 떠났던 거야. 그리고 중요한 것은 자네 자신이 어떤 사람인지를 자네한테 알려 주지 않은 것일세. 자네는 생각했지, 자네한테는 더 넓은 다른 길이 필요하고 자네에겐 운명적으로 다른 목적이 예정되어 있다고. 하지만 자네는 이것을 어떻게 해야 할지도 모르는 채 근심에 빠져 자네를 둘러싸고 있던 모든 것을 증오했네. 자네가 겪은 6년 간의 궁핍과 가난이 그냥 지나간 것은 아니었네. 자네는 공부하였고 생각했고 자신과 자신의 힘을 깨닫게 되었지. 자네는 지금 예술과 자신의 천직을 알고 있네. 친구, 인내와 용기가 필요하다네. 나보다 더 근사한 운명이 자네를 기다리고 있네. 마음 좋은 자네 지주가 얘기했던 대로 술은 마시지 말고 배움을 계속하게나. 그리고 중요한 것은 새로이 기초부터 시작하라는 것일세. 자네를 괴롭히는 게 무언가? 가난과 궁핍인가? 하지만 가난과 궁핍은 예술가를 성장시키지. 그것들은 처음부터 늘 같이 있다네. 아직은 아무도 자네를 필요로 하지 않고 아무도 자네를 알고 싶어하지 않네. 세상이란 그런 거야. 하지만 기다려 보게나, 사람들이 자네의 천부적 재능을 알게 될 날이 올 걸세. 질시와 소심한 비겁함이, 그리고 무엇보다 어리석음이 가난보다 더 강한 흔적을 자네에게 남겼네. 재능은 공감을 필요로 하네. 사람들이 그것을 이해해야 한단 말이지. 자네도 보게 될 걸세, 자네가 조금이라도 목적을 이루었을 때 어떤 인물들이 자네를 둘러싸는지를. 그들은 다른 건 조금도 생각지 않고 자네가 고통스러운 노력과 궁핍, 배고픔, 잠 없는 밤들을 통해 그렇게 되었다는 것을 경멸의 눈으로 쳐다볼 것이네. 미래의 자네 동료들은 자네를 격려하거나 위로하지 않을 걸세. 그들은 자네의 좋은 점이나 진실한 것을 얘기해 주지 않고, 자네의 실수 하나하나를 고소한 마음으로 찾아내고 자네의 결점, 자네가 실수하는 부분을 지적할 걸세. 그리고 겉으로는 자네에게 냉담과 경멸을 보이며 자네가 실수할 때마다 축일처럼 그것을 축하하겠지. (마치 다른 어느 누구에게도 실수란 없는 것처럼 말일세!) 하나, 자넨 오만하고 적당하지 않은 때에 도도함을 부리는 일이 자주 있어서 어쩌면 자부심 강한 하찮은 사람들을 모욕할지도 모르겠네. 그러면 곤란한 일이 생기네. 자네는 혼자겠지만 그들은 다수이기 때문이지. 그들은 바늘로 자네를 찔러 댈 걸세. 나도 이제 이런 경험을 시작하고 있네. 이제 기운을 내게나! 자네는 아직 그렇게 완전히 비참할 정도는 아닐세. 자네는 생활할 수 있네. 몸으로 하는 노동을 경시하지 말고 장작이라도 패게나. 내가 가난한 직공 집에서 연회 때 그렇게 했듯이 말이야. 하지만 자넨 참을성이 없어. 그것이 자네의 병일세. 자네는 그다지 단순하지 못하고 지나치게 꾀가 많네. 그리고 생각이 많고 자네 두뇌에 많은 일을 시키네. 말을 할 땐 명민하다가도 막상 바이올린 활을 손에 쥐어야 할 때가 오면 겁을 내지. 자존심은 강하지만 용기는 별로 없어. 좀 더 대담해지게나, 그리고 더 공부하게. 그리고 만일 자네 능력을 못 믿겠으면 요행에 맡겨 보게나. 자네한텐 열정이 있고 감각이 있네. 요행은 목표에 다다를 것이네. 그리고 만일 그렇지 않더라도 요행에 맡겨 보게나. 무슨 일이 있어도 포기하지 말게, 이득은 대단한 것일 테니까. 이보게, 여기에 우리의 요행이 있네. 위대한 일 말일세!」

예피모프는 이제 남남이 된 친구의 얘기를 깊은 감동을 느끼며 들었다. 친구가 얘기를 계속해 나가자 그의 뺨은 창백한 기운이 사라지며 붉게 달아올랐다. 그의 두 눈은 예전에 볼 수 없던 용기와 희망의 불길로 반짝거렸다. 곧 이어 이 점잖은 대담성은 자신감으로, 그러고는 예의 그 불손함으로 변하였고, 마침내 B가 충고를 마칠 무렵 예피모프는 이미 그의 말을 참을성 없이 방심하며 듣고 있었다. 그러다가 그는 친구의 손을 뜨겁게 쥐고 그에게 고마움을 표한 뒤, 깊은 자기 비하와 우울에서 극도의 오만불손으로 빠르게 변하는 그 성격으로 인해, 자기 운명은 친구인 그가 걱정할 일이 아니며 스스로도 자기 운명을 어떻게 이끌어 갈지 알고 있고, 자신도 조만간 후원자를 얻어 연주회를 열게 될 것이니 그러면 명예와 돈 모두가 한꺼번에 자기에게 찾아올 것이라고 호기롭게 말하였다. B는 어깨를 으쓱하기는 했지만 과거의 친구였던 그의 말에 반박은 하지 않았다. 그리고 둘은 헤어졌다. 물론 이 헤어짐은 오래 계속된 것은 아니었다. 예피모프는 자신이 받은 돈을 금방 다 써버리고 다시 한 차례, 그리고 또 한 차례, 그렇게 열 번은 돈을 구하러 B를 찾아왔다. 결국에는 B도 인내심을 잃어버리고 집에 붙어 있지 않았다. 그 후 그는 B의 눈앞에서 자취를 감추었다.

몇 년이 흘렀다. 한번은 B가 시연(試演)을 하고 집에 돌아오다 어느 골목의 지저분한 술집 입구에서 형편없는 옷차림을 하고 술에 취해서 자기 이름을 부르는 사람과 마주쳤다. 그는 예피모프였다. 그의 모습은 대단히 변해 있어서 살빛이 누르스름하였고 얼굴에는 부기가 있었다. 방탕한 생활이 그에게 지울 수 없는 낙인을 남겨 놓은 듯하였다. B는 반갑게 인사를 나눌 겨를도 없이 그가 이끄는 술집으로 그를 따라 들어갔다. 연기에 그을려 있는 작고 외떨어진 방에서 그는 친구를 가만히 뜯어보았다. 그는 거의 누더기 옷에 망가진 신발을 신고 있었고, 너덜너덜한 웃옷의 한가운데가 온통 술에 젖어 있었다. 머리칼은 하얘지고 벗어지기 시작하고 있었다.

「그래, 자넨 어떤가? 지금 어디 사나?」B가 물었다.

예피모프가 허둥지둥하는 데다 처음에는 겁을 내기까지 하면서 두서없이, 그리고 이었다 끊었다 하면서 대답을 하는 바람에 B는 자기가 지금 눈앞에서 광인을 보고 있는 것이 아닌가 하는 생각을 잠시 했다. 이윽고 예피모프는 보드까를 주지 않으면 아무런 얘기도 할 수가 없으며, 술집에서는 이미 오래전부터 자신을 신용하지 않는다고 고백했다. 이렇게 얘기를 하면서 그의 얼굴은 붉어졌는데, 비록 활달한 몸짓으로 스스로를 북돋우려 애를 쓰고는 있었지만 이런 행동은 거만함이나 천박함, 꾸민 모습이라는 인상을 자아낼 뿐이었다. 자신의 우려가 꼭 들어맞았음을 알게 된 사람 좋은 B는 이 모든 것이 가엾게 생각되어 마음에 동정이 일었다. 그는 보드까를 주문했다. 예피모프는 얼굴에 감사의 표정을 지으며 눈물을 글썽이다가 자기 은인의 두 손에 키스를 할 정도로 어찌할 바를 몰랐다. 식사를 하면서 B는 이 불행한 사람이 결혼했다는 것을 커다란 놀라움 속에서 알게 되었다. 게다가 그의 아내가 그에게 모든 불행과 고통을 가져다 주었으며,

결혼이 그의 모든 재능을 소모시켰다는 것을 알게 되자 그는 한층 더 경악했다.

「어째서 그렇게 되었는가?」 B가 물었다.

「이보게나, 바이올린을 손에 잡아 본 지도 벌써 2년이나 되었어.」 예피모프가 대답했다. 「무식한 촌여자, 부엌데기, 배워 먹지 못한 천박한 여자일세. 뒈질 것! 서로 다투는 것 말고는 하는 일이 아무것도 없다네.」

「그렇다면 무엇 때문에 결혼했는가?」

「먹을 게 없었던 거지. 처음 사귀게 되었을 때 그 여자 수중에는 돈이 1천 루블 정도 있었다네. 그래서 무턱대고 결혼을 해버렸지. 여자는 나를 사랑했다네. 내 목에 매달렸지. 누가 그 여자를 그렇게 하도록 만들었을까! 돈은 곧 바닥이 났지, 술로 다 마셔 버렸다네, 친구. 그러고 나니 무슨 재능인들 남아나겠나! 모든 게 끝났어!」

B는 예피모프가 자기 앞에서 마치 뭔가를 서둘러 합리화하려는 듯한 행동을 하고 있음을 알았다.

「모든 걸 단념했네, 모든 걸.」 이렇게 그는 덧붙였다. 그러고서는 자신이 최근에 바이올린 부분에서 거의 완성의 경지에 이르렀으며, 자기가 하려고만 하면, 어쩌면 B가 시내에서 가장 훌륭한 바이올린 연주자라 해도 자기 발 밑에도 오지 못할 것이라는 얘기를 하였다.

「그런데 왜 이 지경이 됐나?」 B가 놀라서 얘기하였다. 「자리를 구할 수도 있었을 텐데!」

「쓸모없는 일일세!」 예피모프는 손을 저으며 이렇게 얘기하였다. 「당신 같은 사람 중에서 조금이라도 이해할 사람이 누가 있겠나? 도대체 무엇을 알겠나? 쳇, 당신네가 아는 거라곤 하나도 없어! 홀 같은 데서 떠들며 춤이나 추는 게 자네 같은 사람들이 하는 일이지. 당신네들은 훌륭한 바이올린 연주자를 본 적도 없고 그런 연주를 들은 적도 없을 걸세. 이런 말은 해도 소용이 없는 일이지. 〈우리가 하고 싶은 대로 할 테니 내버려 둬〉 할 테니까.」

예피모프는 다시 한 손을 저었지만 술에 완전히 취해서 몸을 가누질 못하였다. 그가 B를 가까이 불렀지만 B는 사양하며 주소를 받아 적고 내일 그의 집에 들르겠노라고 설득하였다. 이미 만취한 예피모프는 과거의 친구를 조소하듯이 바라보며 어떻게 해서든지 감정을 건드리려 하였다. 헤어질 때 그는 B의 호사스러운 모피 외투를 집어 아랫사람이 윗사람에게 바치듯이 건넸다. 첫 번째 방을 지나면서 그는 멈추어 서서 이 수도 전체에서 최고이자 유일한 바이올린 연주자라고 선술집 주인과 사람들에게 자신을 소개했다. 한마디로 말해, 이 순간 그는 극도의 혐오감을 불러일으켰다.

다음날 아침 B는 우리 가족이 당시 극도의 빈곤 속에서 살고 있던 그 다락방으로 그를 찾아왔다. 내 나이는 당시 네 살이었고 어머니가 예피모프에게 시집간 지는 이미 2년이나 되었다. 어머니는 불행한 여자였다. 예전에 어머니는 가정교사 생활을 하였고 교육도 많이 받았으며 얼굴도 미인이었지만, 가난 때문에 늙은 관리였던 아버지에게 시집을 갔다. 어머니가 아버지와 산 것은 단 1년밖에 되지 않았다. 아버지가 갑자기 세상을 떠나시고 얼마 안 되는 유산을 친척들이 나눠 가지자, 남은 것은 나와 자기 한 몸 그리고 그녀의 몫으로 떨어진 몇 푼의 돈이 전부였다. 갓난아이를 안고 다시 가정교사 생활을 하기란 힘든 일이었다. 그때 어떤 우연한 계기로 어머니는 예피모프와 만났고 정말로 그를 사랑하게 되었다. 열정과 꿈이 많은 사람이었던 어머니는 예피모프를 천재로 생각하며, 자기 앞길에는 찬란한 미래가 있다는 그의 거만한 말을 믿고 말았다. 천재적인 인물을 이끌어 주는 버팀목이 되는 것이 자신의 영예로운 운명이라는 생각이 어머니의 상상력을 유혹하였고 그리하여 어머니는 예피모프에게 시집을 갔다. 하지만 처음 한 달이 지나는 사이에 그녀의 모든 꿈과 기대는 사라져 버렸고 눈앞에 남은 것은 초라한 현실이었다. 실제로 어머니에게 1천 루블 정도의 돈이 있어 결혼을 한 것이었는지, 예피모프는 돈이 바닥나자마자 팔짱을 낀 채 아무것도 하지 않았고, 누가 질문이라도 할라치면 그것을 반기듯이 선뜻 모든 사람들에게 결혼이 자신의 재능을 망쳐 버렸으며, 숨 막히는 방에서 배고픈 가족을 눈앞에 보면서는 작업을 할 수가 없다고, 이제는 노래와 음악이 자신의 머릿속에 떠오르지 않는다고, 그리고 자신에게는 아마도 그런 불행한 운명이 태어날 때부터 정해져 있었나 보다고 얘기하였다. 그 자신도 그 후에는 자신의 불평이 옳은 것이라 믿는 듯하였고 또한 새로운 변명거리가 떠오를 때마다 기뻐하는 것 같았다. 아마도 재능을 잃어버린 이 불행한 사람[4]은 모든 실패, 모든 불행을 전가할 외부적인 이유를 찾는 것 같았다. 그는 자신이 이미 오래전에, 그리고 영원히 예술적인 생명을 상실했다는 두려운 사실을 받아들일 수가 없었다. 그는 발작적으로,

---

4 〈난 빚을 다 갚을 거야……. 죄수처럼 일하다니 얼마나 불행한지 몰라. 모든 걸 잃었어. 재능, 젊음 그리고 희망. 일에 싫증을 느끼며 마지막에 가서는 작가가 아니라 악필가가 되는 거지.〉 도스또예프스끼는 이 시기에 생계를 꾸리기 위해 글을 써야만 하는 데 대해 끊임없이 불평을 했다.

고통스러운 악몽과 싸우듯이 이 무서운 상념과 싸웠고, 결국 현실이 승리를 거두고 잠시 눈이 열리게 되자 그는 두려움에 미쳐 버릴 것 같았다. 일생 동안, 그렇게 오래도록 자신을 받치고 있던 것에 대한 믿음을 그토록 쉽사리 포기할 수는 없었다. 그리고 마지막 순간까지 그는 아직 기회가 완전히 사라진 것은 아니라고 생각하였다. 회의가 들 때면 술 마시는 일에 몰두하였고, 술은 그 혐오스러운 악취로 그의 슬픔을 쫓아 주었다. 그리고 그 스스로도 당시 아내가 자기에게 얼마나 필요한 존재인지를 모르는 것 같았다. 이것은 현실적인 핑곗거리여서, 계부는 실제로 자신을 파멸시킨 아내를 없애 버리면 만사가 순탄하게 이루어지리라는 생각에 빠져 들 뻔하였다. 가련한 어머니는 그를 이해하지 못했다. 그야말로 공상가였던 어머니는 적대적인 현실 속에서 그 첫걸음도 견디질 못하였다. 어머니는 툭하면 성을 내고 신경질을 부리고 욕을 하였으며, 자신을 괴롭히는 데서 일종의 쾌락을 찾고 있던 남편과 다투지 않는 때가 잠시도 없었고, 끊임없이 그를 일자리로 내몰았다. 하지만 계부의 맹목적인 망상과 변덕은 그 자신을 거의 비인간적이고 냉혹한 위인으로 만들었다. 그는 그저 웃음을 터뜨리며 아내가 죽을 때까지 자신은 바이올린을 손에 쥐지 않을 것이라고 맹세를 하였고 또 그런 얘기를 잔혹할 만큼 노골적으로 어머니에게 밝혔다. 어머니는 그를 죽도록 열렬하게 사랑했지만 그럼에도 불구하고 그런 삶은 참을 수가 없었다. 그녀는 영원히 고통받는 만년 병자가 되어 끝없는 괴로움 속에서 지냈고, 이 모든 고통 말고도 식구를 부양해야 하는 고민을 그녀 혼자 모두 떠맡았다. 어머니는 식사를 준비했으며 처음에는 집에 찾아오는 사람들에게 식탁을 개방해 놓았다. 하지만 남편이 자기 몰래 돈을 훔쳐 가자 그들에게 식사 대신 빈 접시를 내놓을 수밖에 없는 경우가 잦아지게 되었다. B가 우리 집을 찾아왔을 때 어머니는 세탁과 낡은 원피스를 염색하는 일에 열중하고 있었다. 이런 식으로 우리 식구는 다락방에서 그럭저럭 살아가고 있었다.

B는 우리 식구의 가난을 보고 놀랐다.

「자, 내 말 좀 들어 보게나.」계부에게 그가 말했다.「자네는 항상 말도 되지 않는 얘기를 하는군. 여기 어디가 자네 재능을 죽인단 말인가? 부인은 자네를 먹여 살리고 있지 않은가. 그런데 자네가 하는 일이란 무엇이란 말인가?」

「아무것도 없지!」계부가 대답했다.

하지만 B는 아직 어머니의 불행 전부를 알지는 못했다. 계부는 자주 집으로 여러 부류의 주정꾼과 부랑자 패거리들을 모아 데려왔고 그러면 아무것도 남아나는 것이 없었던 것이다!

B는 긴 시간 동안 과거의 친구를 설득하였고, 마지막으로 만일 그가 행실을 고치려 하지 않는다면 그에게 아무런 도움도 주지 않겠다고 하였다. 그리고 돈을 주면 그가 술로 다 써버릴 것이므로 돈은 주지 않겠다고 딱 잘라서 말하고, 끝으로 그를 위해서 자기가 무엇을 할 수 있는지 알려고 그러니 바이올린으로 아무 곡이나 연주를 해달라고 부탁하였다. 계부가 바이올린을 가지러 간 사이 B는 슬그머니 어머니에게 돈을 주려고 하였다. 하지만 어머니는 그것을 받지 않았다. 동냥을 받는 것은 그녀에게 생전 처음 있는 일이었던 것이다! 그러자 B는 그것을 나에게 건네주었고 가련한 여인은 눈

물을 쏟기 시작했다. 계부는 바이올린을 가져오기는 했지만 먼저 보드까 없이는 연주를 할 수 없다면서 그것을 달라고 요구하였다. 사람을 보내 보드까를 사오게 하였다. 술을 다 마시자 그는 기운을 차렸다.

「우정을 생각해서 내가 직접 만든 곡을 연주해 주겠네.」그는 B에게 이렇게 말하고 장롱 밑에서 먼지가 잔뜩 묻은 두꺼운 공책을 하나 꺼내 왔다.

「직접 작곡한 것일세.」공책을 가리키며 그가 말했다.「자, 한번 보게나! 이건 자네들이 연주하는 발레곡과는 다른 거야!」

B는 몇 쪽을 대강 훑어보며 거기에 들어 있는 악보를 살펴본 뒤 작곡한 것을 옆에 놔두고, 자신이 가져온 것 중에서 아무거나 연주해 달라고 부탁했다.

계부는 약간 모욕을 받았으나 새로운 후원자를 잃어버릴지도 모른다는 생각에 B의 요청대로 하였다. 그 자리에서 B는 예전의 친구가 결혼하고부터는 손에 악기를 들어 본 일이 없노라고 떠벌리고 있지만 실제로는 헤어져 있는 동안 많은 공부를 하여 적지 않은 성취를 이루었음을 알았다. 가련한 어머니는 정말로 기뻐하였다. 그는 남편을 바라보며 다시금 그에게서 자부심을 느꼈다. 사람 좋은 B는 진정으로 기뻐하며 계부에게 자리를 주선해 주리라고 결심하였다. 그는 당시 이미 많은 관계를 맺고 있었으므로 친구에게서 처신을 잘 하겠노라는 다짐을 받자 지체하지 않고 사람들에게 부탁을 하여 처지가 안된 자기 친구를 추천하기 시작했다. 그리고 당분간은 자신의 돈으로 그를 말끔하게 차려입히고 그에게 얻어 주려는 일자리를 좌우하는 몇몇 유명 인사들에게로 데리고 다녔다. 예피모프는 말로는 거만을 떨었지만 옛 친구의 제안을 기쁘게 받아들였다. B는 왠지 호의를 잃을까 걱정하여 비위를 맞추려고 내비치는 계부의 모든 아부와 비굴한 숭배에 겸연쩍은 생각마저 들었다는 얘기를 들려주었다. 자신이 훌륭한 길로 들어서고 있음을 알게 되자 그는 술 마시는 일도 그만두었다. 이윽고 B는 그에게 극장 오케스트라의 자리 하나를 찾아 주었다. 그는 시련을 잘 견뎌 냈다. 근면과 노력으로 생활한 지 한 달이 되자 그는 반년간의 무위(無爲) 속에서 잃어버린 모든 것을 회복했으며, 또 앞으로는 새로 맡게 된 일을 성실하고 정확하게 해나갈 것이라고 다짐하였다. 하지만 우리 가족의 사정은 조금도 나아지지 않았다. 계부는 어머니에게 한 푼의 봉급도 내주지 않고 혼자서 다 썼으며 금방 한패를 이루게 된 새로운 친구들과 먹고 마시고 하였다. 그가 가장 잘 어울려 다녔던 사람은 극장일에 종사하는 사람, 합창단원, 일반 무용수, 한마디로 말해 자신이 우두머리 노릇을 할 수 있는 사람들이었고 진짜 재능 있는 사람들은 피했다. 그는 이들로 하여금 자신에 대한 어떤 각별한 존경심을 갖도록 고취시킬 수 있었고, 곧 이어 자신은 인정을 받지 못한 인물이고 자신에겐 대단한 재능이 있지만 아내가 그를 파멸시켰으며, 그리고 마지막으로 그들의 지휘자가 음악을 전혀 이해하지 못한다고 퍼뜨리고 다녔다. 그는 단원 모두에 대해, 무대에 올려지는 대본의 선택에 대해, 그리고 오페라 연주곡을 만든 작곡가마저도 조소하였다. 마침내 그는 무슨 새로운 음악 이론[5]을 설명하기 시작하

---

5 도스또예프스끼의 예피모프는 때때로 발자크의 강바라와 비교된다. 강바라 역시 새로운 음악 이론과 새 악기를 발명해 냈다. 도스또예프스끼는 발자크의 작품을 읽으며 매우 깊은 인상을 받았고 문학 활동 초기엔 『외제니 그랑데』를 번역하기도 했다.

였다. 한마디로, 단원 전체에겐 진저리가 나게 했고 동료나 지휘자와는 계속하여 다투었으며 단장에게 폭언을 서슴지 않는, 가장 불안하고 가장 쓸모없는, 게다가 가장 하찮은 인간이라는 평판을 얻음으로써 이제는 모두가 참을 수 없는 지경에까지 이르게 되고 말았다.

그리고 실제로 그렇게 대단한 불만과 그런 자만과 건방을 떠는, 그런 날카로운 목소리를 가진 반면에, 그렇게 하잘것없는 인간, 성격이 그렇게 악하고 무용(無用)한 연주자, 태만한 음악가를 본다는 것은 정말로 기이한 일이었다.

사태는 결국 계부가 B와 말다툼을 한 뒤 가장 비열한 유언비어와 가장 혐오스러운 비방을 생각해 내어 그것을 분명한 진실처럼 유포하고 다니는 것으로 끝났다. 반년간을 그렇게 방탕하게 근무한 후에 그는 직무 수행의 태만과 술에 절은 생활로 극장에서 쫓겨났다. 하지만 그가 금방 그곳을 떠난 것은 아니었다. 얼마 안 되어 이전의 누더기 차림을 한 그의 모습이 다시 보이게 되었다. 제대로 된 옷가지는 모두 예전처럼 팔아 버리거나 전당 잡혔기 때문이다. 그는 사람들이 반기거나 말거나 예전의 동료들을 찾아다니며 비방을 퍼뜨리고 쓸데없는 말을 떠들고 자신의 생활 상태에 대해 불평을 토로하였으며, 제 아내가 얼마나 악독한 여자인지 보라고 그들을 자기 집으로 불러왔다. 물론 그들 중에는 쫓겨난 동료에게 술을 잔뜩 먹인 뒤 그로 하여금 온갖 쓸데없는 말을 하도록 만드는 데서 희열을 느끼며 그의 말을 귀 기울여 듣는 사람도 있었다. 더구나 그는 항상 날카롭고 재치 있게 얘기했으며, 자기 얘기에 예의 청취자들이 좋아하는 신랄한 비아냥과 조소 어린 언사를 섞어서 말했던 것이다. 사람들은 그를 광기 어린 익살꾼으로 생각하였다. 그래서 때로 할 일이 없으면 재미 삼아 그로 하여금 지껄이게 만들기도 했다. 사람들은 그의 앞에서 순회 공연을 하는 새로 온 바이올린 연주자 얘기를 꺼내며 그를 약 올리기를 좋아하였다. 이런 얘기를 들으면 예피모프는 안색이 변하고 위축이 되었으며 누가 왔는지, 새로 온 연주자는 어떤 사람인지 이것저것 알아보고, 곧 이어 그의 명성에 대해 시기하기 시작하는 것이었다. 그의 주기적인 정신 착란 상태, 말하자면 적어도 뻬쩨르부르그에서는 자기가 으뜸가는 바이올리니스트라는 것, 하지만 운명에 의해 박해를 받아 모욕을 당하고 있으며, 갖가지 음모 때문에 자신을 알아주지 않고 무명의 신세로 남아 있다는 부동(不動)의 생각은 아마 이때부터 시작되었던 것 같다. 특히 운명의 박해를 받아서 자기가 그런 신세가 되었다는 생각은 그에게 만족감을 주기까지 하였다. 왜냐하면 그는, 스스로 모욕받고 억압당한 사람이라 생각하면서 이것을 입 밖에 소리 내어 하소연하거나 남몰래 자신을 위안하는 한편, 인정받지 못한 자신의 위엄을 존경하는 성향을 가진 사람들 중 하나였기 때문이다. 그는 뻬쩨르부르그의 모든 바이올리니스트를 샅샅이 알고 있었으며, 그의 얘기에 따르자면, 그 중 어느 누구도 그의 맞수가 못 되었다. 미치광이 같은 이 불행한 사람을 알고 있는 박식한 사람이나 예술 애호가들은 그에게 말을 시키려고 그가 있는 앞에서 어떤 유명하고 재능 있는 바이올리니스트 얘기를 꺼내는 것을 좋아했다. 그들은 그의 독설과 신랄한 논평을 좋아했으며, 알지도 못하는 경쟁자들의 연주를 비판하는 요령 있고 재치 있는 그의 말을 좋아하였다. 사람들은 그를 이해하지 못하는 경우가 잦았지만 그 대신에 세상의 어느 누구도 그렇듯 절묘하게, 그렇듯 기민한 풍자로 당대의 명망 있는 음악가들을 묘사할 수는 없으리라고 확신하고 있었다. 심지어 그에게 그렇게 조소당했던 악사 자신들까지도 얼마간은 그를 두려워하였다. 그들은 그의 신랄함을 알고 있었고, 자신들이 다른 사람을 헐뜯을 필요가 있을 경우에는 그의 공격이 핵심을 찌른다는 것과 그의 판단이 옳다는 것을 인정하고 있었기 때문이다. 사람들은 극장 복도나 무대 뒤에서 그를 보는 데 왠지 익숙하게 되었다. 극장 직원들은 그를 없어서는 안 될 인물로 인정하여 제지하지 않고 통과시켰고, 그 또한 집안의 서르시테즈[6]인 듯이 행동하였다. 그 같은 생활이 2, 3년 계속되었다. 하지만 결국에 그는 이 모든 것, 이 마지막 역할마저 싫증이 났다. 공식적인 추방이 잇따랐고 최근 2년 동안에는 물속에 잠긴 듯이 어디에서도 그의 얼굴을 볼 수가 없었다. 한편 B는 그와 두 번 마주친 적이 있었다. 하지만 너무도 초라한 행색이었으므로 혐오감은 또 한번 동정심에 밀려나고 말았다. 그가 이름을 불렀지만 계부는 모욕을 느끼고 아무 소리도 듣지 못한 체하면서 낡아서 엉망이 된 모자를 눈 위까지 눌러쓰고 스쳐 지나갔다. 마지막으로 그를 만난 것은 어떤 큰 축일이었다. 그날 B는 이른 아침에 옛 친구인 예피모프가 그를 축하하기 위해 찾아왔다는 보고를 받았다. B는 그를 맞으러 나갔다. 예피모프는 취한 상태로 서서 몹시 허리를 굽혀 머리가 땅에 닿을 듯이 절을 했다. 그러면서 왠지 입술을 씰룩거리며 한사코 방 안에 들어서기를 마다하였다. 그의 행동은 이런 의미였

---

[6] 호메로스의 『일리아드』에 나오는 인물로, 다른 사람의 말에 항상 반대를 하는 논쟁적인 사람이다.

다. 말하자면 우리같이 재능 없는 사람들이 당신 같은 고명한 사람을 어떻게 뵈올 수 있겠는가, 보잘것없는 우리가 명절을 축하하는 데는 하인이 쓰는 방으로도 족하다, 인사나 드리고 떠나겠다는 식이었다. 한마디로 말해, 만사가 추잡스럽고 어리석고 지독히도 혐오스럽다는 얘기였다. 그 이후로 B는 매우 오랫동안, 그러니까 이 모든 슬프고 병적이며 제정신이 아닌 생활의 귀결점이 된 파탄에 이르기까지 그를 만나지 못했다. 이러한 파국은 내 어린 시절에 대한 첫인상뿐만 아니라 내 생애 전체와도 깊이 연관되어 있었다. 그것이 어떻게 일어났는지를 얘기해야 할 것이다……. 하지만 그러기에 앞서 내 어린 시절이 어떠했는지, 그리고 이 사람, 그렇듯 고통스럽게 내 첫인상 속에 자리 잡았던, 가엾은 내 어머니의 죽음의 원인이었던 이 사람이 내게는 어떤 존재였는지를 설명해야 하겠다.

2

내가 스스로를 기억하기 시작한 것은 아주 뒤늦게, 그러니까 아홉 살이 지나서였다. 나는 알지 못한다, 그 나이 이전에 내게 일어났던 모든 것들이 어찌해서 지금까지 기억할 만한 뚜렷한 인상을 하나도 남겨 놓지 않았는지. 하지만 아홉 살 반 이후로는 모든 것을 또렷이 기억하게 되어 하루하루 어김없이 지나면서도 모든 일이 어제 일어난 것처럼 머릿속에 떠올랐다. 사실 그 이전의 것도 무엇인가를, 즉 컴컴한 구석에 있는 아주 오래된 성상(聖像) 옆에 켜져 있는 등불을 꿈속에서처럼 기억해 낼 수 있다. 그 다음에 생각나는 것은 어느 날 길에서 마차에 치여, 나중에 들은 바로는, 석 달 동안 앓아 누웠던 기억이다. 그리고 또 병들어 누워 있던 이 시기의 어느 한밤중에 함께 누워 있던 어머니 곁에서 잠을 깼던 기억, 병으로 인한 환몽과 밤의 적막, 구석에서 달그락거리고 있던 쥐들 때문에 소스라치게 놀라 깼으면서도 차마 어머니를 깨우지 못하고 밤새 두려움에 떨면서 담요 속으로 숨던 기억이 있다. 그러고 보면 나는 어떠한 공포보다도 어머니를 두려워하고 있었던 것으로 추측된다. 하지만 자신을 갑자기 인식하기 시작한 이후로 나는 빠르게, 예기치 못할 정도로 빠르게 성장했으며, 아이에게 전혀 맞지 않는 많은 인상들이 내게는 왠지 매우 이해하기 쉬운 것으로 보였다. 모든 것이 내 눈앞에서는 분명하게 보이게 되었고 모든 것이 매우 빠르게 이해되기 시작했다. 스스로를 잘 이해하기 시작한 이후로 시간은 내 머릿속에 날카롭고 슬픈 인상을 남겨 놓았다. 이 인상은 그 후 날마다 계속되었고 날이 갈수록 커져 갔다. 그것은 부모와 함께 살던 시기 전체에, 그리고 내 어린 시절 전체에 어둡고 이상한 색조를 드리웠다.

지금에 와서 생각해 보면, 나는 불현듯 깊은 잠에서 깨어나듯이 일어났던 것 같다(당시에는 물론 그렇게 놀라운 일로는 보이지 않았다). 나는 천장이 낮은 숨 막히고 불결한 큰 방에 있었다. 벽은 얼룩덜룩하고 침침한 색깔로 칠해져 있었고 구석에는 커다란 러시아 식 난로가 있었으며 창문은 거리에, 아니 더 정확히 말하면 맞은편 집 지붕에 면하여 있었다. 창턱은 지금 기억하기로는 의자나 벤치를 놓고 올라서야 할 만큼 마루에서 높이 나 있었다. 아무도 없을 때면 나는 거기에 앉아 있기를 좋아했다. 우리 집에서는 도시의 절반이 내다보였다. 우리가 살고 있던 곳은 거대한 건물 6층 꼭대기였다. 집에 있는 가구라고는 아교를 바른 보리수 껍질을 두르고 있던 먼지투성이의 소파 일부와 그저 그런 하얀 식탁, 의자 두 개, 어머니 침상, 구석에 있던 작은 찬장, 항상 옆으로 기우뚱하게 기울어져 있는 무언가 들어 있던 장롱, 너덜너덜해진 종이 병풍이 전부였다.

어스름이 질 때쯤으로 기억이 난다. 솥, 걸레 조각, 목제 식기,[7] 깨진 병, 그리고 무언지 모를 것 등, 모든 것이 무질서하고 난장판이 되어 있었다. 어머니는 굉장히 흥분해서 무슨 이유 때문인지 울고 계셨다. 계부는 예의 다 떨어진 프록코트를 입고서 구석에 앉아 계셨다. 그가 어머니에게 냉소적으로 대꾸하자 이것이 어머니를 더 분노케 하여 마루에는 또다시 솥과 그릇이 날아 떨어지기 시작했다. 나는 울음을 터뜨리고 소리를 지르며 두 사람한테 달려갔다. 나는 너무도 놀라 있었고 계부를 내 몸으로 막아 주기 위해 그를 꼭 껴안았다. 어째서 어머니가 계부에게 공연히 성을 내고 있다는 생각을 하게 되었는지, 그에게는 아무 죄도 없다는 생각을 하게 되었는지 나는 알지 못한다. 나는 계부를 위해 용서를 빌고 그를 대신해서 어떠한 벌이라도 받고 싶었다. 나는 이전에 몹시도 어머니를 무서워하고 있었고 그 당시에도 여전히 무서워하고 있었다. 어머니는 처음에는 당황하다가 내 손을 잡고 병풍 뒤로 끌고 갔다. 그러는 사이 한 손이 침대에 세게 부딪혔지만 두려움이 아픔보다 강해서 나는 얼굴을 찌푸리

---

[7] 나무로 만든 공기나 사발은 러시아에서 널리 쓰인다.

지도 못했다. 그 다음에 기억 나는 것은 어머니가 나를 가리키며 아버지에게(이 얘기를 하면서 나는 앞으로 그를 아버지라 부르려 한다. 왜냐하면 그가 친아버지가 아니라는 것은 나중에서야 알게 되었기 때문이다) 우는 소리로 격하게 무슨 말인가를 하기 시작한 것이다. 이런 상황은 두 시간 가량 계속되었고, 나는 앞으로 전개될 상황에 몸을 떨며 온 힘을 다해 이것이 어떻게 끝날지 헤아려 보려고 하였다. 결국 다툼이 멎고 어머니는 어딘가로 나가 버리셨다. 아버지는 문득 나를 발견하고는 입을 맞추며 머리를 한번 쓰다듬은 뒤 무릎 위에 앉혔다. 나는 그의 가슴에 달콤하게 꽉 안겼다. 어쩌면 이것이 아버지에게서 받은 첫 번째 애무였을 것이다. 그리고 그 때문에 나는 이 모든 것을 이렇듯 또렷이 기억하기 시작한 듯하다. 나는 또한 내가 그의 편을 들어 준 것 때문에 그의 사랑을 받게 되었다는 것을 알았으며, 그래서 아마도 그 자리에서 처음으로 그가 어머니로 인한 고통을 많이 참고 견디어 내고 있다는 생각에 놀랐던 것 같다. 그 이후로 이 생각은 내 가슴속에 영원히 남았고 하루하루 지날수록 내 마음을 더욱 격앙시켰다.

이때부터 내 마음속에서는 아버지에 대한 끝없는 사랑이, 하지만 전혀 아이답지 않은 기묘한 사랑이 시작되었다. 만일 이 사랑에 대해 내가 내리는 정의가 어린아이로서는 다소 우스꽝스러운 것이 아니라면 나는 이것을 차라리 연민의 감정, 〈모성(母性)〉의 감정이라 말하고 싶다. 아버지는 언제나 내게 너무나 불쌍하고 너무도 시련에 시달리며 너무도 억눌리고 있는 수난자로 보여서, 그를 열심히 사랑하지 않는다거나 그를 위로하지 않는 것, 그에게 응석을 부리지 않거나 그를 위해 온 힘을 다해 노력하지 않는다는 것은 두렵고 부자연스러운 일로 여겨졌다. 하지만 지금까지도 어째서 아버지가 그 같은 수난자이고 세상에서 가장 불행한 사람이라는 생각을 하게 되었는지는 기억 나지 않는다! 누가 이런 생각을 내게 불어넣었을까? 어떻게 어린애인 내가 그의 개인적인 불행에 대해 무엇인가를 알 수 있었을까? 비록 그 모두를 상상 속에서 내 방식으로 재해석하고 변형시키기는 했더라도 어쨌든 나는 그의 불행을 이해하고 있었다. 그러나 어떻게 해서 내 마음속에 그런 인상이 자리 잡게 되었는지는 지금까지도 생각이 나지 않는다. 아마도 어머니가 내게 몹시 엄하게 대했기 때문에, 내가 생각하기로는 나와 더불어 함께 박해를 당하고 있는 존재인 아버지에게 애착심을 갖게 되었던 것 같다.

 나는 앞서 어린 시절의 꿈속에서 내가 처음으로 깨어난 일, 내 생애에서 처음으로 마음이 움직이기 시작했던 순간을 얘기한 바 있다. 내 마음은 처음부터 상처를 입었으며 포착할 수 없을 만큼, 지쳐 버릴 만큼 빠르게 성장해 가기 시작했다. 나는 이미 외적인 인상만으로는 만족을 하지 못했다. 나는 사고하고 판단하며 관찰하기 시작했다. 하지만 이러한 관찰은 부자연스러울 정도로 빠르게 이루어져서, 나의 상상력은 모든 것을 제멋대로 바꾸었고 그리하여 나는 어떤 특별한 세계에 놓이게 되었다. 나를 둘러싼 세계는, 아버지가 종종 들려주었던, 그리고 그 당시 내가 어김없는 진실로 받아들이지 않을 수 없었던 마법의 동화와 비슷한 것이라는 이상한 생각들이 생겨났다. 나는 자신이 이상한 가족 사이에서 살고 있으며 내 부모들이 어쩐지 이 시기에 만났던 사람들과 전혀 닮은 데가 없다는 사실을 매우 잘 알게 되었다. 하지만 어째서 그렇게 되었는지는 모르겠다. 〈어째서 내 눈에는 다른 사람들이 내 부모와 닮은 데가 없는 걸까? 어째서 다른 사람들의 얼굴에서는 웃음을 볼 수 있었을까? 그리고 어째서 우리 집에서는 큰 소리로 웃거나 즐거워하는 일이 한번도 없다는 사실에 나는 놀라워했을까?〉 하고 나는 생각했다. 저녁에 어머니의 낡은 상의로 누더기 같은 옷을 감싸고 동전을 들고서 얼마 되지도 않는 설탕이나 차, 빵을 사러 가게로 갈 때, 아홉 살짜리 어린애의 눈으로 우리 집 건물 계단이나 거리에서 만난 사람들을 그렇게 부지런히 살펴보고 그들이 하는 한 마디 한 마디 말에 귀를 기울이게 만든 것은 무슨 힘, 무슨 이유였을까? 나는 우리 집에 어떤 참을 수 없는 영원한 슬픔이 있다는 것을 알았지만 어떻게 그것을 알게 되었는지는 기억 나지 않는다. 고개를 숙이고 어쩌다가 알게 되었는지 헤아려 보려 하지만, 이 모든 것을 그런 방식으로 헤아리도록 도와준 사람이 누구였는지 나는 알지 못한다. 나는 아버지가 그렇게 행동하게 된 것이 어머니의 탓이라고 생각하여 어머니를 비난하였다. 그리고 거듭 말하지만 왜 그런 기괴한 생각이 내 머릿속에 자리 잡게 되었는지 나는 알지 못한다. 그리고 아버지에게 애착을 가지면 가질수록 가련한 어머니를 더욱 증오하게 되는 것이었다. 지금까지도 이 모든 것에 대한 기억은 내 마음속 깊은 곳까지 쓰라리게 만든다. 하지만 처음 경험보다 더 아버지와 가까워지도록 만든 또 하나의 계기가 있었다. 한번은 밤 열 시에 어머니가 이스트를 사오라고 하여 가게로 갔다. 아버지는 집에 계시지 않았다. 집으로 오던 도중 나는 거리에서 넘어져 병에 담겨 있던 것을 모두 쏟고 말았다. 내 머릿속에 맨 먼저 떠오른 생각은 어머니가 화를 내리라는 것이었다. 하지만 나는 왼팔에 심한 통증을 느꼈으며 일어설 수조차 없었다. 행인들이 내 주위에 멈추어 섰고 어떤 할머니 한 분이 나를 일으켜 세우려 하셨다. 또 어떤 꼬마 녀석은 내 옆을 지나가면서 열쇠로 내 머리를 때렸다. 결국 일어서게 된 나는 깨어진 병 조각을 모아 겨우 걸음을 옮기며 비칠비칠 걷기 시작했다. 그런데 갑자기 아버지의 모습이 눈에 들어왔다. 그는 우리 집 맞은편에 있던 커다란 집 앞의 사람들 무리 속에 서 있었다. 이 집은 어느 고관 소유로 휘황하게 불이 밝혀져 있었는데, 현관에는 수많은 마차들이 모여 있고 음악소리가 창에서 거리로 흘러나오고 있었다. 나는 아버지의 프록코트 앞자락을 잡고 깨진 병을 보이며 어머니가 무서워 집에 가기가 두렵다고 말했다. 하지만 어째서 내가 그렇게 믿었을까, 누가 내게 아버지가 엄마보다 나를 더 사랑한다고 귀띔해 주었을까? 어째서 나는 두려움 없이 아버지에게 다가갔을까? 아버지는 내 손을 잡고 달래기 시작했다. 그러고 나서 내게 무언가를 보여 주고 싶다고 말하며 두 손으로 나를 들어 올렸다. 아버지가 다친 손을 잡은 까닭에 심한 아픔을 느껴서 아무것도 눈에 들어오지 않았다. 하지만 아버지를 화나게 할까 봐 두려워서 소리도 내지 못했다. 그는 계속해서 무엇이 보이냐고 물었다. 나는 아버지의 마음에 들도록 온 힘을 다해서 대답하려고 노력하였다. 나는 붉은 커튼이 보인다고 하였다. 그러나 그가 길 건너편의 그 건물 가까이 데려가려고 했을 때 왠지는 모르겠으나 나는 눈물을 흘리며 그를 붙잡고 어서 어머니한테 가자고 졸랐다. 내 기억으로는 아버지의 어루만짐이 당시 내게는 더 고통스러웠고, 내가 그토록 사랑하려 했던 두 사람 가운데 한 사람은 나를 달래 주고 사랑하는데 또 다른 한 사람한테는 무서워서 가려고조차 하지 않는 것이 어쩐 일인지 견딜 수가 없었던 듯하다. 하지만 어머니는 거의 화를 내지 않고 그냥 잠자리에 들라고 보내 주었다. 손의 통증이 더 심해져서 경련이 일어났던 기억이 난다. 하지만 모든 일이 그렇게 무사히 끝난 것이 몹시도 다행스러웠다. 그리고 한밤 내내 붉은 커튼이 걸린 옆집이 꿈에 나타났다.

다음날 잠에서 깼을 때 맨 먼저 떠오른 생각, 맨 처음 관심사는 커튼이 쳐진 집이었다. 어머니가 정원을 나서자마자 나는 창문으로 간신히 기어 올라가 그 집을 바라보기 시작했다. 이미 오래전부터 이 집은 내 어린 호기심에 커다란 자극을 주었다. 특히 거리에 불이 켜질 때 조명이 휘황하게 밝혀진 그 집 유리 뒤편으로 진홍색처럼 붉은 커튼이 핏빛으로 반짝이기 시작하는 저녁 무렵에 그 집을 바라보는 것이 좋았다. 현관 쪽에는 거의 언제나 훌륭한 말이 끄는 화려한 마차들이 오갔고 외침소리나 현관 앞의 소동, 가지각색의 마차 등불, 마차를 타고 있는 잘 차려입은 여자들, 이 모든 것이 내 호기심을 끌었다. 내 어린 상상 속에서 이 모든 것들은 웅장하고 화려했으며 마법의 동화 같은 형상을 취하였다. 하지만 아버지를 이 부유한 집 옆에서 만난 뒤에 이 집은 내게 이전보다 두 배나 더 신기하고 호기심을 자극하는 것이 되었다. 이제 자극받은 내 상상 속에서는 어떤 기묘한 생각과 추측이 생겨나기 시작했다. 그러므로 아버지나 어머니 같은 이상한 사람들 사이에서 내 자신이 그렇듯 이상하고 몽상적인 어린 아이가 되었다는 사실은 내게 놀라울 게 없는 일이었다. 그러나 왠지 나를 특히 놀라게 한 것은 두 분의 대조적인 성격이었는데, 가령 어머니가 한시도 거르지 않고 우리 가정의 가난한 생활을 고민하고 그것에 대해 불평을 늘어놓으면서, 언제까지고 계속해서 아버지를 비난하며 자신이 모든 사람을 위한 순교자라고 말하는 것이었다. 그러면 나는 자신도 모르게 스스로 이런 질문을 던져 보는 것이었다. 어째서 아버지는 어머니를 돕지 않을까, 왜 아버지는 우리 집에서 이방인처럼 살고 계실까? 어머니의 얘기를 듣고 나는 이런 생각을 했으며 아버지가 예술가(이 말을 나는 기억하고 있다)라는 것, 아버지가 재능을 지닌 사람이라는 것을 어떤 경이감 같은 것을 느끼며 알게 되었다. 그리하여 내 상상 속에는 금방 예술가란 여느 사람들과는 틀린 특별한 사람이라는 생각이 형성되었다. 어쩌면 아버지의 행동이 나로 하여금 그런 생각을 하도록 이끌었는지도 모르겠다. 또 어쩌면 지금은 내 기억에서 지워진 무슨 얘긴가를 들어서 그런 건지도 모른다. 하지만 아버지가 어느 날 나를 앞에 놓고 어떤 특별한 감정을 담고서 얘기해 주었을 때 그가 한 얘기의 의미가 내게는 왠지 이상하게 여겨졌다. 그 얘기는 언젠가는 자신이 가난하게 살지 않고 부자 나리가 될 날이 있을 것이며 어머니가 죽으면 자신은 소생하리라는 것이었다. 내 기억으로는 처음에 이 말에 대단히 놀랐던 것 같다. 나는 그 방에 있을 수가 없어 한기가 도는 문간방으로 달려가 창에 팔꿈치를 괴고서 두 손으로 얼굴을 가리고 큰 소리로 울기 시작했다. 하지만 그 후 이 얘기를 끊임없이 생각해 보고 아버지의 그 무서운 소망에 익숙하게 되었을 때 어떤 공상이 불현듯 나를 돕기 시작했다. 그리고 나 자신도 미지의 것으로 인해 오랫동안 괴로워하고 있을 수가 없었으므로 어떠한 추측이라도 하지 않으면 안 되었다. 그리하여 마침내 ― 처음에 어떻게 이것을 생각하게 되었는지는 모르겠으나 ― 나는 어머니가 죽으면 아버지가 이 지겨운 집을 버리고 나와 함께 어딘가로 떠날 것이라는 생각을 하게 되었다. 하지만 어디로 간단 말인가? 그것은 마지막까지도 머릿속에 명료하게 그려 볼 수가 없었다. 단지 기억 나는 것은 아버지와 내가 함께 가게 될 곳을 생각하며 채색한 모든 것이, 내 상상 속에서만 생겨날 수 있을 휘황찬란하고 굉장한 모든 것이 이러한 꿈속에서는 현실로 느껴졌다는 것뿐이다. 나는 우리가 금방 부자가 될 것처럼 생각되었다. 그러면 가게에 심부름을 가지 않아도 될 것이다. 이 일은 매우 고통스러운 것이었다. 내가 집에서 나올 때면 언제나 이웃집 아이들이 놀리기 때문에 나는 심부름 가기를 매우 두려워하였다. 특히 우유나 버터를 사러 갈 때는 엎지르면 심한 벌을 받는다는 것을 알고 있었기 때문에 몹시 두려워하였다. 아버지가 금방이라도 내게 좋은 옷을 맞춰 주고 우리가 멋진 집에서 살게 될 것이라 꿈꾸며 나는 결심을 굳혔고, 이제는 붉은 커튼이 드리워진 집과 그 집 안의 무엇인가를 보여 주려 했던 아버지를 그 집 옆에서 만난 일이 내 상상력을 도왔다. 그러고는 우리가 다름 아닌 바로 그 집으로 이사를 가서 거기서 언제나 축일같이 행복하게 살게 되리라는 생각이 금방 머릿속에 떠오르는 것이었다. 그 후 나는 저녁마다 긴장된 호기심을 갖고서 내게는 마법 같은 그 집을 창문 너머로 바라보며 사람들의 모임을 머릿속에 떠올려 보고, 내가 아직 한번도 보지 못한 모습으로 성장(盛裝)한 손님들을 그려 보는 것이었다. 그 집 창문 너머로 감미로운 음악 소리가 흘러나오는 것 같았다. 나는 창문 커튼 사이로 어른거리는 사람들을 어둠 속에서 주시하면서 거기서 어떤 일이 이루어지고 있는지를 헤아려 보려고 하였다. 그리고 항상 내게는 그곳이 천국이고 언제나 명절인 것처럼 생각되었다. 나는 우리의 빈한한 집이, 내가 살고 있는 이 다락방이 싫어졌다. 그리하여 어느 날 어머니가 고함을 지르며 평소때와 같이 내가 올라가 있던 창에서 내려서라고 했을 때, 나는 이런 생각이 들었다. 어머니는 내가 저 집을 바라보는 것을, 저 집에 관해 생각하는 것을 원치 않는다, 우리의 행복을 좋아하지 않고 이번에도 그를 방해하려 하고 있다……. 저녁 내내 나는 의심쩍은 눈으로 주의 깊게 어머니를 바라보았다.

그런데 어째서 어머니처럼 영원히 고통을 받는 존재에 대해 그렇듯 냉혹한 생각을 마음속에 품게 되었을까? 이제 와서야 나는 어머니의 고통스러운 삶을 이해하게 되었고 그 고통을 생각할 때면 가슴에 아픔을 느끼지 않을 수 없다. 그 당시, 기이한 내 유년의 어두운 시절, 내 초기 삶의 그 자연스럽지 못한 발전 시기에도 종종 내 마음은 아픔과 동정 때문에 답답해지곤 하였고 불안, 곤혹, 회의가 가슴을 짓눌렀다. 이미 그 당시에도 내 마음속에는 양심이 솟아나고 있었고, 그리하여 종종 어머니에 대해 내 자신이 정당치 못한 생각을 하고 있다는 것을 고통스럽게, 가슴 아프게 느끼곤 하였다. 하지만 왠지 나는 어머니와 서로 남남인 것 같았고 한번이라도 어머니에게 응석을 부릴 생각은 하지 않았다. 지금에 와서야 사소한 기억들이 종종 내 영혼을 아프게 찌르고 뒤흔들어 놓는다. 한번은(물론 지금 얘기하려는 것은 하찮고 사소하며 변변치 못한 것이지만, 바로 그러한 회상들이 왠지 내 마음을 아프게 하며 무엇보다도 고통스럽게 기억 속에 박혀 있다) 아버지가 집에 안 계신 어느 날 저녁에 어머니는 나에게 가게에 가서 차와 설탕을 조금 사오라고 심부름을 보내려 하였다. 그러나 어머니는 내내 망설이면서 여전히 결정을 내리지 못하고 수중에 있던 얼마 안 되는 동전을 입으로 소리내어 세고 있었다. 내가 생각하기로는 반 시간쯤 세었는데도 계산을 마치지 못했다. 더욱이 어떤 순간에는, 아마도 슬픔 때문이었겠지만, 멍한 상태에 빠져 들기도 하는 것이었다. 지금 기억하기로는 어머니는 계속 무슨 말인가를 중얼거리면서 낮은 소리로, 마치 말이 저절로 떨어지듯이 규칙적으로 셈을 하고 있었다. 입술과 두 뺨은 창백하였고 양손은 늘 떨고 있었으며, 또한 혼자서 생각에 잠겨 있을 때는 내내 고개를 끄덕이곤 하였다.

「아니다, 그럴 필요 없다.」 나를 한번 바라보고 어머니가 말했다. 「잠자리에 들어야겠구나. 참, 네또츠까야, 너도 졸리지?」

나는 말을 하지 않았다. 그러자 어머니는 내 머리를 들어올려 매우 조용히, 매우 사랑스럽게 나를 바라보았다. 어머니의 얼굴은 내 심장이 끓어오르고 심하게 고동칠 만큼 사랑이 담긴 미소로 밝게 빛났다. 게다가 어머니는 나를 네또츠까라 불렀는데, 이는 그 순간에 나를 특히 사랑하고 있음을 의미하는 것이었다. 네또츠까라는 이름은 안나라는 내 이름을 어머니 자신이 직접 예쁘게 고쳐 부른 애칭이었는데, 어머니가 나를 이렇게 부를 때는 나를 보듬어 주고 싶은 마음이 생겨났다는 것을 의미하였다. 나는 감동하여 어머니를 꽉 부둥켜안고 함께 울고 싶었다. 가련한 어머니는 내 얼굴을, 그런 다음에는 머리를 오랫동안 쓰다듬어 주었다. 그러다 그것은 기계적인 동작이 되어 나를 어루만지고 있다는 것을 잊었는지 이렇게 중얼거리는 것이었다. 「내 새끼, 아네따, 네또츠까야!」 눈물이 눈에서 솟구쳐 나왔지만 나는 이를 악물고 애써 참았다. 비록 마음은 고통스러웠지만 왜 그런지 고집스럽게도 어머니 앞에서 감정을 내보이고 싶지가 않았다. 그렇다. 이러한 냉혹함이 내게 자연스러운 것일 수는 없었다. 내가 어머니에게 반항심을 느끼게 된 것은 어머니가 나에게 엄격하게만 대했기 때문은 아니다. 아니다! 내 마음을 그렇게 흐려 놓은 것은 아버지에 대한 나의 공상적이고 배타적인 사랑이었다. 나는 가끔 한밤중에 방 한구석에 있는 내 자그마한 침대 위의 차가운 담요 속에서 잠이 깨곤 했는데, 그럴 때면 언제나 무엇인가가 무서워졌다. 그리 오래전은 아니지만 좀 더 어렸을 때 어머니와 함께 자고 있으면 밤중에 깨도 덜 무서웠던 것이 잠결에 생각나곤 하였다. 눈을 꼭 감은 채 어머니에게 바싹 붙어서 어머니를 안기만 하면 금방 다시 잠이 들었던 것이다. 그렇지만 여전히 나는 어머니를 은밀하게 사랑할 수밖에 없다고 느끼고 있었다. 그 후 나는 다른 많은 아이들도 마음이 기형적으로 무감각하여서 누군가를 사랑하면 오직 한 사람만 사랑한다는 것을 알게 되었다. 내 경우도 그러하였다.

가끔 우리가 살고 있는 다락방에 내게는 죽음처럼 느껴졌던 정적이 몇 주일씩 찾아오는 때가 있었다. 아버지와 어머니는 다투기에 지쳐 버렸고, 그러면 나는 그들 사이에서 이전처럼 입을 다물고 내내 생각에 잠긴 채 상상 속에서 무엇인가를 얻으려고 꿈꾸듯이 지내곤 하였다. 두 사람을 보면서 그 두 사람이 서로에 대해 맺고 있는 상호 관계를 나는 완전히 이해하고 있었다. 막연하기는 하지만 나는 그들의 영원한 적대감을 알았으며, 우리 다락방에 깃들어 있는 어지러운 생활의 이 모든 불행, 이 모든 혼란을 알고 있었다. 당연한 얘기지만 내가 이해한 것은 원인과 결과를 따지지 않고 얻어진 것이었으며 내가 이해할 수 있는 한에서만 그러한 것이었다. 기나긴 겨울 저녁에는 어느 구석에 몸을 숨기고 몇 시간이고 끈질기게 그들을 주시하였고 아버지의 얼굴을 응시하면서 그가 무슨 생각을 하고 있는지, 어떤 생각에 빠져 있는지 줄곧 헤아려 보곤 하였다. 때로 어머니는 충격을 줄 만큼 나를 놀라게 하였다. 지치지도 않고 방 안을 이리저리 몇 시간 동안 계속해서 서성거렸으며, 한밤중에도 잠이 오지 않으면 — 어머니는 불면증으로 괴로워했다 — 마치 방 안에 혼자만 있는 것처럼 무슨 말인가를 혼자 중얼거리며 때로는 두 팔을 벌리거나 가슴 위에 팔짱을 끼기도 하고, 또 끝없이 떠오르는 무서운 생각에 두 팔을 비틀기도 하면서 서성거리는 경우도 자주 있었다. 눈물이 얼굴에 흘러내리는 적도 있었는데, 이 눈물은 어쩌면 그녀 자신도 이해하지 못하는 경우가 많았을 것이다. 왜냐하면 그녀는 때때로 인사불성에 빠지곤 하였기 때문이다. 그녀는 자신이 전혀 생각지도 않았던 중병에 걸려 있었다.

스스로의 고독감과 침묵이 더욱 고통스러워져 갔던 것으로 기억한다. 그러나 내게는 이것을 중단시킬 능력이 없었다. 나는 이미 꼬박 1년 간 내면적인 생활을 하였으며 그동안 줄곧 생각하고 꿈꾸며, 또 내 마음속에서 움터 오른 알 수 없는 막연한 욕구로 괴로워하면서 지냈다. 삼림 속에 있는 것처럼 나는 황폐해져 갔다. 마침내 아버지가 처음으로 이러한 나를 주목하고 가까이 불러 왜 그렇게 자기를 꼼짝 않고 응시하는지 물었다. 어떻게 대답을 했는지는 기억이 나지 않는다. 기억이 나는 것은 그가 무엇인가를 곰곰이 생각하다 나를 한번 바라보고 나서, 내일 당장 철자(綴字) 교과서를 가져와 나에게 읽는 법을 가르쳐 주겠다고 말했던 것이다. 나는 이 철자 교과서를 못 견디게 기다렸고 글자라는 게 무엇인지 막연히 생각하면서 밤새 그것을 머릿속에 그려 보았다. 다음날이 되자 아버지는 정말로 나를 가르치기 시작했다. 나한테 요구하는 것이 무엇인지 알게 되자 나는 금방 글자를 다 배웠다. 이것이 아버지를 기쁘게 하리라는 걸 알았기 때문이다. 이때가 그 시절의 내 삶 중에서 가장 행복한 시기였다. 그가 내 이해력을 칭찬하고 머리를 쓰다듬으면서 키스했을 때, 나는 격앙되어 와락 울음을 터뜨렸다. 아버지는 조금씩 나를 사랑하기 시작했고 마침내 내가 먼저 서슴없이 그에게 말을 꺼내는 일도 생기게 되었다. 그리하여 그가 하는 말을 한마디도 이해하지 못하면서도 지치지도 않고 꼬박 몇 시간을 그와 얘기하는 일도 자주 있었다. 하지만 나는 왠지 그가 두려웠다. 내가 두려워했던 것은 나와 함께 있으면 그가 따분하지나 않을까 하는 것이었고, 그 때문에 모든 걸 이해하고 있다는 것을 보여 주려고 나는 온갖 노력을 다했다. 마침내 저녁에 나와 함께 있는 것이 그에게는 습관이 되었다. 땅거미가 지기 시작하면 그는 집으로 돌아왔고 그러면 나는 곧바로 철자 교과서를 들고 그한테로 갔다. 그는 자기 맞은편 긴 의자에 나를 앉혔고 공부가 끝나면 어떤 작은 책자를 읽기 시작했다. 나는 전혀 이해하지 못했으나 그에게 커다란 만족을 주려는 생각에서 쉬지 않고 웃어 댔다. 실제로 나는 그의 관심을 끌게 되었고 그는 내가 웃는 모습을 즐겁게 바라보았다. 그러던 어느 날 그는 공부가 끝난 뒤 옛날 얘기를 들려주었다. 그것은 내가 들은 최초의 옛날얘기였다. 나는 마법에 걸린 듯이 앉아서 초조하게 애를 태우며 들었다. 얘기를 좇으면서, 나는 천국 같은 곳으로 흘러 드는 듯하였다. 그리하여 얘기가 끝날 무렵에는 완전히 흥분해 있었다. 옛날얘기가 나에게 그 같은 영향을 주었던 것이 아니다. 아니, 나는 그것을 모두 진실이라 생각했으며 풍부한 상상력이 이끄는 대로 생각을 맡기고 상상과 현실을 혼동하였다. 곧 이어 내 상상 속에서는 붉은 커튼이 드리워진 집이 나타났다. 어찌 된 일인지는 모르겠으나 그곳에는 내게 이 옛날얘기를 들려주는 아버지도, 그리고 우리 두 사람이 미지의 곳으로 가는 것을 방해하는 어머니도 실제의 인물처럼 나타났으며, 그리고 마지막으로 — 아니 더 정확히 말한다면, 가장 먼저 — 나타난 것은 머릿속에 엉뚱하고 불가능한 망상이 가득한 채 괴상한 생각과 공상을 하고 있는 내 모습이었다. 이 모든 것들은 내 생각 속에서 뒤섞이다가 얼마 안 있어 매우 보기 흉한 혼돈 상태를 만들어 내었고, 나는 잠시 동안 사고의 흐름을 놓쳐 버리고 시간 감각과 현실감을 잃어버린 듯 내가 어디에 있는지도 잊어버리게 되었다. 이럴 때면 우리 앞에는 무엇이 기다리고 있으며, 아버지 자신이 기다리는 것은 무엇인지, 또 나를 어디로 데려갈 것인지, 그리고 마지막으로 언제 우리가 이 지붕 밑 방을 떠나게 될 것인지를 아버지와 얘기하고 싶어 못 견뎌 하였다. 나는 이 모든 것이 머지않아 이루어질 것이라고 확신하고 있었지만 어떻게, 어떤 모습으로 이루어질 것인지는 알지 못했다. 단지 이런 생각에 골머리를 앓으면서 자신을 괴롭힐 뿐이었다. 간혹 가다 ― 이런 일은 특히 저녁에 일어났는데 ― 이런 생각이 들었다. 아버지가 갑자기 나에게 눈을 한번 깜빡하고는 현관 쪽으로 불러낸다. 그러면 나는 엄마 몰래 빠져나가면서 도중에 글자판과 낡아 빠진 석판 그림 ― 이것은 내가 기억하지 못하던 시기부터 테두리 없이 벽에 걸려 있던 것이었는데, 나는 이것을 반드시 가져가겠다고 결심하고 있었다 ― 을 집어서 이제 다시는 엄마한테로 오지 않을 생각으로 어딘가로 떠난다. 어머니가 집에 안 계신 어느 날, 나는 아버지의 기분이 특히 좋은 순간을 택하여 ― 그렇지 않으면 홀짝홀짝 술을 마시는 것이 보통이었으므로 ― 아버지에게 다가가 내 마음속에 간직하고 있던 대화를 이끌어 낼 생각으로 무엇인가를 얘기하기 시작했다. 이윽고 그를 웃게 만드는 데 성공하자 그를 꽉 껴안고서 마치 비밀스럽고 무서운 어떤 얘기를 하려고 준비나 한 듯이 떨리는 가슴으로 두서없이, 허둥거리며 그에게 질문을 하기 시작했다. 우리가 떠나게 될 곳은 어디며 금방 그렇게 될 것인지, 무엇을 가져갈 것이며 어떻게 살 것인지, 마지막으로 우리는 붉은 커튼이 있는 집으로 가게 될 것인지 등을 말이다.

「집이라고? 붉은 커튼? 그게 무슨 말이지? 이 녀석아, 무슨 잠꼬대 같은 얘기냐?」

그러자 나는 이전보다 더 당황하여, 어머니가 죽으면 우리는 더 이상 다락방에서 살지 않게 될 것이고 아버지는 나를 어딘가로 데려갈 것이며 우리 두 사람은 부자가 되어 행복하게 살 것이라는 생각을 털어놓고, 마지막으로 그 자신이 내게 이 모든 것을 약속했다고 일깨웠다. 그를 설득하면서, 실제로 나는 아버지가 이것을 얘기했다고 믿고 있었으며 어쨌든 내게는 그렇게 생각되었다.

「엄마가 죽어? 엄마가 언제 죽는단 말이냐?」 그는 당혹스럽게 나를 바라보면서 새치가 있는 눈썹을 찡그리고 얼굴 표정을 다소간 바꾸더니 이런 말을 되풀이하였다. 「불쌍한 바보 녀석, 무슨 말을 하는 건지 도무지 모르겠구나……」

그러고 나서 그는 나를 꾸짖기 시작하였고, 어리석은 어린 애라서 아무것도 이해하지 못한다며 나에게 오랫동안 얘기하였다……. 그리고 그 이상은 기억이 나지 않는다. 다만 그가 매우 화가 나 있었다는 것 말고는.

그의 꾸중을 나는 한마디도 이해하지 못했다. 그리고 자신이 화가 나서 매우 언짢은 기분에 엄마한테 한 얘기를 내가 귀담아듣고 그것을 머릿속에 담아 두었다가 이미 나 혼자서 그것을 수없이 생각했다는 것이 그에게 얼마나 마음 아픈 것이었는지 나는 이해하지 못했다. 그 당시 그의 상태가 어떠했든 간에, 그의 광기 어린 상태가 아무리 심했다 해도 이 모든 것이 그에게 충격을 주는 일임에는 틀림없는 것이었다. 하지만 그가 무엇 때문에 화를 내는지 전혀 이해하지 못했음에도 불구하고 내 마음은 두렵고 고통스럽고 슬퍼졌다. 나는 울음을 터뜨렸다. 나 같은 어린애는, 우리가 그렇게 기다리고 있던 중요한 것들에 관해 말할 수도, 생각할 수도 없는 것처럼 여겨졌다. 뿐만 아니라 그의 말은 첫마디부터 알아듣지 못했으면서도, 내가 엄마를 욕하였다는 것을 나는 어렴풋하게나마 느끼고 있었다. 공포와 무서움이 나를 엄습하였고 회의가 마음에 스며들었다. 내가 울면서 괴로워하는 것을 보고 그가 달래기 시작했다. 소매로 눈물을 훔쳐 주며 울음을 그

치라고 하였다. 하지만 우리 두 사람은 잠시 동안 말없이 앉아 있었다. 그는 얼굴을 찡그린 채 무엇인가 곰곰이 생각하는 듯하였다. 그런 뒤 다시 나에게 말을 하기 시작했다. 그러나 아무리 주의를 기울여 들어 보아도 그가 하는 얘기가 모두 극히 불분명한 것으로 생각되었다. 당시에 한 얘기 중에서 지금까지 기억 나는 몇 마디 말로 미루어 보면 이렇게 얘기를 한 것 같다. 자신이 어떤 사람인지, 자신이 얼마나 위대한 예술가인지, 어째서 아무도 자신을 알아주지 않는지 등을 얘기했고, 자신이 대단한 재능을 가진 사람이라는 것을 내게 알려 주려 했던 것 같다. 또 내가 이해하는지 물어보고, 당연하게도 만족할 만한 대답을 얻으면 나에게 자신이 재능이 있는가 어떤가 하는 얘기를 되뇌도록 했던 것도 기억 난다. 내가 〈재능이 있어요〉 하고 대답하면, 그는 자신에게 그렇듯 심각한 문제를 가지고 나를 상대로 얘기하는 것이 스스로도 우스웠던지 나중에는 실소를 하고 말았다. 우리의 대화는 까를 표도리치의 출현으로 중단되었다. 그를 가리키며 나에게 이렇게 말했다.

「하지만 저 까를 표도리치에게는 한 푼어치의 재능도 없단다.」 그러자 나는 웃기 시작했고 기분이 명랑해졌다.

이 까를 표도리치라는 사람은 매우 재미난 얼굴을 하고 있는 사람이었다. 그 시기에 사람을 본 적이 거의 없는 나로서는 그를 결코 잊을 수가 없다. 지금 기억으로 그는 성이 마이어라는 독일 태생 사람이었고, 뻬쩨르부르그의 발레단에 입단하기를 몹시도 갈망하여 러시아에 온 것이었다. 하지만 그는 매우 형편없는 무용수여서 무대 뒤쪽에서 춤추는 무용수에도 낄 수가 없어 극장에서 단역을 맡고 있었다. 그는 포틴

브라스[8]나 다른 스무 명과 함께 딱 한 번 종이로 만든 단검을 위로 치켜들며 〈왕을 위해 목숨을 바칩시다!〉 하고 외치는 기사 가운데서도, 그런 대사마저 없는 갖가지 역할을 맡았다. 그러나 이 까를 표도리치만큼 자기가 맡은 역할에 정열적으로 전념하는 배우는 분명 세상 어디에도 없을 것이다. 그렇지만 그의 생애에서 가장 무서운 불행이자 슬픔은 발레단에 들어가지 못했다는 것이었다. 그는 발레를 세상의 그 어떤 예술보다 우위에 놓았으며 아버지가 바이올린에 애착을 가지듯 자기 나름대로는 그렇게 그것에 매달렸다. 아버지와의 조우는 극장에서 일할 때 이루어졌으며, 그 후 퇴직을 하고 나서도 이 무용수는 아버지를 버리지 않았다. 두 사람은 퍽이나 자주 만났고 둘 다 자신들의 잘못된 운명과 사람들에게 인정받지 못한 것을 서러워하였다. 이 독일 사람은 대단히 동정심이 많고 세상에서 다시 보기 어려울 만큼 온화한 성품의 사람이었으며, 계부에 대해 매우 뜨겁고 사심 없는 우정을 품고 있었다. 하지만 아버지는 그에게 어떤 별다른 애착심도 갖고 있는 것 같지 않았는데, 달리 아는 사람도 없었으므로 그를 알고 지내는 사람 축에 끼워 준 것뿐이었다. 게다가 아버지는 그 배타적인 성격 탓에 발레도 하나의 예술이라는 것을 전혀 이해하지 못했으며, 그것을 가지고 가련한 독일인이 눈물을 흘릴 정도로까지 모욕을 가했다. 그의 약한 마음을 알고 있던 아버지는 항상 그것을 건드렸으며, 까를 표도리치가 화를 내며 그 반대의 얘기를 하느라고 정신을 못 차릴 때면 불행한 그를 조롱하는 것이었다. 그 후 이 까

---

8 셰익스피어의 『햄릿』에 군사를 이끌고 잠시 등장하는 노르웨이 왕자.

를 표도리치에 관해서는 B로부터 많은 얘기를 들었다. 그는 이 독일인을 〈뉘른베르크의 어정뱅이〉라고 불렀다. B는 그와 아버지의 우정에 대해 매우 많은 얘기를 해주었다. 여러 차례 만나는 동안 어느 정도 술이 들어가면 그들은 함께 자신들의 운명을, 자신들이 인정받지 못한 것을 한탄하기 시작했다는 얘기도 하였다. 이들의 만남을 나는 기억하고 있다. 그리고 또 이 두 기인(奇人)을 바라보면서 무엇인지 알지도 못한 채 나도 몹시 흐느껴 울던 기억도 난다. 이런 일은 언제나 어머니가 집에 안 계실 때 이루어졌다. 독일 사람은 어머니를 몹시 기피했고 언제나 누가 나오는가 기다리면서 현관 앞쪽에 서서 잠시 머뭇거리곤 하였다. 그러다 어머니가 집에 있는 것을 알게 되면 금방 계단을 따라 달려 내려갔다. 그는 언제나 독일 시집 같은 것을 가져와 그것을 소리 내어 우리 두 사람에게 읽어 주는 일에 열중하였다. 그런 연후 우리를 위해 그것을 서투르게 러시아 말로 번역하면서 낭독하였다. 이것은 아버지 기분을 매우 유쾌하게 만들었고 나도 배꼽을 쥐고 웃곤 하였다. 그러던 중 한번은 두 사람이 러시아 어로 된 작품을 하나 구했는데, 이것은 두 사람을 매우 흥분시키는 것이어서 그들은 그 후 거의 매일같이 만나서 그것을 읽었다. 이것은 러시아의 어떤 유명한 작가[9]가 쓴 운문으로 된 드라마였던 걸로 기억된다. 나는 이 책의 처음 몇 줄을 곧잘 외웠기 때문에, 그 후 몇 년이 지나 그 책이 우연찮게 내 손에 들어왔을 때 어려움 없이 알아볼 수 있었다. 이 드라마는 제 나로인지 혹은 자꼬보인지 하는 어떤 위대한 예술가의 불행

---

[9] 네스또르 꾸꼴니끄를 말하는 것 같다. 그는 이탈리아 르네상스 시대를 모방한 과장된 드라마를 여러 편 썼다.

을 이야기하는 것이었다. 그 예술가는 책의 어디쯤엔가에서 〈나는 인정받지 못하고 있어!〉 하고 얘기하는가 하면 또 다른 곳에서는 〈나는 인정을 받았어!〉 혹은 〈나는 재능이 없는 놈이야〉 하고 얘기하다가 다시 몇 줄 아래에 가서는 〈나는 재능이 있는 인물이야!〉 하고 말하는 것이었다. 그러나 모든 사태는 매우 슬프게 끝을 맺었다. 이 드라마는 물론 몹시도 졸작이었다. 하지만 신기한 것은, 이 드라마가 그 주인공에 대해 여러 가지 점에서 동병상련의 감정을 느낀 두 명의 독자에게는 매우 순진하고도 비극적인 영향을 미쳤다는 것이다. 까를 표도리치가 이따금 너무 흥분한 나머지 자리에서 벌떡 일어나 방의 반대편 구석으로 달려가 집요하고 간절하게, 눈에 눈물을 머금은 채 아버지에게, 그리고 그가 〈마드무아젤〉이라 불렀던 나에게, 그 자리에서 당장 자신에 대해 얘기해 달라고 부탁하던 일이 생각난다. 그러면서 그는 지체 없이 춤을 추기 시작했으며 여러 가지 스텝을 밟으며 우리에게 자기가 예술가로서 자격이 있는지 아니면 그 반대의 경우라 할 수 있는지, 즉 재능이 있는 사람인지 없는 사람인지 어서 말해 달라고 소리쳤다. 그러면 아버지는 금방 기분이 명랑해졌고, 너무 우스운 나머지 그 독일 사람에 대해 조소를 터뜨릴까 주의라도 주는 듯이 나를 향해 몰래 눈을 끔벅거렸다. 하지만 나는 너무나도 우스웠으므로 아버지가 손으로 위협하는 시늉을 하면 더욱더 웃음을 참지 못하고 숨이 막힐 지경에 이르렀다. 지금도 그것을 생각하면 웃음이 나오는 것을 참을 수가 없다. 마치 그 가련한 까를 표도리치가 내 눈앞에 있기라도 한 듯이. 그는 키가 매우 작고 몹시 여윈 체구였으며 머리는 세었고 담배 때문에 더러워진 붉은 매부리코를 하고 있었다. 또한 다리가 매우 기형적으로 굽어 있었는데도 그는 그런 신체 골격을 자랑이라도 하듯이 몸에 꼭 끼는 바지를 입고 다녔다. 그가 마지막 점프를 하고 포즈를 취하면서 무용수들이 무대 위에서 스텝이 끝나면 미소를 짓듯이 그렇게 우리에게 손을 뻗으며 미소를 지으면, 아버지는 판단을 어떻게 내려야 할지 결정하지 못한 듯 잠깐 동안 침묵을 지켰으며 인정 못 받은 이 무용수를 일부러 포즈를 취한 상태 그대로 내버려 두었다. 그러면 그는 한 발로 서서 온 힘을 다해 평형을 유지하려 애쓰며 이쪽저쪽으로 흔들흔들하였다. 마침내 아버지는 매우 심각한 표정으로 마치 심판의 증인으로 초청하기라도 하듯이 나를 바라보았고, 무용수도 애원하는 듯한 겁먹은 시선으로 나를 바라보았다.

「아닐세, 까를 표도리치, 전혀 만족스럽지 못하군!」 아버지는 괴로운 진실을 직접 자기 입 밖으로 꺼내야 하는 것이 마음 편치 못하다는 표정을 지으면서 얘기하였다. 그러면 까를 표도리치의 가슴에서는 진짜 신음소리가 터져 나왔다. 하지만 순간적으로 다시 힘을 북돋운 그는 재빠른 동작으로 다시 한번 주의를 모으며, 조금 전에 춘 것은 자신이 잘못 춘 것이라고 설득하면서 한번 더 심판을 해달라고 우리에게 애원하였다. 그런 다음 다시 저편 구석으로 달려갔다. 때때로 너무 열을 다해 뛰어올라 머리를 천장에 아프게 찧었지만, 그는 스파르타 인처럼 영웅스럽게 아픔을 참고 포즈를 취하면서 미소를 머금고 우리에게 떨리는 두 팔을 뻗쳐 다시 한번 자신의 운명에 대한 결정을 내려 주기를 부탁하였다. 하지만 아버지는 엄격한 표정을 잃지 않은 채 여전히 음울한 표정으로 이렇게 대답하였다.

「아닐세, 까를 표도리치. 그것이 자네의 운명인 모양일세. 전혀 만족스럽지 못하군!」

그러자 나는 더 이상 참지 못하고 웃음에 겨워 자지러졌고 아버지도 뒤를 이어 웃었다. 까를 표도리치는 결국 자신이 조롱당하고 있다는 것을 알아채고 분노로 얼굴이 빨개졌으며, 비록 희극적이기는 하지만 깊은 감정이 담겨 있는 두 눈에 눈물까지 어른거렸다. 이로 인해 그때 이후로 나는 불쌍한 그에 대해 생각하면서 괴로워했다. 그는 아버지에게 이렇게 말하는 것이었다.

「자넨 몹쓸 친구야!」

그러고 나서 그는 모자를 집어 들고 다시는 찾아오지 않겠다고 세상 모든 사람에게 맹세하면서 우리 집에서 뛰쳐나갔다. 하지만 이러한 다툼은 오래가지 않았다. 며칠 지나면 그는 우리 집에 다시 나타났고, 예의 그 유명한 드라마 낭독을 시작했으며 다시 눈물을 흘리고, 그런 다음 순진한 까를 표도리치는 사람들이 어떻게 보아 줄지, 그의 운명이 어떻게 될 것인지를 우리에게 다시 심판해 달라고. 하지만 이번에는 자신을 조롱하지 말고 진정한 친구로서 마땅히 보여야 할 그러한 진지함을 가지고서 판단해 달라고 다시 부탁하는 것이었다.

어느 날 어머니가 무슨 물건인가를 사오라고 가게로 보내서 나는 거스름돈으로 받은 은전을 손에 꼭 쥐고 돌아오던 중이었다. 계단을 올라서던 나는 문에서 나와 내려오는 아버지와 마주쳤다. 아버지를 보자 감정을 억제할 수 없었던 나는 그를 향해 웃기 시작했고, 그는 내게 키스하려고 몸을 구부리다가 내가 손에 들고 있던 은전을 발견하였다……. 이 글을 쓰면서 내가 잊고 말하지 않은 게 있다. 나는 아버지의 얼굴 표정에 매우 익숙해 있었기에 한번 보기만 하여도 그가 바라는 것을 거의 모두 금방 알 수 있었다. 그가 우울한 표정을 짓고 있으면 나는 슬퍼서 가슴이 찢어질 것 같았다. 그가 특히나 자주 그리고 심하게 우울해 하는 경우는 돈이 한 푼도 없어서 몸에 절어 있던 술을 한 방울도 마시지 못할 때였다. 그러나 계단에서 만난 그 순간 내게는 그의 내부에서 어떤 특이한 상황이 일어나고 있는 것처럼 생각되었다. 괴로워하는 그의 두 눈은 멍해 있었다. 처음에는 나도 알아보지 못했다. 하지만 내 손에서 반짝이는 은화를 발견하자 갑자기 얼굴이 빨개졌다가 다시 창백해졌다. 그는 내 손에서 돈을 집으려고 손을 내밀려다가 얼른 뒤로 뺐다. 그의 마음속에서 싸움이 일어나고 있음이 분명했다. 이윽고 스스로를 이겨 낸 듯이 내게 올라가라고 이르고 몇 계단 아래로 내려가다가 갑자기 멈추어 서며 서둘러 나를 불렀다.

그는 몹시 곤혹스러워하고 있었다.

「네또츠까야, 내 말 좀 들어 보아라.」 그가 말했다. 「내게 그 돈을 주지 않으련? 다시 돌려주마. 아빠에게 주는 거지? 네또츠까야, 너는 정말 착한 아이지?」

나는 마치 이것을 예감한 듯하였다. 그러나 맨 처음 떠오른 생각은 엄마가 화를 내리라는 것이었다. 그래서 겁이 났으며 다른 무엇보다도 자신과 아버지에 대한 본능적 수치감이 돈을 건네주지 못하도록 만들었다. 그는 순간적으로 이것을 알아차리고 성급히 말했다.

「아니다. 됐다. 그만두거라!」

「아니에요, 아니에요. 아빠, 가져가세요. 잃어버렸다고 할

게요. 옆 동네 아이들한테 빼앗겼다고 얘기할게요.」

「그래, 그러면 되겠구나. 네가 총명한 녀석이란 생각이 틀리진 않았구나.」 그는 떨리는 입술로 미소를 지으며 얘기했고 자기 손에 돈이 들어온 걸 느꼈을 때는 흥분을 감추지 못했다. 「착한 녀석, 나의 천사! 자, 네 손에 키스를 해주마!」

그는 내 손을 잡고 키스를 하려 했지만 나는 손을 뒤로 뺐다. 어떤 연민 같은 것이 나를 사로잡았고 무엇보다도 수치심이 나를 괴롭히기 시작했다. 왠지 모를 놀라움에 싸여 아버지와 인사도 하지 않고 그를 내버려 둔 채 위로 뛰어 올라갔다. 방 안에 들어섰을 때 뺨은 달아올랐고 가슴은 어떤 괴로운 느낌, 그때까지 내가 알지 못하던 느낌으로 인해서 고동쳤다. 하지만 나는 용기를 내어 돈을 눈 속에 빠뜨려서 찾을 수가 없었다고 얘기했다. 나는 적어도 한 대는 맞을 것이라 예상했지만 그런 일은 일어나지 않았다. 우리 집이 너무도 가난하였기에 어머니는 처음엔 비감스러운 생각에 제정신을 잃을 정도였다. 나에게 소리를 치던 어머니는 금방 생각을 고친 듯, 나란 아이는 칠칠치 못하고 정신이 산만한 계집애이며 자신의 선의를 나쁘게 생각한다는 얘기만 하고서 욕하던 것을 멈추었다. 이 같은 얘기는 매를 맞는 것보다 나를 더욱 슬프게 하였다. 하지만 어머니는 이미 나를 알고 있었다. 어머니는 빈번히 병적인 흥분에 이르기까지 하는 나의 예민한 정서를 이미 알고 있었으며, 내가 자기를 사랑하지 않는 것을 심하게 질책하면 더 강한 충격을 주어 앞으로는 나를 더욱 조급하게 만들지도 모른다고 생각하였다.

아버지가 돌아올 어스름 녘에 나는 평소처럼 현관에서 그를 기다리고 있었다. 당시 나는 매우 착잡한 심정이었다. 나의 감정은 양심을 아프게 자극하는 어떤 것으로 인해 헝클어져 있었다. 이윽고 아버지가 돌아오자 이것으로 내 마음이 한결 가벼워지리라 생각한 듯이 나는 그의 귀가를 몹시 기뻐하였다. 그는 이미 거나하게 취해 있었다. 하지만 나를 발견하자마자 알 수 없는 곤혹스러운 표정을 짓더니 구석으로 데려가 우리 집 문 쪽을 겁먹은 듯 바라본 뒤 주머니에서 자기가 산 쁘랴니끄[10]를 꺼내 주면서 앞으로는 절대로 엄마 돈을 가져가서 몰래 숨겨 두는 일이 없도록 하라고 귀엣말로 꾸짖기 시작했다. 그것은 추악하고 부끄러운 짓이며 좋지 않은 짓이라는 것이었다. 단 이번 경우는 그 돈이 아빠에게 몹시 필요하였기 때문에 그랬던 것이지만 그것은 되돌려 줄 것이고 그러면 나는 나중에 돈을 찾았다고 얘기할 수 있을 것이라고 하였다. 하지만 엄마 돈을 가져가는 것은 부끄러운 일이며, 앞으로 내가 이런 생각을 못하게 하기 위해서 만일 내가 말을 잘 들으면 그 상으로 쁘랴니끄를 또 사주겠노라고 하였다. 마지막으로 엄마를 불쌍히 생각하라고 이르고, 엄마는 매우 몸이 안 좋은 불쌍한 사람이며 혼자서 우리 가족 모두를 위해 일하고 있다는 얘기를 덧붙였다. 나는 두려움으로 온몸을 떨면서 이 얘기를 들었고 두 눈에는 눈물이 가득 고였다. 나는 너무도 충격을 받아서 한마디 말도 할 수 없었고 그 자리에서 움직일 수도 없었다. 아버지는 내게 울음을 그치고 엄마한테는 말하지 말라고 이른 후에 방으로 들어가 버렸다. 그 자신도 몹시 착잡한 심정이라는 것을 나는 알 수 있었다. 저녁 내내 나는 두려움에 싸여 있었고 처음으로 아버

[10] 당밀 과자.

지를 똑바로 바라볼 수가 없었으며 그에게로 가지도 않았다. 그 또한 내 시선을 피하는 것 같았다. 어머니는 방 안을 이리저리 서성거렸고 평소처럼 정신을 잃은 듯이 혼잣말을 중얼거렸다. 이날 어머니의 건강은 평소보다 더 나빴고 발작 같은 것을 일으키기도 하였다. 마음의 고통 때문에 내 몸에는 오한이 일어났다. 밤이 되어서도 나는 잠을 이룰 수가 없었다. 병적인 꿈들이 나를 괴롭혔다. 마침내 나는 더 이상 참지 못하고 서럽게 울기 시작했다. 내 울음소리가 어머니를 깨웠고 어머니는 나를 불러 무슨 일인지 물었다. 나는 대답을 하지 않고 더 서럽게 울기 시작했다. 그러자 어머니는 초에 불을 밝히고 내게 다가와 꿈을 꾸다 가위에 눌렸겠거니 하면서 나를 달래기 시작했다. 「이런, 바보처럼 굴다니!」 어머니가 말했다. 「무슨 꿈을 꾸었기에 지금까지 울고 있어. 자, 이제 그만 하거라!」 그러고 나서 엄마 침대로 와서 자라고 말하며 나에게 키스를 하였다. 하지만 나는 어머니를 안고 싶은 생각도, 엄마 침대로 가고 싶은 생각도 없었고 그럴 수도 없었다. 나는 상상도 할 수 없는 괴로움 속에서 가슴이 찢어지는 듯하였다. 나는 엄마에게 모든 얘기를 하고 싶었다. 말이 목구멍에서 막 나오려 했으나 아버지에 대한 생각과 말하지 말라던 그의 주의가 나를 가로막았다. 「네또츠까야, 이 가여운 것!」 어머니는 이렇게 말하며 나를 침대에 누이고 낡은 외투로 내 몸을 감쌌다. 내가 오한으로 전신을 벌벌 떨고 있음을 알았기 때문이다. 「너도 그러다가 나 같은 병이 들겠구나!」 어머니가 너무도 슬픈 눈으로 나를 바라보아서 나는 그 시선을 견디지 못하고 실눈을 뜨고 돌아누웠다. 어떻게 잠이 들었는지는 기억 나지 않지만 가련한 어머니가 나를 재우려고 달래는 소리를 잠결에 오랫동안 들었다. 괴로운 마음은 더 이상 참을 수 없을 정도였다. 내 가슴은 통증을 느낄 정도로까지 죄어들었다. 다음날 아침, 몸은 한결 가벼워졌다. 어제 일은 불문에 부치고 나는 아버지와 얘기를 하기 시작했다. 그렇게 하면 아버지가 매우 기뻐하리라고 미리 짐작하였기 때문이다. 그 자신도 나를 볼 때 내내 얼굴을 찌푸리고 있었으나 얘기를 시작하자 그는 금방 쾌활해졌다. 그는 나의 밝은 표정을 보자 어떤 기쁨, 거의 어린애 같은 어떤 만족감에 사로잡혔다. 곧 이어 어머니가 마당을 통해 밖으로 나가자마자 그는 더 이상 자제하지 못했다. 그는 내가 히스테릭한 흥분 같은 것을 느낄 만큼 나에게 키스를 하기 시작했고, 나는 웃음을 터뜨리기도 하고 동시에 울기도 하였다. 그러다가 그는 내가 그렇게 똑똑하고 착한 아이라는 것에 대한 대가로, 무언가 대단히 훌륭하고 내가 보면 매우 좋아할 것을 보여주고 싶다고 하였다. 그러더니 그는 조끼 단추를 끄르고 목에 검은 줄로 매달려 있던 열쇠 하나를 꺼냈다. 그의 생각대로 하자면, 마치 내가 틀림없이 느끼게 될 모든 만족감을 내 눈에서 읽으려는 듯이 알쏭달쏭한 표정으로 나를 바라본 뒤, 상자를 열고 그 안에서 내가 지금까지 본 적이 없던 이상한 모양의 검은 함을 조심조심 꺼냈다. 그는 이 함을 왠지 겁을 내며 집어 들었고 사람도 완전히 달라졌다. 웃음이 얼굴에서 사라지고 그 대신에 불현듯 어떤 장엄한 표정이 떠올랐다. 이윽고 그가 비밀의 함을 열쇠로 열고 그 속에서 내가 여지껏 한번도 본 적이 없던 어떤 물건, 언뜻 보기에 매우 이상하게 생긴 모양의 물건을 꺼냈다. 그는 조심스럽게 그리고 경건하게 그것을 두 손으로 잡고 이것이 그의 바이올린, 그의 악기라고 말했다. 그는 조용하고 근엄한 목소리로 내게 많은 얘기를 하기 시작했다. 하지만 나는 그 말을 이해하지 못했고 그 말 중에서 단지 내가 이미 알고 있는 표현 — 자기는 예술가다, 자기는 재능이 있다, 자기는 나중에 언제고 바이올린을 연주하게 될 것이고 그러면 우리 가족은 모두 부자가 되어 어떤 커다란 행복을 얻게 될 것이다 — 만을 되새겼을 뿐이었다. 눈물이 그의 두 눈에서 솟아 나와 두 뺨으로 흘러내렸다. 나는 몹시 감동하고 말았다. 마침내 그는 바이올린에 입을 맞추고 내게도 그것에 입을 맞추라고 건네주었다. 내가 그것을 더 가까이에서 보고 싶어하는 것을 알고서 그는 나를 어머니의 침대로 데려가 두 손으로 바이올린을 건네주었다. 하지만 그는 내가 그것을 망가뜨릴까 봐 두려워하며 전신을 떨고 있었다. 나는 두 손으로 바이올린을 잡고 현을 건드려 보았다. 현에서는 미약한 소리가 났다.

「이게 음악이지요?」 나는 아버지를 보고 말했다.

「그래, 그래, 음악이란다.」 그는 기쁜 표정으로 손을 비비며 되풀이해서 말했다. 「너는 영리한 아이지, 착한 아이지!」 하지만 나를 칭찬하면서 흥분해 있음에도 불구하고 그가 자신의 바이올린에 신경을 곤두세우고 있는 모습이 내게 보였고, 나 또한 두려움에 사로잡혀서 그것을 얼른 그에게 건네주었다. 그는 바이올린을 예의 그 조심스러운 태도로 함에 집어넣었으며 자물쇠를 채워 상자 안에 넣었다. 그러고서 아버지는 머리를 돌려 내 쪽을 바라본 뒤, 내가 지금처럼 똑똑하고 착하고 말을 잘 들으면 언제라도 바이올린을 보여 주겠다고 약속하였다. 이렇게 하여 바이올린은 우리의 공통된 슬픔을 내몰아 주었다. 저녁 무렵이 되어서야 아버지는 자기가 어제 얘기한 것을 잊지 말라고 내게 속삭이고는 집 밖으로 나갔다.

　우리의 다락방에서 나는 이렇게 성장해 갔고 나의 사랑은 (아니 이것은 차라리 열정이라고 얘기해야 할 것이었는데 그것은 참을 수 없는, 고통스러운 아버지에 대한 나의 감정을 완전하게 표현해 줄 정도로 강한 말을 모르기 때문이다) 조금씩 일종의 병적인 흥분 상태에까지 이르게 되었다. 내게는 그에 관해 생각하고 공상하는 단 하나의 즐거움밖에 없었고, 그에게 조그마한 만족이라도 줄 수 있다면 어떤 것이라도 해야겠다는 바람뿐이었다. 한순간이라도 빨리 그가 돌아오는 것을 확인하겠다는, 그를 어서 빨리 보겠다는 목적만으로 추위에 새파래진 채 계단에서 그의 귀가를 기다렸던 적이 몇 번이었던가. 그가 조금만이라도 어루만져 주면 나는 기뻐서 정신을 잃을 정도였다. 그러는 한편 가련한 어머니에게는 너무나 완강하고 냉랭하게 대해서 스스로 그것에 대해 고통을 느낄 정도로 자주 괴로워했다. 어머니를 보면 슬프고 안타까워서 상심에 젖는 때도 있었다. 두 사람의 영원한 반목 속에서 나는 무관심하게 있을 수가 없었고 그들 중 한쪽을 선택하지 않을 수가 없었다. 다시 말해 나는 어느 한쪽 편을 들지 않으면 안 되었다. 그리고 나는 이 반미치광이 쪽을 택하였는데 그 이유는 오직 하나, 내 눈에 그가 그렇듯 가련하고 모멸을 당한 사람으로 보였으며, 가장 먼저 나의 상상력을 믿을 수 없을 만큼 자극한 사람이 바로 그였기 때문이다. 하지만 누가 그런 것을 판정할 수 있으랴? 내 마음이 그에게 끌렸던 것은 어쩌면 그가 언제나 겉으로 보기에도 이상했다는 것, 그가 어머니처럼 그렇게 심각하지도 우울하지도 않았다는 것, 거의 미친 사람 같았다는 것, 그리고 곧잘 어떤 익살기가, 어린애 같은 성벽이 나타났다는 것, 그리하여 내가 그를 어머니보다 덜 두려워하고 심지어는 어머니보다 덜 존경하였기 때문이었는지도 모른다. 그는 왠지 나와 비슷한 수준에 있는 것 같았다. 점차 나는 오히려 내가 그보다 우위에 있다고까지 느꼈으며 얼마간은 그를 나에게 복종시켰다고, 이미 나는 그에게 없어서는 안 될 존재가 되었다고 마음속으로 자랑스러워하였고 내적으로 의기양양해 했으며, 내가 그에게 없어서는 안 될 존재라고 생각하면서는 간혹 그에게 교태를 부리기까지 하였다. 사실 이런 이상한 이끌림은 차라리 소설과 비슷한 것이었다……. 하지만 이 소설은 오래 계속되지 못할 운명이었다. 얼마 안 있어 나는 아버지와 어머니를 여의게 된 것이다. 그들의 생애는 무서운 파국으로 끝나게 되었고, 그것은 나의 기억 속에 암울하고도 고통스러운 흔적을 새겨 놓았다. 그 사건의 전말은 이러하였다.[11]

3

그 무렵 뻬쩨르부르그 전체는 엄청난 소식으로 흥분하고 있었다. 유명한 S씨가 내방한다는 소문이 쫙 퍼졌던 것이다. 뻬쩨르부르그에서 음악에 관계가 있는 사람이라면 누구 하

---

11 『네또츠까 네즈바노바』를 쓰던 시기에 형에게 보낸 편지의 추신에 도스또예프스끼는 이렇게 적고 있다. 〈내 문학 경력의 세 번째 해야. 나는 안개처럼 살고 있어. 삶이 보이지 않고, 제정신을 차릴 시간도 없어. 그들은 회의적인 평을 하고 있어. 이 지옥이 언제까지 이어질지 모르겠어. 가난, 삯일, 그것만이라면 난 쉬었을 텐데!〉

나 동요하지 않는 사람이 없었다. 가수, 배우, 시인, 화가, 음악광, 심지어는 음악에는 한번도 빠져 본 적이 없으며 소박하나마 자부심을 갖고서 자신은 음악의 〈음〉자도 모른다고 믿고 있는 사람들까지도 표를 구하려고 열광적으로 몰려들었다. 연주 홀은 25루블이나 주고 입장해야 했지만, 열광자들의 10분의 1도 수용할 수가 없었다. 하지만 S씨라고 하는 유럽 식의 이름, 월계관을 쓴 노령의 나이, 시들지 않는 신선한 기량, 그리고 근래에 들어서는 청중을 위해 바이올린 활을 손에 잡은 적이 거의 없다는 풍문, 그가 이제 마지막으로 유럽을 순방하고 그 후에는 완전히 연주를 그만둔다는 풍문이 파장을 몰고 왔다. 한마디로 말해 그 인상은 완전하고도 깊은 것이었다.

나는 앞에서 새로운 바이올린 연주자, 조금이라도 칭송을 받는 유명한 연주자가 오기만 하면 계부에게 매우 안 좋은 영향을 주었다는 얘기를 한 바 있다. 그는 언제나 새로 온 음악가가 지닌 예술성의 전모를 한시 바삐 확인하기 위해 연주를 들으려고 제일 먼저 서두르는 사람 가운데 하나였다. 그는 자기 주변에서 새로 온 사람에게 쏟아 붓는 찬사 때문에 병까지 나는 경우도 자주 있었고, 새로 온 바이올리니스트의 연주에서 결함을 찾아내어 자신의 견해를 가능한 한 여기저기서 신랄하게 퍼뜨릴 수 있게 되고 나서야 비로소 마음이 편안해졌다. 이 가련하고 광기 어린 사람은 온 세상에서 오직 한 사람의 재능 있는 사람, 오직 한 사람의 음악가만을 인정했는데, 그 음악가는 물론 그 자신이었다. 따라서 음악의 천재인 S씨가 왔다는 소문은 그에게 강력한 영향을 미쳤다. 여기서 최근 10년 동안 뻬쩨르부르그에서는 비록 S씨에 못 미친다 하더라도 재능 있는 유명한 어느 한 사람에 대해서도 듣지 못했다는 사실을 지적해 두어야 하겠다. 요컨대 아버지는 일류 유럽 음악가의 연주라는 게 어떤 것인지 알지 못했던 것이다.

누군가가 내게 전해 준 얘기로는, S씨가 왔다는 소문이 나돌자마자 금세 극장 무대 뒤에서 계부의 모습을 다시 볼 수 있게 되었다고 한다. 그는 대단히 흥분해 있었고 불안스레 S씨와 다가올 그의 연주회에 대해 묻고 다닌다고 하였다. 무대 뒤에서 그를 본 지도 이미 오래되었기에 그의 출현은 소동까지 빚을 정도였다. 어떤 자가 그를 약 오르게 하고 싶어 불손한 표정으로 이렇게 말했다.「이보시게, 예고르 뻬뜨로비치. 이제 당신은 발레 음악 같은 것이 아니라 듣고 나면 더 이상 세상에 살고 싶지 않을 그런 음악을 듣게 될 거요!」이 같은 조롱을 받자 그는 얼굴이 창백해졌지만 신경질적인 미소를 지으면서 이렇게 대답했다고 한다.「두고 보면 알게 되겠지. 산 너머 다이아몬드란 다 훌륭한 법이니까. S씨는 파리에 있었고 그에 관해 떠든 것은 프랑스 사람들이지. 프랑스 인들이라는 게 어떤 자들인지 잘 알고들 있지 않은가!」주위에서는 웃음소리가 터져 나왔다. 이 불쌍한 사람은 모욕감을 느꼈지만 스스로를 자제한 뒤에〈자기는 아무 말도 하지 않겠다. 이제 곧 알게 될 것이다. 모레까지는 얼마 남지 않았다. 머지않아 모든 비밀이 풀리게 될 것이다〉고 덧붙였다.

B가 얘기하기를, 바로 이날 저녁 어둠이 내리기 전에 자신은 예술을 깊이 사랑하고 이해할 줄 아는 유명한 음악 애호가인 H공작을 만나고 있었다고 한다. 그들은 새로 온 음악가에 관해 얘기를 주고받으면서 함께 걷고 있었는데 문득 어떤

길모퉁이에서 아버지를 발견하였다. 그 당시 아버지는 상점 창문 앞에 서서 커다란 글씨로 S씨의 연주회를 알리는 포스터를 골똘히 들여다보고 있었다.

「저 사람이 보이시죠?」 B가 아버지를 가리키며 말했다.

「어떤 사람인가요?」 공작이 물었다.

「공작님도 이미 들으셨을 겁니다. 제가 여러 차례 말씀드린 바 있는 그 예피모프란 사람입니다. 공작님도 언젠가 저 사람을 후원해 주신 적이 있으시지요.」

「아, 그거 흥미롭군요!」 공작이 말했다. 「저 사람에 관한 얘기는 당신에게서 정말 많이 들었지요. 대단히 재미난 사람이라는 얘기들을 하더군요. 저 사람 얘기를 한번 들었으면.」

「그러실 필요 없습니다.」 B가 대답했다. 「그것은 참으로 괴로운 노릇이죠. 공작님께는 어떨지 모르지만 그는 언제나 저의 마음을 상하게 만드니까요. 저 사람의 생활은 무시무시하고 끔찍한 하나의 비극이죠. 저는 그를 깊이 이해하고 있습니다. 그가 아무리 혐오스럽다 해도 제 마음속에서는 저 사람에 대한 연민이 사라지지 않습니다. 공작님께서는 저 사람이 틀림없이 흥미로운 사람일 거라고 말씀하시는데 그건 사실입니다. 하지만 그는 너무도 고통스러운 인상을 자아냅니다. 우선 그는 미친 사람입니다. 두 번째로, 그의 이 같은 광기에는 세 가지의 죄악이 있는데, 그것은 자기 말고도 다른 두 사람의 존재, 자기 아내와 딸을 파멸시켰기 때문입니다. 저는 그를 압니다. 자기가 저지르고 있는 죄악을 알고 있다면 그는 아마 그 자리에서 죽어 버릴 겁니다. 하지만 무엇보다 무서운 일은, 자신이 죄악을 저지르고 있다는 것을 〈거의〉 확신하게 된 지 이미 8년이나 되었는데 그 8년 동안 그 죄악을 거의가 아니라 완전하게 자각하기 위해서 자신의 양심과 싸워 왔다는 점입니다.」

「저 사람이 가난하다고 하셨죠?」 공작이 말했다.

「그렇습니다. 하지만 가난은 이제 저 사람한테는 행복이라고 해야 할 것입니다. 그것이 변명거리가 되니까요. 지금은 모든 사람들을 설득할 수가 있지요. 자신을 방해하는 것은 오직 가난뿐이며 그가 돈이 많다면 걱정거리는 없어지고 시간이 생길 것이며 그러면 그가 어떤 예술가인지 보게 될 것이라고 말입니다. 그는 자기 아내가 될 사람이 지니고 있는 1천 루블의 돈이라면 자기가 출세하는 데 도움이 될 것이라는 이상한 기대를 안고서 결혼을 하였죠. 그는 몽상가처럼, 시인처럼 행동했습니다. 그렇습니다, 그는 생활 속에서 언제나 그렇게 행동해 왔습니다. 그가 8년 동안 하루도 쉬지 않고 말한 게 뭔지 아십니까? 자신을 불행하게 만든 죄인은 마누라다, 마누라가 자기를 방해한다고 단언을 하고 있는 것입니다. 그는 팔짱을 낀 채 일하기를 원치 않습니다. 하지만 그에게서 이 아내를 앗아 간다면 그는 세상에서 가장 불행한 존재가 되고 말 것입니다. 그가 바이올린을 손에 잡지 않은 지 벌써 몇 년이 되었지요. 왜 그런지 아십니까? 그것은 바이올린 활을 손에 쥘 때마다 마음속으로 자기는 별 볼일 없는 사람이라는, 예술가도 아니고 아무것도 아니라는 생각을 하지 않을 수 없기 때문이었습니다. 하지만 그 활이 한편에 방치되어 있으면, 비록 아련하기는 하지만 그런 생각이 옳은 것이 아니라는 희망이 생기게 되는 겁니다. 그는 몽상가죠. 어느 날 갑자기 기적이 일어나 단번에 세상에서 가장 이름난 사람이 되리라고 생각하는 사람입니다. 그의 좌우명은 〈카이사르가 아니면 무Aut

Caesar, aut nihil〉[12]라는 것이죠. 마치 그렇게 갑자기 일순간에 카이사르가 되는 것이 가능하기나 한 것처럼 말입니다. 그가 갈망하는 것은 명예라는 겁니다. 그렇지만 그런 감정이 예술가를 움직이게 하는 중심적이고 유일한 원천이 된다면 그 예술가는 이미 예술가라 할 수 없겠지요. 그도 그럴 것이 그런 사람은 이미 중요한 예술적 본능, 다시 말해 그것이 명예가 아닌 예술이라는 단 하나의 이유 때문에 좋아한다는 예술에 대한 사랑을 잃어버린 것이기 때문이죠. S씨를 보면 이와 반대입니다. 활을 잡으면 그에게는 자신의 음악 말고는 세상천지에 아무것도 존재하지 않습니다. 바이올린 활이 있고 나서야 돈이 따라오고 명예 같은 것도 따라오는 것이겠죠. 하지만 그는 그런 것에 별로 신경을 쓰지 않더군요……. 그런데 지금 저 불행한 사람을 사로잡고 있는 생각이 어떤 건지 아십니까?」 예피모프를 가리키며 B가 말을 덧붙였다. 「그를 사로잡고 있는 것은 세상에서 가장 어리석고 가장 쓸데없으며 가장 볼품없고 우스운 생각, 즉 자기와 S씨 중에 누가 더 나은가 하는 것이죠. 그 이상도 그 이하도 아닙니다. 자기가 전세계에서 제일가는 음악가라고 아직도 확신하고 있기 때문이지요. 〈당신은 예술가가 아니오〉 하고 그한테 말씀해 보십시오. 공작님한테 말씀드리지만, 그러면 그는 천둥소리에 놀란 것처럼 그 자리에서 죽어 버릴 겁니다. 그 사람한테는 자신의 전 생애를 바친 그 부동의 이상과 헤어지는 것이 두려운 일이기 때문이죠. 그러나 그의 이상을 받치고 있는 바탕은 그의 천직이 처음에는 진정한 것이었기에 깊고 진중한 것이라 할

---

12 교황 통치 아래서 화려한 경력을 가지고 있었으며, 갑작스러운 죽음을 당한 체자레 보르지아(1457~1507)의 좌우명이기도 하다.

수 있습니다.」

「저 사람이 S씨의 연주를 듣게 되면 어떻게 행동할지 궁금해지는군요.」 공작이 말했다.

「그렇습니다.」 B가 생각에 잠긴 듯 말했다. 「하지만 아닐 겁니다. 그는 금방 본래의 모습으로 돌아갈 겁니다. 저 사람의 광기는 진실보다 강하니까요. 곧 어떤 구실을 마련할 겁니다.」

「그렇게 생각하십니까?」 공작이 말했다.

이때 그들은 아버지와 어깨를 나란히 하게 되었다. 아버지는 못 본 체하고 지나치려 했지만 B가 그를 불러 세우고 말을 걸었다. B는 S씨의 연주회에 갈 것인지 물었다. 아버지는 별 관심 없다는 듯이 그것은 잘 모르겠고 자기에게는 연주회보다, 타관에서 온 그 어떤 예술의 명인보다 중요한 한 가지 일이 있다, 그렇더라도 연주회는 가서 관람을 하게 될 것이다, 시간이 나면 왜 안 가겠는가, 언제라도 갔다 올 것이라고 대답했다. 그러고 나서 불안한 기색으로 재빨리 B와 공작을 한번 쳐다본 뒤 의심쩍은 미소를 짓고 나서 모자를 들어 올려 고개를 한번 까딱하고는 시간이 없다는 구실을 대며 지나쳐 갔다.

그러나 벌써 하루 전에 나는 아버지의 근심을 알고 있었다. 그 어떤 것이 아버지를 괴롭히는지는 알지 못했지만 그가 매우 불안해 하고 있다는 것은 알고 있었다. 어머니까지도 그것을 알아차렸다. 당시 어머니는 몸 상태가 몹시도 안 좋았고 걸음도 겨우겨우 옮길 정도였다. 아버지는 집에 들어오는가 하면 금방 또 집을 나가곤 했다. 아침나절에는 서너 명의 옛 동료가 찾아왔다. 이것은 매우 놀라운 일이었다. 까를 표도리치 말고는 최근 우리 집에서 외부 사람을 본 적도 거의 없었고, 아버지가 극장을 완전히 그만둔 뒤에는 모든 사람이 우리와 관계를 끊었기 때문이었다. 마지막으로 까를 표도리치가 헐레벌떡 포스터를 들고 뛰어 들어왔다. 나는 주의를 기울여 그들이 하는 얘기를 듣기도 하고 쳐다보기도 하였다. 아버지의 얼굴에서 읽은 그 불안과 모든 소동의 책임이 나 혼자에게 있기라도 한 듯 이 모든 것이 그렇게 나를 불안하게 하였다. 나는 그들이 하는 얘기를 이해하고 싶었고 그 자리에서 처음으로 S라는 이름을 듣게 되었다. 나중에 나는 이 S씨의 연주회를 보려면 최소 15루블이란 돈이 필요하다는 것을 알게 되었다. 지금도 기억 나지만 그때 아버지는 왠지 가만히 있지 못하고 한 손을 흔들며, 자신은 외국의 훌륭한 사람들을, 이전엔 들어 본 적이 없는 예능인들을 알고 있으며 S씨도 알고 있다. 유대 인들이란 러시아 사람의 돈을 노리고 오는데 그것은 러시아 사람이 온갖 시시한 것, 하물며 그 프랑스 사람이 내뱉은 얘기 같은 것도 무심코 믿어 버리기 때문이라고 말했다. 나는 이미 〈재능이 없다〉는 말이 무엇을 의미하는지 알고 있었다. 손님들은 웃음을 터뜨리기 시작했고 얼마 안 있어 기분이 매우 상해 있는 아버지만 남겨 두고 모두 떠나 버렸다. 나는 아버지가 무엇 때문에 S씨에 대해 화를 내고 있는지 알았으므로, 비위를 맞추고 울적한 마음을 풀어 주기 위해 식탁으로 다가가 포스터를 집어 그것을 꼼꼼히 살펴보며 S씨의 이름을 소리 내어 읽기 시작했다. 그러다가 웃음을 터뜨리고는 생각에 잠긴 듯이 의자에 앉아 있는 아버지를 바라보며 말했다. 「이 사람은 까를 표도리치와 꼭 같을 거예요. 분명 형편없을 거예요.」 아버지는 놀란 듯이 몸을 흠칫 떨더니 내 손에서 포스터를 빼앗은 뒤 소리를 지르며 발을 구르고 나서 모자를 집어 들고 방에서 나가려 하였다. 하지만 다시 돌아와서 현관으로 나를 불러 키스를 한 뒤 왠지 불안한 표정으로, 왠지 두려움을 숨긴 표정으로, 너는 똑똑하고 착한 아이니까 아마도 자기를 슬프게 하고 싶어하지 않을 것이라며 어떤 커다란 도움을 기대한다고 말했다. 하지만 그것이 어떤 것인지는 말하지 않았다. 더구나 나로서는 그의 이야기를 듣는 것조차 고통스러웠다. 그가 하는 말이나 어루만짐이 마음에서 우러나는 것이 아니라는 걸 알고 있기 때문이었고 이 모든 것이 왠지 나의 마음을 뒤흔들어 놓았던 것이다.

다음날 점심을 먹을 때 — 이날은 이미 연주회가 있기 전날이었다 — 아버지는 완전히 절망에 빠진 듯한 모습을 하고 있었다. 그의 표정은 무서우리만큼 변해 있었고 끊임없이 나와 어머니를 쳐다보았다. 아버지가 무엇인가에 관해 어머니와 말을 하기 시작했을 때 나는 몹시 놀랐다. 내가 놀란 것은 아버지가 어머니하고 얘기를 나눈 적이 거의 없었기 때문이었다. 점심을 먹은 후 아버지는 왠지 나한테 각별하게 신경을 쓰기 시작하였다. 그는 여러 가지 구실을 대어 현관으로 나를 불러냈고 남이 볼까 두려운 듯 주위를 살피며 계속해서 나의 머리를 쓰다듬고 키스를 하면서, 나보고 착한 아이라고, 말을 잘 듣는 아이라고, 그리고 분명 아빠를 사랑할 것이며 틀림없이 자기가 부탁하는 일을 해줄 것이라는 말을 하였다. 마침내 그가 열 번째로 나를 계단으로 불러냈을 때 사태는 분명해졌다. 이 모든 것은 나를 견딜 수 없이, 마음에 고통을 느낄 정도로까지 몰고 갔다. 그는 슬프고 괴로운 표정으로 불안스레 사방을 살피며 어제 아침 어머니가 가져온 돈 25루블이 어디에 있는지 알고 있느냐고 물었다. 이 같은 질문을 듣고 나는 깜짝 놀라 몸이 얼어붙는 듯하였다. 하지만 이 순간 계단에서 누군가가 떠들기 시작하자 아버지는 놀라서 나를 버려 두고 마당으로 달려 나갔다. 아버지는 저녁 무렵이 되어서야 낭패하고 근심에 젖은 우울한 기색으로 돌아왔고, 말없이 의자에 앉아 왠지 겁먹은 듯이 나를 흘끔흘끔 바라보기 시작했다. 어떤 공포가 나를 엄습하였고 그리하여 나는 일부러 그의 시선을 피하였다. 그러던 중 하루 종일 침대에 누워 있던 어머니가 나를 불러 동전을 주며 가게에 가서 차와 설탕을 사오라고 심부름을 보냈다. 우리 집에서 차를 마시는 것은 아주 드문 일이어서, 우리 집 형편으로는 호사스럽다고 할 만한 이 일을 어머니가 허용하는 때는 당신의 몸이 안 좋고 오한이 날 때뿐이었다. 나는 돈을 받아 들고 현관으로 빠져나가자마자 누가 쫓아올까 두려운 듯이 달음질을 쳤다. 하지만 내가 예감했던 일은 일어나고야 말았다. 아버지가 거리까지 나를 뒤쫓아 와 다시 계단 쪽으로 데려갔던 것이다.

「네또츠까야!」 그는 떨리는 목소리로 말을 꺼냈다. 「어이구, 내 새끼! 내 말 좀 들어 보련? 그 돈을 내게 다오. 그럼 내가 내일……」

「아빠! 아빠!」 나는 무릎을 꿇고 그에게 간청을 하며 소리를 치기 시작했다. 「아빠! 안 돼요! 그럴 수는 없어요! 엄마는 차를 마셔야 해요……. 엄마 돈을 가져가선 안 돼요, 절대로 안 돼요! 다음에 드릴게요…….」

「그럼 싫어? 싫단 말이지?」 웬일인지 흥분하며 아버지는 내 귀에 속삭였다. 「그렇다면 아빠를 사랑하고 싶지 않다는 거니? 그럼 좋다! 이제 다시는 너를 보지 않으마. 엄마하고 잘살아라. 너도 데려가지 않고 엄마하고 너를 두고 떠날 테니. 알겠니, 이 나쁜 녀석아, 알아듣겠어?」

「아빠!」 나는 완전히 두려움에 싸여서 소리쳤다. 「이 돈 가져가세요, 여기 있어요! 이제 어떻게 하죠?」 나는 두 손을 비비다가 아버지의 연미복 깃을 잡으면서 말했다. 「엄마가 우실 거예요, 엄마는 다시 나를 꾸중하실 거예요!」

그는 이 같은 저항을 예상하지 못한 듯했지만 어쨌든 돈을 받아 들었다. 그러고는 내가 하소연하고 우는 소리를 참지 못하겠다는 듯 나를 계단에 남겨 두고 아래로 뛰어 내려갔다. 나는 계단을 걸어 올라갔지만 어떤 힘이 나를 우리 집 문 옆에 잡아 놓았다. 나는 감히 들어갈 엄두가 나지 않았고 들어갈 수도 없었다. 내 마음속의 모든 것이 온통 격앙되고 동요되었다. 나는 두 손으로 얼굴을 가렸다. 그리고 내가 아버지한테서 처음으로 엄마가 죽었으면 한다는 그의 바람을 들었을 때처럼 창가로 달려갔다. 나는 일종의 인사불성 상태에서 망연자실하며 몸을 흠칫흠칫 떨었고 계단 쪽에서 들리는 아주 조그맣게 사각거리는 소리에도 귀를 세웠다. 그러다 어느 순간 누군가 서둘러 위로 올라오는 소리를 들었다. 아버지였다. 나는 이것이 그의 발걸음소리라는 걸 알아들었다.

「왜 여기 있니?」 그가 속삭이는 소리로 말했다.

나는 그에게로 달려들었다.

「여기 있다!」 그는 내 두 손에 돈을 밀어 넣으면서 소리쳤다. 「자, 도로 가져가거라! 이제 나는 니 애비가 아니다, 알아듣겠니? 이제는 네 아빠가 되고 싶지 않아! 너는 나보다 엄마를 더 좋아하니까! 너라는 애를 몰랐던 것으로 하고 싶구나!」 이렇게 말한 뒤 그는 나를 밀치고 다시 계단을 뛰어 내려갔다. 나는 울면서 그를 쫓아 달려갔다.

「아빠! 사랑하는 아빠! 이제는 말을 잘 들을게요!」 나는 소리쳤다. 「엄마보다 아빠를 더 사랑해요! 돈을 다시 가져가세요, 가져가세요!」

하지만 그는 이미 내 말을 듣지 못했다. 그는 어딘가로 자취를 감추었던 것이다. 이날 저녁 내내 나는 죽은 것과 다름없는 상태가 되어 오한에 떨었다. 지금 와서 생각해 보면, 어머니가 내게 무슨 말인가를 하고 나를 침대로 불렀던 걸로 기억한다. 나는 넋이 빠진 듯이 아무것도 듣지도 보지도 못하였다. 결국 사태는 발작으로 끝났다. 나는 울부짖기 시작했다. 어머니는 놀라서 어찌할 바를 몰랐다. 어머니는 나를 안아 당신의 침대로 데려갔고, 나는 어떻게 잠이 들었는지 모르게 어머니의 목을 껴안고 덜덜 떨면서 무언가에 순간순간 놀라면서 잠이 들었다. 그날 밤은 꼬박 그렇게 지나갔다. 이튿날 아침은 매우 늦게서야 잠에서 깨어났다. 어머니는 이미 계시지 않았다. 그맘때쯤이면 언제나 일을 하러 나가셨던 것이다. 아버지한테는 누군가 낯선 사람이 찾아와 있었고 그들은 무슨 얘기인지 커다란 소리로 얘기를 나누고 있었다. 나는 손님이 가기만을 가까스로 기다렸다가 아버지와 나만이 남게 되자 그에게 달려가 울면서 어제 일을 용서해 달라고 빌기 시작했다.

「그럼 앞으로는 이전처럼 똑똑한 아이가 되겠느냐?」 그는 엄한 표정을 지으며 내게 물었다.

「그럴게요, 아빠, 그럴게요!」 나는 대답했다. 「엄마 돈이 어디 있는지 말씀드릴게요. 돈은 저기 작은 상자 안에 있어요, 어제 귀중품함에 있었어요.」

「돈이 있었다고? 그게 어디냐?」 그는 갑자기 정신이 난 듯이 소리를 지르며 의자에서 벌떡 일어났다. 「그게 어디 있었다고?」

「자물쇠가 채워져 있어요, 아빠!」 내가 말했다. 「기다리세요. 저녁이 되면 엄마가 돈을 바꿔 오라고 심부름을 보내실 거예요. 동전이 다 떨어진 걸 보았거든요.」

「내게는 15루블이 필요하단다, 네또츠까야! 알겠니? 15루블만 있으면 된단다! 오늘 그것을 꺼내 주면 내일 즉시 모두 돌려주마. 내 지금 가서 알사탕을 사주마, 호두도 사주지……. 인형도 사주마……. 내일도 그리고, 네가 말을 잘 들으면 매일같이 봉봉 과자도 사다 주마!」

「괜찮아요, 아빠, 그러지 않으셔도 돼요! 봉봉 과자는 없어도 돼요. 사주신대도 안 먹을 거예요. 도로 돌려드릴 거예요!」 순식간에 마음이 온통 고통스러워져서 나는 눈물을 쏟으며 소리치기 시작했다. 이 순간 나는 느꼈다. 그가 나를 가여워하지도 않고 사랑하고 있지도 않다는 것을. 내가 그를 얼마나 사랑하는지 그는 모르고 있으며 과자 때문에 자기를 돕는다고 생각했던 것이다. 이 순간 나는 어린애이면서도 그의 마음을 속속들이 이해했다. 또한 이 같은 자각이 늘 나의 마음을 아프게 한 것이었음을, 나는 이제 이전처럼 아버지를 사랑할 수 없음을, 이전의 아빠를 잃어버렸음을 느꼈다. 하지만 내가 한 약속 때문에 그는 어떤 희열 같은 상태에 빠져 있었다. 그를 위해서라면 내가 어떤 일이라도 할 각오가 되어 있다는 것, 그를 위해서는 모든 것을 할 것이라는 사실을 그는 알고 있었다. 하지만 이 〈모든 것〉이라는 말이 당시의 내게는 얼마나 많은 것을 의미하는 것인지는 하느님만이 아시리라. 불쌍한 엄마에게 이 돈이 어떤 의미를 지니는 것인지 나는 알고 있었다. 그리고 그 돈을 잃어버리면 화병에 걸릴 수도 있다는 것을 알고 있었다. 내 마음속에서는 후회의 소리가 고통스럽게 메아리쳤다. 하지만 그는 아무것도 모르고 있었다. 내가 모든 것을 헤아리고 있었음에도 불구하고 그는 나를 세 살짜리 어린아이로만 생각하고 있었다. 그의 희열은 끝이 없었다. 그는 키스를 하기도 하고 울지 말라고 달래는가 하면 — 아마도 항상 내가 지니고 있던 공상을 부추기려는 듯이 — 오늘 당장이라도 엄마를 버리고 어딘가로 떠나자고 약속을 하기도 했다. 이윽고 호주머니에서 포스터를 꺼내더니 오늘 보러 갈 이 사람은 자신의 적, 자신의 불구대천의 원수이며 자신의 적들은 성공하지 못할 것이라고 나를 설득하기 시작했다. 자기 적들에 대해 나와 얘기하던 그의 모습은 단연코 어린애와 다를 바가 없었다. 하지만 그는 내가, 얘기할 때 흔히 그러는 것처럼 미소도 짓지 않고 말없이 그의 말을 듣고 있음을 알아채자 모자를 집어 들고 방에서 나갔다. 어딘가 서둘러 가야 할 데가 있었던 것이다. 하지만 나가면서 내게 한 번 더 키스를 하고는 미소를 지으며 머리를 한번 까딱하였다. 마치 내가 못 미더운 듯이, 마치 내가 깊은 생각을 하지 못하게 하려는 듯이.

아버지가 미친 사람 같았다는 얘기는 이미 한 바 있다. 그런데 이것은 어제 저녁에 분명하게 나타났다. 그에게 돈이 필요했던 것은 그의 모든 것을 결정할 연주회의 표를 사기 위한 것이었다. 그는 마치 이 연주회가 그의 운명을 해결해 줄 것이라고 이미 예감하고 있는 듯하였다. 하지만 얼마나 침착성을 잃고 있었던지, 어제 저녁에는 내게서 동전을 빼앗아 그 돈으로 표를 구할 수 있기라도 한 듯이 행동하였던 것이다. 그의 이상한 태도는 점심 먹을 때 더욱 심하게 나타났다. 그는 자리에 가만히 앉아 있지 못하고 음식에는 손도 대지 않은 채 계속해서 자리에서 일어나는가 하면 생각을 바꾼 듯이 곧 다시 자리에 앉곤 하였다. 그러고는 어딘가 가려고 작정한 듯 모자를 집어 드는가 하면 갑자기 이상하게 넋이 빠진 듯하였다. 계속해서 혼잣말로 중얼거리다가는 불현듯 나를 바라보고 두 눈을 끔벅거리며, 마치 어째서 빨리 돈을 구해 오지 않는지 못 참겠다는 듯한, 아직까지 엄마에게서 돈을 가져오지 않는 것에 화라도 내는 듯한 신호를 보냈다. 엄마까지도 이 모든 이상한 낌새를 알아채고 놀란 표정으로 그를 바라보았다. 한편 나는 꼭 사형 선고를 받을 것만 같았다. 점심을 마치자 나는 구석에 숨었고 오한이 온 듯 떨면서 어머니가 평소처럼 물건을 사오라고 심부름을 보낼 때까지 1분 1분을 세고 있었다. 내 생애에서 이보다 더 고통스럽게 지낸 시간은 없었다. 이 시간들은 내 기억 속에 영원히 남을 것이다. 이 순간에 내가 느끼지 못한 것이 무엇이 있으랴! 의식 속에서는 몇 분의 시간이 아주 길게 느껴지는 순간도 있는 것이다. 자신이 하고 있는 일이 나쁜 일이라는 것을 나는 느끼고 있었다. 나에게 처음으로 나쁜 일을 하도록 무심코 부추겼다가 그것에 스스로 놀라서 내가 한 행동이 매우 나쁜 일이라고 말해 주며 나의 선량한 본성을 일깨워 준 것은 아버지 자신이었다. 스스로가 받은 인상들을 탐욕적일 만큼 자각하려고 하는, 선과 악에 대해 이미 많은 것을 절감하고 이해하고 있는 자신의 본성을 속인다는 것이 얼마나 어려운 것인지 아버지는 정말로 알지 못했을까? 상황이 분명 무서우리만치 절박한 것이었음을 정말이지 나는 이해하고 있었다. 이 같은 절박함이 그로 하여금 다시 한번 나에게 죄악을 범하도록, 가련하고 무방비한 내 어린 시절을 이렇게 희생하도록, 내 불안정한 양심의 동요를 다시 한번 촉발시키도록 내몰았던 것이다. 그리하여 구석에 숨어 있던 나는 혼자서 곰곰이 생각하였다. 어째서 그는 스스로의 의지에 따라서 그 같은 일을 하겠다고 결심한 나에게 상을 주겠다고 약속을 한 것일까? 새로운 느낌, 새로운 갈망, 지금까지 모르던 새로운 의문들이 한꺼번에 내 마음속에서 솟아났고 이러한 의문들로 인해 나는 괴로워하였다. 그러다 갑자기 어머니를 생각하기 시작했다. 힘들여 일해서 얻은 것을 잃었을 때 어머니가 상심하는 모습을 머릿속에 그려 보았다. 어머니는 힘겹게 하던 일을 놓아두고 나를 가까이로 불렀다. 나는 흠칫 몸을 떨고는 다가갔다. 어머니는 장롱에서 돈을 꺼내 내게 건네면서 이렇게 말했다. 「네또츠까야, 다녀오거라. 이전처럼 다른 사람한테 속아서는 안 된다. 절대 잃어버리지 말고.」 나는 간청하는 표정으로 아버지를 바라보았지만, 그는 고개를 끄덕이고 용기를 북돋아 주려는 듯이 내게 미소를 지어 보이며 초조함 때문인지 손을 비비댔다. 시계가 여섯 시를 쳤다. 연주회는 일곱 시로 예정되어 있었다. 그도 기다리느라 많은 것을 참았던 것이다.

  나는 계단에 멈추어 서서 그를 기다렸다. 그는 몹시 흥분하고 초조해 있어서 아무런 주의도 기울이지 않고 금방 내 뒤를 쫓아왔다. 나는 아버지에게 돈을 건넸다. 계단은 어두워서 그의 얼굴이 보이지 않았다. 하지만 나는 그가 돈을 받으면서 온몸을 떨고 있음을 느꼈다. 나는 그 자리에 붙박인 듯이 꼼짝도 하지 않고 서 있었다. 아버지가 위로 올라가서 모자를 가져오라고 하였을 때에야 비로소 제정신이 들었다. 자신이 들어가고 싶지는 않았던 것이다.

「아빠! 정말로…… 저하고 같이 안 들어가실 거예요?」 그가 내 편을 들어주리라는 내 마지막 희망을 생각하면서 띄엄띄엄 그에게 물었다.

「아니다…… 너 혼자서 갔다 오거라…… 알겠니? 가만, 기다리거라!」 무슨 생각이 났는지 그가 소리쳤다. 「기다리고 있거라, 내 지금 가서 맛있는 과자를 사오마. 너는 우선 가서 이리로 모자를 가져오거라.」

마치 얼음장 같은 손 하나가 내 가슴을 움켜잡는 것 같았다. 나는 비명을 지르며 그를 밀치고 위로 뛰어 올라갔다. 방 안에 들어섰을 때 내 안색은 너무도 변해 있어서 만일 누가 돈을 빼앗아 갔다고 얘기했다면 엄마는 내 말을 믿었을 것이다. 하지만 이 순간 나는 아무런 말도 할 수가 없었다. 경련을 일으킬 것 같은 절망의 발작 속에서 나는 어머니의 침대에 몸을 던지며 두 손으로 얼굴을 가렸다. 곧 이어 문이 살며시 열리며 아버지가 들어왔다. 모자를 가지러 오셨던 것이다.

「돈은 어디다 뒀느냐?」 어머니는 무슨 불상사가 일어났다는 것을 단번에 짐작하고 갑자기 소리치기 시작했다. 「돈 어딨어? 말해! 어서 말해!」 그러고는 나를 침대에서 잡아 일으켜 방 한가운데에 세웠다.

나는 발 밑을 바라보며 입을 다물고 있었다. 내게 무슨 일이 일어나고 있는지, 누군가가 내게 무슨 짓을 하고 있는지 거의 의식할 수 없었다.

「돈 어딨느냐 말이야?」 어머니는 나를 내던지며 다시 고함을 치기 시작하더니 모자를 집어 들고 있던 아버지 쪽으로 휙 하고 몸을 돌렸다. 「돈 어디 있어요?」 어머니는 말을 반복하였다. 「아하, 그렇군요! 쟤가 당신에게 돈을 주었지요? 이 불한당! 이 원수! 이 악당아! 당신은 저 아이도 망쳐 버리고 있는 거야! 어린애를 말이야! 저 아이를, 저 아이를? 안 돼! 당신 못 나가!」

순식간에 어머니는 문 쪽으로 달려가더니 안쪽에서 문을 걸어 잠그고 열쇠를 뽑아 손에 쥐었다.

「자, 말해! 바른 대로 대!」 흥분해서 거의 들릴 듯 말 듯한 소리로 어머니는 내게 말하기 시작했다. 「남김없이 실토해! 말하라니까, 어서! 안 그러면…… 나도 너를 어찌할지 몰라!」

어머니는 내 두 팔을 붙잡아 꽉 움켜쥐고 추궁했다. 어머니는 극도로 흥분해 있었다. 이 순간 나는 아버지에 관해 한 마디도 하지 않고 입을 다물고 있겠다고 마음속으로 다짐했지만 마지막으로 조심스럽게 눈을 들어 아버지를 바라보았다……. 그의 시선 하나, 그의 말 한 마디, 내가 기대하고 스스로 간구했던 그런 것 하나만 있었다면 어떤 고통, 어떤 시련을 당하더라도 나는 행복했을 것이다……. 그러나, 오, 하느님! 아버지는 내가 이 순간 다른 누구의 위협을 두려워하고 있기라도 한 것처럼 아무 감정 없이 위협하는 몸짓으로 내게 입을 다물고 있으라고 명했던 것이다. 나는 목이 꽉 눌리고 숨이 막혀 다리에 힘을 잃고 정신없이 마룻바닥에 쓰러졌다. 어제의 신경성 발작이 다시 일어난 것이다.

내가 정신이 든 것은 우리 집 문을 갑자기 두드리는 소리 때문이었다. 어머니가 문을 열자 하인 제복을 입은 사람이 눈에 들어왔다. 그는 방 안에 들어서면서 놀란 듯이 우리들을 둘러보며 여기가 음악가 예피모프 씨가 계신 집인가 하고 물었다. 아버지는 자기 이름을 대며 그렇다고 말했다. 그러자 하인은 봉투를 하나 건네며 자기는 지금 공작 댁에 계시는 B씨가 보내서 온 것이라고 하였다. 봉해 놓은 봉투 속에는 S씨의 연주회 초청장이 들어 있었다.

값비싼 제복을 입고 찾아와 가난한 음악가 예피모프에게 자기 주인인 공작의 이름을 대는 하인의 출현은 순간적으로 어머니에게 강렬한 인상을 심어 주었다. 나는 이 이야기의 첫머리에서 어머니의 성격에 관해, 이 가련한 여인이 여전히 아버지를 사랑하고 있었다는 말을 한 바 있다. 하염없는 슬픔과 고통으로 보낸 8년 간의 세월에도 불구하고 지금도 어머니의 마음은 여전히 변함이 없었다. 어머니는 예전처럼 아버지를 사랑할 수 있었던 것이다! 어쩌면 남편의 운명에 이제 변화가 온 것이라고 불현듯 생각했기 때문인지도 모른다. 어떤 희망의 그림자 같은 것까지도 어머니에게는 영향을 미쳤던 것이다. 어쩌면 어머니도 미치광이 같은 자기 남편의 흔들림 없는 자기 과신에 어느 정도는 감염이 되었는지도 모를 일이었다. 더구나 연약한 여자인 어머니가 그의 이런 자기 과신에 아무런 영향을 받지 않았다는 것은 있을 수 없는 일이었고, 공작이 관심을 보여 주었다는 것에서 어머니는 한순간에 남편을 위해 천 가지의 계획을 세울 수 있었다. 어머니는 금방이라도 다시 그를 남편으로서 대우할 준비가 되어 있었고 자신의 고달팠던 생애에 대해서도 그를 용서할 수 있었다. 심지어는 하나밖에 없는 딸을 이용하려 한 그의 마지막 죄행(罪行)까지도 이해하였다. 그리고 다시금 솟아오른 열정에 흥분하여 새로운 기대감에서 생긴 충동으로, 이러한 죄악을 가난과 불결한 생활, 절망적인 상황에서 어쩔 수 없이 이루어진 단순한 실책, 소심함의 발로라고까지 관대하게 생각하게 되었다. 어머니는 언제나 열중하는 성격이 있어서, 이 순간에도 어머니의 마음속에는 타락한 자기 남편을 위해 끝까지 고생을 같이 겪고 용서를 할 마음이 다시 생겨나 있었다.

아버지는 허둥거리기 시작했다. 공작과 B가 관심을 가져 주었다는 데 대해 그도 놀랐던 것이다. 아버지가 어머니 쪽을 똑바로 바라보며 무슨 말인가를 속삭였다. 어머니가 방을 나갔다. 2분 후 어머니는 얼마의 돈을 가지고 돌아왔고 아버지는 그 자리에서 은화 1루블을 급사에게 주었다. 급사는 정중히 인사를 하며 그 자리를 떠났다. 그사이에 잠시 나갔다 들어온 어머니는 다리미를 가져왔고 남편의 와이셔츠 중 가장 나은 것을 찾아서 다리기 시작했다. 어머니는 아버지의 목에 손수 하얀 목면 넥타이를 매주었다. 이 넥타이는 매우 낡기는 하였지만 그가 극장에서 일하던 시절, 검은 연미복과 함께 만일의 경우를 위해 아주 오래전부터 아버지의 양복장에 보관해 두었던 것이다. 몸단장을 끝내자 아버지는 모자를 집어 들었지만 집을 나서려다가 물 한 잔을 달라고 하였다. 그는 안색이 창백하였고 힘없이 의자에 주저앉았다. 물은 내가 갖다 드렸다. 아마 증오심이 다시 엄마의 마음속에 스며들어 애초의 그 흥분을 차갑게 식혀 버린 듯하였다.

아버지가 외출하자 우리만 남게 되었다. 나는 구석에 웅크리고서 오랫동안 말없이 엄마를 쳐다보았다. 어머니가 그렇게 흥분해 있는 모습을 나는 한번도 본 적이 없었다. 입술은 떨리고 있었고 창백한 두 뺨에는 갑자기 홍조가 나타났다. 그리고 간간이 온몸을 흠칫거렸다. 그러다 마침내 어머니의 슬픔은 하소연으로, 소리 없는 통곡과 한탄이 되어 터져 나왔다.

「그래, 모두 다 내 잘못이다, 불쌍한 애야!」 어머니는 혼잣말을 하였다. 「저 아이는 어떻게 된다지? 내가 죽으면 저 아이는 어찌 되지?」 계속하여 말을 하다가 이런 생각에 벼락을 맞은 것처럼 방 한가운데서 멈추어 섰다. 「네또츠까야, 내 새끼야! 가엾은 것! 이 불쌍한 아이야!」 어머니는 내 두 손을 부여잡고는 부르르 떨면서 나를 안고 말했다. 「내가 살아서 너를 키우고 보살피지 못하게 되면 누가 너를 맡아 준다지? 아, 너는 내가 지금 하는 말을 이해 못하겠지? 이해하겠니? 내가 지금 한 말 기억하겠니, 네또츠까? 나중에도 기억하겠니?」

「그럴게요, 그럴게요, 엄마!」 나는 두 손을 모아 간청하면서 말했다.

어머니는 나와 이별하게 되리라는 생각에 심한 불안을 느끼는 듯이 오랫동안 나를 꼭 끌어안고 있었다. 내 가슴은 터질 것 같았다.

「엄마! 엄마!」 흐느껴 울면서 나는 말했다. 「엄마는 어째서…… 어째서 아빠를 사랑하지 않죠?」 하지만 울음이 터져 나와 나는 말을 잇지 못했다.

신음소리가 어머니의 가슴속에서 흘러나왔다. 그러고 나서 어머니는 새로운 깊은 근심에 빠져 방 안을 왔다 갔다 하다가 멈춰 섰다.

「불쌍한 것, 불쌍한 것! 이 아이가 이렇게 큰 것을 몰랐어!

이 아이는 알고 있는 거야, 모든 걸 다 알고 있어! 오, 하느님! 우리가 얘한테 무슨 생각을 하게 한 거지요? 무슨 일을 한 거지요?」 어머니는 절망하면서 다시 손을 비비댔다.

그리고 내게 다가와 한없는 애정으로 키스를 하고 내 손에 입을 맞추고 거기에 눈물을 뿌리며 용서를 빌었다……. 어머니가 그같이 고통스러워하는 모습을 나는 본 적이 없었다……. 이윽고 너무도 괴로웠던지 넋이 나가 버린 듯하였다. 그렇게 꼭 한 시간이 지나갔다. 그러고 나서 어머니는 고통에 시달리고 지친 모습으로 자리에서 일어나 내게 가서 자라고 일렀다. 나는 구석의 내 자리로 가서 이불 속으로 들어갔지만 잠을 이룰 수가 없었다. 엄마는 나를 괴롭혔고 아버지도 나를 괴롭혔다. 나는 못 견뎌 하며 이제나저제나 아버지가 돌아오기를 기다렸다. 하지만 아버지 생각을 하자 어떤 공포 같은 것이 나를 사로잡았다. 반 시간이 지나자 엄마는 초를 들고 내가 잠이 들었는가 보려고 다가왔다. 어머니를 안심시키려고 나는 두 눈을 꼭 감고 잠이 든 시늉을 하였다. 나를 한번 살펴본 뒤 어머니는 찬장으로 가만히 가서 문을 열고 포도주를 한 잔 따랐다. 그것을 마시고 나서 아버지가 늦게 돌아올 때를 위해서 언제나 그랬듯이 초에 불을 밝혀 두고 문을 열어 놓은 채 잠자리에 들었다.

나는 선잠이 든 것처럼 누워 있었지만 잠이 내 눈을 감기지는 못했다. 눈이 감기는 듯싶으면 바로 그 순간 잠이 깨어 어떤 무서운 환영에 흠칫 몸을 떨었다. 번민은 더욱 커져만 갔다. 소리를 치고 싶었지만 그것은 내 가슴속에서 얼어붙어 나오지 않았다. 마침내 밤이 한참 이슥하여 문이 열리는 소리가 났다. 시간이 얼마나 흘렀는지는 기억 나지 않는다. 하지만 갑자기 두 눈을 완전히 뜨자 아버지의 모습이 눈에 들어왔다. 내게는 아버지의 안색이 너무도 창백해 보였다. 그는 문 바로 옆에 있던 의자에 앉아서 무슨 생각에 잠겨 있었다. 방 안에는 죽음과도 같은 정적이 감돌았다. 녹아 내린 양초가 침침하게 우리의 거처를 비추고 있었다.

나는 오랫동안 바라보고 있었지만 아버지는 여전히 그 자리에서 움직이지 않았다. 움직이지도 않고 똑같은 자세로 고개를 숙인 채 두 손으로 무릎을 꼭 감싸고 있었다. 나는 몇 번이나 아버지에게 소리치려 했으나 할 수가 없었다. 나의 망연자실한 상태는 계속되었다. 마침내 아버지는 정신을 차렸는지 고개를 들고 의자에서 일어났다. 무슨 결심을 하려는 듯 그는 몇 분 동안 방 한가운데에 서 있었다. 그러다 갑자기 어머니의 침상으로 다가가 소리에 귀를 기울여 어머니가 잠들어 있는지를 확인하고 나서 자신의 바이올린이 들어 있는 트렁크 쪽을 향해 걸음을 옮겼다. 그는 트렁크를 열어 검은 함을 꺼내어 그것을 식탁 위에 올려놓았다. 그런 뒤 다시 주위를 둘러보았다. 그의 시선은 몽롱하고 빠르게 훑고 지나가는 눈빛이었다. 내가 여태껏 한번도 본 적이 없는 그런 눈빛이었다.

그는 바이올린을 집는 듯했으나 금방 그것을 놓아 버리고 돌아서서 문을 잠갔다. 그런 뒤 열려 있던 찬장을 보고는 가만히 그쪽으로 다가가 술잔과 포도주를 발견하자 그것을 따라 마셨다. 그리고 다시 세 번째로 바이올린을 잡았지만 다시금 그것을 놓아 버리고 어머니의 침대 곁으로 다가섰다. 나는 공포에 질려 꼼짝도 못하고 무슨 일이 일어날지 기다렸다.

그는 왠지 오랫동안 귀를 기울이더니 갑자기 엄마의 얼굴에서 담요를 젖히고 얼굴을 손으로 더듬기 시작했다. 나는 흠칫 몸을 떨었다. 그는 다시 한번 몸을 구부리고 머리를 거의 갖다 댈 듯하였다. 하지만 그가 마지막으로 몸을 폈을 때는 미소가 그의 무섭도록 창백해진 얼굴에 스쳐 가는 듯하였다. 그는 가만히 조심스럽게 모포로 잠이 든 어머니를 덮어 얼굴과 다리를 가렸다……. 그리고 알 수 없는 두려움에 전율하기 시작했다. 나는 엄마의 일이 무서웠다. 엄마의 깊은 잠이 무서웠다. 나는 엄마의 몸체를 구깃구깃하게 드러내고 있던 모포 위의 그 움직이지 않는 윤곽을 불안한 마음으로 바라보았다……. 섬광처럼 무서운 생각이 내 머릿속을 빠르게 스쳐 갔다.

  모든 준비를 다 마치자 아버지는 다시 찬장으로 다가가 남아 있던 포도주를 마저 다 마셨다. 온몸을 떨면서 아버지는 책상으로 다가갔다. 그는 알아볼 수 없을 정도로 얼굴이 창백해져 있었다. 아버지는 다시 바이올린을 잡았다. 나는 그 바이올린을 보고 그것이 무엇인지 알고 있었음에도 이제는 무섭고 겁나는 어떤 이상한 일이 생기지 않을까 걱정을 하고 있었다……. 그러다 바이올린이 울리기 시작하자 나는 흠칫 몸을 떨었다. 아버지가 연주를 시작했던 것이다. 하지만 그 소리는 왠지 끊어질 듯하다가 이어지곤 하였다. 아버지는 무언가를 머릿속에 떠올리거나 하는 듯이 조금 하다 멈추고 조금 하다 멈추곤 하였다. 이윽고 심한 괴로움과 고통에 젖은 표정으로 활을 내려놓고 이상한 눈빛으로 침상을 쳐다보았다. 거기에는 그를 불안케 하는 무엇인가가 있었다. 그는 다시 침대로 다가갔다……. 나는 무서운 마음에 숨을 죽이며 아버지의 일거수일투족을 하나도 놓치지 않고 주시하였다.

별안간 그는 서둘러 손 아래를 더듬으며 무엇인가를 찾기 시작했다. 그러자 내 머릿속에는 또다시 무서운 생각이 번개처럼 솟아올랐다. 어째서 엄마는 저렇게 깊이 잠이 들어 있는 것일까? 아버지가 자기 얼굴을 만지는데 〈어째서 엄마는 잠을 깨지 않는 것일까?〉 하는 생각이 내 머릿속에 떠올랐다. 그는 우리의 옷가지 중에서 발견할 수 있는 모든 것을 쓸어 모았고 엄마의 옛날식 외투와 자신의 낡은 프록코트, 실내복, 그리고 내가 벗어 두었던 나의 원피스까지도 집어 들어서는 엄마를 완전히 덮어 버리고 옷 더미 아래로 감추었다. 어머니는 여전히 미동도 하지 않은 채 누워 있었다.

엄마는 깊은 잠에 빠져 있었던 것이다!

아버지는 일을 마치자 숨 쉬기가 한결 편한 듯하였다. 이제는 어느 것도 그를 가로막을 것이 없었다. 하지만 여전히 그를 불안하게 하는 무언가가 또 있었다. 그는 초를 옮겨 놓고 침대를 아예 쳐다보지 않으려고 얼굴을 문 쪽으로 향하고 있었다. 이윽고 바이올린을 손에 들고 절망적인 몸짓으로 활을 움직이기 시작했다……. 음악이 시작되었다.

그러나 그것은 음악이 아니었다. 나는 모든 것을 뚜렷하게, 마지막 순간까지 기억한다. 당시 내 마음을 놀라게 하였던 모든 것을 기억한다. 이것은 내가 그 후에 들을 수 있었던 그런 음악이 아니었다! 그것은 바이올린 소리가 아니었고 마치 어떤 무서운 소리가 우리의 어두컴컴한 집에 처음으로 울리는 것 같았다. 내가 받은 인상이 잘못되었거나 아니면 내가 목격했던 모든 것들에 나의 감각들이 동요하여 내 머릿속에 무섭고 끝없이 고통스럽게 잠재되어 있었는지도 모른다. 하지만 내가 들은 것은 신음소리와 절규, 울음소리였다고 나는 확신한다. 온갖 절망이 이 소리들 속에서 한데 뒤섞였다. 마침내 오열 속의 무서운 것, 음악 속의 고통스러운 것, 절망적인 슬픔 속의 애잔함, 이 모든 것이 담겨 있던 공포스러운 마지막 화음이 울리자 — 이 모든 것은 마치 한 번에 결합되어 버린 듯하였다 — 나는 견딜 수가 없었다. 나는 부들부들 떨기 시작했다. 눈에서 눈물이 왈칵 쏟아져 나왔다. 나는 괴상한 절망적인 소리를 지르며 아버지에게 몸을 던져 그를 두 손으로 움켜잡았다. 그는 소리를 지르며 바이올린을 내려놓았다.

잠깐 동안 그는 어찌할 바를 모르고 서 있었다. 마침내 그의 눈이 번쩍하더니 여기저기 사방을 빠르게 살피기 시작했다. 마치 무언가를 찾는 것 같았다. 그러다가 돌연 바이올린을 움켜쥐고 그것을 내 머리 위에서 휘둘렀다……. 그러기도 잠깐, 그는 어쩌면 나를 그 자리에서 죽이려 했는지도 모른다.

「아빠!」 나는 소리쳤다. 「아빠!」

내 목소리를 듣자 그는 나뭇잎처럼 떨기 시작했다. 그리고 뒤로 두 걸음 물러섰다.

「그렇구나! 네가 아직 남아 있었구나! 그래, 아직 모든 게 끝난 게 아니야! 그래, 나한텐 네가 남아 있었어!」 그는 어깨 위로 나를 들어 올렸다.

「아빠!」 나는 다시 소리쳤다. 「제발 저를 무섭게 하지 마세요! 무서워요! 아아!」

내 울음소리가 그에게 영향을 주었다. 그는 가만히 나를 바닥에 내려놓고 마치 무엇인가를 확인하고 상기해 보려는 듯이 잠시 말없이 나를 바라보았다. 그러다 갑자기 무언가가 그에게 변화를 주었는지, 어떤 무서운 생각이 그에게 영향을 미쳤는지 몽롱해져 있던 그의 두 눈에서 눈물이 흘러내렸다. 그는 내 쪽으로 고개를 숙이고 얼굴을 뚫어지게 바라보기 시작했다.

「아빠!」 나는 두려움에 어쩔 줄 모르며 그에게 말했다. 「그렇게 쳐다보지 마세요, 아빠! 여기서 떠나요! 어서 떠나 버려요! 가요, 도망가요!」

「그래, 도망가자, 도망가자! 그래야겠다! 떠나자꾸나! 네 또츠까! 어서 가자, 빨리 가자!」 그는 마치 지금에서야 자기가 할 일을 깨닫기나 한 듯이 허둥대기 시작했다. 그는 서두르듯이 주위를 한번 둘러보고 바닥에 떨어져 있던 엄마의 손수건을 발견하자 그것을 주워 들어 주머니에 집어넣은 뒤 다시 머릿수건이 보이자 그것도 주워서 품속에 간수하였다. 마치 먼 여행길을 준비하는 사람처럼 자기에게 필요한 모든 것을 챙기는 듯하였다.

나는 순식간에 옷을 차려입고 그와 마찬가지로 서두르며 내가 여행하는 데 필요하다고 생각되는 모든 것을 챙기기 시작했다.

「다 됐니, 다 됐어?」 아버지가 물었다. 「다 준비되었니? 그럼 어서 가자꾸나! 어서 빨리!」

나는 급히 보자기를 묶고 머리에 수건을 썼다. 그리고 우리 둘은 방을 나서려 했지만 내게 갑자기 벽 위에 걸려 있던 조그만 그림도 가져가야겠다는 생각이 떠올랐다. 아버지는 그 자리에서 승낙하였다. 이제 그는 차분하였고 속삭이는 목소리로 말하며 단지 내게 서두르라고 재촉할 뿐이었다. 그림은 높은 곳에 걸려 있었다. 우리는 둘이서 걸상을 가져다가 그 위에 긴 의자를 올려놓고 기어올라 가 오랫동안 고생을 한 뒤에야 그것을 내릴 수 있었다. 이제 우리의 여행을 위한 만반의 준비가 되어 있었다. 아버지는 내 손을 잡고 막 나서려던 순간 돌연 나를 멈춰 세웠다. 그는 미처 하지 못한 일이 있는가 생각하는 듯이 한참 동안 자기 이마를 문질렀다. 마침내 자기에게 필요한 것을 생각해 냈는지 어머니의 베개 밑에 있던 열쇠를 찾아 장롱 속에서 무엇인가를 서둘러 뒤지기 시작했다. 이윽고 아버지는 상자에서 찾아낸 얼마의 돈을 가지고 내게로 돌아왔다.

「자, 이것을 가지고 있거라. 잘 간수해야 한다.」 아버지가 나에게 속삭였다. 「잃어버려선 안 된다. 알겠지, 알겠지!」

그는 처음에는 내 손에 쥐어 주었다가 다시 그것을 집어 내 품속에 넣어 주었다. 그 은화가 내 몸에 닿았을 때 흠칫 떨었던 걸로 기억이 난다. 그리고 나는 그제야 돈이라는 게 무엇인지를 알 것 같았다. 우리는 다시 떠나려 하였지만 그가 또 나를 멈춰 세웠다.

「네또츠까야!」 아버지는 힘들여 생각하는 듯한 표정을 지으며 말했다. 「내 새끼야, 무슨 말인가 하려 했는데……. 뭐더라? 그게 무엇이었지? 그래, 맞아, 그거였지, 이제 생각나는구나! 이리 온, 네또츠까!」

그는 나를 성상이 있던 구석으로 데려가서 무릎을 꿇으라고 말했다.

「기도해라, 애야, 기도하거라! 네게 좋은 일이 있게 될 거다! 그래, 분명히 좋은 일이 생길 거다.」 아버지는 성상을 가리키고 이상한 눈으로 어딘가를 쳐다보며 내게 속삭였다. 「기도해라, 기도하거라!」 아버지는 부탁하는 듯한 간곡한 어조로 말했다.

나는 무릎을 꿇고 두 손을 모았다. 그리고 나를 사로잡고 있던 절망과 무서움 때문에 바닥에 쓰러져 죽은 듯이 몇 분간 누워 있었다. 내 모든 생각, 내 모든 감정을 기도 속에 모았지만 공포심이 나를 압도하였다. 슬픔에 괴로워하며 몸을 일으켜 세웠다. 이제는 아버지와 함께 가고 싶지 않았다. 그가 무서웠다. 그냥 남아 있고 싶었다. 마침내 나에게 고통을 주고 나를 괴롭히던 것이 가슴속에서 터져 나왔다.

「아빠,」 나는 눈물을 흘리며 말했다. 「그럼 엄마는요? 엄마한테 무슨 일이 생긴 거예요? 엄마는 어딨죠? 우리 엄마는 어디 계시죠?」

나는 더 이상 말을 잇지 못하고 눈물을 쏟기 시작했다.

아버지도 눈물을 흘리며 나를 바라보았다. 이윽고 내 손을 이끌고 침대 쪽으로 데려가더니 쌓여 있던 옷 더미를 헤치고 담요를 젖혔다. 오, 하느님! 어머니는 이미 차갑게 식어 안색이 파래진 채로 시신이 되어 누워 있었다. 나는 정신을 잃은 듯이 어머니에게 달려들어 어머니의 주검을 껴안았다. 아버지는 내게 무릎을 꿇도록 하였다.

「엄마에게 인사하거라, 애야!」 그가 말했다. 「엄마랑 작별 인사를 해야지…….」 아버지의 안색은 무섭도록 창백하였다. 단지 입술만이 움직이며 무슨 말인가를 속삭이고 있었다.

「〈이렇게 만든 건 내가 아니다〉, 네또츠까, 〈내가 아니야〉.」 떨리는 손으로 시신을 가리키며 아버지는 내게 말했다. 「내 말 듣고 있지, 〈내 잘못이 아니란다. 이것은 내 탓이 아니야〉. 기억해야 한다, 네또츠까!」

「아빠, 떠나요.」 무서운 탓에 속삭이며 내가 말했다. 「이제 갈 시간이에요!」

「그래, 이제 갈 시간이구나, 아니 오래전에 갔었어야지!」 아버지는 이렇게 말하고는 내 손을 꼭 움켜쥐고 서둘러 방을 나섰다. 「자, 이제 길을 떠나는 거야! 다행이다, 다행이야. 이제 모든 것이 끝난 거야!」

우리는 계단을 내려갔다. 잠에 취한 문지기가 의심쩍은 눈으로 우리를 바라보며 우리에게 문을 열어 주었다. 아버지는 그가 질문이라도 할까 봐 겁을 내는 듯 앞서서 문에서 뛰어나갔다. 그 때문에 나는 간신히 아버지를 뒤쫓아 갔다. 우리가 살던 거리를 지나 도랑 옆의 도로로 나섰다. 밤새 도로의 포석(鋪石)에는 눈이 내려 있었고 지금은 가는 눈발이 날리고 있었다. 날은 추웠다. 나는 뼈 속까지 느껴지는 추위에 떨면서 아버지의 연미복 뒷자락을 불안스레 움켜쥐고 아버지의 뒤를 쫓아 뛰어갔다. 바이올린은 아버지의 겨드랑이에 끼워져 있었는데 아버지는 케이스를 겨드랑이로 추스리기 위해 잠깐씩 멈추곤 하였다.

우리는 25분 가량 걸었다. 아버지는 가로수 비탈길을 따라 도랑 쪽으로 방향을 돌리고 나서 맨 끄트머리에 있는 말뚝에 앉았다. 우리에게서 두 걸음쯤 떨어진 곳에 얼음 구멍이 있었다. 주위에는 사람 기척 하나 없었다. 오, 하느님! 갑자기 나를 엄습해 온 그 무서운 느낌을 나는 지금도 기억하고 있다! 마침내 내가 1년 동안 꿈꾸어 왔던 모든 것이 실현된 것이다. 우리는 그 가난한 거처에서 떠나왔다······. 내가 기대한 것이 이것이었을까, 내가 꿈꾸던 것이 이것이었을까, 내가 그토록 어린아이답지 않은 마음으로 사랑한 그 사람의 행복을 점치면서 내 어린 상상 속에서 형성되었던 것이 이것이었을까? 이 순간 가장 나를 괴롭힌 것은 엄마였다. 나는 생각했다. 〈어째서 우리는 엄마를 홀로 놔두고 왔을까? 쓸모없는 물건처럼 엄마의 육신을 어째서 버려 두었을까?〉 그리고 지금 기억해 보면 다른 무엇보다 이것이 나의 마음을 가장 아프게 만들고 괴롭혔던 것이다.

「아빠!」 나는 고통스러운 생각을 견딜 수가 없어서 말을 꺼냈다. 「아빠!」

「무슨 일이냐?」 아버지가 엄한 표정으로 말했다.

「아빠, 어째서 우리는 엄마를 거기에 놔두고 왔지요? 어째서 엄마를 버려 두었지요?」 울면서 내가 물었다. 「아빠! 집으로 돌아가요! 돌아가서 엄마한테 누구라도 불러다 드려요.」

「그래, 그렇구나!」 잠에서 깬 사람처럼 아버지는 말뚝에서 벌떡 일어나며 소리치기 시작했다. 그의 모든 의심을 풀어 줄 어떤 새로운 생각이 떠오르는 것 같았다. 「그렇지, 네또츠까, 그래서는 안 되지. 엄마한테 갔다 올 필요가 있겠구나. 거기에 계시면 추우실 게다! 겁먹지 말고 누구라도 엄마한테 불러다 드린 다음 내게 오너라. 혼자 가거라, 나는 여기서 너를 기다리마……. 정말 아무 데도 가지 않고 있을 테니.」

나는 그 즉시 발걸음을 옮겼지만 가로수 길에 오르자마자 무엇인가가 내 가슴을 쿡쿡 찌르는 것 같았다……. 뒤를 돌아서서 바라보니 아버지는 이미 다른 방향으로 뛰어가고 있었다. 나 혼자 남겨 두고, 이 순간에 나를 버려 두고 내게서 멀어져 가고 있었던 것이다! 나는 있는 힘을 다해 소리를 지르고 너무도 놀라서 그를 뒤쫓아 가기 시작했다. 숨이 가빠 왔다. 하지만 아버지는 더 빨리 뛰어가고 있었다……. 아버지는 이미 시야에서 사라졌다. 도중에 아버지가 달려가다 떨어뜨린 모자를 발견하였다. 그것을 주워 들고 나는 다시 뛰기 시작했다. 숨이 멎고 다리가 굳어 움직이지 않았다. 나한테 무언가 일이 일어나고 있다고 느껴졌다. 내게는 이 모든 일이 꿈인 것처럼 느껴졌다. 꿈속에서 누군가에게 쫓겨 달아나지만 다리가 말을 안 듣고 굳어 버려 마침내 추격자가 나를 잡으려 하자 정신을 잃고 쓰러질 때의 그것과 똑같은 느낌이 때때로 들곤 하였다. 고통스러운 생각이 내 마음을 짓눌렀다. 아버지가 외투도 입지 않고, 모자도 쓰지 않은 채, 내게서, 자기가 사랑하는 자식에게서 달아나고 있다고 생각하자 아버지가 불쌍하게 느껴져 가슴이 저미고 아파 왔다……. 단지 한번 더 아버지에게 힘껏 입을 맞추기 위해서, 나를 두려워하지 말라고 말하기 위해서, 만일 원하지 않으신다면 뒤쫓아 가지 않고 혼자서 엄마한테 돌아가겠노라고 설득하고 안심시켜 드리기 위해서 그를 붙잡고 싶었다. 마침내 아버지가 어느 도로인가로 방향을 돌리는 것을 발견하였다. 그곳까지 달려가자 앞서 가고 있던 그의 모습이 보였다. 그때 내게는 힘이 남아 있지 않았다. 나는 눈물을 흘리며 울부짖기 시작했다. 달리던 중에 가로수 길 복판에 멈추어 서서 우리 두 사람을 놀란 눈으로 쳐다보던 행인 두 사람과 부딪친 것으로 기억이 난다.

「아빠! 아빠!」 나는 마지막으로 소리를 질렀지만 갑자기 가로수 길에서 미끄러져 어느 건물 출구 앞에 넘어졌다. 내 얼굴에 온통 피가 흘러내리고 있다고 느꼈다. 그 순간 나는 정신을 잃었다…….

깨어났을 때 나는 따스하고 푹신한 침대에 누워 있었다. 그리고 곁에서 내가 깨어난 것을 반갑게 맞이하던 호의 어린 다정한 얼굴들을 발견하였다. 코에 안경을 걸치고 있는 할머니와 깊은 연민을 담은 눈으로 나를 지켜보던 키가 큰 남자가 내 눈에 들어 왔고, 그 다음엔 아름다운 부인과, 마지막으로 내 손을 잡고 시계를 바라보던 머리가 하얗게 센 노인이 보였다. 나는 새로운 존재가 되어 깨어난 것이다. 뛰어갈 때 만났던 사람 중 한 사람이 H공작이었고 내가 넘어진 곳은 그의 집 문 앞이었다. 아버지에게 S씨의 연주회 입장권을 보냈던 공작은 오랜 수소문 끝에 내가 누구인지 알아낸 뒤, 이 이상한 우연에 충격을 받고 나를 자기 집에 받아들여 자기 자식들과 함께 키우기로 결심을 하였다. 나는 아버지가 어찌 되었는지를 캐물어서, 교외에서 정신 착란으로 발작을 일으킨 그를 누군가가 붙잡아 두었다는 것을 알아냈다. 그는 병원에 실려 갔지만 거기서 아버지는 이틀 후 숨을 거두었다고 한다.

아버지가 돌아가신 것은, 그 같은 죽음이 그가 살아온 생애 전체의 필연이자 자연스러운 결과였기 때문이다. 삶 속에서 그를 지탱해 주었던 모든 것이 한순간에 무너져 버리고 환영처럼, 형체 없는 공허한 꿈처럼 산산이 흩어져 버리자 그는 그렇게 죽을 수밖에 없었던 것이다. 자신을 기만하면서 삶을 지탱하도록 만들던 모든 것이 한순간 그 자신의 눈앞에서 실체를 드러내고, 그리고 모든 것을 확연히 깨닫게 되자 아버지는 숨을 거둔 것이었다. 진실은 그 견딜 수 없는 섬광으로 현기증이 나도록 그의 정신을 깨워 놓았다. 거짓은 그 자신에게도 거짓이었다. 아버지는 생애 마지막 순간에 그 탁월한 천재의 연주를 듣고서 자기 자신이 어떤 사람인가를 알았다. 그 소리는 그를 영원토록 질책하는 소리였다. 천재적인 S씨의 바이올린에서 흘러나온 마지막 소리와 함께 예술의 모든 비밀이 그 앞에서 한꺼번에 밝혀졌으며, 영원히 젊고 강하고 진실한 천재는 그의 진실됨으로 아버지를 압박하였던 것이다. 생애 내내 거의 느낄 수 없는 고통 속에서 그를 덮쳐 누르던 불가사의했던 모든 것이, 지금까지 잘 느낄 수도 없고 포착할 길 없이 꿈속에서만 그를 괴롭혀 왔던 모든 것이, 비록 가끔 가다 나타나기는 했지만 두려워서 도망치고 자기 삶 전체의 허위로 가리고 있던 모든 것이, 예감은 하고 있었지만 지금까지 두려워만 하고 있던 모든 것이, 이 모든 것이 갑자기 한꺼번에 그 앞에서 선명하게 밝혀졌고, 지금까지 빛을 빛이라고, 어둠을 어둠이라고 인정하지 않으려 했던 그의 눈앞에 명확히 드러났던 것이다. 하지만 과거와 현재의 있는 그대로의 모든 일을, 그를 기다리던 것이 무엇인지 처음으로 알아차리게 된 그의 두 눈에 진실은 견딜 수 없는 것이었다. 진실은 그의 이지(理智)를 눈부시게 하여 멀게 만들었고 불태워 버렸다. 진실은 번개처럼 갑자기 피할 수 없이 그를 내리쳤다. 일생 동안 가슴 조이며 초조하게 기다려 왔던 것이 불현듯 이루어졌다. 어쩌면 평생 동안 그의 머리 위에는 도끼가 걸려 있어 매순간 표현할 수 없는 고통 속에서 그것이 자기에게 떨어지기를 기다려 오다가 마침내 도끼가 떨어진 것인지도 모른다! 그 충격은 치명적이었다. 그는 자신에 대한 심판을 피해 달아나려 했지만 도망칠 곳이 없었다. 마지막 기대감도 사라졌고 마지막 변명거리도 없어졌다. 그 세월 동안 그에게 짐이 되었던 그 여자, 그를 못살게 하였던 그 여자, 그의 맹목적인 신념에 따르면, 그 여자의 죽음과 더불어 그가 마땅히 소생을 할 것임에 분명하였던 그 여자는 죽었다. 마침내 그는 혼자였고 아무것도 그를 압박할 것이 없었다. 그는 결국 자유로운 몸이었던 것이다! 그는 마지막으로 경련적인 절망 속에서 편견 없고 사심 없는 재판관처럼 자기 자신을 심판하고 혹독한 자책을 해보려 하였다. 하지만 약해져 버린 바이올린의 활은 미약하게 그 천재의 마지막 소절을 되풀이할 수 있을 뿐이었다……. 이 순간, 이미 10년 간이나 기회를 엿보고 있던 광기가 돌이킬 수 없이 그에게 몰아닥쳤던 것이다.[13]

4

나는 서서히 건강을 회복해 갔다. 하지만 병상에서 완전히 일어났을 때에도 내 머리는 여전히 어떤 정신 착란 같은 것에 빠져 있어 오랫동안 나한테 무슨 일이 일어났는지 이해하지 못했다. 어떤 때는 내가 꿈을 꾸고 있는 것처럼 생각되는 순간도 있었고, 지금 기억하기로는, 내게 일어난 모든 것이 정말 꿈으로 변했으면 하고 바라는 순간도 있었다! 밤에 잠을 자면서도 우리의 초라한 방에서 갑자기 깨어 일어나 아버지와 엄마를 보게 되기를 바랐다……. 하지만 마침내 내 처지가 눈앞에 분명하게 보였고, 이제는 완전히 나 혼자 남아서 다른 사람들과 살고 있음을 조금씩 이해하게 되었다. 나는

---

13 다음은 도스또예프스끼가 끄라예프스끼에게 편집자에게 보낸 편지이다. 〈나도 1월 분위기를 준 『네또츠까 네즈바노바』의 첫 부분이 잘되었다는 걸 압니다. 『조국 수기』에 실려도 손색이 없을 겁니다. 난 날림으로 쓰기는 싫습니다……. 난 지금 글을 쓰고 있습니다. 생계를 위해서이기도 하고, 그러니까 돈 때문에…… 또한 내가 내 소설을 좋아하기 때문이며, 내가 가치 있는 작품을 쓰고 있다는 것을 알기 때문이기도 합니다.〉

내가 고아라는 것을 그때 처음으로 느꼈다.

　나는 그렇듯 갑작스럽게 나를 둘러싸게 된 새로운 모든 것들을 탐욕스럽게 관찰하기 시작하였다. 처음에는 모든 것이 이상하고 낯설게 보이고 나를 당혹스럽게 하였다. 새로운 얼굴도, 새로운 관습도, 오래된 공작 집의 방들도 그러하였다(지금도 생각나는데 그 방들은 널따랗고 천장이 높으며 화려하지만 너무도 우중충하여서 그 속으로 빠져 버릴 것 같은 대단히 기다란, 지나가기가 왠지 몹시 겁나는 방이었다). 병은 아직 나은 것이 아니었고 나의 인상은 어둡고 고통스러워서 이 장중하고 우중충한 집과 완전히 어울렸다. 더구나 아직 정체가 불분명한 슬픔은 내 작은 가슴속에서 점점 커져 갔다. 나는 멈칫멈칫하면서 어떤 그림이나 거울, 정교하게 만든 벽난로 혹은 조상(彫像) — 이 조상은 내 행동거지를 더 세심히 들여다보려고, 그러다가 나를 놀라게 하려고 마치 의도적으로 깊은 구석에 숨어 있는 것 같았다 — 앞에 멈추곤 하였다. 그렇게 머물다가 그 다음에는 왜 내가 멈추어 섰는지, 내가 바라는 게 무엇인지, 무엇을 생각하다 그랬는지 갑자기 잊어버렸고, 정신이 들면 곧 이어 공포와 당혹감에 휩싸여 가슴이 심하게 뛰곤 하였다.

　아직 병상에 누워 있을 무렵 가끔 나를 보러 찾아오는 사람 가운데 늙은 의사 말고 누구보다도 강한 인상을 준 사람은 나를 대단히 깊은 연민의 눈으로 바라보던 어떤 남자였다. 그는 이미 나이를 많이 먹었고 매우 심각하지만 몹시 마음이 좋아 보였다. 그 얼굴을 나는 다른 어떤 얼굴보다도 사랑하였다. 그 사람하고 무척이나 이야기를 나누고 싶었지만 나는 두려웠다. 그는 언제나 매우 음울한 모습을 하고 있었고 말은 간혹 가다 할 뿐 거의 하지 않았다. 그의 입술에는 미소가 머무는 일도 없었다. 이 사람이 바로 나를 발견하여 자기 집에서 보살펴 주게 된 H공작이었다. 내가 건강을 회복해 가자 그의 방문은 점점 드물게 되었다. 그러다 마지막으로 방문했을 때 그는 내게 사탕과 그림이 있는 어떤 아동용 책자를 가져다 주고 키스를 한 뒤 성호를 긋고 내게 더 활달해졌으면 좋겠다고 부탁하였다. 그는 나를 위로하며 덧붙여 말하기를, 이제 곧 친구가 오게 될 것이라고 했다. 그 친구란 나와 똑같은 소녀로 지금은 모스끄바에 있는 자기 딸 까쨔였다. 그런 뒤 잠시 동안 자기 자식들의 보모인 나이 든 프랑스 여자와, 그리고 나를 간호해 주고 있던 아가씨와 얘기를 나눈 뒤 그들에게 나를 가리켜 보인 후 방을 나갔다. 그리고 그 후로 거의 3주 동안 나는 그를 보지 못했다. 공작은 자기 저택에서 대단히 쓸쓸하게 살고 있었다. 이 저택의 더 많은 부분은 공작 부인이 차지하고 있었다. 공작 부인이 공작과 함께 있는 모습은 때로는 몇 주 동안 한번도 볼 수 없었다. 그 후에 나는 집안의 모든 사람들마저 공작이 마치 집에 없거나 한 것처럼 그에 관해 얘기한다는 것을 알게 되었다. 모든 사람들이 그를 존경하고, 어쩌면 그를 사랑하는 것 같았지만 그를 바라보는 시선은 기이한 이방인을 대할 때의 그것과 다르지 않았다. 그 스스로도 자신이 매우 기이한 존재여서 다른 사람들과 유사점이 없다는 것을 알고 있는 것 같았다. 그 때문에 그는 모두의 눈앞에 가급적 잘 안 나타나려고 노력하였다……. 나중에 때가 되면 그에 관해 매우 상세하게 얘기하게 될 것이다.

어느 날 아침 사람들은 나에게 깨끗하고 얇은 내의를 입히고 상장(喪章)을 단 검은 비단 원피스를 입힌 다음 — 나는 이 원피스를 왠지 우울한 의구심을 가지고 바라보았다 — 머리를 빗기고 위층에서 아래층 공작 부인의 방으로 데려갔다. 그리고 마침내 그녀 앞에 다다랐을 때, 나는 못 박힌 듯이 멈추어 섰다. 아직껏 내 주변에서 그렇듯 호화롭고 웅장한 모습을 한번도 본 적이 없었기 때문이다. 하지만 이러한 인상도 한순간의 일이었고, 나를 더 가까이 데려오라고 이르는 공작 부인의 목소리를 듣자 나는 안색이 창백해졌다. 왜 그런 생각이 들었는지는 모르겠으나 옷을 입으면서 나는 어떤 고통이라도 기꺼이 감수하겠다고 생각했다. 나는 나를 둘러싼 모든 것에 대해 어떤 이상한 불신감을 품고서 완전히 새로운 생활로 들어섰던 것이다. 하지만 공작 부인은 나를 매우 친절히 맞아 주며 키스를 하였다. 나는 좀 더 대담하게 그녀를 바라보았다. 그녀는 내가 정신을 잃었다가 깨어난 뒤 만난 사람 가운데 가장 아름다운 부인이었다. 그러나 공작 부인의 손에 입을 맞추면서 나는 온몸을 떨었고 그녀의 물음에 어떤 대답을 하려고 해도 전혀 힘을 모을 수가 없었다. 부인은 내게 자기 곁에 있는 의자에 앉으라고 하였다. 그 자리는 사전에 나를 위해 마련해 놓은 것 같았다. 공작 부인은 내게 온 정신을 기울여 애착을 보이고 귀여워해 주며, 내 어머니를 대신하는 것 말고는 더 이상 아무것도 바라지 않는 듯하였다. 하지만 나는 자신이 어떤 상황에 처하게 되었는지 전혀 이해할 수가 없어서 부인의 관심을 끌 만한 행동을 하지 못했다. 부인은 내게 그림이 예쁘게 그려진 책을 건네주며 그것을 보라고 하였다. 공작 부인 자신은 누군가에게 보낼 편지를 쓰고 있었다. 그러다 간간이 펜을 놓고 나에게 말을 걸곤 하였다. 그러나 나는 갈팡질팡 허둥대며 조리 있는 말을 한마디도 하지 못하였다. 한마디로 비록 내가 하는 이야기가 대단히 흔치 않은 일이며 그 중에서도 운명이 사뭇 다르고, 말하자면 내밀하기까지 한 삶의 역정이 상당 부분을 차지하였다 하더라도, 또 대체로 보아 그 운명 속에 흥미롭고 설명하기 어려운, 얼마간은 환상적이기까지 한 많은 이야기가 있었다손 치더라도, 내 자신은 마치 이 모든 멜로드라마 같은 상황에 진력이 난 듯이 평범한 아이처럼 행동하였다. 호되게 두들겨 맞아 놀란, 심지어 바보 같기까지 한 어린 아이처럼 행동하였다. 특히 이 바보 같은 모습이 공작 부인에게는 전혀 마음에 들지 않았고 나 또한 아주 금방 그녀에게 완전히 싫증이 났는데, 물론 그 책임은 나한테 돌려야 할 것이다. 두 시가 조금 넘어서 방문이 시작되자 공작 부인은 갑자기 내게 더 많은 주의를 기울이며 귀여워하기 시작했다. 내방객들이 나에 관해 이것저것 묻는 말에 부인은 이것은 극히 흥미로운 이야기라고 대답했고, 그런 다음 프랑스 말로 얘기를 하기 시작했다. 부인이 얘기할 때 사람들은 나를 쳐다보며 고개를 끄덕이고 탄성을 발하기도 하였다. 한 젊은 사람은 손잡이 달린 안경을 내 쪽으로 갖다 대기도 하였고 향수 냄새가 나는, 머리가 흰 노인은 내게 입을 맞추려고도 하였다. 하지만 나는 온몸을 떨면서 몸을 조금이라도 움직일까 채 두려워하며 눈을 아래로 내리깐 채 얼굴이 붉으락푸르락하면서 가만히 앉아 있었다. 가슴이 저리고 아파왔다. 생각은 과거로, 우리의 다락방으로 달려가 아버지의 모습, 우리의 길고 말이 없던 밤들, 엄마의 모습이 떠올랐다. 엄마의 모습을 상기하자 내 눈에서는 눈물이 쏟아져 나와 목이 막혔다. 나는 달아나서 혼자 숨어 있고 싶었다……. 방문이 끝나자 공작 부인의 얼굴이 눈에 띄게 엄해졌다. 부인이 나를 바라보는 시선은 이미 침울해져 있었고 말도 드문드문 할 뿐이었다. 특히 나를 놀라게 한 것은 부인의 뚫어질 듯 쳐다보는, 때로는 꼬박 15분가량을 나한테 고정시켜 놓고 바라보는 검은 두 눈과 꼭 다문 가는 입술이었다. 저녁에는 나를 다시 위층으로 데려다 주었다. 나는 오한에 떨며 잠이 들었다가 새벽에 병적인 꿈 때문에 괴로워서 울며 잠이 깼다. 하지만 이튿날에도 똑같은 일들이 시작되었고 나는 다시 공작 부인에게로 불려 갔다. 마침내 부인은 나에 얽힌 이야기를 손님들에게 얘기하는 것이 따분해진 듯하였고 손님들도 나를 동정하는 데 싫증이 난 듯하였다. 더구나 한 나이 든 부인이 마주 앉아 얘기하면서 〈저런 아이와 함께 있는 것이 정말 지겹지도 않으세요?〉 하고 묻는 말에 공작 부인 자신이 직접 표현한 것처럼, 나는 〈조금도 순진한 데가 없는〉 너무도 평범한 아이였다. 그리하여 어느 날 저녁, 나를 그 자리에서 물러가게 한 후론, 더 이상 부르는 일이 없었다. 이렇게 나에 대한 총애는 끝이 났다. 그 대신에 내가 원하는 대로 아무 데나 다녀도 된다는 허락을 받았다. 깊고도 병적인 슬픔 때문에 나는 한자리에 가만히 앉아 있을 수가 없었고, 모든 사람들 곁을 떠나 아래층 큰 방으로 가게 될 때가 너무도 기뻤다. 지금 생각하기로는 집안사람들과 무척이나 얘기를 하고 싶었던 걸로 기억이 난다. 하지만 그들을 화나게 하지 않을까 두려워서 나는 혼자 있는 것을 더 좋아하게 되었다. 시간을 보내는 가장 좋은 방법은 집 안의 구석 어딘가에 숨어서 내게 일어났던 모든 일을 생각해 내고 공상을 하는 것이었다. 하지만 이상한 일이었다! 나는 부모한테 일어났던 일의 결말을, 그 모든 무서운 이야기를 잊어버린 듯하였다. 내 눈앞에는 어떤 광경들이 어른거리고 불쑥 나타났다. 사실 나는 모든 것을, 그날 밤도, 바이올린도, 아버지도 기억하고 있었다. 또 아버지에게 돈을 갖다 준 것도 기억하고 있었다. 하지만 왠지 이 모든 사건을 이해하고 스스로에게 설명할 수가 없었다……. 내 가슴은 더욱 고통스러워져만 갈 뿐이었고, 회상이 죽은 엄마 곁에서 기도하던 순간까지 이르렀을 때는 갑자기 한기가 내 몸을 훑고 지나갔다. 나는 떨면서 가벼운 탄성을 질렀다. 그런 다음에는 숨을 쉬기가 너무도 힘들어지고 가슴이 온통 아프고 심장이 찢어질 듯하여 놀란 나머지 구석에서 뛰쳐나왔다. 하지만 나를 혼자 놔두었다고 한 것은 내가 잘못 말한 것이다. 내게 완전한 자유를 주고 어떤 것으로도 압박감을 주지 말며 잠시도 나에 대한 주의를 게을리 하지 말라는 공작의 분부를 사람들은 한 치의 어긋남이 없이 수행했으며, 잠도 자지 않고 열심히 나의 뒤를 돌보았다. 때로 집안사람들 그리고 하인들 가운데 누군가가 내가 머물던 방을 들여다보고 내게는 한마디 말도 건네지 않은 채 사라지는 모습을 나는 발견하곤 하였다. 그 같은 관심은 나를 몹시 놀라게 하였고 가끔은 불안하게 만들기도 하였다. 무엇 때문에 그러는 것인지 나는 이해할 수가 없었다. 내게는 언제나 사람들이 무언가를 위해서 나를 보살피고 있으며, 나중에 나를 위해 무언가를 하고 싶어하는 것처럼 생각되었다. 필요할 경우, 숨을 곳을 알아 두기 위해 언제나 어딘가 더 멀리로 가 보려고 노력하던 기억이 난다. 한번은 문득 현관 계단으로 가게 된 적이 있었다. 그곳은 전체가 대리석으로 되어 있었고 양탄자가 깔리고 꽃과 아름다운 화분으로 장식된 폭이 넓은 곳이었다. 층계참마다에는 키가 크고 형형색색의 복장을 한 사람들이 장갑을 끼고 새하얀 넥타이를 매고 두 사람씩 서 있었다. 나는 의아스러운 눈으로 그들을 쳐다보았다. 그들이 왜 거기 서서 입을 다물고 서로를 바라보기만 할 뿐 아무런 행동도 하지 않는지 나는 이해할 수가 없었다.

나는 이같이 혼자서 산책하는 것을 점점 더 좋아하게 되었다. 더욱이 내가 위층에서 달아나려 했던 데에는 또 다른 이유가 있었다. 위층에는 공작의 늙은 숙모가 거의 방을 나서는 일도 없고, 외출하는 일도 없이 머물고 있었다. 이 노파에 대한 인상은 내 기억 속에 깊이 새겨져 있다. 노파는 아마도 이 집에서 가장 중요한 인물인 모양이었다. 그녀를 대할 때 사람들은 누구나 정중한 예의를 지켰고, 심지어는 그렇듯 오만하고 위엄스레 사람을 바라보던 공작 부인마저도 일주일에 두 번 가량은 정해진 요일마다 위층으로 올라와 늙은 숙모를 개인적으로 방문해야 했다. 공작 부인은 대개 아침에 다니러 와서 무미건조한 대화를 시작하곤 하였다. 그리고 이 같은 대화는 종종 엄숙한 침묵으로 이어졌고 그러고 나면 노파는 기도문을 외거나 묵주를 만지작거렸다. 방문은 숙모 자신이 원해야 종료되었는데, 그녀는 앉은 자리에서 일어나 공작 부인의 입술에 입을 맞추고 그것으로써 회견이 끝났음을 알렸다. 예전에 공작 부인은 자신과 친척이 되는 이 노파를 매일같이 방문해야 했다. 하지만 그 후 노파의 뜻에 따라 부담이 경감되어서 공작 부인은 일주일의 나머지 닷새 동안은 매일 아침 사람을 보내 노파의 안부를 묻기만 하면 되었다. 매우 연로한 공작 영애(令愛)의 삶은 대체로 거의 수도원의 그것과 다를 바가 없었다. 노파는 처녀였고 서른다섯 살에 수도원에 들어가 거기서 17년 가량을 지냈다. 하지만 머리를 자르지는 않았다. 그 후 해가 갈수록 건강이 악화되던 자매이자 과부인 L백작 부인과 살기 위해서, 그리고 20년 남짓 불화 상태에 있던 둘째 자매인 H공작 부인과 화해하려고 수도원을 떠나 모스끄바로 왔다. 하지만 사람들이 얘기하는 바로는, 노파들이 화목하게 지낸 날은 단 하루도 없었으며 수만 번이나 헤어져 살려고 하였으나 이제는 무료함을 면하거나 노령의 발작을 예방하기 위해 그들 모두 각자가 다른 사람에게 필요한 존재라는 것을 알았기 때문에 그렇게 하지 못했다고들 하였다. 이들의 세상살이에는 다른 사람들의 주의를 끌 만한 것도 없고 또 모스끄바에 있는 이들의 저택을 지배하고 있던 대단히 엄숙한 권태에도 불구하고, 온 도시는 이 세 명의 은자(隱者)를 하루도 거르지 않고 방문하는 것을 어떤 의무로 삼았다. 사람들은 이들을 귀족 계급의 모든 유훈과 전설의 수호자처럼, 태초의 귀족 계급에 대한 살아 있는 연대기처럼 바라보았다. 백작 부인은 아름다운 많은 기억들을 후세에 남겨 준 미모가 빼어난 여성이었다. 뻬쩨르부르그에서 오는 사람들은 맨 먼저 이들을 방문하였다. 이들의 집에서 인정을 받은 사람은 어디서나 인정을 받았다. 그러나 백작 부인이 죽자 두 자매도 서로 갈라섰다. 언니인 H공작 부인은 후손 없이 죽은 백작 부인에게서 자기 몫을 물려받아 모스끄바에 남았고, 손아래인 여수도사는 뻬쩨르부르그에 사는 조카 H공작한테로 가버렸다. 그 대신 공작의 두 아이, 딸 까쨔와 아들 알렉산드르는 홀로 있는 할머니의 마음을 풀어 주고 위안하기 위해 모스끄바의 할머니 댁에 보내져 그곳에서 머물고 있었다. 자식을 몹시도 사랑했던 공작 부인은 정해진 복상(服喪) 기간 동안 이들과 헤어진 채 감히 한마디 불평도 하지 못했다. 잊고서 미처 하지 못한 얘기지만, 내가 그곳에 머물던 당시 공작의 집안은 아직도 상중이었다. 하지만 그 기간은 금방 흘러갔다.

  나이 든 공작 영애는 항상 평범한 모직물로 만든 원피스를 입고 있었으며 풀을 먹이고 작게 주름을 잡은 하얀 칼라를 달고 다녔다. 이것 때문에 그녀는 양로원 노인처럼 보였다. 그녀는 묵주를 손에서 놓는 일 없이 엄숙한 모습으로 미사를 다녔으며, 온종일 재계(齋戒)하면서 여러 부류 성직자들의 내방을 받고 성서를 읽었다. 대체로 보아 대단히 금욕적인 생활을 하고 있었다. 위층의 정적은 무서울 정도였다. 문을 삐걱거리는 것은 있을 수도 없는 일이었다. 노파는 열다섯 살 처녀처럼 예민해서 쿵쿵거리는 소리나 조금만 삐걱거리는 소리가 나도 금방 그 까닭을 알아보려고 사람을 보냈다. 사람들은 모두 귀엣말로 얘기하였고 모두 뒤꿈치를 들고 걸었다. 그래서 역시 노파였던 가련한 프랑스 여자는 결국 자기가 아끼던 굽 달린 신발을 포기하지 않을 수 없었다. 그곳에서 굽 달린 신발은 추방 대상이었다. 내가 출현한 뒤 두 주가 지나자 노파는 사람을 불러, 내가 어떤 아이며 어떻게 이 집에 오게 되었는지 등에 관해 물었다. 그녀의 의문점은 지체 없이 공손하게 풀렸다. 그러자 두 번째의 급사가 어째서 노파가 지금껏 나를 만나지 못했는가 하는 물음을 가지고 프랑스 여자에게로 파견되었다. 금세 소동이 일어났다. 머리를 빗기고 그렇지 않아도 깨끗하였던 얼굴과 손을 씻기고, 다가가서 인사하는 법과 더 명랑하고 상냥한 표정을 지으며 말하는 법을 가르쳤다. 한마디로 온통 나를 괴롭히기 시작하더니, 그런 다음에는 오히려 이쪽에서 고아 소녀를 보고 싶지 않으신가 하는 제안을 가지고 여자 사절을 파견하였다. 면회는 내일 재계가 끝난 다음에 하기로 정해졌다. 나는 밤새 잠을 자지 못했다. 나중에 사람들이 얘기하기로는, 내가 밤새 잠꼬대를 하며 공작 영애한테 가서는 그한테 무엇인가를 빌더라는 것이다. 마침내 나는 그 앞에 서게 되었다. 커다란 안락의자에 앉아 있는 자그마하고 수척한 노파의 모습이 눈에 들어왔다. 그녀는 내게 고개를 끄덕여 보이고 나를 가까이서 살펴보려고 안경을 썼다. 나라는 존재가 그녀에게는 전혀 마음에 들지 않았던 것으로 기억 난다. 무릎을 굽혀 인사를 할 줄도 모르고 손에 입을 맞출 줄도 모르는 완전한 미개인으로 보였던 것이다. 이것저것 묻기 시작했지만 거의 대답을 하지 못하고 있다가는 얘기가 아버지와 엄마에게 이르자 나는 울기 시작했다. 내 감정이 격앙된 것을 보자 노파는 몹시 불쾌해 했다. 하지만 그녀는 나를 위로하기 시작했고 나의 희망을 하느님께 맡기라고 얘기하였다. 그런 다음 내가 마지막으로 교회에 나간 것이 언제였는지 물었다. 나의 교육은 대단히 등한시되어 왔으므로 나는 그녀의 물음을 거의 알아듣지 못했다. 그러자 노파는 경악을 금치 못하였다. 공작 부인이 불려 왔다. 충고가 이어지고, 다가오는 첫 번째 일요일에 곧바로 나를 교회에 데려가기로 결정이 났다. 노파는 그때까지 나를 위해 기도하겠다고 약속하였다. 하지만 그녀는 내가 그녀에게 매우 고통스러운 인상을 남겨 놓았다고 말하며 어서 나를 데려가라고 명하였다. 이상할 것은 아무것도 없었고 마땅히 그래야 할 일이었다. 하지만 나를 전혀 마음에 들어하지 않는다는 것은 분명하였다. 노파는 그날 사람을 보내, 내가 너무 소란을 피우고 있으며 내 소리가 온 집 안에 다 들린다는 말을 하였다. 하지만 나는 하루 종일 꼼짝하지 않고 가만히 있었다. 노파에게는 그냥 그렇게 보였음이 분명했다. 그러나 다음날 아침에도 똑같은 주의가 잇따랐다. 그 무렵 내가 찻잔을 떨어뜨려 깨뜨리는 일이 일어났다. 프랑스 여자와 모든 하녀들은 아예 절망적인 상태가 되어 그 즉시 나를 가장 멀리 떨어진 방으로 옮기고 모두가 깊은 두려움에 휩싸여 내 뒤를 따라왔다.

그 후 그 일이 어떻게 결말이 났는지 지금은 알지 못한다. 하지만 내가 아래층으로 내려가 혼자서 큰 방들을 돌아다니는 것을 좋아한 이유는 바로 이러한 이유 때문이었던 것이다. 거기는 어느 누구도 불안하게 만들 일이 없었다.

한번은 아래층의 어떤 홀에 앉아 있었던 걸로 기억이 난다. 나는 두 손으로 얼굴을 가리고 고개를 숙인 채 몇 시간 동안인지 기억이 나지 않지만 그렇게 앉아 있었다. 나는 생각하고 또 생각했다. 성숙하지 못한 나의 사고 능력으로는 내게 닥친 모든 슬픔을 이겨 낼 수가 없었다. 그러자 가슴이 점점 더 고통스럽고 답답해져 왔다. 그런데 갑자기 어떤 조용한 목소리가 내 앞에서 들려왔다.

「무슨 일이냐, 불쌍한 아이야?」

나는 고개를 들었다. 공작이었다. 그의 얼굴에는 깊은 관심과 연민이 나타나 있었다. 하지만 그를 바라보는 내 모습이 너무도 절망적이고 불쌍하였던 나머지 그의 커다랗고 푸른 눈에는 눈물이 고였다.

「불쌍한 고아!」 그가 내 머리를 쓰다듬은 뒤 이렇게 말했다.

「아니에요, 아니에요, 나는 고아가 아니란 말이에요! 아니에요!」 이렇게 말하고 나자 내 가슴속에서 신음소리가 터져 나오며 가슴속의 모든 것이 끓어오르고 동요하기 시작했다. 나는 자리에서 일어나 그의 손을 붙잡고 거기에 눈물을 뿌리고 입을 맞추면서 애원하는 목소리로 이렇게 되풀이하여 말했다.

「아니에요, 아니란 말이에요, 고아가 아니란 말이에요! 아니란 말이에요!」

「아이야, 무슨 일이냐? 사랑스러운 아이야, 불쌍한 네또츠까야? 무슨 일이냐?」

「저희 엄마는 어디 계시죠? 저희 엄마는 어디 있어요?」 나는 흐느껴 울면서 소리를 질렀다. 그러다 슬픔을 더 이상 토해 낼 기력이 없어 힘없이 그의 무릎 앞에 넘어졌다. 「엄마는 어디 계시죠? 아저씨, 말해 주세요. 엄마는 어디 계시는 거죠?」

「용서해 다오, 애야! 아아, 가엾은 것, 내가 괜한 말을 했구나……. 내가 정말 무슨 짓을 한 거냐! 가자, 나하고 가자꾸나. 네또츠까야, 나와 함께 가자꾸나.」

내 한 손을 잡더니 그는 급히 나를 데리고 나갔다. 그는 마음속 깊이 충격을 받았다. 이윽고 우리는 내가 아직 본 적이 없는 어떤 방에 이르렀다.

그것은 성상을 모셔 두는 방이었다. 어둑어둑해질 무렵이었다. 등잔불들이 금빛 장식과 보석으로 만든 성상에 반사되어 밝게 빛나고 있었다. 빛나는 성상의 천개(天蓋) 아래서 성자들의 안면이 희미하게 엿보였다. 여기 있는 모든 것은 내가 충격을 받을 만큼 다른 방들과는 너무도 다르고 몹시 신

비스럽고 어둠침침하였다. 내 가슴은 어떤 놀라움에 휩싸였다. 게다가 나는 너무도 병적인 상태에 있었던 것이다! 공작은 서둘러서 나를 성모 마리아 상 앞에 무릎을 꿇도록 하고 자신은 내 곁에 섰다.

「기도해라, 얘야, 기도하거라. 둘이서 함께 기도하자꾸나!」 그는 조용하고 갈라진 목소리로 말했다.

하지만 나는 기도를 할 수가 없었다. 나는 깊은 충격을 받은 상태였고 또 몹시 놀라 있었던 것이다. 그 마지막 날 밤, 엄마의 시신 옆에서 아버지가 한 얘기가 머릿속에 떠올랐다. 그러자 신경성 발작이 일어났다. 나는 아파서 병상에 눕게 되었고, 두 번째로 앓아 누웠던 이 시기에 거의 죽을 뻔하였다. 그 일은 이러한 것이었다.

어느 날 아침, 누군가 아는 사람의 이름이 내 귀에 들려왔다. 내가 들은 것은 S씨라는 이름이었다. 집안사람 가운데 누군가가 내 침상 옆에서 그 이름을 말했던 것이다. 그 이름을 듣자 나는 흠칫 몸을 떨었다. 기억들이 물밀듯이 밀려왔다. 기억을 끌어 모으고 공상하고 괴로워하며 몇 시간인지 모르게 정말로 비몽사몽의 상태 속에서 누워 있었다. 잠이 깬 것은 아주 늦게였다. 주위는 캄캄했다. 등잔불도 꺼지고 내 방에 앉아 있던 하녀도 보이지 않았다. 갑자기 먼 데서 음악소리가 들렸다. 간혹 그 소리는 완전히 잦아들기도 하다가 또 때로는 마치 다가오듯이 점점 더 분명하게 들려왔다. 지금은 잘 기억 나지 않지만 나는 어떤 감정에 사로잡히고 무슨 생각인가가 아픈 머릿속에서 돌연 떠올랐던 듯하다. 어디서 힘이 솟아났는지는 모르나, 나는 침대에서 일어나 재빨리 상복을 입고는 손을 더듬거리며 방을 빠져나갔다. 다른 방에서도 또 다른 방에서도 사람은 만나지 못했다. 나는 결국 복도로 나오고 말았다. 소리는 더욱 분명하게 들렸다. 복도 중간에는 아래층으로 내려가는 계단이 있었다. 나는 언제나 이 길을 통해 커다란 방으로 내려가곤 했다. 계단에는 불이 환하게 비치고 있었다. 아래층에는 사람들이 왔다 갔다 하였다. 나는 모습을 안 보이려고 구석에 몸을 감췄다. 그리고 틈을 기다렸다가 아래층 두 번째 복도로 내려갔다. 음악은 옆에 붙은 홀에서 울리고 있었다. 그쪽은 마치 수천의 사람이 모인 것처럼 이야깃소리로 소란스러웠다. 복도에서 바로 홀로 통하는 문 가운데 하나에는 진홍색 벨벳으로 만든 거대한 커튼이 두 겹으로 드리워져 있었다. 나는 그 중 하나를 들어 올리고 커튼 사이에 섰다. 심장은 두 발로 설 수 없으리만치 두근거렸다. 하지만 몇 분이 지나자 나는 흥분을 억누르고 두 번째 커튼 끝자락을 약간 걷어 올릴 만큼 대담해졌다……. 오, 하느님! 내가 그렇듯 들어가기를 두려워했던 그 거대하고 우중충한 홀에는 지금 수천 개의 불빛이 번쩍거리고 있었다. 빛의 바다가 내게 몰아닥친 듯하였고, 어둠에 길들어 있던 내 두 눈에는 첫 순간에 아픔이 느껴질 정도로까지 앞이 안 보였다. 향기로운 공기가 뜨거운 바람처럼 내 얼굴로 불어왔다. 수많은 사람들이 이리저리 돌아다니고 있었다. 모두가 기쁘고 즐거운 얼굴이었다. 여자들은 매우 화려하고 찬연한 옷을 입고 있었다. 내게 보이는 시선들은 어느 것이나 만족감에 빛나고 있었다. 내게는 이 모든 것을 언제 어디선가 꿈속에서 본 것 같다는 생각이 들었다……. 내 머릿속에는 어스름한 저녁 무렵이 떠올랐다. 우리가 살던 다락방과 키가 잘 닿지 않던 창문, 저 아래 멀리 내려다보이던 가로수에 불이 켜진 도로, 맞은편 집의 붉은 커튼이 달린 창문들, 현관 앞에 모여 서 있던 마차들, 건장한 말들이 내는 발굽소리와 코를 힝힝대는 소리, 외침소리, 소란 떠는 소리, 창문에 어리던 그림자들, 먼 데서 들려오는 듯한 미약한 음악소리를 상기하였다……. 〈그래, 천국이 이런 곳이 아니고 뭐겠어!〉 하는 소리가 머릿속에서 들렸다. 〈불쌍한 아버지와 함께 가려던 곳이 바로 이곳이었어……. 그러고 보면 그것이 꿈은 아니었던 거야! 맞아, 모든 것들이 이전에 내가 공상을 할 때나 꿈을 꿀 때 보던 그대로야!〉 병으로 격해진 환상이 머릿속에서 작열하였다. 그리고 어떤 설명할 수 없는 격정의 눈물이 눈에서 솟구쳐 올랐다. 나는 눈으로 아버지를 찾았다. 〈아버지는 반드시 여기에 계실 거야, 틀림없어.〉 나는 그렇게 생각했다. 그러자 심장은 기대감으로 마구 고동치기 시작했다……. 감정이 북받쳐 숨이 콱 막혔다. 그 순간 음악소리가 잦아들고 떠들썩한 소리가 들리더니 홀 전체에 속삭이는 소리가 퍼졌다. 나는 열심히 눈앞에 보이는 사람들의 얼굴을 들여다보며 누군가를 찾으려고 하였다. 그런데 갑자기 어떤 이상한 소동이 홀에서 일어났다. 나는 단(壇) 위에서 키가 크고 수척한 한 노인을 발견하였다. 그는 창백한 안색으로 미소를 머금고 어색하게 몸을 굽히며 사방에 인사를 하였다. 그는 두 손에 바이올린을 들고 있었다. 모든 사람들이 숨을 죽인 듯 깊은 침묵이 찾아왔다. 사람들의 얼굴은 모두 기대에 차서 노인을 향하고 있었다. 그는 바이올린을 들어 활을 현에 갖다 대었다. 음악이 시작되었다. 그러자 무언가가 내 가슴을 압박하는 것을 느꼈다. 말할 수 없이 슬픈 심정으로 숨을 죽인 채 나는 그 소리들에 귀를 기울였다. 어디선가 내가 들은 것 같은,

어떤 아는 선율이 내 귀에 울려 퍼졌다. 그 선율 속에는 내 가슴속에도 용해되어 있던 어떤 예감이, 두렵고 무서운 것에 대한 어떤 예감이 담겨 있었다. 이윽고 바이올린 소리가 더 강하게 울리기 시작했다. 선율은 더 빠르고 날카롭게 울렸다. 그 소리는 누군가의 절망적인 통곡, 하소연하는 울음소리처럼 들렸고, 마치 누군가의 애원이 이 모든 군중 속에서 울리다가 잦아들고 결국 절망 속에서 침묵하는 것 같았다. 그것은 왠지 내게 점점 더 친숙한 것처럼 생각되었다. 하지만 내 마음은 그것을 믿으려 하지 않았다. 통증으로 인한 신음소리가 입 밖으로 새어 나오지 않게 하려고 입술을 악물고, 쓰러질까 봐 커튼을 움켜잡았다……. 때때로 이것이 꿈이기를, 내가 이미 알고 있는 어느 무서운 한순간에 잠에서 깨기를 기대하면서 눈을 감았다가 갑자기 떠보곤 하였다. 그 마지막 날 밤은 내 꿈속에 나타났으며 거기서도 이와 똑같은 음악소리를 들었다. 눈을 뜨자 확인을 하고 싶은 마음에 나는 사람들 무리를 뚫어져라 바라보았다. 하지만 아니었다. 이 사람들은 다른 사람, 다른 얼굴들이었다……. 내게는 모든 사람들이 나처럼 무언가를 기대하고 있으며 모든 사람이 나처럼 깊은 슬픔으로 괴로워하고 있는 것처럼 생각되었다. 내게는 그들이 침묵하며 그들의 영혼을 더 잡아 뜯지 않도록, 이 무서운 신음과 통곡에 대해 소리치고 싶어하는 것처럼 여겨졌다. 하지만 통곡과 신음소리는 더 슬프고 더 처량하게, 더 길게 이어졌다. 그러던 한순간 마지막의 무섭고 긴 비명소리가 울렸고 내 가슴속의 모든 것이 뒤흔들렸다……. 틀림없었다! 이것은 바로 그, 그 소리였다! 나는 알고 있었다. 나는 그것을 이미 들은 적이 있었다. 그 소리는 그때에도,

그날 밤에도 지금과 똑같이 내 영혼을 잡아 뜯었던 것이다. 〈아빠다! 아빠야!〉 내 머릿속에서는 이런 소리가 번개처럼 들려왔다. 〈아빠가 여기 계신 거야. 저 사람은 아빠야. 아빠가 나를 부르셔, 저건 아빠의 바이올린이야!〉 이 모든 무리 속에서 신음소리가 터져 나온 듯이 대단한 갈채가 홀을 흔들었다. 절망적인 날카로운 울음소리가 내 가슴에서 터져 나왔다. 나는 더 이상 참지 못하고 커튼을 젖히고 홀 안으로 뛰어들었다.

「아빠, 아빠! 아빠가 맞죠! 어디 계세요?」 나는 거의 제정신을 잃고 소리를 지르기 시작했다.

내가 어떻게 키 큰 노인이 있는 그곳까지 달려갔는지는 알지 못한다. 사람들은 옆으로 비켜서며 내 앞의 길을 열어 주었다. 나는 고통스러운 비명을 지르며 그에게 몸을 던졌다. 나는 자신이 아빠를 포옹하고 있다고 생각했다……. 그런데 갑자기 어떤 기다랗고 앙상한 두 손이 나를 붙잡아 위로 들어 올리고 있음을 알아차렸다. 누군가의 검은 두 눈이 나를 쳐다보고 있었는데, 그것은 그 빛으로 나를 태워 버리려 하는 것처럼 보였다. 나는 노인을 바라보았다. 〈아냐! 이 사람은 아빠가 아니야. 이 사람은 아빠를 죽인 사람이야!〉 내 머릿속에서 이런 생각이 어슴푸레 떠올랐다. 어떤 흥분이 나를 사로잡았다. 그리고 갑자기 그의 하하 웃는 소리가 울려 퍼지는 것처럼, 이 웃음소리가 홀에 울려 퍼져서 연속적으로 이어지는 하나의 커다란 외침이 된 것처럼 생각되었다. 나는 의식을 잃어버렸다.

5

이것이 내가 앓아 누웠던 두 번째이자 마지막 시기였다.

다시 눈을 뜨자 내 앞에서 허리를 굽히고 있는 내 또래의 꼬마 아가씨가 눈에 들어왔다. 그리고 내가 한 첫 동작은 그 애에게 두 손을 내미는 것이었다. 그 애를 보자마자 내 가슴은 온통 어떤 행복감과 유쾌한 예감 같은 것으로 가득 차 올랐다. 여러분도 한번 이상적이라 할 만큼 매력을 지닌 인물, 충격을 줄 정도로 눈에 번쩍 띄는 미인을 상상해 보라. 그런 사람을 보게 되면 여러분은 무엇에 찔린 것처럼 기분 좋게 당황하다가 환희에 흠칫 몸을 떨며 문득 발걸음을 멈추게 될 것이다. 그런 미녀가 존재한다는 것에 대해, 우리의 눈이 그녀를 볼 수 있었다는 것에 대해, 그녀가 우리 곁을 지나갔다는 것에 대해 여러분이 고마워할 그런 미인의 얼굴을 생각해 보란 말이다. 모스끄바에서 방금 돌아온 공작의 딸 까쨔가 바로 그러하였다. 그 애는 내 동작에 미소를 지었고 나의 약한 신경은 감미로운 희열로 인해서 아파 오기 시작했다.

공작의 딸은 두 걸음 떨어져서 의사와 얘기하고 있던 아버지를 불렀다.

「아, 하느님 감사합니다! 하느님 고맙습니다!」 공작은 내 한 손을 붙잡고 이렇게 말했다. 그의 얼굴은 꾸밈 없는 감정으로 빛나기 시작했다. 「다행이다, 다행이야, 정말 기쁘구나.」 그가 평소 습관대로 빠른 어조로 계속해서 말했다. 「자, 이쪽이 내 딸 까쨔다. 서로 인사해라. 네 친구가 되어 줄 게다. 어서 몸이 회복되어야지, 네또츠까야. 너 때문에 내가 얼마나 놀란 줄 아니, 이 몹쓸 녀석아!」

건강은 매우 빠르게 회복되었다. 며칠이 지나자 나는 이미 걸을 수 있게 되었다. 매일 아침 까쨔는 미소를 머금고 내 침대로 찾아왔다. 웃음이 그 애의 입술에서 떠난 적이 없었다. 나는 그 애가 오기를 행복을 기다리듯 기다렸다. 그 애한테 무척이나 키스를 해주고 싶었다! 하지만 장난치기 좋아하는 이 소녀는 내게 와서는 몇 분이나 있을까 말까 하였다. 그 애는 얌전히 앉아 있지를 못했다. 잠시도 가만 있지 않고 뛰어다니고 깔깔거리고 소란을 일으키고 온 집 안이 다 들리도록 소리 지르고 하는 것이 그 애한테는 없어서는 안 될 욕구였다. 이 때문에 그 아이는 내 곁에 앉아 있는 것이 너무도 따분하니까 어쩌다 한번, 말하자면 내가 불쌍하다고 생각될 때, 아무것도 할 일이 없어서 오지 않을 수 없을 때 오겠다는 얘기를 처음부터 털어놓았다. 그리고 내가 몸이 나으면 우리 사이는 좋아지게 될 거라고 하였다. 그리고 매일 아침 그 애는 이렇게 첫마디를 시작했다.

「어때, 나았니?」

내 얼굴은 아직 수척하고 창백하였으며 미소가 내 슬픈 얼굴에 왠지 조심스럽게 떠오르곤 하였으므로, 공작의 딸은 금방 눈썹을 찌푸리고 고개를 흔들며 안타까워 발을 굴렀다.

「내가 어제 너한테 얘기하지 않았니, 빨리 나으라고 말이야! 어째서 그렇지? 너 밥 안 먹은 게 분명하지?」

「그래, 조금밖에 안 먹었어.」 나는 이미 그 애에게 위축이 되었으므로 수줍은 듯이 대답했다. 나는 될 수 있는 한 모든 힘을 다해 그 애의 마음에 들고 싶었다. 그래서 말 한 마디 행동 하나도 조심스러웠다. 그 애의 모습을 보면 볼수록 나는 더 흥분을 하게 되었다. 그 애한테서 눈을 떼지도 못하고 그 애가 나가면 나는 매혹당한 사람처럼 그 애가 서 있던 곳을 가만히 바라보곤 하였다. 그 애는 내 꿈속에도 나타났다. 그리고 잠이 깨어 그 애가 없을 때는 그 애하고 할 얘기를 궁리하거나, 상상 속에서 그 애의 친구가 되어 같이 떠들고 장난을 치다가 둘이 무슨 일로 야단을 맞으면 함께 울기도 하였다. 한마디로 말해 사랑에 빠진 사람처럼 그 애의 꿈을 꾸고 있었던 것이다. 정말이지 나는 어서 몸이 나아 그 애가 내게 충고했던 것을 그대로 해보이고 싶었다.

까쨔가 아침에 내 방으로 달려 들어오자마자 〈아직 안 나았니? 지금도 여전히 야위었구나〉 하고 소리치면 나는 죄지은 사람처럼 겁을 내었다. 내가 하루 사이에 건강이 회복되지 않는 것을 보고 까쨔가 놀라는 것보다 내게 더 심각한 것은 없었다. 그 애는 정말로 화를 내기 시작했던 것이다.

「그럼 내가 오늘 만두를 갖다 줄까?」 그 애가 어느 날 내게 말했다. 「그걸 먹으면 금방 살이 찔 거야.」

「그럼 가져와 봐.」 나는 그 애를 한번 더 보고 싶어 흥분하며 말했다.

건강을 물어본 뒤, 공작의 딸은 보통 내 맞은편 소파에 앉아 검은 눈으로 나를 바라보기 시작하는 것이었다. 그리고 처음에는 나를 새로 사귄 사람처럼 그렇게 천진하게 매우 놀라는 표정으로 머리끝에서 발끝까지 살펴보곤 하였다. 하지만 우리의 대화는 잘 이어지지 않았다. 정말이지 몹시도 그 애하고 얘기를 하고 싶었으면서도 까쨔 앞에서는, 그 애의 갑작스러운 행동 앞에서는 겁을 집어먹고 마는 것이었다.

「그런데 너는 왜 아무 말 안 하고 있니?」 잠시의 침묵 후에 까쨔가 말을 꺼냈다.

「아빠는 뭐 하시지?」 매번 얘기의 실마리가 될 만한 말이 있다는 것을 기뻐하며 나는 이렇게 물었다.

「아무것도 안 하셔. 아빠는 좋으신 분이야. 난 오늘 차를 한 잔이 아니라 자그마치 두 잔이나 마셨어. 너는 얼마나 마셨니?」

「한 잔.」

그리고 다시 침묵.

「오늘 폴스타프가 나를 물려고 했어.」

「개 말이니?」

「응, 개야. 너 정말 못 봤니?」

「아니, 보았어.」

「그런데 왜 그렇게 물었어?」

나는 어찌 대답해야 할지 몰랐다. 그러자 공작의 딸은 다시 놀라면서 나를 바라보았다.

「어떠니? 나하고 얘기하는 게 좋으니?」

「그래, 정말 좋아. 자주 와.」

「사람들이 그러는데, 내가 너한테 오면 네가 기분이 좋아질 거라는 거야. 그러니까 빨리 나아야지. 오늘 만두 갖다 줄게⋯⋯. 근데 너는 여전히 말이 없구나?」

「그래.」

「너는 항상 생각만 하지, 맞지?」

「그래, 생각을 많이 해.」

「한데 사람들이 나보고 말은 많이 하는데, 생각은 거의 하지 않는다고 해. 얘기하는 게 정말 나쁜 거니?」

「아니야. 네가 말하고 있으면 기분이 좋아.」

「그럼, 마담 레오따르한테 물어봐야겠구나. 그 사람은 모든 걸 알고 있으니까. 그런데 넌 무얼 생각하니?」

「네 생각.」 나는 이렇게 대답하고 침묵하였다.

「너는 그게 좋은 모양이구나.」

「그래.」

「너 정말 나를 좋아하니?」

「응.」

「하지만 나는 널 좋아하지 않아. 너는 너무 말랐어! 그럼 이제 만두를 갖다 줄게. 자, 안녕!」

공작의 딸은 그 자리에서 내게 입을 맞추고 방에서 사라졌다.

그런데 점심 식사 후에 정말로 만두가 나왔다. 그 애는 나한테 금지된 그런 음식을 가져오는 것이 즐거웠는지 호호 웃으며 몹시 흥분을 한 사람처럼 뛰어 들어왔다.

「좀 더 먹어, 잘 먹어. 이건 내 만둔데 나는 먹지 않았어. 그럼 또 봐!」 나는 그저 그 애를 바라볼 뿐이었다.

또 한번은 점심 후에 공부하는 시간이 아닐 때 갑자기 나에게 달려왔다. 그 애의 머리는 회오리바람처럼 흐트러져 있었으며 두 뺨은 선홍색 물감처럼 발갛게 달아오르고 두 눈은 반짝반짝 빛났다. 이미 한 시간이나 두 시간 정도 뛰어 돌아다녔던 것이다.

「너 제기놀이 할 줄 아니?」 그 애는 숨을 헐떡이며 어딘가로 서둘러 가려는 듯이 빠른 어조로 소리쳤다.

「아니.」 나는 〈그래!〉 하고 말할 수 없는 것을 너무도 안타까워하면서 대답했다.

「에이 참! 그럼 낫거든 가르쳐 줄게. 그걸 물어보러 왔을 뿐이야. 지금 마담 레오따르와 함께 그 놀이를 하고 있거든.

그럼 안녕. 나를 기다리고 계셔.」

　마침내 나는 병상에서 완전히 일어났다. 하지만 아직 몸이 약하고 힘이 없었다. 자리에서 일어나서 제일 먼저 생각한 것은 더 이상 그 애와 떨어져 있을 수 없다는 것이었다. 무엇 때문인지 알 수 없었지만, 나는 그 애에게 끌렸다. 그 애한테서 눈을 뗄 수가 없었고 이것이 까쨔를 놀라게 하였다. 그 애를 향한 이끌림이 너무도 강했고 나의 행동은 그 새로운 감정 속에 거세게 휩싸여 발전해 갔으므로 그 애도 이것을 눈치 채지 않을 수 없을 정도였다. 처음에 그 애에게는 이 같은 일이 이전까지 들어 본 적도 없는 이상한 일로 여겨졌던 것 같다. 지금도 생각이 난다. 한번은 무슨 놀인가를 할 때 나는 더 이상 참지를 못하고 그 애의 목에 달려들어 입을 맞추기 시작했다. 그 애는 포옹에서 빠져나와 내 두 손을 잡고 모욕을 받은 것처럼 눈썹을 찌푸리며 이렇게 물었다.

「너 왜 그러니? 무엇 때문에 나한테 키스하지?」

　나는 죄지은 사람처럼 당황해서 그 애의 갑작스러운 질문에 몸을 흠칫 떨며 한마디 대답도 하지 못했다. 공작의 딸은 이해할 수 없다는 표시로 어깨를 으쓱하였다(이런 동작은 그 애의 습관이었다). 그러고선 도톰한 입술을 꼭 깨물더니 하던 놀이를 그만두고 구석에 있는 소파에 앉아 나를 한참 주시하였다. 그리고 마치 머릿속에 불쑥 떠오른 새로운 문제를 해결하려는 듯이 무언가를 마음속으로 생각하였다. 이 또한 곤란한 상황을 만났을 때 그 애가 보이는 습관이었다. 나도 그 애의 성격이 이같이 갑작스럽고 격하게 나타나는 것에 매우 오랫동안 익숙해지지 못했다.

　처음에 나는 자신을 책망하고 내 마음속에 정말로 이상한 것이 대단히 많다고 생각하였다. 하지만 그런 생각이 옳았다고 하더라도, 나는 어째서 처음부터 까쨔와 친해져 단번에 그 애의 마음에 들 수 없을까 하는 것을 괴로워했다. 이러한 실패는 마음 아플 정도로까지 나를 슬프게 만들었고 까쨔가 금방 한마디만 하거나 못 미더운 시선을 한번 주기만 하면 울음을 터뜨릴 것 같았다. 하지만 까쨔와 함께 있으면 모든 일이 너무도 빠르게 지나갔으므로 나의 슬픔은 하루하루가 아니라 시시각각으로 커져 갈 뿐이었다. 며칠 후 그 애가 나를 전혀 좋아하지 않으며 나한테 혐오감마저 느끼기 시작했다는 것을 알게 되었다. 이 소녀의 안에 있는 모든 것은 빠르고 격했다. 그 아이의 이런 번개처럼 빠른, 곧고 순진하고 솔직한 성격에 진실되고 고상한 우아함이 없었다면 다른 사람들은 그녀를 안 좋게 말했을지도 모른다. 그 발단은 처음에는 나에 대한 의심으로 시작되었다가 다음에는 경멸감까지 느끼게 된 데 있었다. 아마도 이것은 처음에 내가 아무런 놀이도 전혀 할 줄 몰랐던 때문인 듯하다. 공작의 딸은 장난치고 뛰어다니기를 좋아했고 건강하고 활기가 있으며 기민했지만 나는 정반대였다. 나는 아직 병 때문에 몸이 허약해서 조용히 생각에 잠겨 있었다. 놀이는 나를 즐겁게 하지 못했다. 한마디로 내게는 까쨔의 마음에 들 수 있는 능력이 너무도 부족했던 것이다. 더구나 사람들이 내게 어떤 불만을 품고 있으면 견딜 수가 없었다. 그러면 나는 금방 우울해지고 의기소침해져서 잘못을 고치고 나에 대한 안 좋은 인상을 유리하게 만들 힘이 없어졌다. 한마디로 완전히 주눅이 들었던 것이다. 이것을 까쨔는 전혀 이해하지 못했다. 때로는 제기놀이를 어떻게 하는 건지 가르쳐 주며 한 시간 내내 나와 씨름을 하다 도저히 요령부득이 되면 처음에는 깜짝 놀라기까지 하며 평소의 습관대로 놀란 눈으로 나를 바라보았다. 하지만 내가 금방 시무룩해지고 눈에서 눈물이 쏟아져 나올 것 같아지자 그 애는 내 앞에서 세 번 가량인가 생각을 해보았다. 그러고 나서는 내게는 물론이고 자기 생각에도 납득할 만한 이유를 얻지 못하자 나를 그냥 놔두고 더 이상 같이 하자고 부르지도 않고 혼자서 놀이를 하기 시작하는 것이었다. 그러고는 며칠 동안 나하고 한마디 말도 하지 않았다. 이것은 내게 너무도 충격이어서 나는 그 애의 냉대를 견디지 못할 지경이었다. 새로운 고독감은 이전보다 더 심해진 듯하여서 나는 다시 우울해 하고 생각에 잠겨 들었고 다시 어두운 상념이 내 가슴을 에워쌌다.

우리 두 사람을 주시하던 마담 레오따르는 마침내 둘의 관계 속에 일어난 이런 변화를 발견하였다. 그리고 그녀의 눈에는 무엇보다 내가 눈에 띄었으므로 그녀는 나의 부득이한 고독에 놀랐다. 그러자 그녀는 공작의 딸과 직접 대면하여 나와 잘 지내지 않는다고 나무랐다. 공작의 딸은 눈썹을 찌푸리고 어깨를 으쓱한 뒤, 〈나는 저 애와 할 게 아무것도 없다, 저 애는 놀 줄을 모르고 항상 생각만 한다, 모스끄바에서 돌아올 동생 사샤를 기다리겠다, 동생이 오면 오히려 둘 사이는 훨씬 좋아질 것이다〉라고 해명하였다.

하지만 마담 레오따르는 그런 대답에 만족을 하지 못하고 이렇게 지적하였다. 〈그 애는 아직 몸이 다 낫지 않았는데, 그 애를 혼자 내버려 두고 있다. 그 애는 너처럼 명랑하거나 장난치기를 좋아하지 않는다. 그리고 그런 것이 그 애에게 더 나을지도 모른다, 왜냐하면 너는 이것을 하다가 또 저것을 하였고, 또 사흘 전에는 불도그에게 물릴 뻔하지 않았느냐〉고 말하였다. 한마디로 마담 레오따르는 사정없이 그 애를 나무랐다. 그녀의 얘기는, 까쨔보고 나한테 가서 지체 없이 화해하자는 얘기를 하라는 것으로 끝났다.

까쨔는 마담 레오따르의 설득 속에 무언가 새롭고 옳은 것이 있음을 실제로 깨닫기나 한 듯이 매우 주의를 기울여 그녀의 얘기를 들었다. 까쨔는 홀에서 굴리던 굴렁쇠를 내버려 두고 내게 다가와 심각하게 바라본 뒤, 놀란 표정으로 물었다.

「너 정말 놀고 싶니?」

「아니.」 마담 레오따르가 그 애를 꾸짖자 나 자신에게도, 까쨔에게도 놀라서 나는 이렇게 대답했다.

「너는 무엇을 하고 싶니?」

「가만히 앉아 있을 거야. 뛰는 건 힘들어. 내게 화만 내지 말아 줘, 까쨔, 나는 정말 네가 좋아.」

「그래, 그럼 혼자서 놀게.」 까쨔는 자신이 죄가 없다는 것을 알고 놀란 듯이 조용히, 띄엄띄엄 얘기했다. 그 애는 나가면서 이렇게 얘기했다. 「그럼 나중에 봐, 너에게 화 안 낼게.」

「안녕.」 나는 일어나서 그 애에게 손을 내밀며 말했다.

「그런데 너 내가 키스해 주기를 원하니?」 그 애는 분명 얼마 전에 있었던 그 장면을 상기했는지 잠시 생각한 뒤, 어서 빨리 나하고의 일을 원만하게 끝내기 위해 나를 가급적 기쁘게 해주려고 이렇게 물었다.

「너 하고 싶은 대로 해.」 수줍은 기대 속에 내가 이렇게 대답했다.

그 애는 내게 다가와 웃지도 않고 매우 심각한 표정으로 내게 키스하였다. 이렇게 자기가 요구받은 일을 끝내 버리고, 아니 마담 레오따르가 시켜서 찾아간 가련한 소녀에게 완전한 만족감을 주기 위해서 필요 이상의 일을 해치우고 나서 그 애는 만족하고 쾌활한 마음이 되어 내게서 달려갔다. 그리고 얼마 안 있어서 이 방 저 방에서는 다시 그 애의 웃음소리와 떠드는 소리가 울려 퍼졌다. 그 소리는 그 애가 녹초가 되어서, 숨을 돌리고 휴식을 취하면서 새로운 힘을 모으느라 소파에 몸을 던질 때까지 계속되었다. 저녁 내내 그 애는 나를 의심쩍은 눈으로 바라보았다. 분명 그 애에게는 나라는 존재가 매우 기이하고 이상하게 보였던 것 같다. 그 애는 나하고 무슨 얘기를 하고 싶어하는 것이, 나에 관해 생긴 의혹을 스스로 풀어 보고 싶어하는 것이 분명했다. 하지만 이번에는, 그 이유는 알 수 없지만, 그 애는 참고 있었다. 보통 까쨔의 공부는 매일 아침에 시작되었다. 마담 레오따르는 그 애에게 프랑스 어를 가르쳤다. 수업은 문법을 복습하고 라 퐁텐을 읽는 것이 전부였다. 그 애한테서 하루에 두 시간 동안 책상 앞에 앉아서 공부하자는 동의는 거의 얻어 낼 수 없었기 때문에 그다지 많이는 가르치질 못했다. 그 애가 결국 이러한 약속에 동의를 한 것은 아버지의 부탁과 어머니의 당부에 따른 것이었다. 그 애는 이것을 매우 충실하게 이행하였다. 그것은 자기 입으로 직접 약속을 하였기 때문이었다. 그 애한테는 보기 드문 자질이 있어서 이해가 빨랐다. 하지만 기이한 성벽이 조금 있었는데, 이해하지 못하는 것이 있으면 그것을 혼자서 생각할 뿐 설명을 구하러 가는 것을 받아들이지 못했다. 그 애는 그것을 왠지 창피하게 느꼈다. 사람들은 이런 얘기도 하곤 하였다. 때로는 며칠간 풀리지 않는 어떤 문제를 가지고 씨름을 하면서 남의 도움 없이 혼자서 그것을 풀지 못하는 것에 화를 내다가, 마침내는 힘이 다 빠져서 어떻게 해볼 도리가 없는 경우에만 마담 레오따르에게 가서 자기 힘에 못 미치는 문제를 풀도록 도와 달라고 부탁을 하더라는 것이다. 이런 모습은 그 애의 모든 행동거지에서도 나타났다. 그 애는 처음 보기에 전혀 이상하게 보이지 않는 것도 한참을 생각했다. 게다가 그 애는 나이에 비해서 순진했다. 어떤 때는 아주 어리석은 것을 묻는 경우도 있었고, 또 어떤 때는 답변 속에 대단히 예지가 엿보이는 섬세함과 영리함이 나타나기도 하였다.

나도 이제는 무엇인가를 할 수 있게 되었으므로 마담 레오따르는 내가 알고 있는 것을 시험해 본 뒤, 내가 읽는 것은 매우 잘하지만 쓰는 것이 영 서투르다는 것을 알아내고 내게 프랑스 어를 가르치는 것이 급선무라는 것을 확인하였다.

나는 반대하지 않았다. 그래서 나와 까쨔는 어느 날 아침 공부하는 책상 앞에 함께 앉게 되었다. 그런데 이날 까쨔는 일부러 그랬는지는 몰라도 대단히 우둔하고 극도로 주의가 산만했으므로 마담 레오따르가 마치 그녀를 다른 사람인가 하고 생각할 정도였다. 하지만 나는 가능한 한 노력하는 모습을 보여 마담 레오따르를 기쁘게 해주고 싶어서 단번에 프랑스 어의 알파벳 전부를 외워 버렸다. 수업이 끝나 갈 무렵 마담 레오따르는 까쨔에게 완전히 화가 나 있었다.

「저 아이를 봐요.」 나를 가리키며 그녀가 그 애에게 말했다. 「몸도 아픈 데다가 처음인데도 아가씨보다 열 배나 더 많이 알고 있잖아요. 부끄럽지도 않아요?」

「저 아이가 나보다 더 많이 안다고요?」 까쨔가 놀라며 물었다. 「하지만 겨우 알파벳을 배우고 있는걸요!」

「아가씨는 알파벳을 다 배우는 데 몇 시간이나 걸렸죠?」
「세 시간이오.」
「그런데 저 아이는 한 시간 만에 했잖아요. 그러니 아가씨보다 세 배나 빨리 이해를 한 것이죠. 순식간에 아가씨를 앞지르게 될 거예요. 그렇지 않겠어요?」

까쨔는 잠시 생각을 하다 마담 레오따르의 지적이 옳다는 것을 확신하자 갑자기 불덩이처럼 얼굴이 빨개졌다. 창피해서 얼굴이 빨개지고 달아오르는 것은 실수를 하거나 화가 났을 때, 혹은 장난을 친다고 꾸지람을 들었을 때, 한마디로 말해 거의 모든 경우에 그 애가 보이는 첫 번째 반응이었다. 이번에는 눈물이 거의 나올 정도였지만 그 애는 가만히 입을 다물고 자신의 시선으로 나를 불태워 버리기라도 하려는 듯이 그저 바라보기만 하였다. 나는 금방 뭔가 잘못되었다는 것을 알아차렸다. 불쌍한 그 애는 성격이 너무도 도도하고 자존심이 강했던 것이다. 우리가 마담 레오따르에게서 물러나왔을 때 나는 그 애의 화를 어서 풀어 주고 프랑스 여자가 한 말에 나는 아무런 책임도 없다는 것을 보여 주려고 말을 꺼내려 하였다. 그러나 까쨔는 마치 내 말이 들리지 않는 것처럼 잠자코 입을 다물고 있었다.

한 시간이 지나 그 애는 내가 책을 보고 있는 방으로 들어왔다. 나는 그때 까쨔가 나하고 다시는 얘기하려고 하지 않으리라는 생각에 충격을 받고 놀라서 줄곧 그 애의 일을 생각하고 있었다. 그 애는 의심쩍은 눈으로 나를 바라본 뒤 평소대로 소파에 앉아서 반 시간 정도 나에게서 눈을 떼지 않았다. 마침내 나는 참지 못하고, 왜 그렇게 쳐다보는지 물어려는 보듯이 그 애를 쳐다보았다.

「너 춤출 줄 아니?」 까쨔가 물었다.
「아니, 할 줄 몰라.」
「나는 할 줄 아는데.」
침묵.
「그럼 피아노는 칠 줄 아니?」
「그것도 몰라.」
「나는 할 줄 알아. 그건 배우기가 정말 어렵지.」
나는 침묵했다.
「마담 레오따르는 네가 나보다 머리가 좋다고 얘기하셔.」
「마담 레오따르가 너를 화나게 했어.」 나는 대답했다.
「그런데 아빠도 화를 내실까?」
「모르겠어.」 내가 대답했다.

다시 침묵. 공작의 딸은 참지 못하고 조그마한 발로 마루를 굴렸다.

「나보다 머리가 좋다고 너는 나를 비웃겠지?」 더 이상 자신의 울화를 참지 못하고 마침내 그녀가 이렇게 물었다.

「그게 무슨 말이야? 아니야, 정말 아니야!」 나는 소리를 지르며, 그 애에게 달려가 포옹을 하려고 자리에서 벌떡 일어났다.

「그런 생각이나 하고 그런 것을 묻는 게 부끄럽지도 않아요, 아가씨?」 이미 5분 동안 우리를 지켜보면서 대화를 엿듣고 있던 마담 레오따르의 목소리가 갑자기 울렸다. 「부끄러운 줄 아세요! 가련한 아이를 질투하고 그런 애 앞에서 춤출줄 안다, 피아노를 칠 줄 안다 자랑을 하다니. 창피한 일이에요. 공작님한테 다 말하겠어요.」

그 애의 두 뺨이 노을처럼 달아올랐다.

「그건 나쁜 마음이에요. 그런 질문을 해서 저 아이를 모욕했어요. 저 아이 부모는 가난해서 가정교사를 두지 못했던 거예요. 그래도 저 아이가 착하고 좋은 마음을 갖고 있어서 혼자 공부를 했던 거지요. 아가씨는 저 아이를 감싸 주어야 하는데도 말다툼을 하려 하고 있어요. 부끄러운 줄 아세요, 창피한 줄을 알아야 해요! 저 아이는 고아잖아요. 아무도 없어요. 아가씨가 공작의 딸이라고 저 아이 앞에서 자랑을 할 수 있는지는 모르겠지만 저 아이는 아니에요. 혼자 두고 갈 테니 내가 한 말을 잘 생각해 보고 고치도록 하세요.」

공작의 딸은 꼬박 이틀을 생각했다! 이틀 동안 그 애의 웃음소리와 떠드는 소리가 들리지 않았다. 나는 새벽에 잠이 깨서 그 애가 꿈에서까지 마담 레오따르에게 따지는 소리를 엿들을 수 있었다. 이틀 동안 그 애는 얼굴이 수척해지기까지 하였고 그 밝은 얼굴에 어리던 홍조도 생기를 잃었다. 마침내 사흘째 되던 날 우리 두 사람은 아래층 큰 방에서 마주쳤다. 공작의 딸은 어머니한테 갔다 오다 나를 발견하고 멈춰 서서 멀리 떨어지지 않은 내 맞은편 쪽에 앉았다. 나는 두려워하며 무슨 일이 있을까 기다렸다. 온몸이 떨렸다.

「네또츠까, 어째서 내가 너 때문에 꾸중을 들어야 하지?」 마침내 그 애가 물었다.

「그건 나 때문이 아냐, 까쩬까.」 서둘러 내 잘못 때문에 그런 것이 아니라고 밝히면서 내가 말했다.

「그런데 마담 레오따르는 내가 너를 모욕했다고 말하고 있어.」

「아냐, 까쩬까, 아냐. 너는 내게 모욕을 주지 않았어.」

공작의 딸은 이해 못 하겠다는 표시로 조그만 어깨를 으쓱하였다.

「그런데 어째서 넌 맨날 우니?」 얼마 동안의 침묵 후에 그 애가 물었다.

「네가 원하면 울지 않을게.」 내가 눈물을 흘리며 대답했다.

그 애가 다시 한번 어깨를 으쓱하였다.

「이전에도 맨날 울었니?」

나는 대답하지 않았다.

「넌 어째서 우리 집에 살고 있니?」 잠시 침묵하다 공작의 딸이 불쑥 물었다.

나는 놀라서 그 애를 쳐다보았다. 마치 무엇인가가 내 가슴을 푹 찌르는 것 같았다.

「그건 내가 고아라서 그래.」 마침내 내가 용기를 내어 대답했다.

「엄마 아빠는 계셨니?」

「계셨어.」

「그럼 그분들은 너를 미워하셨니?」

「아니, 사랑하셨어.」 나는 간신히 대답했다.

「그분들은 가난하셨니?」

「응.」

「몹시?」

「응.」

「그분들은 아무것도 안 가르쳐 주셨니?」

「읽는 것은 가르쳐 주셨어.」

「장난감은 있었니?」

「아니.」

「만두는?」

「아니.」
「방은 몇 개였니?」
「하나.」
「방이 하나였다고?」
「하나였어.」
「그럼 하인은 있었니?」
「아니, 하인은 없었어.」
「그럼 누가 심부름을 했니?」
「물건은 내가 사러 다녔어.」

그 애의 질문은 내 마음을 점점 더 아프게 자극하였다. 과거의 기억, 고독감, 그 애가 놀라는 모습, 이 모든 것이 나에게 충격을 주었고 내 마음을 자극하여 가슴이 에이는 것 같았다. 나는 흥분해서 온몸을 와들와들 떨었고 눈물이 흘러 숨이 막힐 정도였다.

「그러니까 우리 집에 살게 되어 기쁜 거지?」

나는 침묵했다.

「네 옷은 좋은 거였니?」
「아니.」
「나빴어?」
「응.」
「나는 네 옷을 보았어, 다른 사람이 보여 주었어.」

「근데 왜 그런 것을 묻는 거지?」 어떤 새로운, 내가 알지 못하는 느낌에 온몸을 떨기 시작하면서 자리에서 일어나며 내가 말했다. 「너는 왜 그런 것을 묻는 거지?」 분노로 얼굴이 빨개지면서 나는 계속 말했다. 「어째서 나를 비웃는 거지?」

공작의 딸도 벌컥 흥분하면서 자리에서 일어났다. 하지만 순간적으로 자신의 흥분을 억눌렀다.

「아냐……. 나는 비웃는 게 아냐.」 그 애가 대답했다. 「난 단지 너희 아빠 엄마가 가난했는지 알고 싶었을 뿐이야.」

「무엇 때문에 아빠 엄마에 대해 물어보는 거지?」[14] 마음이 아파서 울면서 내가 말했다. 「어째서 그분들에 대해 묻는 거냐고? 그분들이 너와 무슨 상관이니, 까쨔?」

까쨔는 당황해서 대답할 말을 잃고 그대로 서 있었다. 이 순간 공작이 들어왔다.

「무슨 일이냐, 네또츠까?」 그가 나를 바라보다 눈물을 발견하고 이렇게 물었다. 「어디 몸이 안 좋으냐?」 그는 얼굴이 불덩이처럼 빨개져 있던 까쨔를 한번 바라보고 계속해서 말했다. 「무슨 이야기를 한 것이냐? 무엇 때문에 둘이 다퉜느냐? 네또츠까, 무슨 일로 다투었지?」

하지만 나는 대답을 할 수가 없었다. 나는 공작의 손을 잡고 눈물을 흘리며 거기에 키스하였다.

「까쨔, 바른 대로 대라. 여기서 무슨 일이 있었느냐?」

까쨔는 거짓말을 할 줄 몰랐다.

「저 애가 자기 아빠 엄마하고 살 때 입고 있던 옷이 정말 안 좋은 옷이었다는 것을 제가 보았다고 말했어요.」

「그걸 누가 네게 보여 주더냐? 누가 감히 그걸 보여 주었어?」

「제가 직접 봤어요.」 까쨔는 결연히 대답했다.

「그래, 좋다! 다른 사람한테는 말해선 안 된다, 너는 그러

---

14 이본(異本)에서 도스또예프스끼는 부모의 죽음으로 짓밟힌 삶을 사는 어린 고아를 등장시켜 그가 네또츠까 때문에 그때까지 잠재워져 있던 어머니의 죽음과 관련된 자신의 책임을 깨닫는 이야기를 그리고 있다.

지 않으리라 믿는다. 그래, 그러고 나서는?」

「저 애가 울음을 터뜨리며 말했어요. 저보고 어째서 자기 엄마 아빠를 비웃느냐고요.」

「그러니까 네가 그분들을 비웃었다는 얘기구나?」

까쨔는 비웃지는 않았지만 내가 처음에 그렇게 생각한 것처럼 그 애한테는 그럴 의도가 있었다. 그 애는 한마디도 대답하지 못했다. 스스로도 자기 잘못을 시인하고 있었던 것이다.

「어서 저 애에게 용서를 빌어라.」 공작이 나를 가리켜 보이며 말했다.

공작의 딸은 손수건처럼 얼굴이 창백한 채로 그 자리에 꼼짝 않고 서 있었다.

「어서!」 공작이 말했다.

「안 할 거예요.」 가만히 있던 까쨔가 작은 소리로, 그러나 매우 야무진 모습으로 말했다.

「까쨔!」

「싫어요, 하고 싶지 않아요! 안 할래요!」 그 애는 눈망울을 초롱이며 발을 구르며 갑자기 소리쳤다. 「용서해 달라는 말은, 아빠, 하고 싶지 않아요. 저는 저 애를 좋아하지 않아요. 저 애하고 같이 살고 싶지 않아요⋯⋯. 저 애가 종일 우는 것은 제 잘못이 아니에요. 싫어요, 싫어요!」

「나하고 같이 가자.」 공작이 그 애의 한 팔을 잡더니 자기 서재로 데려갔다. 「네또츠까, 올라가 있거라.」

나는 공작에게 달려가려고 하였다. 달려가서 까쨔를 위해 용서를 빌려고 하였다. 하지만 공작은 엄하게 자신의 분부를 되풀이하였다. 나는 놀란 나머지 죽은 사람처럼 몸이 얼어붙은 채 위층으로 올라갔다. 우리가 지내는 방으로 돌아오자 나는 소파에 털썩 쓰러져 두 손으로 머리를 감쌌다. 나는 시간을 재면서 까쨔를 못 견디게 기다렸다. 그 애가 오면 달려가 그 애의 발 밑에 쓰러지고 싶었다. 마침내 그 애가 돌아왔다. 하지만 내게는 한마디 말도 건네지 않고 내 곁을 지나 구석에 가서 앉았다. 그 애의 두 눈은 충혈되어 있었고 뺨은 흘린 눈물로 인해 부어 있었다. 내 모든 결심은 사라졌다. 나는 두려운 마음으로 그 애를 바라보았고 또 두려움 때문에 자리에서 움직일 수가 없었다.

나는 전력을 다해 자신을 책망하였고 모든 힘을 기울여 이 모든 것은 내 탓이라고 스스로에게 증명하려고 하였다. 수백 번 수천 번 까쨔에게 다가가려 했으나 그때마다 그 애가 나를 어떻게 받아들일지 몰라 그만두었다. 이렇게 하루가 가고 또 하루가 지나갔다. 사흘째 되던 날 저녁 무렵 까쨔는 기분이 풀려서 굴렁쇠를 굴리려 하다가 금방 그 놀이를 그만두고 혼자 구석에 가서 앉아 버렸다. 잠자리에 눕기 전에 그 애는 갑자기 내 쪽으로 돌아서려 하였다. 그러고는 두 걸음 옮기기까지 하고서는 입을 열어 무슨 말인가를 하려고 하였으나 곧 그만두더니 돌아서서 침대에 누워 버렸다. 그리고 다시 하루가 지나갔다. 이윽고 그런 모습에 마담 레오따르가 놀라서 그 애에게 무슨 일이 생겼는지, 어디가 아픈지, 어째서 갑자기 조용해졌는지, 이것저것 묻기 시작했다. 까쨔는 뭐라고 대답을 하며 제기를 집는 듯했으나 마담 레오따르가 돌아서자 금방 얼굴이 빨개져 울기 시작했다. 그 애는 내게 그런 모습을 보이지 않으려고 방에서 뛰어나갔다. 그러던 중 마침내 모든 일이 해소되었다. 우리가 다툰 지 꼭 사흘이 지나서 그 애는 점심 식사 후에 갑자기 방으로 들어와 겁먹은 듯이 내게 다가왔다.

「아빠가 너한테 용서를 빌라고 이르셨어.」 그 애가 말했다. 「용서해 주겠니?」

나는 얼른 까쨔의 두 손을 붙잡고 흥분으로 숨이 막힐 것 같이 말했다.

「그래! 그래!」

「아빠는 너랑 키스를 하라고 하셨어. 나한테 키스해 주겠니?」

나는 대답 대신 그 애의 손에 눈물을 뿌리면서 거기에 입을 맞추었다. 까쨔의 얼굴에는 심상치 않은 표정이 어려 있었다. 입술은 가볍게 달싹이고 턱은 떨고 있었으며 두 눈은 물기를 머금고 있었다. 하지만 그 애는 순간적으로 자신의 흥분을 억제하였다. 한순간 그 애의 입술에 희미한 미소가 떠올랐다.

「가서 아빠한테 얘기할게, 너한테 키스하고 용서를 빌었다고.」 마치 깊이 혼자서 생각을 하는 양 그 애가 조용히 말했다. 그리고 잠시 침묵하다가 이렇게 말했다. 「벌써 사흘간이나 아빠를 보지 못했어. 이렇게 하지 않으면 아빠가 자기 방에 들어오지 말라고 하셨거든.」

그런 말을 하고 나서 그 애는 아빠의 태도가 어떠할지 아직 확신하지 못하겠다는 듯이 걱정하며 생각에 잠긴 채 아래층으로 내려갔다.

하지만 한 시간이 지나자 아래층에는 떠들고 장난치는 소리, 웃음소리, 폴스타프가 짖는 소리가 울려 퍼졌고 무언가 엎어져 깨지는 소리가 들려왔다. 책 몇 권이 마룻바닥으로 날아가 떨어지고 굴렁쇠가 구르며 온 방을 소란스럽게 하였다. 한마디로 말해서 까쨔가 아버지와 화해를 하였다는 것을 알 수 있었다. 내 가슴은 기쁨에 떨려 오기 시작했다.

그러나 그 애는 내게 접근하지 않았다. 나하고 얘기하는 것을 피하는 것 같았다. 그 대신 영광스럽게도 나란 존재는 그 애의 호기심을 한껏 자극할 수 있었다. 그 애가 나를 더 편하게 관찰하려고 내 맞은편에 앉는 일이 점점 더 잦아졌다. 나에 대한 그 애의 관찰은 순진하였다. 한마디로 말해, 집에서는 모두가 보물처럼 응석을 받아 주고 귀여워해 주는 버릇없고 제멋대로인 소녀가 나를 전혀 만나고 싶어하지 않았을 때, 서너 번 왔다 갔다 하는 중에 내가 자기를 만나면서 어떠한 심정이었는지는 이해할 수 없는 노릇이었다. 하지만 그 애의 작은 마음은 아름답고 착한 것이었다. 그 마음은 언제나 이미 본능만으로도 옳은 길을 찾을 줄 알았다. 그 애에게 가장 많은 영향을 준 사람은 아버지였다. 그 애는 자기 아버지를 숭배하고 있었다. 어머니는 그 애를 맹목적으로 사랑했지만 몹시 엄하게 대했다. 까쨔는 고집 세고 도도한 성격을 어머니에게서 물려받았다. 하지만 정신적 횡포에까지 다다른 어머니의 변덕을 스스로 참아 냈다. 공작 부인은 교육이 어떤 것인가 하는 것에 대해 왠지 이상하게 이해하고 있었다. 그 때문에 까쨔에 대한 교육에는 경솔한 편애와 가차 없는 엄격함이 이상한 대조를 이루고 있었다. 어제는 허락되었던 것이 오늘은 갑자기 아무 이유도 없이 금지되었고, 이리하여 옳은 것에 대한 생각은 어린아이의 마음속에서 마멸되었……. 하지만 이 이야기는 나중에 다시 하게 될 것이다. 단 하나 지적해 두고 싶은 것은, 그 어린아이는 이미 어머니와 아버지를 어떻게 대해야 하는지 알았다는 점이다. 아버지에 대해서 그 애는 있는 그대로 숨김없이 드러내는 솔직한 태도를 취했다. 한편 엄마에 대해서는 이와 정반대였다. 그녀에게는 무뚝뚝하고 반신반의하면서도 절대적으로 순종하는 태도를 보였다. 그 애의 순종은 진지한 마음이나 확신에서 생긴 것이 아니라 불가피한 상태에서 비롯된 것이었다. 이것은 나중에 다시 얘기하게 될 것이다. 여기서 특별히 나의 까짜의 명예를 위해 한 가지 얘기하자면, 그 애는 자기 엄마를 알고 있어서 자신이 엄마의 말에 복종을 해야 하는 경우에도 이미 그녀의 무한정한 사랑, 때로는 병적인 흥분에까지 이르는 사랑을 완전히 염두에 두고 있었다. 공작의 딸은 이 점을 자신의 계산 속에 넣고 있었다. 하지만 어쩌랴! 이런 계산은 그 후 그 애의 흥분하기 쉬운 머리에 아무런 도움도 주지 못했던 것이다!

하지만 내게 무슨 일이 일어나는지 나는 거의 이해하지 못했다. 내 마음속의 모든 것이 어떤 새롭고 알 수 없는 느낌 때문에 동요하였고, 내가 이 새로운 감정 때문에 고통받고 괴로워했다고 말해도 과장이 아닐 것이다. 간단히 말해 — 그리고 이렇게 말하는 것을 용서해 주시기를 — 나는 까짜에 대한 사랑에 빠졌던 것이다. 그렇다, 이것은 사랑이었다. 진정한 사랑, 눈물과 기쁨이 섞인 사랑, 열정적인 사랑이었다. 무엇이 나를 그 애에게로 이끌었을까? 어디서 그런 사랑이 생겨난 것일까? 이 사랑은 그 애를 처음 보면서부터 시작되었다. 그때 나의 모든 감정은 천사처럼 매혹적인 그 아이의 모습에 달콤한 감동을 받았다. 그 애의 모든 것이 아름다웠다. 그 애의 결점은 그 어느 하나도 선천적인 것이 아니었으며 모두가 나중에 몸에 붙은 것이었고 모두가 투쟁 속에 있었다. 잠시 허위적인 겉모양을 취하고 있는 근원적인 아름다움이 그 애의 어디에서나 엿보였다. 그러나 이러한 투쟁을 시작으로 그 애 내부의 모든 것이 유쾌한 기대감으로 빛나고, 모든 것이 아름다운 미래를 예고해 주고 있었다. 모든 사람이 그 애에게 감탄했고 모두가 그 애를 사랑했다. 나만이 아니었다. 어쩌다 세 시경에 밖에 나가게 되면 지나던 행인들은 그 애를 보기만 해도 강한 충격을 받은 듯이 발길을 멈추곤 하였다. 그리고 놀라서 외치는 탄성이 이 행복한 아이 뒤에서 터져 나오는 경우도 드물지 않았다. 그 애는 행복을 위해 태어났으며, 또 행복을 위해 태어났음에 틀림없었다. 이상이 내가 그 애와의 만남에서 느낀 첫인상이었다. 어쩌면 내 마음에서 처음으로 미의 감정, 우아한 것에 대한 감정이 충격을 받고, 미에 의해 촉발된 어떤 것이 처음으로 나타난 것인지도 모르겠다. 그리고 바로 여기에 나의 사랑이 싹트게 된 이유가 있었다.

공작의 딸의 주된 결점, 혹은 더 좋게 말해서 그 애의 성격의 주된 원천은 자긍심이었다. 이것은 어떻게든 자연스러운 모습으로 구체화되려 하였고 따라서 당연하게도 옆으로 벗어나려는 상태, 즉 투쟁의 상태에 있었다. 이러한 자긍심은 별것도 아닌 하찮은 일에까지 뻗쳐 있었고 자존심으로 이르는 것이었다. 그래서 예를 들어, 그것이 어떠한 것이 되었든 무슨 모순이라도 생기면 그 애는 이것에 모욕을 느끼거나 화를 내지 않고 그것에 놀라고 말 뿐이었다. 그 애는 어째서 자기가 바라는 대로 되지 않고 다르게 될 수 있는지 도무지 납득할 수 없었다. 하지만 옳은 것에 대한 감정은 그 애의 마음에서 늘 우위를 차지하고 있었다. 자신이 틀렸다는 확신이 들면 그 애는 그 자리에서 불평이나 동요 없이 판결에 따랐다. 그리고 지금까지 그 애가 나와의 관계에서 자기를 거역하는 일을 했다 하더라도, 이 모든 것의 원인은 나에 대한 알 수 없는 반감으로 인해 잠시 동안 그 애의 존재 전체의 조화와 균형이 무너졌기 때문이라고 나는 생각한다. 그리고 그렇게 하지 않을 수가 없었던 것이다. 그 애는 한번 열중하면 너무도 열을 내는 성격이었으므로 언제나 경험과 전례(前例)만이 그 애를 진실한 길로 이끌고 갔다. 그 애가 시작한 모든 일의 결과는 아름답고 진실한 것이었지만, 이것은 끊임없는 일탈과 오해를 대가로 치르고서야 얻어지는 것이었다.

까쨔는 나에 대한 자신의 관찰에 금방 만족했으므로 마침내 나를 가만히 내버려 두기로 결심했다. 그 애는 내가 집에 존재하지 않는 것처럼 행동했다. 그리하여 내게는 스쳐 지나가는 말도, 심지어는 필요한 말도 결코 하지 않았다. 나는 놀이에서 배제되었다. 그리고 그런 배제는 강제로 그렇게 된 것이 아니라 내 자신이 거기에 동의한 것처럼 교묘하게 그렇게 되어 버렸다. 수업은 순조롭게 진행되었다. 그리고 빠른 이해와 차분한 성격 때문에 내가 그 애에게 모범으로 내세워지기는 했지만 나는 무척이나 까탈스러운 그 애의 자존심을 모욕하는 영광은 갖지 못했다. 그 애의 자존심은 엄청날 정도여서 우리의 불도그, 존 폴스타프 경[15]에게마저 자존심에 상처를 입을 정도였다. 폴스타프는 냉담하고 둔했지만 성을 돋우면 호랑이처럼 표독스러워졌다. 심지어 주인의 권위를

---

15 존 폴스타프는 셰익스피어의 작품 『헨리 4세』와 『윈저의 명랑한 부인들』에 나오는 희극적 인물로 거만하고 익살맞으며 부도덕하다.

부정할 정도로까지 표독스러웠다. 이 개한테는 또 하나의 특징이 있었다. 그 개는 결코 아무도 좋아하지 않았다. 그리고 그의 가장 강력한 천적은 말할 것도 없이 공작 영양 노파였다……. 이 얘기는 나중에 다시 하게 될 것이다. 한편 자존심 강한 까쨔는 모든 수단을 동원해 폴스타프의 불손을 꺾으려 하였다. 그녀는 집 안에 있는 동물 가운데 자신의 권위, 자신의 힘을 인정하지 않거나 자기에게 복종하지 않는, 그리고 자기를 좋아하지 않는 동물이 하나라도, 단 한 마리라도 있으면 기분이 나빴다. 그래서 까쨔는 폴스타프를 직접 공격하기로 작정하였다. 그 애는 모든 것을 지배하고 모든 것 위에 군림하고 싶어했다. 그러니 어찌 폴스타프 같은 것이 자기 운명을 벗어날 수 있겠는가? 하지만 고집 센 불도그는 굴복하지 않았다.

한번은 점심 식사 후에 우리 둘이 아래층 큰 홀에 앉아 있을 때 불도그가 방 가운데 엎드려서 느긋하게 식후의 휴식을 즐기고 있었다. 바로 이 순간 공작의 딸의 머릿속에는 그놈을 자기 권위에 굴복시켜야겠다는 생각이 떠올랐다. 그러자 그 애는 하던 놀이를 그만두고는 뒤꿈치를 들고 폴스타프를 부르며 살금살금 다가갔다. 그녀는 애교까지 부리면서 또 한 손으로는 반가운 듯이 유혹하며 사랑스러운 개의 이름을 부르는 것이었다. 하지만 폴스타프는 아직 멀리 떨어져 있는데도 무서운 이빨을 드러냈다. 그녀는 멈추어 섰다. 그 애가 의도했던 것이란 폴스타프에게 다가가서 쓰다듬어 주고 자기 뒤를 따라오게 하려는 것이었다. 이 개는 자기를 총애해 주는 공작 부인 말고는 아무에게도 쓰다듬는 것을 허락하지 않았다. 폴스타프는 그 애의 손을 마구 물 수도 있었고 또 필요하다면 상처를 낼 수도 있었기 때문에 이것은 심각한 위험을 수반하는 어려운 일이었다. 그놈은 곰처럼 힘이 셌기 때문에 나는 두려운 마음으로 불안스레 멀리서 까짜의 행동을 지켜보고 있었다. 그러나 그 애의 마음을 돌려놓기란 처음부터 쉽지 않은 일이었다. 더구나 폴스타프란 놈이 매우 무엄하게 드러내 놓고 있던 이빨도 그 애를 막기엔 확실히 부족한 것이었다. 곧바로 접근하는 것이 불가능하다는 것을 깨닫자 그녀는 난처한 표정을 지으며 자기 적의 주위를 돌기 시작했다. 폴스타프는 제자리에 가만히 있었다. 까짜는 원을 두 바퀴 돌며 회전 반경을 상당히 좁혔다. 그렇게 세 번째 바퀴를 돌다 폴스타프가 자신의 신성 영역이라고 여기는 지점까지 다가서자 그놈은 다시 이빨을 드러냈다. 그녀는 발을 구르고는 분한 듯 왔다 갔다 하더니 물러나 소파에 앉았다.

10분쯤 지나서 그 애는 놈을 유혹하는 새로운 방법을 생각해 냈다. 금방 밖으로 나가 둥그렇게 만 빵과 만두 냄새를 풍기며 들어왔다. 다시 말해 무기를 바꾸었던 것이다. 하지만 폴스타프는 무덤덤했다. 분명 배가 너무 불러 있었기 때문이다. 심지어 자기 앞에 던져진 빵 조각에 눈길조차 주지 않았다. 폴스타프가 자신의 영역이라고 여기고 있는 신성 영역의 경계로 그녀가 다시 들어서자 이번에는 처음보다 더 거센 반항 자세를 보였다. 폴스타프는 고개를 쳐들고 이빨을 드러내어 조금 으르렁거리며 자리에서 튀어 오를 것처럼 약간의 움직임을 보였다. 그녀는 화가 나서 얼굴이 빨개지며 만두를 내던지고 다시 자기 자리에 앉았다.

그 애는 몹시 흥분한 채로 앉아 있었다. 조그만 발로 양탄자를 두드렸고 뺨은 노을처럼 빨개졌으며 눈에는 억울해서 눈물까지 고여 있었다. 내 쪽을 쳐다보는가 싶더니 온몸의 피가 그 애의 얼굴로 쏠리는 것 같았다. 그 애는 매몰차게 자리에서 벌떡 일어나 대단히 의연한 걸음걸이로 곧장 사나운 개한테 걸어갔다.

아마도 이번에는 폴스타프가 대단히 놀란 것 같았다. 그놈은 자기 적이 경계를 넘어서는 것을 허용하더니 두 걸음 떨어진 지점에 왔을 때야 몹시 사납게 으르렁거리며 무모한 까짜를 맞이했다. 까짜는 잠시 주춤거리는 듯했지만 그것도 잠시뿐이었고 다시 단호하게 앞으로 걸음을 옮겼다. 나는 놀라서 망연자실하였다. 공작의 딸은 이전에는 그런 모습을 한번도 본 적이 없을 정도로 흥분해 있었고 두 눈은 승리감으로 빛나고 있었다. 이 모습을 그림으로 옮겨 놓는다면 이상한 그림이 될 것이다. 그 애는 성난 불도그의 위협적인 눈초리에 대담하게 맞서며 그 무서운 아가리 앞에서도 떨지 않았다. 털이 많이 난 개의 배 쪽에서 무섭게 으르렁대는 소리가 울렸다. 다시 1분이 지나자 놈은 그 애를 거의 물어뜯을 뻔하였다. 하지만 그녀는 도도하게 자신의 작은 손을 그놈에게 올려놓고 세 번이나 의기양양하게 개의 등을 쓰다듬었다. 그 순간 불도그는 어쩌지를 못하고 주저하였다. 이 순간은 정말이지 공포스러운 것이었다. 돌연 그놈은 무겁게 자리에서 일어나 기지개를 펴더니 아마도 아이들은 상대할 필요가 없다는 생각을 했는지 아주 태평스럽게 방에서 나가 버렸다. 공작의 딸은 점령한 자리에 의기양양하게 서서 내게 알 수 없는 눈길을, 승리감에 흠뻑 젖은 그런 눈길을 보냈다. 하지만 나는 손수건처럼 안색이 창백해져 있었다. 그것을 보자 그 애는 씨익 하고 미소를 지었다. 그러나 그 애의 뺨도 납덩이 같은 창백함으로 뒤덮여 있었다. 그 애는 간신히 소파까지 걸어와서 거의 졸도 지경의 상태로 털썩 쓰러지고 말았다.

 그 애에 대한 끌림은 끝간 데를 모르고 계속되었다. 그 애 때문에 그렇게 두려움을 겪은 그날 이후 나는 이미 자신을 통제할 수가 없었다. 나는 번민 속에서 괴로워했으며 수천 번이나 그 애의 목에 몸을 던지고 싶었다. 하지만 두려움이 나를 그 자리에 붙잡아 매어 꼼짝도 하지 못하였다. 지금 기억하기로는 흥분하는 모습을 보이지 않으려고 나는 그 애를 피하려 했던 것 같다. 하지만 그 애가 예기치 않게 내가 숨어 있는 방으로 들어오면 나는 몸을 흠칫 떨었고 가슴은 방망이질 치기 시작해서 머리가 빙빙 도는 것이었다. 내가 보기에 나의 말괄량이도 이것을 알아채고는 그 자신도 이틀 정도 곤혹스러워하는 것 같았다. 하지만 그 애는 이런 상태에도 금방 익숙해졌다. 그렇게 몰래 혼자 괴로워하면서 한 달이 흘렀다. 내 감정은, 이렇게 표현할 수 있을지 모르겠으나, 알 수 없는 모호함에 휩싸여 있었다. 나는 마지막까지 참는 천성을 가지고 있어서 감정의 격발이나 돌출은 극단적인 상황에서만 일어났다. 이 기간 동안에 까짜와 내가 나눈 대화는 다섯 마디도 되지 않는다는 것을 이야기해 두어야겠다. 하지만 나는 조금씩, 몇 가지 포착하기 어려운 징후에 의해서 이런 모든 일이 그 애가 나를 잊어버렸거나 무관심해서가 아니라 어떤 의도적인 회피에서 비롯된 것임을 알아챘다. 그 애는 나와 일정한 거리를 두기로 스스로 다짐을 한 것 같았다. 하지만 나는 밤마다 잠을 이루지 못했고 심지어 낮에는 마담 레오따르에게도 자신의 당혹감을 숨길 수가 없었다. 까짜에 대한 사랑은 이상한 지경에까지 이르렀다. 한번은 그 애의 손수건을, 또 한번은 그 애의 머리끈을 몰래 가져와서는 밤새 거기에 눈물을 뿌리며 키스를 하곤 하였다. 처음에는 까짜의 무관심이 모욕을 느끼게 할 만큼 나를 괴롭혔다. 하지만 이제 내 마음은 온통 뒤죽박죽이 되어서 스스로도 내 감정을 알 수가 없을 지경이었다. 그렇게 새로운 인상은 과거의 인상을 조금씩 밀어냈고, 슬픈 과거에 대한 기억은 병적인 힘을 잃어버리고 내 마음속에서 새로운 생명력으로 바뀌었다.

가끔 새벽에 잠이 깨면 침대에서 일어나 뒤꿈치를 들고 그녀에게 다가갔던 일이 기억 난다. 우리 방에 켜놓은 등불의 희미한 불빛 아래에서 몇 시간이고 잠들어 있는 까짜를 들여다보곤 하였다. 그리고 때로는 그 애의 침대 가에 앉아 그 애의 얼굴 쪽으로 고개를 숙여 보기도 하였는데 그러면 그 애의 더운 숨기운이 내 쪽으로 불어왔다. 가만히 두려움에 떨면서 나는 그 애의 자그마한 두 손과 어깨, 머리카락, 그리고 담요 밑으로 작은 발이 나와 있으면 그 발에도 키스를 하였다. 나는 그 애가 날이 갈수록 점점 사색적으로 변해 가고 있다는 것을 조금씩 알게 되었다. 한 달 내내 그 애한테서 눈을 떼지 않았으므로 나는 그것을 알아차릴 수 있었다. 그 애의 성격은 평정을 잃기 시작했다. 때로는 그 애가 떠드는 소리가 하루 종일 들리지 않는가 하면 또 어떤 때는 이전에는 없었던 시끄러운 소리가 들리는 것이었다. 그 애가 쉽사리 흥분을 하고 까탈스러워지고 얼굴이 빨개져 성내는 일이 매우 잦아졌으며 내게는 다소 잔혹스러운 짓까지 하기도 하였다. 갑자기 내게 혐오감을 느낀 듯이 내 곁에서는 밥을 먹고 싶지 않다는 둥, 나하고 떨어져 앉고 싶다는 둥 말하는가 하면, 자기가 없으면 내가 슬퍼서 바싹 여윌 것이라는 사실을 아는지 모르는지 때로는 자기 엄마한테로 훌쩍 가서는 거기서 며칠을 지내기도 했다. 또는 갑자기 몇 시간 내내 나를 바라보기 시작했는데, 그러면 나는 너무도 당황해서 몸둘 바를 모른 채 얼굴은 붉으락푸르락하면서도 방에서 빠져나가지를 못하는 것이었다. 까쨔는 이미 두 번인가 오한이 난다고 호소하였다. 이전에는 누구도 그 애가 아픈 것을 본 적이 없었다. 마침내 어느 날 아침 특별한 조치가 뒤따랐다. 꼭 그래야 한다는 까쨔의 바람에 따라 그 애는 아래층 엄마 방으로 옮겨 갔다. 공작 부인은 오한이 났다고 까쨔가 하소연하는 소리를 듣고는 겁이 났던 것이다. 이 자리에서 얘기해 두지만, 공작 부인은 나에게 매우 불만이었고 자신도 발견한 까쨔의 모든 변화를 내 탓으로, 그리고 부인 자신이 표현했듯이, 내 우울한 성격이 자기 딸의 성격에 끼친 영향 탓으로 돌렸다. 부인은 이미 오래전부터 우리를 갈라놓으려고 하였다. 하지만 그럴 경우 공작과의 심각한 다툼을 감수해야 한다는 것을 알고는 시간을 미루었던 것이다. 공작은 부인에게 모든 것을 양보하기는 했으나 간혹 요지부동으로 물러서지 않고 완강한 모습을 보이기도 하였다. 부인은 공작의 성격을 완전히 파악하고 있었다.

공작의 딸이 거처를 옮긴 것에 심한 충격을 받고 나는 극도의 병적인 정신적 긴장 상태 속에서 꼬박 일주일을 지냈다. 까쨔가 나를 혐오하는 이유에 대해 골머리를 썩이며 슬픔으로 괴로워했다. 비애는 내 마음을 휘저어 놓았고 정의감과 분노의 감정이 상처 입은 내 가슴속에서 들끓기 시작했다. 어떤 자긍심이 갑자기 내 마음속에 생겨났다. 그래서 나는 까쨔와 산책을 나가게 되었을 때 그 애와 만나면 그 애에게 충격을 줄 정도로까지 꿋꿋하고 진지하게, 그리고 이전 같지 않은 모습으로 그 애를 쳐다보았다. 물론 내 마음의 그런 변화는 충동으로 일어난 것일 뿐이어서 얼마 후에 가슴은 다시 더 심하게 아프기 시작했다. 나는 예전보다 훨씬 더 허약해지고 훨씬 더 소심해졌다. 그러던 어느 날 아침, 너무도 의아스럽고 어리둥절할 정도로 기쁘게도 공작의 딸이 위층으로 돌아왔다. 처음에는 미치광이처럼 웃으며 마담 레오따르의 목덜미에 몸을 던지더니 다시 우리 방으로 짐을 옮기겠다고 밝혔다. 그리고 내게도 고개를 한 번 까딱 하고 나서, 그날 아침은 아무 공부도 하지 않게 해달라고 졸라 허락을 얻어 내서는 아침나절 내내 떠들고 뛰어다녔다. 그 애가 그렇게 활기 차게 즐거워하는 모습은 본 적이 없었다. 그런데 저녁이 되자 다시 그 애는 잠잠해지고 생각에 잠겨 들어 어떤 슬픔이 아름다운 얼굴에 그림자를 드리웠다. 공작 부인이 저녁에 그 애를 보려고 왔을 때 나는 그 애가 즐겁게 보이려고 부자연스럽게 노력하는 모습을 보았다. 하지만 어머니가 나가고 혼자 남게 되자 갑자기 눈물을 마구 흘리는 것이었다. 나는 심한 충격을 받았다. 그녀는 내가 관심을 갖고 있다고 느끼자 방에서 나가 버렸다. 그 애 내부에서 어떤 예기치 못한 위기가 싹터 오르고 있었던 것이다. 공작 부인은 의사들에게 자문을 구하였고, 매일같이 마담 레오따르를 자기 방으로 불러 까쨔에 대해 이것저것 아주 세세한 부분까지 캐물었다. 그리하여 그 애의 일거수일투족을 예의 주시하라는 분부가 내려졌다. 진실을 예감하고 있던 것은 오직 나 혼자뿐이었다. 내 가슴은 기대감으로 심하게 박동하기 시작했다.

요컨대 작은 소설 한 편이 갈등을 해소하고 결말로 향해

가고 있었다. 까쨔가 위층으로 돌아온 지 사흘째 되던 날, 그 애가 아침 내내 매우 이상한 눈초리로, 매우 오래도록 나를 바라보고 있음을 알았다……. 나는 몇 번인가 이런 시선과 마주쳤다. 그리고 그럴 때마다 우리 두 사람은 서로 창피한 듯이 얼굴을 붉히며 눈을 내리깔았다. 마침내 공작의 딸은 웃음을 터뜨리고 나한테서 떨어졌다. 시계가 세 시를 치자 우리는 산책을 위해 옷을 갈아입었다. 그런데 까쨔가 불쑥 내게 다가왔다.

「네 신발끈이 풀어졌어.」그 애가 내게 말했다.「내가 매 줄게.」

드디어 까쨔가 나에게 말을 걸었다는 사실에 버찌처럼 얼굴이 빨개지며 나는 스스로 신발끈을 고쳐 매려고 몸을 숙이려 했다.

「내가 해줄게!」그 애가 웃음을 터뜨리며 조바심을 치듯이 말했다. 그 애는 그 자리에서 몸을 숙여 내 발을 힘껏 잡아 자기 무릎에 올려놓고 끈을 매기 시작했다. 나는 숨이 막혔다. 어떤 기분좋은 놀라움에 나는 어찌할 바를 몰랐다. 신발끈 매는 것을 마치자 그 애는 일어나서 발끝에서 머리끝까지 나를 다시 한번 훑어보았다.

「그런데 목이 다 드러나 있구나.」내 목의 노출된 부분을 손가락으로 가볍게 건드리면서 까쨔가 말했다.「자, 내가 해 줄게.」

나는 마다하지 않았다. 그 애는 내 스카프를 풀어서 다시 매주었다.

「안 그러면 기침을 하게 될지도 몰라.」그 애는 아주 능청맞게 미소를 지으며 물기 머금은 검고 작은 눈을 빛내며 나를 바라보았다.

나는 제정신이 아니었다. 나한테 무슨 일이 일어나고 있는지, 까쨔한테 무슨 일이 있었는지 알 수가 없었다. 하지만, 오, 다행스럽게도, 우리의 산책은 금방 끝이 났다. 그렇지 않았으면 나는 참지 못하고 거리에서 그 애에게 달려들어 키스를 했을 것이다. 하지만 계단을 오르면서 나는 그 애의 어깨에 살짝 키스를 할 수가 있었다. 그것을 알아채자 그 애는 몸을 흠칫 떨었지만 한마디도 하지 않았다. 저녁에 사람들은 그 애에게 정장을 입히고 아래층으로 데려갔다. 공작 부인에게 손님들이 와 있었던 것이다. 하지만 이날 저녁 집에는 무서운 소동이 일어났다.

까쨔에게 신경성 발작이 일어났던 것이다. 공작 부인은 놀라서 제정신이 아니었다. 의사가 왔지만 어찌 말해야 할지를 몰랐다. 물론 모두가 이것을 애들이 흔히 겪는 병으로, 까쨔의 나이 탓으로 돌렸지만 내 생각은 달랐다. 다음날 까쨔는 평상시와 똑같이 얼굴에 홍조를 띠고 명랑하고 활력이 넘치는 모습으로 우리한테 나타났다. 한편 그러면서도 그 애는 이전에 한번도 볼 수 없던 변덕과 괴벽을 보이고 있었다.

그것은 첫째로, 그 애가 아침나절 내내 마담 레오따르의 얘기를 귀 기울여 듣지 않았다는 점이다. 그러고선 갑자기 공작 영양 노파에게로 가고 싶다고 하였다. 종손녀를 몹시 싫어하고 만나면 항상 다투기만 하여서 그 애를 보려고 하지 않던 노파도 평소와 달리 이번에는 왠지 그 애에게 자기 방에 들어와도 좋다고 허락하였다. 처음에는 만사가 순조롭게 진행되고 처음 한 시간은 서로 사이좋게 지냈다. 꾀 많은 까쨔의 머릿속에는 자기가 저지른 잘못에 대해, 떠들고 장난친 것에 대해, 할머니의 평안을 깨뜨린 일에 대해 용서를 빌어 보자는 생각이 떠올랐다. 연로한 공작 영양은 위엄 있는 태도로 눈물을 흘리며 용서해 주었다. 하지만 말괄량이 소녀의 머릿속에는 장난을 더 쳐야겠다는 생각이 떠올랐다. 그 애의 머릿속에는 아직은 계획만 세우고 있던 장난 얘기를 해보리라는 생각이 떠올랐다. 까쨔는 온순하고 신앙심이 굳으며 참회하는 사람인 체하였다. 그러자 어리석은 노파는 희열에 빠졌고 눈앞에 보이는 까쨔에 대한 승리감에 그녀의 자존심은 상당한 만족을 느꼈다. 그야말로 까쨔는 어머니마저 자기의 변덕에 굴복하도록 만들 수 있는 집안의 보물이자 우상이었던 것이다.

그러고 나서 다시 이 장난꾸러기는 자기가 실행하려고 계획했던 일들을 죄다 실토하였다. 우선 할머니 옷에 명함을 달아 놓으려고 했던 것, 다음에는 폴스타프를 침대 밑에 가두어 놓으려 했던 것, 그 다음엔 할머니의 안경을 망가뜨리고 할머니의 책을 전부 가져가서 그 대신 엄마 방에 있는 프랑스 소설을 가져다 놓으려 했던 것, 그리고 딸랑이 같은 것을 찾아서 그것을 마룻바닥에 던져 보려 했던 것, 또 카드를 자기 주머니에 감추어 두려 했던 것 등등. 까쨔의 계획된 장난은 점입가경으로 끊임없이 이어졌다. 노파는 냉정을 잃어버렸고 얼굴은 창백해졌다가 다시 분노 때문에 새빨개졌다. 까쨔는 더 이상 참지 못하고 웃음을 터뜨리더니 그녀의 방에서 뛰쳐나왔다. 노파는 지체 없이 공작 부인을 불러오라고 사람을 보냈다. 법석이 일어났다. 공작 부인은 두 시간 동안 두 눈에 눈물을 머금고 노파에게 까쨔를 용서해 달라고 간원하였고, 딸아이가 병에 걸릴지도 모른다는 생각에 그 애를 벌주지 말아 달라고 빌었다. 공작 영양은 처음엔 말도 들으려 하지 않았다. 그러고는 내일 당장 이 집에서 나가겠노라고 선언했다. 그런 노파의 화가 누그러진 것은 공작 부인이 벌주는 것을 딸애의 병이 나을 때까지로 연기하여 나중에 나이 드신 공작 영양의 마땅한 분노를 풀어 드리겠다는 약속을 하고 나서였다. 한편 까쨔는 엄한 꾸지람을 들었다. 그 애는 아래층 엄마한테로 불려 갔다.

그러나 말괄량이는 점심 식사가 끝나자 다시 튀어나왔다. 아래층으로 내려가던 나는 계단에서 그 애와 마주쳤다. 그 애는 문을 조금 열더니 폴스타프를 불렀다. 순간 나는 이 아이가 무서운 복수극을 꾸미고 있는 것이라고 추측했다. 그 전말은 이러했다.

공작 영양 노파에게 폴스타프보다 더 화해할 수 없는 적은 없었다. 그놈은 누구한테도 애교를 떨지 않았고 아무도 좋아하지 않았다. 오만불손하고 거만하기 이를 데가 없을 정도였다. 그렇게 아무도 좋아하지 않으면서도 제 깐에는 모든 사람들로부터 마땅한 존경을 요구하는 것 같았다. 사람들은 이 놈에 대해 존경의 마음을 — 이 존경의 마음에 당연한 두려움을 섞어서 — 품고 있었다. 그러던 것이 공작 영양 노파가 오면서 갑자기 모든 것이 변해 폴스타프는 몹시 수모를 당했다. 이를테면 그놈한테 위층 출입이 형식상으로 금지되었던 것이다.

처음에 폴스타프란 놈은 모욕감에 제정신이 아니었다. 그래서 일주일 동안을 위층에서 아래층 방으로 이르는 계단 끝에 나 있는 문을 앞발로 박박 긁어 댔다. 그러다 폴스타프는 금방 자기가 추방당한 원인을 헤아려 보고는, 공작 영양 노파가 교회로 가던 첫 번째 일요일에 컹컹거리고 짖으면서 가련한 노파에게 달려들었다. 노파는 모욕당한 개의 잔인한 복수에서 가까스로 구원을 받았다. 그러고 나서 그놈이 눈앞에 나타나지 않게 하라는 공작 영양의 분부에 따라 폴스타프는 추방을 당했다. 그 후로 폴스타프의 위층 출입은 아주 엄격하게 금지되었고, 공작 영양이 아래층에 내려올 때는 아주 멀리 떨어진 방으로 내쫓겼다. 아주 엄한 책임이 하인들에게 떨어졌다. 하지만 복수심을 품은 이 짐승은 세 번 정도 위층으로 뚫고 올라올 방법을 발견해 냈다. 계단을 오르자마자 이놈은 하나로 통해 있는 방들을 순식간에 지나서 노파의 침실까지 달려갔다. 그놈을 제지할 것은 아무것도 없었다. 다행스럽게도 노파의 침실 문은 언제나 닫혀 있어서 폴스타프는 사람들이 달려와 아래층으로 끌고 내려갈 때까지 그 앞에서 사납게 짖는 것으로 그만둘 수밖에 없었다. 공작 영양은 길들이기 어려운 이 불도그를 볼 때마다 자기를 물기나 한 듯이 소리를 지르고 그때마다 매번 공포로 심하게 앓는 것이었다. 노파는 공작 부인에게 몇 번인가 최후 통첩을 보내기도 하였고, 한번은 인사불성이 되어 자기가 이 집에서 나가든가 아니면 불도그를 내보내든가 하라고 말할 정도에까지 이르렀다. 하지만 공작 부인은 폴스타프와 헤어지는 것에 동의하지 않았다.

공작 부인은 누구도 별로 좋아하지 않았지만 세상에서 자식들 다음으로 폴스타프를 가장 사랑하였다. 그 이유는 이러했다. 6년 전 언제인가 공작이 산책에서 돌아오면서 개 한 마리를 데리고 들어왔다. 그 개는 지저분하고 병들어 생김새는 아주 형편없었지만 대단한 순종 불도그였다. 공작이 우연하게 그놈을 죽음에서 구했던 것이다. 그러나 이 새로 온 동거자는 대체로 무례하고 아무렇게나 굴었으므로 공작 부인의 강력한 요청에 따라 구석방으로 끌려가 거기서 끈에 묶여 지내게 되었다. 2년이 지나 온 집안식구들이 별장에서 지내고 있을 때 까쨔의 동생인 어린 사샤가 네바 강에 빠지는 사건이 일어났다. 공작 부인은 비명을 질렀고 그러면서 그녀가 취한 첫 번째 행동은 아들을 구하러 물속으로 뛰어든 것이었다. 그녀는 죽음 직전에 간신히 구출되었다. 한편 어린아이는 빠른 물살에 휩쓸려 가고 있었다. 단지 아이의 옷만이 수면 위에 떠올라서 떠내려가는 모습이 보일 뿐이었다. 즉시 묶여 있던 배의 줄을 풀기 시작했지만 이제 어린애를 구한다는 것은 기적에나 가까울 일이었다. 그런데 갑자기 거대한 몸집의 불도그가 강물에 뛰어들어 익사 직전의 어린아이 쪽으로 가로질러 가서 이빨로 그 애를 물고는 개선 장군처럼 물가로 헤엄쳐 오는 것이었다. 공작 부인은 물에 젖은 불결한 개한테로 달려가 키스를 해댔다. 그러나 당시에 아직 평범하다 못해 몹시 천한 프릭사라는 이름을 갖고 있던 폴스타프는 어느 누구의 애무도 참아 낼 수가 없었다. 그래서 그놈은 자기를 껴안고 키스를 하는 부인의 어깨를 있는 대로 콱 깨물어 버렸다. 공작 부인은 이 상처로 인해 평생 동안 고생을 했지만 그놈에 대한 고마운 마음은 끝이 없었다. 폴스타프는 안방으로 끌려와 깨끗이 닦이고 씻겨졌으며 정밀하게 세공된 은목걸이를 받았다. 그놈은 공작 부인의 서재에 있는 커다란 곰가죽 위에서 지내게 되었다. 그리고 얼마 안 가서 부인은 그놈을 쓰다듬어도 금방 보복을 당한다든가 하는 사태를 두려워하지 않을 정도에까지 이르렀다. 자기 애견의 이름이 프릭사라는 것을 깨닫자 부인은 경악을 금치 못했고 그 즉시 새로운 이름, 가급적 고풍스러운 이름을 찾기 시작했다. 그러나 헥터[16]라든가 케르베로스[17] 따위의 이름은 이미 너무나 저속한 것이 되어 있어서 이 집안의 총신(寵臣)에게 딱 어울리는 다른 이름이 필요하였다. 마침내 프릭사의 보기 드문 대식성(大食性)을 생각한 공작이 그 불도그를 폴스타프라고 부르자는 제안을 내놓았다. 이 이름은 환호 속에서 받아들여졌고, 그 후 이 이름은 영원히 불도그의 것이 되었다. 폴스타프는 품행이 좋아서 진짜 영국 사람처럼 말이 없고 무뚝뚝했으며 누구한테도 먼저 덤비지를 않았다. 다만 사람들이 곰가죽 위의 자기 자리를 공손하게 돌아서 가고 마땅한 존경심을 보여 주기를 요구할 뿐이었다. 때로 폴스타프는 경기를 일으키거나 우울증에 걸린 듯한 모습을 보이기도 하였는데, 이럴 때에도 그놈은 자신의 원수, 자기 권리를 침해한 불구대천의 적에게 아직 본때를 보여 주지 못했다는 사실을 비애감에 젖어 상기하는 것이었다. 그러면 그놈은 위층으로 나 있는 계단으로 슬며시 잠입하였다. 그리고 평상시처럼 문이 닫혀 있는 것을 발견하면 어딘가 그곳에서 그리 멀리 떨어지지 않은 구석에 몸을 숨기고 누워서 누군가가 부주의하게 위층으로 통하는 문을 열어 놓고 가기를 교활하게 기다리는 것이었다. 복수심에 불타는 이 짐승은 사흘 동안 거기서 기다리는 때도 이따금 있었다. 하지만 문을 잘 감시하라는 엄한 분부가 내려져 있었으므로 이미 두 달 동안 폴스타프는

---

16 호메로스의 『일리아드』에 나오는 용사.
17 그리스 신화에 등장하는 세 개의 머리와 뱀 꼬리를 가진 지옥의 문을 지키는 사나운 개.

위층에 모습을 보이지 않고 있었다.

「폴스타프! 폴스타프!」 까짜는 문을 활짝 열고 반기듯이 폴스타프를 계단 쪽으로 꾀어냈다.

이때 폴스타프는 문이 활짝 열릴 것을 감지하고 자신의 〈루비콘 강을 뛰어넘을〉[18] 채비를 하고 있었다. 하지만 그녀의 부름은 그놈이 자기 귀를 전혀 믿지 못할 만큼 있을 수 없는 일로 여겨졌다. 그놈은 고양이처럼 약게 문을 열어 놓은 사람의 부주의를 눈치 챘다는 표정을 보여 주지 않으려고 창쪽으로 다가가서 창틀에 힘센 앞발을 올려놓고 맞은편 건물을 바라보기 시작했다. 마치 산책을 하러 나왔다가 잠시 멈추어 서서 이웃 건물의 아름다운 건축 양식을 감상하는 사람처럼, 완전히 방관자처럼 행동했던 것이다. 그러면서도 그놈의 심장은 달콤한 기대감으로 뛰면서 설레고 있었다. 문이 자기 눈앞에서 활짝 열리고 더욱이 이름을 부르면서 자기더러 오라고, 위층으로 올라가서 지체 없이 자신의 정의로운 복수를 하라고 청하는 데야 그놈의 경악감과 기쁨, 그리고 기쁨에서 오는 흥분이 어떠했으랴! 그놈은 기뻐서 컹 하고 소리를 한번 지르고 사납게 이빨을 드러내면서 승리감에 도취한 듯 쏜살같이 위층으로 튀어 올라갔다.

달리는 힘이 얼마나 셌던지 튀어 가다 걸린 걸상이 1사젠[19]을 튕겨 나가 그 자리에서 데굴데굴 구를 정도였다. 폴스타프는 포신을 떠난 포탄처럼 날아갔다. 마담 레오따르는 놀라서

---

18 전이적인 의미로 아주 중요한 결정적인 한 발을 내딛는 것을 뜻한다. 여기서는 개의 접근이 금지된 구역인 공작 영양의 방으로 개를 가도록 한 것을 의미한다.

19 2.13미터.

비명을 질렀지만 폴스타프는 이미 예의 그 문 앞까지 질주하여 앞발로 문을 때리기 시작했다. 그러나 문이 열리지 않자 죽자사자 짖어 대기 시작했다. 그에 대한 응답으로 나이 많은 여자의 겁에 질린 비명소리가 울려 퍼졌다. 이제 사방에서 적의 부대가 달려왔고 온 집안사람이 위층으로 모여들었다. 폴스타프, 맹렬한 폴스타프는 아가리에 절묘하게 채워진 재갈을 물고 네 발이 모두 묶여 올가미를 쓴 채로 불명예스럽게 전쟁터에서 아래층으로 끌려갔다.

공작 부인에게로 사절이 파견되었다.

이번 경우는 공작 부인이 용서를 구하고 자비를 구할 처지가 아니었다. 하지만 누구를 벌준단 말인가? 부인은 처음부터 순간적으로 짐작을 했다. 그녀의 눈이 까쨔에게 머물렀다……. 아니나 다를까. 까쨔는 무서워서 떨며 안색이 창백해져 있었다. 까쨔는 가련하게도 지금에서야 자기가 한 장난의 결과를 알게 되었던 것이다. 혐의는 하인에게, 죄 없는 사람들에게 떨어질지도 몰랐다. 까쨔는 벌써 모든 진상을 애기할 각오를 하고 있었다.

「네가 그랬느냐?」 공작 부인이 엄하게 물었다. 나는 까쨔의 납덩이처럼 창백한 안색을 보았다. 그러자 나는 앞으로 나서서 또렷한 목소리로 이렇게 말했다.

「제가 폴스타프를 놓아 보냈어요……. 저도 모르게 그만……」 공작 부인의 무서운 시선 앞에서는 내 모든 용기가 사라졌기 때문에 나는 그렇게 말꼬리를 흐렸다.

「마담 레오따르, 본때를 보여 주세요!」 공작 부인이 이렇게 말하고 방을 나갔다.

나는 까쨔를 쳐다보았다. 그 애는 아연한 듯이 서 있었다.

두 손은 양쪽으로 축 늘어뜨리고 있었고 창백한 얼굴은 땅바닥을 바라보고 있었다.

공작의 아이들이 벌을 받을 때 사용되는 단 하나의 방법은 빈방에 감금당하는 것이었다. 빈방에 두 시간 동안 앉아 있는 것은 별것이 아니다. 하지만 어린아이가 자기 의사에 반해 강제로 격리되고 자유를 박탈당하는 것은 정말 대단한 벌이다. 보통 까쨔나 그의 동생은 두 시간을 갇혀 있곤 하였다. 하지만 내가 저지른 죄행이 너무도 크다는 점이 고려되어 나는 네 시간 동안 갇혀 있기로 정해졌다. 나는 기뻐서 어찌할 바를 모르며 내 감옥으로 들어갔다. 나는 공작의 딸을 생각했다. 내가 이겼음을 알았다. 그런데 내가 갇힌 시간은 네 시간이 아니라 아침 네 시까지가 되어 버렸다. 그렇게 된 사정은 이러했다.

내가 갇힌 지 두 시간이 지나 마담 레오따르는 모스끄바에서 자기 딸이 찾아왔다가 갑자기 병이 나서 자기를 보고 싶어한다는 것을 알게 되었다. 마담 레오따르는 내 일은 잊어먹은 채 집을 나서고 말았다. 우리를 시중들던 하녀는 아마 내가 이미 방면되었으리라 생각한 모양이었다. 까쨔는 아래층으로 불려 가 엄마 옆에서 밤 열한 시까지 붙어 있어야 했다. 그 애는 방으로 돌아와 내가 침대에 없는 것을 보고는 너무도 놀랐다. 하녀가 까쨔의 옷을 벗겨 주고 자리에 뉘었지만 까쨔는 나에 관해 묻지를 못했다. 그럴 만한 까닭이 있었던 것이다. 그 애는 내가 네 시간 동안 갇혀 있으리라는 것을 확실히 알고 있었으므로, 우리의 보모가 나를 데리고 오겠거니 생각하면서 자리에 누워 나를 기다리고 있었다. 하지만 보모 나스쨔는 나에 관해서 까맣게 잊어 먹고 있었다. 더구나 나는 언제나 혼자서 옷을 벗었던 것이다. 이렇게 되어 나는 갇힌 상태로 밤을 보내게 되었다.

새벽 네 시, 나는 사람들이 방문을 두들기면서 문 안으로 밀려드는 소리를 들었다. 나는 어쩐 일인지 바닥에 누워 잠을 자고 있다가 잠이 깨어서는 무서워서 소리를 지르기 시작했다. 하지만 나는 금방 다른 사람의 목소리보다도 큰 소리로 울리던 까쨔의 목소리를 알아들었고, 그 다음엔 마담 레오따르의 목소리, 그 다음엔 놀란 나스쨔의 목소리, 그 다음은 하녀장의 목소리를 차례차례로 알아들을 수가 있었다. 마침내 문이 활짝 열리고 마담 레오따르가 눈물을 흘리며 나를 껴안고서 잊어버렸던 것을 용서해 달라고 빌었다. 나는 온통 눈물을 흘리며 그녀의 목덜미로 뛰어들었다. 내 몸은 추워서 얼어 있었고 맨바닥에 누워 있던 탓에 온몸의 뼈마디가 쑤시기 시작했다. 나는 눈으로 까쨔를 찾았다. 하지만 그 애는 우리의 침실로 달려가 침대 위로 뛰어 올라가 버렸다. 내가 방에 들어섰을 때 그 애는 이미 잠이 들었거나 잠이 든 체하고 있었다. 저녁부터 나를 기다리다가 깜빡 잠이 들었던 까쨔가 잠을 깬 것은 새벽 네 시였다. 잠에서 깨자 소란 법석을 떨며 집에 돌아온 마담 레오따르와 보모, 모든 하녀를 깨워서 나를 풀어 주게 했던 것이다.

이튿날 아침, 집안의 모든 사람들이 그 사건을 알게 되었다. 심지어 공작 부인마저 내게 지나치게 엄한 짓을 했음을 뉘우쳤다. 공작에 대해 말한다면, 나는 그가 평생 동안 그렇게 화내는 모습을 처음 보았다. 그는 아침 열 시에 아주 흥분한 모습으로 위층으로 올라왔다.

「당치도 않습니다.」 그가 마담 레오따르에게 말하기 시작했다. 「무엇을 하는 겁니까? 불쌍한 저 아이를 어떻게 한 겁니까? 이건 야만적인 일입니다. 완전히 야만적인 일이에요. 미개인들이나 하는 짓입니다! 병들고 허약한 아이를, 저렇듯 꿈 많고 겁 많은 어린 소녀를, 그런 아이를 하룻밤 내내 깜깜한 방 안에 가두어 두다니오! 이것은 저 애를 죽이자는 것이 아니고 뭡니까! 당신은 정말 저 애의 신상 내력을 모른단 말입니까? 부인, 당신에게 말씀드립니다만, 이것은 야만적인 짓입니다. 이건 비인간적인 짓입니다! 어떻게 그런 벌이 있을 수 있단 말입니까? 누가 그런 걸 생각해 냈습니까? 누가 그런 벌을 생각해 낼 수 있단 말입니까?」

얼굴이 하얘진 마담 레오따르는 두 눈에 눈물을 머금은 채 당황해서 사태의 전모를 설명하기 시작했다. 마담은 자신이 나를 잊어버렸다. 딸이 자기를 찾아왔다. 하지만 벌을 주는 것 그 자체는 긴 시간만 아니라면 훌륭한 것이었다. 그리고 장 자크 루소도 이와 비슷한 얘기를 한 적이 있다는 등의 얘기를 하였다.

「장 자크 루소를 말씀하시는군요, 부인! 하지만 장 자크는 그런 말을 할 수가 없지요. 장 자크는 이 방면의 권위자가 아니니까요. 장 자크는 교육에 대해 말할 자격이 없습니다. 그럴 권리가 없어요. 장 자크 루소는 자기 자식을 포기한 사람이니까요.[20] 부인! 장 자크는 나쁜 인간입니다, 부인!」

「장 자크 루소가! 장 자크가 나쁜 인간이라니오! 공작님, 공작님! 도대체 무슨 말씀을 하시는 거죠?」

마담 레오따르도 발끈하여 흥분을 하였다.

20 루소는 다섯 명의 아이를 고아원으로 보낸 적이 있다고 한다.

마담 레오따르는 이상한 여성이어서 다른 무엇보다도 모욕받는 것을 가장 싫어했다. 자기가 좋아하는 사람들 중 어느 한 사람을 안 좋게 말하는 날이면, 가령 코르네유나 라신을 혹평이라도 할라치면, 또 볼테르를 모욕하고 장 자크 루소를 나쁜 인간이라고, 그를 야만인이라고 한다면, 그것은, 오, 하느님 맙소사, 정말이지 그녀에게 참을 수 없는 일이었다. 눈물이 마담 레오따르의 눈에서 흘러내렸다. 그녀는 흥분으로 인해 온몸을 떨었다.

「자신을 잊고 계시는군요, 공작님!」 마침내 너무도 흥분한 탓에 제정신이 나가서 마담이 말했다.

그러자 공작이 즉시 자기 잘못을 깨닫고 용서를 구했다. 그런 뒤 내게로 다가와 깊은 감정을 담아 키스를 하고 나서 성호를 긋고는 방에서 나갔다.

「불쌍한 공작님Pauvre prince!」 이번에는 마담 레오따르가 제정신을 차리고 이렇게 말했다. 그리고 나서 우리는 공부하는 책상 앞에 앉았다.

하지만 공작의 딸은 대단히 산만하게 공부를 하였다. 점심을 먹으러 가기 전에 그 애는 얼굴이 새빨개져서는 내게 다가와 입술에 웃음을 머금고서 내 맞은편에 멈추어 서더니 내 어깨를 잡고 뭔가 창피한 듯 성급히 말했다.

「어땠어? 어제 내 대신 갇혀 있었던 게? 점심 먹고 우리 홀에서 놀자.」

누군가가 우리 곁을 지나가자 그녀는 순간적으로 내게서 몸을 돌렸다.

점심 식사 후 어스름이 질 무렵 우리 둘은 아래층 넓은 홀로 손을 맞잡고 내려갔다. 공작의 딸은 무척 흥분하고 있었고 호흡을 힘겹게 하였다. 나는 전에 없이 기쁘고 행복했다.

「공놀이 할래?」 그 애가 내게 말했다. 「그럼 여기 서 있어!」

그 애는 나를 홀 한구석에 세워 놓고, 자신은 떨어져서 공을 던지기 위해 내게서 세 발자국 떨어진 위치에 멈추어 섰다. 그러고는 나를 한번 바라보고는 얼굴이 빨개지더니 소파에 쓰러져 두 손으로 얼굴을 가렸다. 나는 그 애한테로 다가가려고 몸을 움직였다. 그런데 그 애는 내가 가려 한다고 생각한 것 같았다.

「가지 마, 네또츠까, 나와 함께 있어 줘.」 그 애가 말했다. 「곧 괜찮아질 거야.」

순간 그 애는 자리에서 벌떡 일어나 빨개진 얼굴에 온통 눈물을 흘리며 내 목에 몸을 던졌다. 그 애의 두 뺨은 축축하게 젖어 있었고 입술은 버찌처럼 불어 있었으며 머리 타래는 아무렇게나 헝클어졌다. 그 애는 정신 나간 사람처럼 내게 키스를 했다. 얼굴, 눈, 입술, 목덜미, 손, 어디고 할 것 없이 키스를 하였다. 그리고 히스테리에 걸린 사람처럼 흐느꼈다. 나는 그 애를 꼭 껴안았다. 우리는 친구처럼, 오랜 이별 후에 다시 만난 연인처럼 달콤하고 기쁜 마음으로 포옹을 하였다. 까짜의 심장은 내 귀에 그 박동소리가 하나하나 들릴 만큼 강하게 뛰고 있었다.

그런데 옆방에서 목소리가 들렸다. 공작 부인 방에서 까짜를 부르는 소리였다.

「아, 네또츠까! 자, 그럼! 저녁에, 밤에 봐! 지금 위층으로 올라가서 기다리고 있어.」

그 애는 마지막으로 내게 가만히 소리 안 나게 힘껏 키스를 하더니 돌아서서 나스쨔가 부르는 쪽으로 달려갔다. 나는 원기를 회복한 사람처럼 위층으로 뛰어 올라가 소파에 몸을 던지고 베개에 머리를 파묻고는 환희에 넘쳐 흐느끼기 시작했다. 심장은 마치 가슴을 헤치고 나올 듯이 두근거렸다. 밤까지 어떻게 살아서 견뎠는지 도무지 기억 나지 않는다. 마침내 열한 시 종이 치자 나는 잠을 자려고 누웠다. 그 애는 열두 시가 되어서야 돌아왔다. 그 애는 저만치에서 내게 미소를 지었지만 말은 한마디도 하지 않았다. 나스쨔가 그 애의 옷을 벗겨 주었다. 그리고 일부러 그러는 것처럼 늑장을 부렸다.

「어서 해, 빨리, 나스쨔!」까쨔가 중얼거렸다.

「아가씨, 계단을 뛰어오신 게 분명하죠? 가슴이 어째서 이렇게 뛰고 있어요?」나스쨔가 물었다.

「아이참, 나스쨔! 정말 지겨워 죽겠어! 빨리 해, 어서!」그러더니 공작의 딸은 답답한 듯 마룻바닥에 발을 굴렀다.

「어휴, 웬 가슴이 이렇게 뛴담!」나스쨔가 신을 벗기고 드러난 발에 입을 맞추었다.

마침내 모든 일이 끝나 공작의 딸은 자리에 누웠고 나스쨔는 방에서 나갔다. 순간 까쨔는 침대에서 펄쩍 뛰어 일어나더니 내게로 달려왔다. 나는 그 애를 맞이하면서 환성을 질렀다.

「내 침대로 가, 저기에 누워!」그 애가 이렇게 말하고 나를 침대에서 일으켰다. 잠시 후, 나는 그 애의 침대에 있었다. 우리는 포옹을 하고 서로를 꼭 끌어안았다. 그 애는 내게 마구 키스를 하기 시작했다.

「그런데 네가 새벽에 나한테 키스했던 거 난 알아!」그 애가 양귀비꽃처럼 얼굴이 빨개지며 말했다.

나는 흐느껴 울었다.

「네또츠까!」 까쨔가 눈물을 흘리며 속삭였다. 「너는 나의 천사야, 나는 정말이지 오래전부터, 아주 오래전부터 너를 좋아하고 있었어! 그때가 언제부턴지 아니?」

「언젠데?」

「아빠가 너한테 용서를 빌라고 하셨을 때부터. 네또츠까, 그때 너는 네 아빠를 옹호하고 있었어……. 너는 내 고 ─ 아 ─ 야!」 그 애는 말끝을 길게 늘이며 내게 키스 세례를 퍼붓기 시작했다. 그 애는 울면서 동시에 웃었다.

「아아, 까쨔!」

「왜? 왜?」

「어째서 우리는 그렇게 오래…… 그렇게 오래…….」 나는 말을 다 맺지 못했다. 우리는 서로 포옹하고 3분 가량 한마디도 하지 못했다.

「내 말 좀 들어 봐. 너는 나에 대해 어떻게 생각하고 있었니?」 그 애가 물었다.

「아아, 정말 무척 많이 생각했어, 까쨔! 늘 네 생각을 했어, 밤이나 낮이나 너를 생각했어.」

「새벽에 네가 혼잣말을 하는 것은 나도 들었어.」

「정말?」

「몇 번이나 울었다고.」

「너도 알고 있었구나! 그런데 너는 어째서 늘 그렇게 자신만만하니?」

「그건 내가 바보 같아서 그래, 네또츠까. 내가 그런 마음에 사로잡히면 그땐 어쩔 수가 없어. 난 정말 너한테 못되게 굴었어.」

「어째서 그랬는데?」

「그건 성질 못된 자신이 미워서 그랬던 거야. 처음엔 네가 나보다 뛰어났기 때문이고, 그 다음엔 아빠가 너를 더 사랑해 주시기 때문이었어. 하지만 아빠는 좋은 분이셔, 네또츠까! 그렇지 않니?」

「응, 정말이야!」 공작의 모습을 떠올리고 내가 눈물을 흘리며 대답했다.

「훌륭한 분이셔.」 까쨔가 진지하게 말했다. 「하지만 아빠를 어떻게 대해야 할까? 아빠는 언제나 그런 모습이시니……. 참, 그리고 너한테 용서를 빌 때 그땐 눈물을 흘릴 뻔했어. 그리고 그것 때문에 다시 화가 났지.」

「나는 알고 있었어, 알고 있었어. 네가 울고 싶어한다는걸.」

「자, 아무 말 마, 바보야, 너는 정말 울보야!」 까쨔는 손으로 내 입을 막으며 소리쳤다. 「내 말 좀 들어 봐, 나는 너를 정말 좋아하고 싶었어. 그런데 갑자기 미워하고 싶어지는 거야. 그래서 그렇게 너를 미워했던 거야, 정말 미웠어!」

「그건 어째서 그랬지?」

「이미 너한테 화가 나 있었던 거야. 무엇 때문에 그랬는지는 나도 모르겠어! 그런데 네가 나 없이는 못 산다는 걸 알게 된 거야. 그래서 생각했어. 그럼 저 얄미운 애를 괴롭혀야지 하고 말이지!」

「아아, 까쨔!」

「내 사랑!」 까쨔가 내 손에 입을 맞추며 말했다. 「그러자 너하고 얘기하기가 싫어지는 거야. 정말 싫었어. 그런데 기억 나니, 내가 폴스타프를 쓰다듬던 일 말이야?」

「정말 너는 겁도 없더구나!」

「내가 얼마나 겁 — 이 — 났 — 었 — 는 — 데.」공작의 딸은 말을 길게 끌었다.「왜 그 개한테 갔는지 아니?」

「왜 그랬는데?」

「네가 보고 있었기 때문이야. 네가 보고 있다는 걸 알고서는…… 에이! 될 대로 되라지 하고 갔던 거야. 너 놀랐지, 그렇지? 나 때문에 무서웠지?」

「말도 못하게 무서웠어!」

「나도 알고 있었어. 그런데 폴스타프가 나가 버리자 얼마나 기분이 좋았는지 몰라! 오, 하느님, 그놈이 나간 뒤에는 얼마나 겁이 났다고. 정말 괴 — 물 — 같 — 은 놈이야!」

공작의 딸은 신경질적으로 깔깔거리면서 웃기 시작했다. 그러다가 갑자기 열오른 머리를 치켜들고 나를 응시하기 시작했다. 진주 같은 눈물방울이 그 애의 기다란 속눈썹 위에서 떨고 있었다.

「그런데 네 마음속에 무엇이 있어서, 무엇 때문에 너를 그토록 사랑하게 됐을까? 창백한 안색, 금발 머리, 바보, 울보, 푸른 눈, 너는 정말 내 고 — 아 — 야!」

까쨔는 다시 몸을 굽혀 수도 없이 내게 입을 맞추었다. 몇 방울의 눈물이 내 목에 떨어졌다. 그 애는 몹시 감격하고 있었다.

「너를 얼마나 좋아했는지 몰라. 하지만 생각은 언제나 달랐어.〈아니야, 안 돼! 얘기하지 않을 테야!〉그렇게 고집을 피웠던 거야! 나는 두려웠어. 너한테 창피했어! 하지만 봐, 이렇게 사이가 좋아졌잖아!」

「까쨔! 마음이 너무 아파!」기쁨에 넘쳐 흥분해서 내가 말했다.「가슴이 터질 것 같아!」

「그래, 네또츠까! 내 말 들어 봐…… 그래, 들어 봐. 누가 네게 네또츠까라는 애칭을 붙여 주었니?」

「엄마가 그랬어!」

「엄마에 대해 모두 얘기해 주겠니?」

「모두 해줄게, 모두.」 내가 환희에 차서 대답했다.

「그런데 내 손수건 두 장은 어디다 숨겼니, 레이스 달린 것 말이야? 그리고 머리끈은 왜 가져갔지? 아아, 너는 정말 철면피야! 난 알고 있었어.」

나는 웃기 시작했다. 그리고 눈물이 나올 만큼 얼굴이 빨개졌다.

「하지만 〈틈을 봐서 저 애를 괴롭혀 줘야지〉 하고 생각하게 되었어. 그리고 또 어쩔 때는 〈저 애가 정말 싫어, 저 애를 봐줄 수가 없어〉 하고 생각했지. 그런데 넌 정말 언제나 내 착한 양이었던 거야! 난 네가 나보고 바보 같다고 생각할까 봐 얼마나 걱정을 했다고! 네또츠까, 너는 영리하지, 정말 머리가 좋은 거지? 응?」

「아냐, 농담하지 마, 까쨔!」 거의 화를 낼 뻔하면서 내가 대꾸했다.

「아냐, 너는 머리가 좋아.」 까쨔가 단정짓듯이 진지하게 말했다. 「난 알고 있어. 어느 날 아침에 일어나 보니까 내가 너를 너무나 사랑하고 있는 거야! 네가 밤새 내 꿈에 나타났어. 그런데 머릿속으로는 〈엄마한테 졸라서 아래층에서 지내야지〉 하고 생각하는 거야. 〈그 애를 좋아하고 싶지 않아, 싫어!〉 하고 말이야. 그런데 다음날 밤에 잠을 자면서는 〈저 애가 어젯밤처럼 나한테 다가오면 어쩌지〉 하고 생각하는데 네가 다가왔던 거야! 아아, 나는 얼마나 잠이 든 척하려고 애썼는지……. 아아, 정말 우리는 철면피들이야, 네또츠까!」

「그런데 어째서 나를 사랑하려 하지 않았니?」

「그냥…… 사실을 말하면 이런 거야! 나는 정말 언제나 너를 사랑하고 있었어! 언제나 사랑하고 있었어! 그리고 〈언젠가는 저 애에게 키스를 하거나 실컷 꼬집어 주어야지〉 하는 생각에 견딜 수가 없었던 거야. 이렇게 말이야, 이 바보야!」

그렇게 말하고 공작의 딸은 나를 한 번 꼬집었다.

「기억 나니, 내가 구두끈 매주었던 거?」

「생각나.」

「지금 기억으로는 너는 기분이 좋은 것 같더라, 맞니? 너를 바라보면서 난 이런 생각을 했어. 〈이 귀여운 아이, 이 애의 구두끈을 매주고 그것을 생각하도록 만들어야지〉 하고 말이야! 나는 그때 정말 기분이 너무도 좋아졌어. 그리고 사실을 말하면 정말이지 너하고 키스를 하고 싶었어……. 하지만 키스는 하지 못했지. 그러고 나선 일이 그렇게 우습게 되어 버렸던 거야, 정말 우습게 되어 버렸어! 너하고 산책을 하던 동안 내내 그런 생각을 했던 거야. 그러면 갑자기 웃음을 터뜨리고 싶어지는 거야. 너무나 우스워서 너를 볼 수가 없었어. 그런데 네가 나 대신 감옥에 들어갔을 때 나는 정말로 기뻤단다!」

그 애는 빈방을 〈감옥〉이라 불렀다.

「그런데 너는 겁났니?」

「말도 못하게 겁났어.」

「하지만 내가 기뻤던 것은, 네가 자신이 했다고 얘기해서가 아니라 내 대신 갇히겠다고 했던 점이야! 나는 생각했어. 〈지금쯤 그 애는 울고 있겠지, 나는 정말 그 애를 사랑하고 있는데 말이야! 내일은 그 애한테 키스해 주어야지, 꼭 키스해 줄 거야!〉 하고. 나는 네가 불쌍하지 않았어. 좀 울기는 했지만.」

「하지만 나는 울지 않았는걸, 너무도 기쁘기만 했어!」

「안 울었다고? 이 나쁜 애!」 입술로 내 목을 빨면서 공작의 딸이 소리쳤다.

「까쨔! 까쨔! 아아, 너는 정말 좋은 아이야!」

「그렇고말고! 자, 이제 너 하고 싶은 대로 해봐! 나를 괴롭혀 봐, 꼬집어 봐! 얼른 나를 꼬집어 봐! 내 사랑, 꼬집으라니까!」

「개구쟁이!」

「그리고 그 다음엔?」

「멍청이…….」

「그 다음엔?」

「그 다음엔 나한테 키스해 줘.」

우리는 그렇게 키스를 하며 울고 웃고 하였다. 우리 입술은 하도 키스를 해서 부풀어 오르기까지 했다.

「네또츠까! 첫째, 항상 내 침대로 와서 자렴. 너 뽀뽀하는 거 좋아하지? 그럼 앞으로도 뽀뽀하기로 해. 그리고 나는 네가 그렇게 울적해 하지 않았으면 좋겠어. 무엇 때문에 너는 울적해 했니? 나한테 얘기해 줄래? 응?」

「전부 얘기해 줄게. 하지만 지금은 울적하지 않아, 즐거워!」

「너도 나처럼 뺨이 불그스름하게 될 거야! 아아, 어서 내일이 되었으면 좋겠어! 너 졸리니, 네또츠까?」

「아니.」

「그럼 얘기하자.」

우리는 두 시간 가량 소곤거렸다. 우리는 안 한 얘기가 없었다. 먼저 공작의 딸은 자신의 모든 미래의 계획과 현재의 상황을 얘기해 주었다. 거기서 나는 그 애가 아빠를 누구보다도, 나보다도 더 사랑한다는 것을 알았다. 그런 다음, 우리 둘은 마담 레오따르가 아주 훌륭한 여자이며 결코 엄한 사람은 아니라는 데 생각을 같이하였다. 더 나아가 우리는 그 자리에서 내일과 모레 무슨 일을 할 것인지 생각을 해보았고, 앞으로 20년 간의 생활을 대강 헤아려 보았다. 까쨔는 우리가 살아갈 방법을 생각해 냈다. 하루는 그 애가 나한테 명령을 하고 나는 그것을 모두 해치우며, 다음날은 반대로 내가 명령을 하고 그 애는 아무 말 없이 복종을 한다. 그런 다음 우리 둘은 서로에게 똑같이 명령을 내리게 된다. 그러다 둘 중 하나가 일부러 말을 따르지 않으면 우리는 말다툼을 하게 될 것이다. 하지만 그것은 형식상으로만 그런 것이고 우리는 곧 화해를 하게 된다는 등의 얘기였다. 한마디로 우리 앞에는 끝없는 행복이 기다리고 있었다. 마침내 우리는 지껄이는 데 지쳤다. 눈이 감겨 왔다. 까쨔는 잠꾸러기라고 나를 조롱하더니 나보다 먼저 잠이 들었다. 이튿날, 우리는 동시에 눈을 떠서 재빠르게 입을 맞췄다. 누군가가 우리 방으로 왔던 것이다. 나는 달려가 간신히 내 침대에 누울 수 있었.

  하루 종일 우리는 너무 기뻐서 서로에게 어찌할 바를 몰랐다. 다른 사람들이 볼까 두려워 우리 둘은 모든 사람들을 피해 뛰어다녔다. 결국 나는 그 애에게 나의 내력을 얘기해 주기 시작했다. 까쨔는 내 얘기를 듣고 눈물을 흘릴 만큼 충격을 받았다.

  「너는 나쁜 애야, 정말 나쁜 애야! 왜 나한테 먼저 얘기하지 않았니? 그랬으면 내가 너를 사랑했을 텐데, 사랑하고말고! 그런데 애들이 거리에서 때릴 때 아팠니?」

「아팠어. 나는 그 애들이 무척 무서웠어!」

「아아, 나쁜 놈들! 네또츠까, 나도 한 아이가 다른 아이를 거리에서 때리는 걸 본 적이 있어. 내일 폴스타프의 채찍을 몰래 가지고 가서 그런 놈을 만나면 착착 때려 줘야겠어!」

그 애의 눈은 분노로 번쩍거렸다.

누가 들어오자 우리는 깜짝 놀랐다. 우리가 키스하는 것을 들킬까 봐서 두려웠던 것이다. 이날도 우리는 적어도 1백 번은 키스를 하였다. 그렇게 그날이 지나고 다음날이 지났다. 나는 미칠 듯이 기뻐서 죽는 것이 아닌가 생각할 정도였다. 행복에 겨워 숨이 가빴다. 하지만 우리의 행복은 오래가지 않았다.

마담 레오따르에게는 공작의 딸의 일거수일투족을 보고해야 할 의무가 있었다. 그녀는 사흘 내내 우리를 관찰했으며 그 사흘 동안 많은 얘깃거리를 모았다. 마침내 그녀는 공작 부인에게 가서 자기가 알아낸 사실을 모두 털어놓았다. 우리 둘은 어떤 흥분 상태에 빠져 있어서 벌써 사흘 내내 한번도 떨어지지 않은 채 미친 사람처럼 1분마다 입을 맞추고 울고 웃고 한다, 또 미친 사람처럼 쉴 새 없이 지껄이는데 이것은 전에 없던 일이다, 자신은 이 모든 일이 무엇 때문에 일어났는지 모르겠다, 하지만 자기가 보기에 공작의 딸은 어떤 병적인 위기 상황 속에 있는 것 같다, 그리고 마지막으로 자신은 우리가 자주 만나지 않는 게 좋겠다고 생각한다, 이런 얘기들을 하였던 것이다.

「나는 오래전부터 그렇게 생각하고 있었어요.」 공작 부인이 말했다. 「그 이상한 고아가 우리에게 걱정거리를 만들고 있다는 것은 이전부터 알고 있었어요. 그 아이에 대해, 그 아이의 이전 생활에 대해 듣고서 난 무서웠지요, 정말 무서웠어요! 까쨔에게 영향을 끼친 건 분명 그 아이예요. 까쨔가 그 애를 무척 좋아한다고 하셨죠?」

「정신을 못 차릴 정도로요.」

공작 부인은 흥분해서 얼굴이 빨개졌다. 부인은 이미 자기 딸과 나의 관계를 질투하고 있었다.

「이건 부자연스러운 일이에요.」 부인이 이렇게 말했다. 「전에는 둘이 그렇게 어울리질 못했죠. 그리고 고백하지만 난 그것을 보고 기뻤어요. 그 고아가 아무리 어리다 하더라도 난 아무것도 장담을 할 수가 없어요. 내 말 이해하시겠죠? 그 아이는 이미 젖을 먹으면서부터 그런 교육과 습관, 그리고 어쩌면 생활 규범까지도 빨아들였을 거예요. 한데 공작은 그 애에게서 무엇을 보았는지 모르겠어요. 나는 수천 번이나 그 애를 기숙 학교에 보내라고 말씀드렸지요.」

마담 레오따르는 나를 변호할 생각을 해보았지만 공작 부인은 이미 우리를 떼어 놓기로 결심을 하였다. 곧 이어 까쨔를 부르러 사람이 왔다. 아래층에서 까쨔는 다음 일요일까지는, 그러니까 꼬박 일주일 동안은 나와 만나지 못할 것이라는 얘기를 들었다.

나는 저녁 늦게서야 이 모든 사태를 알고 두려움에 몹시 충격을 받았다. 나는 까쨔를 생각했다. 까쨔는 우리의 이별을 못 견딜 것이라는 생각이 들었다. 나는 괴로움과 슬픔에 미칠 것 같았다. 새벽이 되어서는 몸이 아프기 시작했다. 다음날 아침, 공작이 내 곁에 와서 희망을 가지라고 속삭였다.

공작은 자신이 할 수 있는 모든 노력을 다하였다. 하지만 모두가 허사였다. 공작 부인은 마음을 바꾸지 않았던 것이다. 나는 조금씩 절망 상태에 빠져 들기 시작했고 슬퍼서 숨이 막힐 것 같았다.

사흘째 되던 날 아침, 나스쨔가 내게 까쨔가 쓴 쪽지를 갖다 주었다. 까쨔가 연필로 쓴 그 쪽지에는 아주 어지러운 글씨로 다음과 같이 씌어 있었다.

〈난 너를 너무나 좋아해. 엄마maman와 앉아 있으면서도 어떻게 하면 너한테로 달아날까 하는 생각만 하고 있어. 하지만 나는 달아날 거야. 내가 말했지. 그러니까 울지 마. 네가 나를 얼마나 좋아하는지 적어서 보내 줘. 난 밤새 꿈속에서 너를 껴안고 있었어. 얼마나 괴로웠는지 몰라, 네또츠까. 사탕을 보낼게. 안녕.〉

나는 그것과 비슷한 답장을 보냈다. 그리고 하루 종일 까쨔가 쓴 쪽지를 보며 울었다. 마담 레오따르의 친절은 오히려 나를 괴롭게 만들었다. 저녁이 되어서야 나는 그녀가 공작에게 가서 내 얘기를 한 걸 알았다. 만일 내가 까쨔를 만나지 못하면 반드시 세 번째의 병치레를 할 것이며 자신이 공작 부인에게 가서 한 말을 후회한다고 말했다는 것이었다. 나는 까쨔가 어떤 상태인지 나스짜에게 꼬치꼬치 캐물었다. 까쨔는 울지는 않지만 안색이 너무나 창백하다고 그녀는 내게 말해 주었다.

이튿날 아침, 나스쨔는 내게 이렇게 속삭였다.

「어르신 서재에 가보세요. 오른쪽 계단으로 내려가시면 돼요.」

내 안의 모든 것이 그 애를 만난다는 예감으로 활력을 되찾았다. 기대감으로 숨을 헐떡이며 나는 아래층으로 내려가 서재의 문을 왈칵 열었다. 그 애는 없었다. 그런데 갑자기 까쨔가 뒤에서 나를 붙잡고는 뜨겁게 키스를 하는 것이었다. 웃음, 눈물……. 순간 까쨔는 내 품에서 빠져나가 아버지 머리 쪽으로 기어올라 가더니 다시 다람쥐처럼 그의 어깨로 펄쩍 뛰었다. 하지만 견디지 못하고 어깨에서 다시 소파로 뛰어내렸다. 공작도 그 애를 따라 넘어졌다. 공작의 딸은 너무도 기쁜 나머지 울기 시작했다.

「아빠, 아빠는 정말 좋은 분이세요, 아빠!」
「이 말괄량이! 너희들한테 무슨 일이 있었니? 너희들의 우정이라는 게 무슨 말이지? 또 너희들의 사랑이라는 건?」
「가만 계세요, 아빠. 아빠는 우리 일을 몰라요.」
그리고 우리는 다시 서로에게 달려가 껴안았다.

나는 더 가까이에서 그 애를 살펴보기 시작했다. 2, 3일 동안 수척해져 있었다. 홍조가 얼굴에서 사라지고 창백함이 그 자리에 슬며시 들어앉아 있었다. 나는 슬퍼서 울기 시작했다.

마침내 나스쨔가 노크를 하였다. 까쨔가 없다는 것을 알아채고 그 애를 찾는다는 신호였다. 까쨔는 시체처럼 얼굴이 창백해졌다.

「됐다, 애들아. 우린 매일 만나게 될 거다. 그만 인사해야지, 하느님이 너희를 축복해 주실 게다!」 공작이 말했다.

그는 우리를 보면서 감동을 받았다. 하지만 그의 생각은 들어맞지 않았다. 같은 날 저녁, 어린 사샤가 돌연 병에 걸려 죽음을 눈앞에 두고 있다는 소식이 모스끄바에서 날아왔다. 공작 부인은 내일 곧바로 떠나기로 결정했다. 이것은 너무도 갑작스럽게 일어난 일이어서 나는 공작의 딸과 헤어지기 전까지도 전혀 모르고 있었다. 공작 자신도 같이 떠나겠다고 고집했으므로 공작 부인은 마지못해 동의를 하였다. 공작의 딸은 죽은 사람과 같은 표정이었다. 나는 자신도 모르게 아래층으로 뛰어 내려가 그 애의 목에 달려들었다. 길 떠날 마차가 이미 현관에 대기하고 있었다. 까쨔는 나를 보더니 비명을 지르며 정신을 잃었다. 나는 달려가 그 애에게 입을 맞추었다. 공작 부인은 까쨔가 정신을 차리게 하였다. 마침내 그 애는 정신이 들어 다시 나를 껴안았다.

「안녕, 네또츠까!」 불쑥 이렇게 말하더니 그 애는 알 수 없는 표정을 보이면서 웃기 시작했다. 「그렇게 보지 마. 아무렇지도 않아. 난 아프지 않아. 한 달이 지나면 다시 올 거야. 그러면 우리 다시는 헤어지지 말자.」

「그만 됐다.」 공작 부인이 조용히 말했다. 「가자꾸나!」

하지만 공작의 딸은 한번 더 내게로 다가왔다. 그 애는 경련하듯이 나를 꽉 끌어안았다.

「내 생명!」 나를 안으면서 그 애는 간신히 속삭였다. 「잘 있어!」

우리는 마지막으로 키스를 했고 공작 영애는 사라졌다, 오랫동안, 아주 오랫동안. 우리가 다시 만난 것은 8년이 지나서였다!

....

어린 시절의 이 일화를, 내 삶에 까쨔가 처음으로 등장한 얘기를 나는 일부러 상세하게 얘기했다. 하지만 우리 이야기는 분리될 수 없다. 그 애의 로맨스는 나의 로맨스였다. 마치 그 애를 만난 것은 내 운명으로 정해져 있는 듯하였고 그 애가 나를 만난 것도 운명으로 정해져 있는 것 같았다. 더욱이 나는 회상으로나마 그 어린 시절로 다시 한번 돌아가 보고 싶은 마음을 억제할 수가 없었다. 이제부터 내 얘기는 빠르게 전개될 것이다.[21] 나의 삶은 갑자기 일종의 침체 상태로 빠져 들었다. 그리고 열여섯 살이 되었을 무렵에야 나는 마치 새로이 꿈에서 깨어난 듯했다…….

하지만 공작네 가족이 모스끄바로 떠나고 난 후 내게 일어난 일에 대해서는 몇 마디 이야기해 두어야 하겠다.

나는 마담 레오따르와 함께 남게 되었다.

두 주일이 지나 급사가 와서 공작의 가족이 뻬쩨르부르그로 오는 것이 무기한 연기되었다는 말을 하였다. 마담 레오따르는 집안 사정 때문에 모스끄바로 갈 수 없는 형편이었으므로 공작 집에서의 자기 일은 다 끝난 셈이었다. 하지만 그녀는 이 집안을 떠나지 않고 공작 부인의 큰딸인 알렉산드라 미하일로브나한테로 옮겨 갔다.

아직 알렉산드라 미하일로브나에 대해서는 얘기한 적이 없다. 나도 딱 한 번 보았을 뿐이다. 그 여자는 공작 부인이 전남편과의 사이에서 낳은 딸이다. 공작 부인의 출생과 집안은 다소 불투명했다. 전남편은 전매인이었다. 재혼을 하게 되었을 때 공작 부인은 그 큰딸을 어떻게 해야 좋을지 몰랐다. 훌륭한 상대를 기대할 수는 없었다. 적당한 지참금을 그녀에게 주었고, 결국 4년 전 부유하고 상당한 등급의 관리와 결혼을 시킬 수 있었다. 알렉산드라 미하일로브나는 다른 사

---

21 『가난한 사람들』의 바르바라와 더불어 네또츠까는 도스또예프스끼가 유형 가기 전에 쓴 작품의 인물 중에서 가장 여성적이다.

회에 들어갔고 다른 세상을 보게 되었다. 공작 부인은 1년에 두 차례씩 딸네 집을 찾아갔다. 계부가 된 공작은 매주 까쨔와 함께 그녀를 방문하였다. 그런데 근래에 들어서 공작 부인은 까쨔가 언니한테 가는 것을 좋아하지 않게 되었다. 하지만 공작은 몰래 까쨔를 데리고 다녔다. 까쨔는 언니를 숭배했다. 하지만 두 사람의 성격은 완전한 대조를 이루고 있었다. 알렉산드라 미하일로브나는 스물두 살 가량의 조용하고 온화하며 정감이 있는 여자였다. 마치 어떤 감추어 둔 슬픔이, 어떤 은폐된 마음의 병이 그녀의 아름다운 모습에 가혹한 그림자를 드리우고 있는 것 같았다. 상복이 어린애에게 어울리지 않는 것처럼 심각하고 엄숙한 표정은 그녀의 천사 같은 밝은 표정에 왠지 어울리지 않았다. 그녀를 한번 바라보면 깊은 연민을 느끼지 않을 수가 없었다. 내가 처음 그녀를 보았을 때 그녀는 안색이 창백하였고 사람들 말로는 폐병에 걸린 것 같은 모습이었다. 그녀는 매우 고적하게 지냈다. 자기 집에 사람들이 모이거나 다른 사람 집에 가는 것을 좋아하지 않았다. 한마디로 수녀처럼 살았다. 그녀한테는 자식이 없었다.[22] 그녀가 마담 레오따르를 찾아왔을 때, 나한테 다가와 깊은 정감을 품고서 키스를 했던 일이 기억 난다. 몸이 여위고 나이가 꽤나 지긋한 남자가 그녀와 함께 있었다. 그 사람은 나를 보더니 눈물을 흘렸다. 이 사람이 바로 바이올리니스트인 B였다. 알렉산드라 미하일로브나는 나를 껴안고 자기 집에서 살지 않겠느냐, 자기 딸이 되어 주지 않겠느냐하고 물었다. 얼굴을 보고 나는 그녀가 내 사랑 까쨔의 언

---

[22] 뒷부분에 자식이 둘 있다고 한 것과 모순됨.

니라는 것을 알아보았다. 나는 가슴에 막연한 아픔을 느끼며 그녀를 포옹했다. 가슴이 온통 아파 오기 시작했다……. 마치 누군가가 내 머리 위에서 〈애비 없는 년!〉하고 말하는 것 같았다. 알렉산드라 미하일로브나는 공작이 내게 보낸 편지를 보여 주었다. 편지에는 내게 보내는 몇 줄의 글이 씌어 있었다. 나는 흑흑 흐느껴 울면서 그것을 읽었다. 공작은 오래 행복하게 살라고 축복하고 자신의 또 다른 딸을 사랑해 주라고 부탁하였다. 까쨔도 내게 몇 줄을 적어 주었다. 그 애는 이제 엄마와 떨어질 수 없게 되었다고 쓰고 있었다!

그리하여 그날 저녁 나는 다른 가족, 다른 집, 새로운 사람들에게로 가게 되었다. 그리고 그렇게 정이 들었던, 내게는 이미 혈연과 같았던 모든 것들을 마음에서 다시 한번 떼어 냈던 것이다. 그리고 그 집에 도착했을 때 나는 심적인 슬픔으로 인해 완전히 기진맥진해 있었다……. 이제 새로운 이야기가 시작되는 것이다.

6

새로운 생활은 너무도 평온하고 조용하게 흘러갔다. 마치 은둔한 수녀들 속에서 지내듯이……. 새로운 보호자 밑에서 나는 8년 남짓 살았다. 이 기간 동안 몇 년을 빼고는 이 집에 만찬이나 연회가 있었는지, 아니면 친척이나 친구, 아는 사람들이 모인 적이 있었는지 나는 기억하지 못한다. 가끔 멀리서 찾아오는 두세 명의 인물과 이 집의 우인(友人)인 음악가 B씨, 그리고 거의 언제나 일 때문에 알렉산드라 미하일로브나의 남편을 찾아오는 이들을 제외하고는 그 집에 찾아오는 사람은 아무도 없었다. 알렉산드라 미하일로브나의 남편은 늘 일과 공무에 분주하여 여가를 낼 틈이 없었고, 아주 드물게 여가 시간이 생기더라도 가정과 사생활에 균등하게 분배하였다. 그런 가운데에도 무시 못할 정도의 상당한 연줄은 그로 하여금 사교계에 자주 얼굴을 내밀도록 만들었다. 거의 어디서나 그의 무한한 공명심에 대한 소문이 따라다녔다. 그러나 그는 근면하고 진지한 사람이란 평판을 얻고 있었으며 대단히 비중 있는 지위를 차지하고 있었다. 그리고 행운과 성공도 마치 자기 발로 그를 찾아오는 것 같았다. 그리하여 여론 때문에 그에 대한 공감이 상실되는 일은 결코 없었다. 심지어는 그 이상이었다. 사람들은 언제나 그에게 어떤 특별한 관심을 가지고 있었다. 반면에 그의 처에게는 전혀 그러질 못했다. 알렉산드라 미하일로브나는 완전한 고독 속에서 지냈다. 그리고 그녀도 이것을 기뻐하는 것 같았다. 그녀의 조용한 성격은 마치 은둔 생활을 위해 형성되어 있는 것 같았다.

그녀는 온 마음으로 나에게 애착을 가졌고 나를 친자식처럼 사랑했다. 까쨔와의 이별로 눈물이 채 마르지 않았던, 아직도 가슴이 아프던 나는 내 은인의 어머니 같은 포옹에 갈망하듯 몸을 맡겼다. 그 후로 그녀에 대한 나의 뜨거운 사랑은 끊이지 않았다. 그녀는 내게 엄마이고 언니이며 친구였다. 그녀는 내게 세상의 모든 것이었다. 또 그녀는 나의 유년 시절을 위로해 주었다. 더구나 나는 얼마 안 있어 본능과 예감으로 다음과 같은 사실을 알아챘던 것이다. 그녀의 운명이, 그녀를 처음 볼 때 평온하게 보이던 그녀의 삶이나 외면적으로 자유로운 모습, 혹은 그렇듯 자주 얼굴에 환하게 빛나는 편안하고 밝은 미소 등으로 미루어 생각되는 것처럼 그렇게 아름답지 못하다는 것이었다. 그리하여 하루하루 내가 성장해 가는 시간들은 나에게 은인의 운명에 대해서 새로운 것을, 내 마음이 고통스럽게 천천히 어림짐작하게 된 어떤 것을 설명해 주었다. 그리고 이러한 슬픈 자각과 더불어 그녀에 대한 나의 애착은 점점 더 커지고 강해져 갔다.

그녀의 성격은 소심하고 여렸다. 맑고 평온한 그녀의 얼굴 표정을 보면 어떤 동요 같은 것이 그녀의 경건한 마음을 어지럽히리라고는 상상할 수 없었다. 또한 그녀가 누구를 사랑하지 않을 수 있다는 것은 생각할 수도 없었다. 그녀의 마음에서는 언제나 연민이 혐오감까지도 압도하고 있었다. 그렇지만 그녀는 몇몇 우인에게만 애정을 갖고 있었고 완전한 고독 속에서 살고 있었다……. 그녀는 열정적이고 감수성이 풍부했지만, 이와 동시에 마치 사람들의 눈을 끌까 두려운 듯, 자신의 마음을 경계하여 공상 중에라도 그것을 잊지 않으려는 것 같았다. 때로는 갑자기, 가장 명랑한 순간에도 나는 그녀의 눈에 어려 있는 눈물을 발견하였다. 마치 그녀의 마음을 고통스럽게 찌르는 어떤 슬픈 기억이 그녀의 마음속에 확 하고 솟아난 것 같았다. 그것은 또 어떤 것이 그녀의 행복을 가만히 지켜보고 있다가 그것에 적의를 품고 방해를 하는 것 같았다. 그리하여 그녀가 행복하면 할수록, 그녀의 삶의 순간들이 평온할수록, 더 밝을수록, 마치 발작이 그녀를 덮치듯 비애는 더 가까이 다가오고 돌연한 슬픔과 눈물이 더 확연해지는 것 같았다. 나는 이 8년 동안 한 달이라도 평온했던 시기가 있었는지 기억하지 못한다. 얼른 보기에 그녀의 남편은 그녀를 몹시 사랑하고 그녀도 그를 열렬히 사랑하는 듯했다. 하지만 가만히 보면 두 사람 사이에는 무언가 다하지 못하고 남겨 둔 얘기가 있는 것 같았다. 어떤 비밀이 그녀의 운명 속에 감추어져 있었다. 적어도 나는 처음부터 그러한 의문을 품기 시작했던 것이다……

알렉산드라 미하일로브나의 남편은 처음부터 내게 어두운 인상을 심어 주었다. 유년 시절에 생겨난 그 인상은 그 후로도 결코 지워지지 않았다. 겉으로 보기에 그는 키가 크고 말랐으며 큰 녹색 안경 밑에 자신의 시선을 감추려는 것 같았다. 그는 무뚝뚝하고 무미건조했으며 아내와 대면해서는 화제를 못 찾았다. 그는 사람들을 거북해 하는 것 같았다. 그는 나에게 아무런 관심도 기울이지 않았으며 나 또한 저녁에 알렉산드라 미하일로브나의 거실에 모여 차를 마실 때 그가 있으면 어찌할 바를 몰랐다. 몰래 알렉산드라 미하일로브나 쪽을 바라보면, 그녀도 그를 무서워하는 듯 흡사 행동 하나하나에 신경을 쓰는 모습이었고, 남편이 특히 험상궂거나 우울한 모습을 보이고 있으면 그녀의 얼굴이 창백해지는 것을 나는 슬픈 마음으로 발견하였던 것이다. 그녀는 또 남편의 말 속에서 어떤 암시라도 듣게 되거나 눈치를 채게 되면 돌연 얼굴이 온통 새빨개지곤 하였다. 그녀는 남편과 함께 있는 것을 힘들어하는 것 같았는데, 그러면서도 한편 내가 보기에는, 그 없이는 잠시도 살 수 없어 하는 것처럼 느껴졌다. 그녀가 남편에 대해, 그의 말 한 마디, 행동 하나하나에 대해 기울이는 그 이상한 관심에 나는 깊은 충격을 받았다. 그녀는 온 힘을 다해 그가 바라는 대로 해주려는 것 같았지만 자신이 그러한 바람을 실행에 옮기지 못하고 있다고 느끼는 것 같았다. 그녀는 마치 그에게 인정받기를 간절히 바라는 듯이, 그의 얼굴에 미소가 살짝 스쳐 가거나 친절한 말을 반 마디라도 들을라치면 매우 행복해 하는 것이었다. 이것은 마치 수줍고 이루어질 수 없는 사랑의 첫 순간 같았다. 그녀는 중환자를 간호하듯이 그를 보살폈다. 한편 그가 알렉산드라 미하일로브나의 손을 잡고 서재로 들어가면 ─ 내가 보기에 그는 자기 아내를, 그녀 자신도 고통스럽게 느끼고 있는 연민 같은 것을 가지고 바라보는 것 같았다 ─ 그녀는 완전히 사람이 달라져서 대화나 행동이 금방 명랑해지고 스스럼이 없어졌다. 하지만 남편을 만나고 나면 그녀의 마음속에는 오랫동안 어떤 곤혹감이 남았다. 곧 이어 그녀는 남편의 말 한 마디 한 마디를, 마치 그가 했던 모든 말의 무게를 재어 보기나 하는 듯 상기하기 시작했다. 그가 한 얘기 가운데에서 다른 의미를 찾기라도 하려는 듯이 그녀는 자기가 들은 것이 어떤 이야기였는지, 뾰뜨르 알렉산드로비치가 정말로 그렇게 표현했는지 내게 물어보는 일도 드물지 않았다. 그러다 한 시간이 지나면 곧 그가 자신에 대해 완전히 만족을 하고 있으며 공연한 걱정을 한다고 스스로 확신하기라도 한 듯이 완전히 원기를 회복하는 것이었다. 그러면 그녀는 갑자기 기분이 좋아지고 명랑해지며 기뻐서 나에게 키스를 하고 나와 함께 웃거나 피아노 쪽으로 가서 즉흥 연주를 하였다. 하지만 드물지 않게 그녀의 기쁨은 불현듯 중단되곤 하였다. 그녀는 울기 시작했고, 내가 당황하고 놀라서 불안한 마음으로 그런 그녀를 바라보면 그녀는 마치 누가 우리 얘기를 들을까 두려운 듯이 속삭이는 소리로, 자기 눈물은 그냥 나오는 것이다, 아무것도 아니다, 자기 기분은 쾌활하다, 그러니 자기 때문에 신경 쓰지 말라고 납득시키려 하였다. 남편이 없으면 그녀는 갑자기 불안해 하면서 그가 어디에 있는지 수소문하고 걱정을 했다. 그래서 그가 무엇을 하고 있는지 알아 오라고 사람을 보내기도 하고 하녀에게서 그가 무엇 때문에 마차를 대놓으라고 명했는지, 어디로 가려 하고 있는지, 아프지는 않은지, 기분은 좋은지 나쁜지, 무슨 말을 했는지 등등을 알아보았다. 그러나 그녀는 남편이 하는 사업과 업무에 관해서는 감히 얘기도 꺼내지 못하는 것 같았다. 그가 무엇인가를 충고하거나 부탁하면 그녀는 마치 노예라도 된 듯이 고분고분 그의 말을 끝까지 경청하며 아무 소리도 하지 않았다. 그녀는 남편이 자신의 물건에 대해, 책이나 그녀가 손수 만든 어떤 물건에 대해 칭찬해 주기를 원했다. 그녀는 마치 이런 것에 허영심을 갖고 있는 것처럼 그런 얘기를 들으면 금방 행복해졌다. 게다가 남편이 문득(이런 일은 매우 드물었지만) 두 명의 갓난아이를 귀여워해 줄 생각을 하면 그녀의 기쁨은 한이 없어지는 것이었다. 그녀의 얼굴은 일변해서 행복감으로 빛났고 이 순간 남편에 대한 자신의 기쁨에 〈지나칠 정도로〉 도취하였다. 가령 그럴 때 그녀는 남편이 어떻게 반응하는지 알아 보지도 않고 자기가 입수한 새로운 음악을 들어 보라거나 어떤 책에 대한 생각을 말해 달라거나, 혹은 그날 그녀에게 특별한 인상을 준 어떤 작가의 글을 읽을 테니 허락해 달라고 — 물론 겁을 먹어 떨리는 목소리로 — 제안할 만큼 대담함을 보이기까지 하였다. 때때로 남편은 호의를 베푸는 듯이 그녀의 바람을 모두 들어주었고, 심지어는 관용을 베푸는 듯한 미소를 그녀에게 지어 보이기도 하였다. 그런데 그 미소란 것은, 사람들이 장난꾸러기 아들이 평소와는 다르게 이상한 변덕을 부리는 것을 못마땅해 하면서도 미리부터 그 애의 순진함을 그르칠까 두려워하며 보내는 미소와 같은 것이었다. 그 이유는 알 수 없지만 이러한 미소, 이러한 고압적인 관용, 이런 대등치 못한 두 사람의 관계는 나의 가슴 깊은 곳까지 들어와 나를 혼란시켰다. 나는 말없이 스스로 자제하면서 어린애다운 호기심을 갖고서, 하지만 나이에 걸맞지 않게 심각한 마음으로 그들을 부지런히 관찰하였다. 언젠가 한번은 그가 갑자기 무슨 생각이 난 듯, 제정신이 돌아온 듯 돌연 자기 의지에 반하여 고통스럽고 무서우며 불가피한 어떤 것을 무리하게 떠올리는 모습을 본 적이 있다. 순간 그의 얼굴에서 미소는 사라지고 그의 두 눈은 갑자기 어떤 연민의 감정을 띤 채 망연자실해 있는 처에게 고정되었다. 그 연민에 나는 몸을 흠칫 떨었고, 지금 기억 나지만 그런 연민이 나를 향한 것이었다면 나는 몹시 괴로웠을 것이다. 바로 그 순간 기뻐하던 표정이 알렉산드라 미하일로브나의 얼굴에서 사라졌다. 음악소리도, 책 읽는 일도 중단되었다. 그녀는 얼굴이 창백해졌지만 참고 침묵하였다. 불유쾌한 우울의 순간이 도래하고 이런 순간은 때로 오랫동안 지속되었다. 마침내 남편이 그것을 중단시켰다. 그는 마치 자기 마음속의 유감과 격정을 애써 억누르는 것처럼 자리에서 일어나 우울한 침묵 속에서 방 안을 몇 번 왔다 갔다 하였다. 그러다 아내의 손을 잡고 숨을 깊이 내쉰 뒤, 분명 당혹한 모습으로 아내를 달래려는 바람이 드러나는 몇 마디 말을 띄엄띄엄 하고는 방에서 나가 버렸다. 그러면 알렉산드라 미하일로브나는 왈칵 눈물을 쏟으며 오랫동안 무서운 슬픔 속으로 빠져들었다. 그는 아내와 저녁에 헤어지면서 어린아이에게 하듯이 아내에게 축복하기도 하고 성호를 그어 주는 일도 자주 있었다. 그러면 아내는 그의 축복을 감사의 눈물과 경건한 마음으로 받아들였다. 하지만 이 집에 살면서 내가 잊을 수 없었던 것은 알렉산드라 미하일로브나가 갑자기 사람이 완전히 변한 것처럼 보였던 몇 번의 저녁이었다(이것은 8년 동안 두세 번 있었던 일이고 그 이상은 아니다). 언제나 조용한 그녀의 얼굴에는 항상 보이던 자기 비하와 남편에 대한 공경심 대신에 어떤 분노, 어떤 불만이 비치고 있었다. 때로는 한 시간 내내 폭풍이 몰아치려는 조짐이 보이는 경우도 있었다. 남편은 평소보다 더 말수가 적어지고 엄하고 침울한 인상이 되었다. 마침내 가련한 여자의 아픈 가슴은 더 참을 수 없게 되었다. 그녀는 흥분 때문에 떨리는 목소리로 대화를 시작하는 것이다. 이 대화는 처음엔 띄엄띄엄 두서도 없고 끝맺음도 없는 어떤 암시로 가득 찬 것이었다. 그러다가 나중에는 자신의 슬픔을 견디지 못해 갑자기 눈물과 불평을 쏟기 시작하고 다시 분노와 질책, 하소연, 절망의 말이 폭발하였다. 마치 그녀는 병적인 위기 상황에 빠진 듯하였다. 그러면 남편은 인내심으로 참고 동정을 하면서 그녀를 진정시키고 손에 입을 맞추었으며 심지어는 그녀와 함께 울기까지 하였다. 그러면 마치 양심이 자신을 꾸짖고 범죄 현장에서 붙잡힌 듯 그녀는 갑자기 제정신을 차렸다. 남편의 눈물에 그녀는 감명을 받고 절망감에 두 손을 비틀며 경련적으로 흐느껴 울면서 남편의 발 밑에 엎드려 용서를 구했다. 그리고 곧 용서를 받았다. 하지만 그녀의 양심의 고통과 눈물, 자기를 용서해 달라는 애원은 오랫동안 계속되었다. 그리고 그 후 몇 달 동안은 남편 앞에서 더 소심해지고 더 몸을 떠는 것이었다. 나는 이런 비난과 질책을 하나도 이해할 수가 없었다. 나는 언제나 매우 눈치가 없는 편이었지만 그런 일이 생기면 그들은 나를 방에서 내보냈다. 하지만 내게 완전히 숨길 수는 없는 노릇이었다. 나는 관찰하고 주목하고 헤아려 보았다. 그리고 처음부터 내 마음속에는 어떤 희미한 의구심이 자리를 잡았다. 그 의구심이란 이 모든 일의 밑바탕에는 어떤 비밀 같은 것이 깔려 있다는 것, 이 돌연한 격발은 단순한 신경병적인 위기가 아니라는 것, 남편이 언제나 침울한 것도 우연이 아니라는 것, 가련하고 병약한 아내에 대한 모호한 동정심도 우연이 아니라는 것, 남편 앞에 서기만 하면 나타나는 겁먹고 초조한 모습과 남편 앞에서는 감히 보이려고도 하지 않는 이 겸손하고 이상한 사랑이 우연한 게 아니라는 것, 이러한 고독, 이러한 수도원 같은 생활, 이러한 아름다움, 남편이 있으면 그녀의 얼굴에 돌발적으로 나타나는 죽은 사람 같은 창백한 모습은 우연이 아니라는 것이었다.

하지만 남편과의 이 같은 장면은 대단히 드문 일이었고 우리의 생활은 매우 단조로웠기 때문에, 또 나는 이미 너무도 가까이서 그녀를 관찰해 왔기 때문에, 그리고 마지막으로 내가 너무도 빠르게 성장하고 나의 내면에서는 비록 무의식적인 것이기는 하지만 새로운 많은 것이 눈을 뜨기 시작하여 내 마음을 관찰하는 일로부터 돌려놓았기 때문에 나는 결국 이러한 생활에, 나를 둘러싸고 있는 이러한 일상과 성격들에 익숙해졌다. 물론 알렉산드라 미하일로브나를 보면서 가끔 생각에 잠기지 않을 수는 없었지만 나의 생각은 얼마 동안 아무런 해결도 얻지 못했다. 한편 나는 그녀를 굳게 사랑하고 그녀의 우수를 존경하였다. 그리고 이 때문에 나의 호기심이 그녀의 상처받기 쉬운 마음을 어지럽힐까 두려웠다. 그녀는 나를 이해하고 있었고 내가 자신을 사랑해 주는 것에 대해 몇 번이라도 기꺼이 나에게 고마움을 표시하려고 하였던 것이다! 때로는 내가 근심하는 것을 눈치 채고서 미소를 (이 미소에 눈물이 어려 있는 경우도 적지 않았다) 지으며 자신은 너무 자주 눈물을 흘린다고 농담을 하였다. 그리고 어떤 때는 갑자기 이런 얘기도 들려주었다. 즉 자신은 몹시 만족하며 행복하다, 모든 사람들이 자기에게 친절하게 대해 준다, 자기가 아는 모든 사람들이 지금까지 자신을 너무도 사랑해 주고 있다, 뾰뜨르 알렉산드로비치가 자신에 대해, 자신의 심적 안정에 대해 언제나 걱정해 주는 것이 너무도 자신을 괴롭게 한다, 하지만 자신은 오히려 너무도 행복하다, 너무도 행복하다 등등. 그러면서 그녀는 그 자리에서 곧바로 깊은 애정을 담고 나를 끌어안으며 사랑의 감정으로 얼굴을 빛내는 것이었다. 이러한 감정과 사랑은 — 이렇게 표현하는 것이 가능하다면 — 그녀에 대한 연민으로 인해 내 가슴이 왠지 아파 올 정도였다.

그녀의 얼굴 모양은 내 기억에서 결코 지워지지 않을 것이다. 이목구비는 단정하였으며 초췌함과 창백함이 그녀의 아름다움에 어려 있는 엄숙한 매력을 훨씬 더해 주었다. 아래쪽으로 가지런히 빗어 내린 숱 많은 검은 머리칼은 뺨 가장자리에 엄엄하고 날카로운 그림자를 던져 주고 있었다. 그렇지만 무엇보다도 강한 인상을 주는 것은 그녀의 부드러운 시선, 커다랗고 어린애처럼 맑고 푸른 눈, 수줍은 미소와 온순하고 창백한 얼굴이 대비된 모습이었다. 그 얼굴에는 마치 무방비 상태인 듯한, 마치 모든 감정, 감정의 모든 충동에 —

순간적인 기쁨이나 자주 나타나는 잔잔한 우수마저 — 두려워하는 듯한 순진하고 겁을 내는 표정이 자주 드리워져 있었다. 하지만 행복하고 근심 없는 순간에는 가슴속으로 스며들 듯한 시선에 그렇듯 맑고 대낮처럼 밝은, 그렇듯 경건하고 평안한 표정이 어려 있었다. 그럴 때 하늘처럼 푸른 두 눈은 사랑으로 빛나고 너무도 기분 좋은 시선으로 상대방을 바라보는 것이었다. 그 속에는 언제나 선량한 모든 것, 사랑을 구하고 동정을 바라는 모든 것에 대한 깊은 공감이 어려 있어서 사람들의 마음은 그녀에게 굴복하고 자기도 모르게 그녀를 향하면서 그녀에게서 맑은 마음을, 영혼의 평안을, 순종과 사랑을 찾는 것 같았다. 가령 여러분도 어쩌다가 푸른 하늘을 쳐다보고 있으면 몇 시간이고 달콤한 명상 속에 빠져 있고 싶은 기분이 들고, 이 순간 마치 마음속에 잔잔한 수면인 양 광대한 하늘의 지붕이 어리는 것처럼 마음이 여유로워지고 평안해지는 것을 느낄 것이다. 하지만 — 이런 일은 매우 자주 있었는데 — 어떤 일로 열이 올라 그녀의 얼굴이 불그스레해지거나 흥분으로 그녀의 가슴이 떨리면 그녀의 두 눈은 안광을 뿜어내는 듯이 번갯불처럼 반짝였는데, 이것은 마치 아름다움의 순수한 불꽃을 순결하게 간직하고 있는 그녀의 온 마음이 이제야말로 그녀의 아름다움에 고무되어 그녀의 눈 속으로 옮겨 앉는 것 같았다. 이 순간 그녀는 영감에 찬 듯한 모습이 되었다. 그녀가 갑자기 그렇게 돌발적인 집착에 빠져 드는 데에는, 조용하고 소심한 기분이 분명하고 고양된 흥분으로, 순수하고 엄격한 열정으로 변화하는 데에는 너무도 순수하고 어린애처럼 빠른 무언가가, 너무도 어린애다운 신앙심 같은 것이 있어서, 어떤 화가가 그 밝은 환희의 순간을 포착하여 이 영감에 찬 얼굴을 화폭에 옮기려 한다면 아마 반생을 여기에 바쳐야 할 것이다.

이 집에서 살기 시작한 지 2, 3일도 채 되지 않아서 나는 고독 속에 묻혀 있는 그녀가 나를 반가워하기까지 하는 것을 발견하였다. 그때 그녀에게는 아이가 하나 있을 뿐이었고 그녀가 엄마가 된 지 단 1년밖에 되지 않았다. 하지만 나는 완전히 그녀의 딸이었고 그녀는 나하고 자기 자식 사이에 아무런 차이도 두지 않았다. 그녀가 얼마나 열정을 갖고 내 교육에 정성을 쏟았던가! 그녀는 처음에 너무도 서둘렀기 때문에 마담 레오따르가 그녀를 보면서 자기도 모르게 미소를 지을 정도였다. 실제로 우리는 갑자기 모든 것을 시도해 보려 했으므로 서로를 납득하지 못했다. 예를 들어 그녀는 자신이 직접 나서서 나를 가르치려고, 그것도 갑자기 너무 많은 것을 가르치려고 하였다. 하지만 가르치려는 것이 하도 많아서 오히려 나한테 실제로 도움이 되기에는 너무나 강한 열의와 애정으로 인한 과욕, 서두름만을 드러내는 것으로 끝났다. 그녀는 처음에 자신의 무능에 대해 슬퍼했다. 하지만 한번 웃고 나서 우리는 처음부터 다시 시작했다. 더구나 알렉산드라 미하일로브나는 처음의 실패에도 불구하고 대담하게 마담 레오따르의 교육 체계에 반대한다는 의견을 표명했다. 그들은 웃으면서 말다툼을 하였지만 나의 새로운 교육자는 온갖 교육 체계에 반대한다는 의견을 단호히 선언하였다. 그녀의 확신은 그녀와 내가 감각을 통해 참다운 방법을 찾을 수 있으며 무미건조한 지식을 내 머릿속에 집어넣는 것은 아무 소용이 없다는 것, 그리고 성공은 나의 본능적 감각을 이해해 주는 것과 내 마음속에서 선한 의지를 깨울 수 있는가에 달려 있다는 것이었다. 이러한 생각은 옳았다. 그녀는 완전한 승리를 거두었기 때문이다. 처음부터 교사와 학생의 역할은 완전히 자취를 감추었다. 우리는 친구처럼 공부했고 때로는 내가 알렉산드라 미하일로브나를 가르치는 것처럼 이루어졌다. 나는 미처 그 교묘함을 눈치 채지 못했다. 우리 사이에 말다툼이 종종 일어났는데, 그럴 때 나는 전력을 다해 자신이 이해하는 바를 증명하려고 열을 냈다. 그러면 알렉산드라 미하일로브나는 눈치 못 채게 나를 바른길로 이끌고 가는 것이었다. 하지만 결국 우리가 진실에 이르게 되면 나는 곧 알렉산드라 미하일로브나의 간계를 깨닫고 그것을 폭로하였다. 그리고 그녀가 내게 기울이는, 때로는 꼬박 몇 시간씩 나를 위해 바치는 모든 노력을 헤아려 보고는 나는 수업이 끝날 때마다 그녀의 목에 달려들어 꼭 끌어안고는 하였다. 나의 감수성은 그녀를 지치게 만들었고 심지어는 어찌해야 할지 주저하게 할 정도로 그녀에게 충격을 주었다. 그녀는 나의 과거 얘기를 듣고 싶어서 호기심을 품고 상세히 물어보았고 내 얘기가 끝날 때마다 나에게 더욱 다정해지고 심각한 표정이 되었다. 이렇게 심각한 표정이 된 것은 불행한 유년 시절을 지닌 나의 내력이 그녀에게 연민과 더불어 어떤 존경심 같은 것을 불어넣어 주었기 때문이었다. 그런 고백이 끝나면 우리는 대개 오랜 대화로 접어들었다. 그녀는 그러한 대화로 나의 과거를 설명해 주었으므로 나는 실제로 자신의 과거를 새롭게 느끼고, 많은 것을 새롭게 배운 듯하였다. 마담 레오따르는 종종 그런 대화가 지나치게 심각하다고 생각하고 있었고, 나도 모르게 흘리는 눈물을 보고서는 이런 얘기가 전혀 적절한 것이 아니라고 간주하였다. 하지만 내 생각은 정반대였다. 이런 〈수업들〉이 끝나면 나는 너무도 마음이 가볍고 유쾌해져서 마치 내 운명에 불행한 일이란 아무것도 없는 것 같았다. 더욱이 내가 고마움을 느꼈던 것은 하루하루 지날수록 알렉산드라 미하일로브나가 나로 하여금 자신을 그토록 더욱더 사랑하도록 만들려고 한다는 점이었다. 그리하여 이전에는 올바르지 못하게, 때 이르게 격렬한 모습으로 내 마음속에서 형성되고 내 어린 마음이 도달하게 되었던 모든 것들이, 고통스러운 통증을 동반한 상처투성이의 모든 것들이, 그리하여 내 마음을 비뚤어지고 냉혹하게 만들고 고통의 근원이 무엇인지도 알지 못한 채 그러한 고통에 눈물을 흘리게 만들었던 모든 것들이, 이제는 조금씩 균형을 회복해 갔으며 질서 정연한 조화를 이루게 되었다. 하지만 마담 레오따르는 이것을 이해하지 못했다.

우리의 하루 일과는 두 사람이 그녀의 어린애가 있는 방으로 내려가 애를 깨우고 옷을 입히고 씻기고 우유를 먹이고 장난을 치고 말을 가르치는 것으로 시작되었다. 그런 다음 우리는 아이를 남겨 두고 공부에 들어갔다. 우리는 많은 것을 공부했지만 그것이 무슨 공부였는지는 하느님만이 아실 것이다. 거기에는 모든 것이 다 포함되어 있었지만 명확한 것은 아무것도 없었다. 우리는 책을 읽고 자신이 느낀 바를 서로 얘기했으며 곧 책을 던져 버리고는 노래를 부르기도 하였다. 이렇게 몇 시간이 순식간에 흘러갔다. 저녁에는 알렉산드라 미하일로브나의 우인인 B씨가 방문하는 경우가 많았고 마담 레오따르도 방문하였다. 그러면 곧잘 예술 얘기와 세상 돌아가는 얘기(우리 모임에서는 이것을 단지 풍문으로만 들었다), 현실과 이상에 관한 얘기, 과거와 현재에 관한 얘기가 불꽃 튀도록 뜨겁게 전개되는 것이다. 우리는 한밤중까지 대화에 매달렸다. 나는 그들이 하는 얘기에 열중하면서 웃기도 하고 감동을 받기도 하였다. 그리고 그 자리에서 나는 아버지와 내 어린 시절에 관련된 모든 얘기를 상세하게 알 수 있었다. 그러는 사이 나는 성장해 갔다. 내게는 몇 명의 가정교사가 딸리게 되었다. 하지만 알렉산드라 미하일로브나가 없었다면 아마 이들로부터는 아무것도 배우지 못했을 것이다. 가령 지리 선생과 함께 지도에서 도시와 강을 찾는 공부를 했다면 나는 장님과 다름없었을 것이다. 하지만 알렉산드라 미하일로브나와 함께 있으면 우리는 상상의 여행을 떠나 수많은 나라를 방문하였고 수많은 신기한 일을 보고 너무도 감동적이고 환상적인 시간을 보냈다. 그리고 이런 우리 두 사람의 열의는 너무도 강해서 그녀가 읽어 줄 책이 마침내는 모자랄 정도였다. 그래서 우리는 새로운 책을 찾지 않을 수 없게 되었다. 비록 정정이 필요하기는 했지만 얼마 안 있어 나는 지리 선생에게 설명을 할 수 있었다. 그는 어느 도시의 위도가 몇 도라든가 그 도시에는 몇 만, 몇 천, 심지어 몇 십 명이 산다든가 하는 완벽하고 아주 분명한 지식 면에서는 마지막까지 나보다 우위를 지켰다. 역사 선생에게도 돈은 정확하게 지불되었다. 하지만 그가 떠나면 알렉산드라 미하일로브나와 나는 우리식으로 역사 공부를 하였다. 책을 붙잡고 때로는 깊은 밤까지 읽곤 하였다. 아니 정확히 말하면 알렉산드라 미하일로브나가 읽었다고 해야 할 것이다. 검열권은 그녀가 쥐고 있었기 때문이다. 이러한 독서가 끝난 후만큼 커다란 환희를 느끼는 순간도 없었다. 우리는 두 사람 모두 자신들이 영웅인 것처럼 신이 났다. 물론 문장의 행에

서보다 행간에서 읽은 것이 더 많았다. 이것 말고도 알렉산드라 미하일로브나는 자신이 우리가 읽은 모든 사건의 현장에 있었거나 한 것처럼 얘기를 잘했다. 하지만 우리가 그렇게 열을 내고 한밤중까지 앉아 있었다는 것이 우습게 들릴지도 모를 일이다. 나는 어린애였던 반면, 그녀는 그렇듯 힘겹게 삶을 견뎌 온 상처 입은 마음이지 않았던가! 내게는 마치 그녀가 내 곁에서 휴식을 취하는 것처럼 생각되었다. 간혹가다 그녀를 바라보면서 이상하게 생각에 잠기곤 하던 일을, 헤아려 보려 하던 일을 머릿속에 떠올려 본다. 나는 삶을 시작하기도 전에 이미 삶 속에서 많은 것을 깨달았던 것이다.

마침내 열세 살이 지났다. 그동안 알렉산드라 미하일로브나의 건강은 점점 악화되어 갔다. 그녀는 더 신경질적이 되었고 출구 없는 비애의 발작은 더 심해졌다. 이에 따라 남편의 내방도 더 잦아지기 시작하여 그가 그녀 곁에 앉아 있는 시간이 많아져 갔다. 물론 이전처럼 거의 말이 없이 엄하고 우울한 표정을 지은 채 그렇게 있었다. 그녀의 운명은 더 강하게 나를 사로잡았다. 나는 어린 시절에서 벗어나고 있었으며 내 마음속에는 새로운 많은 인상, 관찰, 집착, 추측이 쌓여 갔다. 분명한 것은 이 가정 안에 존재하던 수수께끼가 점점 더 나를 괴롭게 만들기 시작했다는 점이다. 내가 이 수수께끼 중에 무엇인가 알 것 같은 생각이 들던 순간도 있었다. 또 어떤 때는 한 가지 문제도 해답을 얻지 못하고 무관심과 냉담한 기분에 빠지거나 심지어 짜증이 나는 상태에 빠져 들어 호기심을 잃어버리는 일도 있었다. 때로는 — 이런 일은 점점 더 자주 일어났다 — 혼자 남아 생각하고 싶은, 모든 것을 생각하고 싶은 이상한 욕구를 느끼기도 하였다. 그런 순간은 내가 엄마 아빠와 함께 살던 시기와 유사했다. 그 당시 나는 아버지와 헤어지기 전 꼬박 1년 동안 생각하고 상상하고 구석에서 이 세상을 바라보다, 마침내는 내가 만들어 낸 환영들 사이에서 마음이 완전히 황폐해져 갔던 것이다. 그때와의 차이는 지금이 그때보다 더 인내심이 없어지고 슬픔과 무의식적인 새로운 충동이 많아졌다는 점, 움직이고 활동을 하고 싶은 욕구가 더 강해졌다는 점, 그리하여 이제는 전처럼 한 곳에 집중할 수가 없어졌다는 점이다. 알렉산드라 미하일로브나 쪽에서도 나를 피하는 것 같았다. 그만한 연령의 나로서는 이미 그녀의 친구가 될 수 없었다. 나는 이제 어린애가 아니었다. 나는 지나치게 많은 것을 물어보았고, 때로는 그녀가 내 앞에서 눈을 내리뜨도록 할 만큼 그녀를 쳐다보기도 하였다. 이상한 순간들도 있었다. 그녀의 눈물을 보고만 있을 수가 없어서 그녀를 보면서 내 눈에 눈물이 가득 고이는 일도 자주 있었다. 나는 그녀에게 달려가 뜨겁게 포옹하였다. 그녀가 내게 무슨 대답을 할 수 있었겠는가? 나는 자신이 그녀에게 짐이 된다고 느꼈다. 하지만 다른 때는 — 그때도 어렵고 슬픈 시기였다 — 자신의 고독감을 견디지 못하고 나의 동정을 구하려는 듯이, 내가 그녀를 이해하기라도 하는 듯이, 그녀와 내가 함께 고통을 받고 있는 듯이, 그녀는 마치 어떤 절망에 빠진 것처럼 자기 쪽에서 경련하듯 나를 끌어안는 것이었다. 하지만 그럼에도 불구하고 우리 사이에는 비밀이 남아 있었고 그것은 분명한 일이었다. 그리고 이미 그 순간 나는 그녀를 피하기 시작했던 것이다. 그녀와 함께 있는 것이 내게는 괴로운 일이었다. 더구나 우리를 연결시켜 줄 만한 것은 음악 하나를 제외하고는 거의 없었다. 하지만 음악은 의사 선생님들이 그녀에게 금하고 있었다. 그러면 책은 어떠했을까? 이것은 훨씬 더 곤란했다. 그녀는 나하고 무엇을 읽으면 좋을지 전혀 몰랐다. 만일 읽는다 하더라도 우리는 틀림없이 첫 페이지에서 멈추고 말았을 것이다. 낱말은 모두 무슨 암시 같은 것이 되었을 것이고 무의미한 어구는 수수께끼가 되었을 것이다. 우리 두 사람 모두 열을 올리거나 마음속에서 우러나오는 대화를 피했다.

그리고 바로 이 시기에 운명은 돌연 예기치 못하게 내 인생을 전혀 이상한 모습으로 바꾸어 놓았다. 나의 관심, 감정, 가슴, 머리, 이 모든 것이 일제히 흥분했다고 할 수 있을 정도로 긴장된 힘을 가지고 갑자기 또 다른, 전혀 예기치 못한 활동을 전개하였다. 그리고 나 자신도 그것을 알아채지 못한 채 새로운 세계로 들어서게 되었다. 내게는 뒤로 돌아서거나 뒤돌아볼 시간이, 돌이켜 생각할 시간이 없었다. 나는 죽을지도 몰랐고 또 그러한 느낌마저 들었다. 하지만 유혹은 두려움보다 강해서 나는 눈을 꼭 감고 무턱대고 걷기 시작했다. 그리하여 오랫동안 나는 나를 괴롭히기 시작한 현실에서, 내가 그토록 열심히 출구를 찾으려 했던 현실에서 벗어나고 있었다. 그렇게 된 내막은 이러했다.

식당에는 출구가 세 개 있었다. 하나는 큰 방들로 통하는 것이었고, 다른 하나는 내 방과 아이들 방으로, 그리고 세 번째 것은 서고로 통하는 출구였다. 서고에는 또 하나의 문이 있었는데 이것과 내 방 사이에는 서재가 하나 있을 뿐이었다. 그 서재는 보통 뾰뜨르 알렉산드로비치의 보좌관이 집무를 하고 있거나 서기와 비서이기도 하고 중재인이기도 했던 조수가 머물러 있던 곳이었다. 책장과 서고의 열쇠는 뾰뜨르 알렉산드로비치가 지니고 있었다. 어느 날 점심 식사가 끝나고 그가 없을 때 나는 마루에서 이 열쇠를 발견했다. 나는 호기심에 사로잡혀 그 습득물을 갖고 서고로 들어갔다. 그곳은 몹시 크고 밝은 방이었는데 사방에는 책이 빽빽이 꽂혀 있는 여덟 개의 책장이 들어서 있었다. 책은 대단히 많았다. 상당수는 뾰뜨르 알렉산드로비치가 유산으로 물려받은 것이었고 나머지는 알렉산드라 미하일로브나가 끊임없이 구입해서 모은 책이었다. 이때까지 내가 읽은 책은 세심한 주의를 기울여 선택되었으므로, 내게는 많은 것이 금지되어 있었으며 또 많은 것이 비밀로 되어 있다는 것을 어렵지 않게 짐작할 수 있었다. 억제할 수 없는 호기심을 가지고, 두려움과 기쁨, 그리고 어떤 특이하고 분명치 않은 느낌이 발작하는 것을 느끼며 첫 번째 책장을 열고서 최초의 책을 꺼낸 것은 바로 이 때문이었다. 이 책장에 있던 것은 소설류였다. 나는 그 중의 하나를 꺼내고 책장을 닫은 뒤, 마치 내 인생에 커다란 대변화가 이루어지고 있음을 예감한 듯한 이상한 느낌을 가지고 심장이 뛰고 가슴을 졸이면서 내 방으로 들고 갔다. 방에 들어서자마자 문을 걸어 잠그고는 소설책을 펼쳤다. 하지만 읽을 수가 없었다. 또 다른 걱정거리가 있었던 것이다. 아무도 알아채지 못하게, 그리고 아무 때나 내가 원하는 책을 보게 되려면 우선은 확실하게 서고를 내 차지로 만들 필요가 있었다. 그래서 나는 스스로의 즐거움을 더 적절한 순간이 올 때까지 미뤄 두기로 하고, 책을 제자리에 갖다 놓은 뒤, 열쇠는 방에다 숨겨 놓았다. 열쇠를 숨긴 것은 내 생애 최초의 나쁜 짓이었다. 나는 결과를 지켜보았다. 그리고 결과는 매우 훌륭하게 일단락되었다. 뾰뜨르 알렉산드로비치의 비서와 보좌관은 저녁 내내, 한밤이 되어서는 촛불까지 들고서 마룻바닥을 샅샅이 살피다가 다음날 아침 자물쇠공을 부르기로 결정을 하였다. 자물쇠공은 자신이 가져온 열쇠 꾸러미에서 새로운 것을 골라냈다. 일은 이것으로 종결되었고 열쇠 분실건은 더 이상 확대되지 않았다. 나는 아주 신중하고 교활하게 일을 처리하였다. 일주일이 지나 한 치의 의심도 사지 않을 것이라는 완전한 확신이 들고 나서야 나는 서고로 들어갔다. 처음에는 서기가 집에 없는 때를 택했다. 그러다 나중에는 식당을 통해 들어갔는데, 그것은 뾰뜨르 알렉산드로비치의 서기가 자기 주머니에 열쇠를 하나밖에 가지고 있지 않았기 때문이다. 그런 한편 그는 책하고는 담을 쌓고 있었으므로 책이 있는 방에는 발길조차 들이미는 일이 없었다.

나는 탐욕스럽게 책을 읽기 시작하였고 얼마 안 가 독서에 완전히 사로잡히고 말았다. 그렇듯 불안하고 격렬하게 내 마음속에서 생겨난, 너무도 조숙한 성장에 의해 성급하게 야기된 나의 새로운 모든 욕구, 근래에 생겨난 모든 열망, 아직은 불명료한 내 사춘기의 모든 충동, 이 모든 것은 갑자기 예기치 않게 나타난 탈출구로 이탈하였다. 마치 새로운 양분에 만족한 듯, 바른길을 발견하기라도 한 듯하였다. 얼마 안 있어 내 마음과 머리는 너무도 책에 매료되었고, 곧 이어 나의 상상력도 대단히 폭넓게 발전해 갔으므로 나는 이제까지 나를 둘러싸고 있던 세계를 모두 잊어버린 듯하였다. 이것은 내가 그렇게 허우적거리며 찾으면서 낮이고 밤이고 생각하던 새로운 삶의 문턱에서 나를 멈추어 세우고, 미지의 길로 놓아 보내기에 앞서 허공에 붙잡아 올려놓고 매혹적인 파노라마로 유혹적이고 찬란한 원경 속에서 나의 미래를 보여 주는 것 같았다. 이 모든 미래의 모습을 처음 책에서 읽고 체험하게 된 것, 꿈과 희망, 격렬한 충동, 어린 영혼의 달콤한 흥분 속에서 그것을 체험하게 된 것은 내게 정해진 운명이었다. 나는 손에 잡히는 책들을 아무거나 닥치는 대로 읽기 시작했다. 하지만 운명이 나를 지켜 주었다. 이제까지 내가 깨닫고 경험한 것은 매우 고결하고 엄숙한 것이어서 어떤 해롭고 불순한 내용도 나를 유혹할 수 없었다. 나의 본능이 유아적이고 나이가 어렸다는 점, 그리고 지나온 나의 모든 과거가 나를 지켜 주었다. 하지만 이제 의식은 마치 지나온 삶 전체를 갑자기 내게 비춰 주는 것 같았다. 실제로 내가 읽은 거의 모든 페이지들이 마치 내가 이미 알고 있던 것, 이미 오래전에 경험한 것 같았다. 내 앞에 그렇게 예기치 못한 모습으로, 그렇게 매혹적인 그림으로 나타난 이 모든 열정, 이 모든 삶을 내가 이미 경험한 것 같았다. 인간 생활의 어떤 중요한 법칙에서 흘러나와 인간의 생활을 지배하는, 그리고 구원과 보호, 행복의 조건인 그 운명의 법칙, 그 모험의 정신이 내가 읽은 책 하나하나를 통해 내 눈앞에서 구체화되었을 때 어찌 내 마음이 끌리지 않을 수 있었겠는가. 나는 현실을 망각할 정도로, 거의 현실에서 괴리될 정도로 이끌려 들어갔다. 스스로도 의혹을 품고 있는 이런 법칙에 대해 온 힘을 다해서, 거의 자기 보존의 감정에 가까운 것에 의해 내 마음속에서 깨어 일어난 모든 본능을 동원해서 그것을 헤아려 보려 하였다. 누군가가 내게 미리 예고와 경고를 해주는 것 같았다. 마치 예언적인 무엇인가가 내 마음속에 가득 찬 것 같았고 하루하루가 지날수록 내 마음에는 기대감이 굳어져 갔다. 하지만 이와 더불어 이러한 미래로, 이러한 현실로 달려가고픈 충동은 강해져만 갔다. 내가 읽은 책 속에서의 현실은 예술적 특유의 힘, 시(詩)가 가진 모든 매력으로 매일같이 내게 깊은 감동을 주었다. 하지만 이미 말했듯이 나의 상상력은 조급한 내 성격을 너무도 지배하고 있었고, 또 진실을 말한다면 나는 공상 속에서만 용감했을 뿐 실제로는 본능적으로 미래에 겁을 먹고 있었다. 그리하여 자신과 미리 타협이라도 한 것처럼 나는 무의식적으로 아직은 환상의 세계에, 공상의 세계에 만족하기로 결심하였다. 이 세계에서는 나 혼자만이 여군주였고 거기에는 매혹만이, 기쁨만이 있었다. 그리고 이런 말이 가능하다면, 이 세계에서 불행 자체는 수동적인 역할, 중간 단계의 역할, 감미로운 대조를 위해 필요한 역할, 곧 내 머릿속에서 만들어 낸 환희에 넘치는 소설의 행복한 결말로 운명이 급전환하는 것을 보여 주기 위한 역할을 할 뿐이었다. 그 당시의 내 기분을 나는 이렇게 기억하고 있다.

그리고 그러한 생활, 공상 속에 살던 생활, 나를 둘러싼 모든 것들로부터 완전히 소외된 생활은 만 3년 동안이나 계속되었다!

이 같은 생활은 나만의 비밀이었고, 만 3년이 지난 후에도 그 비밀이 세상에 알려지는 것을 내가 두려워해야 하는지는 잘 알지 못했다. 이 3년 동안 체험한 것은 내게 너무도 친숙하고 친근한 것이었다. 그때 꿈꾸었던 모든 환상들 속에는 나 자신이 너무도 강하게 반영되어 있어서, 누구든 내 마음을 부주의하게 들여다보는 시선이 있었다면 당황하고 경악을 할 정도였다. 더구나 우리 모두, 우리 집 전체는 너무도 고적하게, 너무도 사회와 떨어져서, 너무도 수도원 같은 적막 속에서 살았기에, 우리들 각자의 마음속에는 뜻한 바 없이도 자기 자신에 대한 집착이, 자폐의 욕구가 발전할 수밖에 없을 정도였다. 내게도 마찬가지였다. 이 3년 동안 내 주위에서 변한 것은 아무것도 없었고 모든 것이 예전 그대로였다. 우리들 사이에는 우울한 단조로움이 지배적으로 흐르고 있었다. 지금 생각해 볼 때 그 당시 만일 내가 자신만의 비밀, 은폐된 현실에 사로잡혀 있지 않았다면 그 단조로움은 내 마음을 갈기갈기 찢고 나를 이 생기 없고 우울한 쳇바퀴 같은 생활로부터 알지 못하는 반항의 결말로, 어쩌면 죽음의 결말로 내던져 버렸을 것이다. 마담 레오따르는 노파가 되어 거의 완전히 자기 방에 틀어박혀 버렸다. 아이들은 아직 너무 어렸다. B씨는 너무 단조로웠고, 알렉산드라 미하일로브나의 남편은 전과 다름없이 냉담하여 대하기가 어려웠으며 전과 다름없이 자기 안에 갇혀 있었다. 그와 그의 아내 사이에는 여전히 전과 다름없는 비밀스러운 관계가 계속되고 있었다. 이런 관계는 점점 더 무섭고 가혹한 모습으로 내 머릿속에 떠올랐으므로 나는 알렉산드라 미하일로브나의 일을 점점 더 두렵게 생각하게 되었다. 그녀의 즐거움 없는 무미건조한 삶은 눈에 보일 정도로 사위어 가고 있었다. 그녀의 건강은 하루가 다르게 악화되어 갈 뿐이었다. 마치 어떤 절망이 마침내 그녀의 마음에 찾아 든 것 같았다. 그녀는 자신도 알 수 없는 어떤 불확실한 것의 압제 아래 놓여 있는 듯했다. 하지만 그녀는 이것을 자기에게 운명 지워진 삶의 어쩔 수 없는 십자가로 받아들였다. 그녀의 마음은 마침내 이러한 황량한 성(城) 안에서 거칠어져 갔다. 심지어는 그녀의 이성마저 다른 방향으로, 어둡고 우울한 방향으로 나아갔다. 한 가지 관찰은 특히 나에게 깊은 충격을 주었다. 그것은 다름 아니라 내가 성년이 되어 가면 갈수록 그녀가 점점 더 나를 피하는 듯하고, 내게서 자취를 감추려는 모습이 나중에는 어떤 참을성 없는 짜증으로까지 변했다. 어떤 때는 마치 내가 그녀를 방해라도 하는 듯하고, 그녀가 나를 사랑하지 않는 것 같다는 생각도 들었다. 나는 앞에서 그녀를 일부러 피하기 시작했다고 말한 바 있다. 그리고 일단 피하게 되자 나는 마치 그녀의 비밀스러운 성격에 감염이라도 된 것 같았다. 2, 3년 동안 내가 경험한 모든 것, 내 마음과 공상, 사고, 기대, 열정적인 흥분 속에서 형성된 모든 것, 이 모든 것이 내 안에 완고하게 남아 있게 된 것은 바로 이러한 이유 때문이다. 한번 서로 속마음을 감추게 되자 우리는 결코 만나는 일이 없었다. 하지만 나는 날이 갈수록 내가 이전보다 더 그녀를 사랑하는 것을 느꼈다. 그녀가 나에게 얼마나 애착을 가졌는지, 그리고 그녀가 자기 마음속에 담고 있던 소중한 사랑의 모든 것을 나에게 쏟아야 한다는 것을, 내게 엄마가 되겠다는 자신의 맹세를 지켜야 한다는 것을 어느 정도로까지 의무감으로 느끼고 있었는지 회상해 보면 지금도 눈물을 흘리지 않을 수 없다. 사실 그녀 자신의 슬픔은 때로 오랫동안 내게서 그녀를 떼어 놓았고 그녀는 마치 나를 잊은 듯하였다. 더구나 내 쪽에서도 그녀에게 내 존재를 상기시키지 않으려고 노력했기 때문에 더욱 그러했다. 이렇게 나의 열여섯 살 시기는 마치 아무도 알아채지 못한 듯이 지나갔다. 하지만 의식이 돌아오거나 주변을 더 분명하게 깨닫는 순간이 되면 갑자기 알렉산드라 미하일로브나는 내 걱정을 하기 시작했다. 그러면 그녀는 참지 못하고 방에 있거나 수업을 받거나 공부를 하고 있는 나를 자기 방으로 불러 마치 시험이나 치르듯이, 나의 의도를 캐내기나 하려는 듯이 질문을 던지기 시작하였다. 그러고는 꼬박 며칠 동안 나한테서 떨어지지 않고 내가 갖고 있는 모든 의향과 바람을 알려고 하였다. 이는 분명 나의 연령과 현재의 상태, 그리고 미래에 대한 걱정에서 비롯되는 것 같았다. 그녀는 무한한 애정, 어떤 경건한 마음을 품고서 내게 도움을 주려고 하였다. 그러나 그녀는 이미 너무나 나와 접촉이 없었고 이 때문에 나도 때로는 그녀가 그 모든 것을 눈치 챌 만큼 순진하게 행동하였다. 예를 들면 이런 일도 있었다. 내 나이 열여섯 살이 되었을 때 그녀는 갑자기 내가 읽고 있던 책을 중단시키고, 그것이 무언지를 캐묻고는 내가 아직 열두 살 어린이가 읽는 작품에서 벗어나지 못한 것을 발견하자 깜짝 놀라는 것 같았다. 나는 문제가 어디에 있는지 짐작하고서 그녀를 주의 깊게 관찰하였다. 두 주일 내내 그녀는 마치 나를 교육시키고 시험하고 나의 발달 정도와 요구 수준을 알아내려고 하는 것 같았다. 이윽고 그녀는 다시 시작하기로 결심했고 우리의 책상에는 월터 스콧의 『아이반호』[23]가 등장했다. 이 책은 내가 이미 오래전에, 줄잡아도 세 번 가량은 읽은 것이었다. 처음에 그녀는 소심한 기대감을 품고서 내가 느끼는 인상들을 관찰하였고 그러면서 마치 그 인상들을 재보기라도 하는 듯한, 마치 그것들에 겁을 내고 있는 듯한 모습을 보였다. 마침내 내게는 너무도 분명하게 느껴졌던 우리들 사이의 어색한 감정이 사라졌다. 우리는 서로 열을 올렸고 나는 너무도 기쁘고 또 기뻐서 그녀 앞에 그 마음을 감출 수가 없었다! 우리가 소설을 다 마쳤을 때 그녀

---

23 월터 스콧은 도스또예프스끼가 젊은 시절 가장 좋아하던 작가였다.

는 나에 대해 미칠 듯 기뻐하였다. 우리가 책을 읽어 갈 때 내가 지적한 것은 어느 하나 틀린 것이 없었고 내가 받은 인상들도 모두 정확한 것이었기 때문이다. 그녀의 눈에는 내가 너무도 많이 성장한 것으로 비춰졌다. 이에 충격을 받은 그녀는 나에 대해 희열을 느끼며 다시 기쁜 마음으로 자신이 직접 나의 교육을 돌보는 일을 하려고 했다. 그녀는 더 이상 나와 떨어져 있고 싶지 않았던 것이다. 하지만 이것은 그녀의 의지대로 되지 않았다. 운명은 우리를 다시금 갈라놓았고 우리가 가까워지는 것을 방해하였다. 그러기 위해서는 그녀의 병세가 다시 나빠진 것만으로도, 그녀가 슬픔 때문에 매일같이 발작하는 것만으로도 충분했던 것이다. 그 후에는 소원(疎遠)과 은폐, 불신 그리고 어떤 냉담함까지도 다시 시작되었다.

그러나 그 시기에도 우리의 의지를 벗어난 순간들이 간혹 있었다. 책을 읽거나 몇 마디 공감 섞인 말을 주고받을 때, 음악을 들을 때, 혹은 자신도 모르게 얘기를 털어놓았을 때 — 정도가 지나칠 만큼 많은 얘기를 털어놓는 경우도 더러 있었다 — 가 그러하였다. 하지만 그러고 나면 우리는 서로 상대방에 대해 고통을 느끼게 되었다. 그러다가 우리가 무슨 일을 한 것인가 생각을 하고는 의심 어린 호기심과 못 미더운 표정으로 깜짝 놀란 듯 서로를 바라보는 것이었다. 우리에게는 저마다 가까워질 수 있는 자신의 경계가 있었다. 그리고 비록 그러기를 원했다 하더라도 이 경계를 감히 넘어서려 하지 않았다.

어느 날 저녁 땅거미가 지기 전에 나는 알렉산드라 미하일로브나의 서재에서 멍하니 책을 읽고 있었다. 그녀는 피아노

앞에 앉아 이탈리아 음악 중 그녀가 좋아하는 멜로디를 주제로 하여 즉흥적으로 연주를 하고 있었다. 그녀가 이윽고 아리아의 순수한 멜로디로 넘어가자 나는 마음속으로 스며드는 음악에 취해 수줍은 듯이 속삭이는 목소리로 그 멜로디를 혼자서 부르기 시작했다. 얼마 안 있어 완전히 음악에 심취하게 되자 나는 자리에서 일어나 피아노 쪽으로 다가갔다. 알렉산드라 미하일로브나는 나를 알아본 듯이 반주를 하기 시작하였다. 그녀는 애정 어린 마음으로 내 소리의 선율 하나하나를 따라왔다. 아마 그녀는 내 목소리의 성량이 풍부한 것에 놀란 것 같았다. 여태까지 그녀가 있는 자리에서 노래를 부른 일은 한번도 없었고 나 자신도 내게 어떤 소질이 있는지 거의 모르고 있었다. 우리 두 사람은 갑자기 고무되었다. 나는 점점 더 소리를 높여 갔다. 알렉산드라 미하일로브나가 기뻐하면서 점점 놀라워하는 기세를 타고 — 이것은 그녀의 반주하는 박자 하나하나에서 알 수 있었다 — 내 몸에서도 기운과 열정이 솟아났다. 마침내 노래는 너무도 성공적으로, 생기와 감동을 불러일으키면서 끝이 났다. 그녀는 희열에 들떠 내 두 손을 꼭 잡고 기쁜 표정으로 나를 바라보았다.

「아네따! 너는 정말 대단한 목소리를 지니고 있구나!」그녀가 말했다. 「오, 하느님! 어찌 내가 그것을 알아차리지 못했을까!」

「저 자신도 지금에서야 알았는걸요.」 나는 기뻐서 자신도 모르게 이렇게 대답했다.

「주님이 너를 축복해 주시기를, 내 사랑스럽고 소중한 딸아! 이런 재능을 주신 것에 그분께 감사를 드리거라. 누구도 모를 일이지……. 오, 하느님, 오, 주여!」

그녀는 예기치 못한 일에 너무도 감동을 받고 기쁨에 흥분한 나머지 내게 무슨 말을 해야 할지, 나를 어떻게 귀여워해 주어야 할지 몰랐다. 이것은 우리 사이에 이미 오래전부터 없어졌던 순간들, 서로 속마음을 털어놓고 서로 공감하며 다가가려 했던 순간들 중 하나였다. 한 시간이 지나자 우리 집은 마치 축일이 온 것 같았다. B씨를 부르기 위해 지체 없이 사람이 파견되었다. 그를 기다리는 동안 우리는 아무거나 내가 더 잘 아는 악보를 펼치고 새로운 아리아를 시작하였다. 이번에는 수줍어서 몸이 떨렸다. 실패를 하여 첫인상을 깨뜨리고 싶지는 않았다. 하지만 곧 이어 내 목소리는 다시 원기를 회복하였고 나는 용기를 얻었다. 나 자신도 점점 그 힘에 놀랐고 이 두 번째의 경험을 거치며 어떠한 의심도 산산이 흩어져 버렸다. 알렉산드라 미하일로브나는 성급한 기쁨에 발작을 하면서 아이들을 불러오라, 아이들 보모까지 불러오라며 사람을 보내더니, 자신은 남편에게 가서 서재에서 그를 불러내는, 다른 때 같았으면 감히 생각도 하지 못할 일을 하는 것이었다. 뾰뜨르 알렉산드로비치는 이 새로운 소식을 호의를 가지고 듣고 나서 나를 축복해 준 뒤, 내게는 음악을 공부시킬 필요가 있다고 그 자신이 먼저 의견을 내놓았다. 알렉산드라 미하일로브나는 고마움에 행복해 하며 마치 아무도 알 수 없는 일이 그녀를 위해 이루어지고 있다는 듯이 그에게 달려가 손에 입을 맞추었다. 드디어 B씨가 나타났다. 노인은 반가워하였다. 그는 나를 몹시 사랑했고 내 아버지와 연관된 과거를 회상하였다. 그리고 내가 그 앞에서 두세 번 노래를 부르자 그는 심각하고 근심 어린 표정으로, 심지어는 무슨 비밀 같은 것을 간직한 모습으로 소질은 의심할 바 없다, 재능까지 엿볼 수 있다, 음악을 가르치지 않으면 안 된다는 견해를 밝혔다. 그런 다음 그 자리에서 알렉산드라 미하일로브나와 그는 생각을 고친 듯, 나를 처음부터 너무 칭찬해 주는 것은 위험하다는 것에 의견을 모았다. 나는 그들이 눈짓을 교환하고 몰래 말을 맞추는 것을 알아챘으므로 그들이 나에 대해 꾸미는 음모는 너무 순진하고 서투른 것으로 끝났다. 그 후 다시 노래 하나가 끝난 뒤 그들이 자제를 하려 노력하면서 심지어는 일부러 나에게 들리도록 단점을 지적하는 모습을 보면서 나는 저녁 내내 마음속으로 웃었다. 하지만 그들의 그런 모습도 오래가지 않았다. 제일 먼저 자신을 배반한 사람은 기쁜 나머지 다시 깊은 감동을 하게 된 B씨였다. 그가 그렇듯 나를 사랑하고 있다는 것을 나는 결코 의심해 본 적이 없다. 저녁 내내 대단히 화기애애한 대화가 이어졌다. B씨는 매우 감동을 한 모습으로 유명한 가수와 예술가들의 몇몇 전기를 얘기해 주었다. 그의 이야기에는 예술가의 열정과 경건한 마음이 어려 있었다. 그러다 이야기가 나의 아버지에 이르자 대화는 나에게로, 나의 어린 시절로, 공작과 공작의 가족 얘기로 옮겨 갔다. 그들과 헤어진 이후로 나는 그들 소식은 거의 듣지 못하고 있었다. 하지만 알렉산드라 미하일로브나 자신은 얼마간 알고 있었다. 가장 많이 알고 있는 사람은 B씨였다. 그는 모스끄바를 여러 차례 다녀왔기 때문이다. 하지만 여기서 대화는 어떤 비밀스러운, 내게는 수수께끼 같은 방향으로 이어졌고, 특히 공작에 관계된 두세 가지의 사정은 나로서는 전혀 이해할 수 없는 것이었다. 알렉산드라 미하일로브나는 까쨔 얘기를 꺼냈지만 B씨는 그 애에 관해선 별 특별한 얘기를 하지 않았다. 마치 그 애에 관해 의도적으로 침묵하려는 것 같았다. 이것이 나를 놀라게 하였다. 나는 까쨔를 잊지 않고 있었을 뿐만 아니라 그 애에 대한 예전의 내 사랑 역시 사그라지지 않고 있었다. 아니 반대로 나는 까쨔에게 무슨 변화가 있을 수 있으리라고는 한번도 생각한 적이 없었다. 그간의 이별도, 헤어져 서로 소식 한 장 나누지 못하고 살아온 그 오랜 세월도, 어릴 때의 성장의 차이도, 성격의 차이도 지금까지 나의 관심에서 벗어나 있었다. 그리고 생각 속에서 까쨔는 한번도 내 곁을 떠난 적이 없었다. 그녀는 마치 줄곧 나와 함께 살고 있는 것 같았다. 특히 나의 모든 공상과 내가 읽은 모든 소설, 환상적인 모험 속에서 언제나 그 애와 나는 손을 맞잡고 걷고 있었다. 내가 읽고 있던 모든 소설의 주인공이 나라는 상상을 하게 되면, 나는 금방 친구인 그 애를 내 곁에 두고 소설을 두 부분으로 나누었다. 그 중 하나는 물론 내가 만들어 가는 것이었지만 나는 내가 애호하는 작가들의 작품을 사정없이 표절하였다. 이윽고 우리의 가족 회의에서는 나의 음악 선생을 초빙하기로 결정을 보았다. B씨는 가장 이름난 최고의 선생을 추천하였다. 다음날 이탈리아 인인 D씨가 우리 집에 찾아왔다. 그는 내 노래를 들어 보고 자기 친구인 B씨의 견해를 되풀이하였다. 하지만 그는 그 자리에서 자기한테로 와서 다른 학생들과 함께 배우면 내게 훨씬 유익할 것이라는 의견을 밝혔다. 거기서는 경쟁을 하여 서로의 장단점을 파악할 수 있고, 나에게 필요한 모든 수단을 마음대로 써볼 수 있다는 점에서 내 자질의 발달에 도움이 될 거라는 견해였다. 알렉산드라 미하일로브나는 동의를 했고, 그 후로 나는 일주일에 세 번씩 아침 여덟 시에 하녀를 동반하고 음악 학원에 다니게 되었다.

이제 나는 이상한 모험 얘기를 하나 하려 한다. 그 모험은 내게 너무도 강한 영향을 주었고 나의 정신적 성장에서 급격한 전환점을 이루었다. 내 나이는 당시 열여섯 살이 지나고 있었다. 그리고 이와 더불어 마음속에는 갑자기 어떤 알 수 없는 무기력한 상태가 찾아왔다. 자신도 알 수 없는 어떤 참을 수 없는 슬픈 정적이 마음에 자리를 잡고 앉았다. 모든 몽상, 모든 충동은 갑자기 잠잠해졌고 공상을 하는 버릇 자체도 무기력한 듯 사라져 버렸다. 예전의 미숙한 정신적 열정 대신 냉담한 무관심이 자리를 차지하였다. 심지어는 내가 사랑했던 모든 사람들로부터 인정받은 재능에 대해서도 스스로 공감하지 못했고 무감각하게 그것을 무시하였다. 그 어느 것도 나의 시름을 잊게 해주지는 못했다. 알렉산드라 미하일로브나에게마저 어떤 냉담한 무관심을 느끼게 될 정도였다. 스스로도 그것을 인식하지 않을 수 없었으므로 나는 자신을 책망하였다. 나의 무관심은 정체 모를 슬픔과 돌연한 눈물로 중단되곤 하였다. 나는 고독을 찾았다. 이 이상한 순간에 이상한 사건이 내 영혼 전체를 밑바닥까지 뒤흔들고 이러한 정적을 폭풍으로 바꾸어 놓았다. 내 마음은 상처를 입었다……. 그 사건은 이렇게 일어났다.

7

나는 서고로 들어가(이것은 내게 영원히 기억될 순간이 되었다) 월터 스콧의 『성 로난의 샘』이란 소설을 집었다. 이 책은 내가 그때까지 읽지 않은 유일한 소설이었다. 지금 기억하기로는 날카롭고 막연한 비애가 마치 어떤 예감에 의해서인 듯 내 가슴을 잡아 뜯는 것 같았다. 나는 울고 싶었다. 높은 창에서 밀려들어온 일몰의 마지막 광선이 반들반들한 마룻바닥에 비스듬히 반사되어 방 안은 밝고 환했다. 주위는 조용했다. 옆방들에도 인기척 하나 없었다. 뾰뜨르 알렉산드로비치는 집에 없었고 알렉산드라 미하일로브나는 아파서 침상에 누워 있었다. 나는 정말 울면서 두 번째 장(章)을 펼쳤다. 그러고는 목적 없이 그것을 훑어보며 눈앞에 스쳐 가는 단편적인 구절에서 어떤 의미를 찾으려고 하였다. 사람들이 점을 칠 때처럼 나는 책을 아무 데나 펼쳐 점을 치듯 읽었다. 살다 보면 때로는 정신력과 이지력이 병적인 긴장을 하여 마치 의식이 갑자기 환한 불꽃처럼 타오르는 것 같은 그런 순간들이 있다. 이런 순간에는 어떤 예언적인 것이 충격을 받은 정신에 꿈처럼 떠오른다. 그때 정신은 미래의 예감으로 애를 태우며 그것을 미리 맛보게 되는 것이다. 그리하여 온몸의 조직이 그렇듯 살려고 하고 살기를 희구한다. 그리고 너무도 뜨거운, 너무도 맹목적인 희망에 불타올라 가슴은 마치 모든 신비와 미지의 모든 것을 간직한 미래를 — 비록 그것이 폭풍과 뇌우를 동반한 것이라 하더라도 삶이 있기만 하다면 — 불러내는 것 같다. 내게 다가왔던 순간이 바로 그러한 상태였다.

지금 기억을 떠올려 보면, 나는 책을 덮어 두었다가 다시 아무 곳이나 펼쳐서 우연히 펼쳐진 그 페이지에서 나의 미래를 점쳐 보려고 했던 것이다. 하지만 한 페이지를 펼쳤을 때 내가 발견한 것은 빽빽이 씌어 네 겹으로 접혀 있는 편지 한

장이었다. 그것은 너무 눌리고 몹시 굳어져서 마치 몇 년 동안 책 속에 끼워진 채로 잊혀져 있었던 것 같다. 나는 극도의 호기심으로 습득물을 살피기 시작했다. 그것은 〈S. O.〉라고 이름의 첫 글자만 서명되어 있을 뿐 주소가 없는 편지였다. 내 관심은 부쩍 커졌다. 그것은 꼭 달라붙어 있어서 간신히 펼쳐 볼 수 있었다. 그 편지는 오랫동안 책 속에 끼워져 있었기에 그것이 있던 페이지에 그 크기만한 선명한 흔적을 남겨 놓고 있었다. 편지가 접혔던 부분은 닳아서 해져 있었다. 이것으로 보아 언젠가는 그것을 자주 읽어 보고 보물처럼 간직했음이 분명했다. 잉크는 푸른색으로 바래 있었다. 씌어진 지가 너무도 오래되었던 것이다! 우연히 몇 개의 낱말이 내 눈에 확 들어왔다. 그러자 내 가슴은 기대감으로 고동치기 시작했다. 나는 당황해서 마치 읽을 순간을 일부러 지연시키려는 듯이 편지를 두 손으로 잡고 뱅뱅 돌렸다. 그러다 문득 그것을 불빛에 비춰 보았다. 그랬다! 거기에는 눈물방울이 떨어져 말라 버린 것이었는지 얼룩이 남아 있었다. 어느 부분은 몇 개의 글자가 눈물로 완전히 지워져 있었다. 이것이 누구의 눈물일까? 이윽고 나는 기대감에 숨을 죽이며 앞쪽 절반을 읽어 보았다. 그러자 경악의 외침이 내 가슴속에서 터져 나왔다. 나는 책장을 닫고 책을 제자리에 꽂아 놓은 뒤 편지를 머릿수건 밑에 숨기고서 내 방으로 달려가 문을 걸어 잠그고 다시 처음부터 읽기 시작했다. 하지만 가슴이 너무도 심하게 뛰어서 낱말과 글자가 내 눈앞에 어른거리며 뛰어오르는 것 같았다. 얼마 동안 나는 아무것도 이해하지 못했다. 편지는 고백을 하며 마음속의 비밀을 밝히고 있었다. 그것은 섬광처럼 내게 강한 충격을 주었다. 그것이 누구 앞으로 씌인 것인가를 알았기 때문이다. 이 편지를 다 읽게 되면 나 자신이 범죄에 가까운 일을 저지르는 것이 된다는 것을 알았다. 하지만 그 호기심이 내 양심보다 더 강했다! 편지는 알렉산드라 미하일로브나에게 보내는 것이었다.

  다음은 그 편지의 내용이다. 나는 여기서 그것을 인용하려 한다. 거기에 무슨 얘기가 씌어 있었는지 나는 막연히 이해를 하였기 때문에 그것을 풀어 보아야겠다는 답답한 생각이 오랫동안 나를 가만히 두지 않았다. 그 순간 이후에 나의 삶은 갑자기 일변한 듯하였다. 내 가슴은 오랫동안, 거의 영원토록 뒤흔들리고 동요하였다. 그 편지가 많은 결과를 초래했기 때문이다. 나는 정확히 미래를 점쳤던 것이다.

  이 편지는 무서운 마지막 이별의 편지였다. 그것을 다 읽고 나자 가슴이 병적으로 죄어드는 것을 느꼈다. 그 느낌은 마치 내 자신이 모든 것을 상실한 듯한, 마치 모든 것이, 꿈과 희망마저 영원히 내게서 떠나간 듯한, 마치 내게는 더 이상 필요치 않은 삶 말고는 아무것도 남지 않은 듯한 느낌이었다. 이 편지를 쓴 사람은 누구였을까? 그 후 그 사람의 삶은 어떻게 되었을까? 편지에는 오해가 있을 수 없을 만큼의 많은 시사와 많은 사실들이 있었고, 또 추측의 수렁에 빠지지 않을 수 없을 만큼 많은 수수께끼가 있었다. 하지만 나는 실수하지 않았다. 더욱이 많은 것을 암시해 주고 있는 편지의 문체도 깨어진 두 사람의 관계가 어떤 성격의 것이었는가를 잘 드러내 주고 있었다. 편지를 쓴 사람의 생각, 감정이 모두 나타나 있었다. 그것은 너무도 특별한 것이었다. 그리고 이미 얘기했듯이 너무 많은 것을 추측하도록 하고 있었다. 여기 그 편지가 있다. 나는 그것을 한 자 한 자 모두 적어 보려 한다.

당신은 나를 잊지 않으리라 말하였소. 나는 그 말을 믿어요. 그리고 지금 이후 내 모든 삶은 당신의 그 말 속에 있소. 우리는 헤어져야 하오. 우리의 시간은 마지막을 고했소! 조용하고 무정한 내 아름다운 사람아, 나는 오래전부터 알고 있었지요. 하지만 지금에서야 그것을 깨달았지요. 〈우리〉가 함께 있던 동안 내내, 그대가 나를 사랑해 주었던 동안 내내 내 마음은 우리의 사랑으로 아프고 괴로웠소. 믿을 수 있겠소? 지금은 맘이 편하다오! 나는 오래전에 알았소. 우리가 이렇게 끝나리라고, 이미 우리에게는 그럴 운명이 주어진 것이라는 것을! 이것은 운명이라오! 내 말 들어 봐요, 알렉산드라. 우리는 〈대등하지 않아〉. 나는 언제나, 〈언제나〉 이것을 느끼고 있었지! 나는 당신에게 부족한 존재요. 그리고 지금껏 내가 느낀 행복에 대해서는 나, 나 혼자만이 형벌을 받아야만 할 것이오! 말해 주오, 당신이 나를 알기 전 내가 당신에게 어떤 존재였는지? 오, 하느님! 벌써 2년이 흘렀구려. 나는 지금까지 제정신이 아닌 듯하오. 〈당신〉이 〈나〉를 사랑했는지 나는 지금까지도 알 수가 없소! 어떻게 우리가 다시 처음의 원점으로 돌아가게 되었는지 나는 이해하지 못하겠소. 당신과 비교하면 나란 존재는 무엇이겠소? 내가 당신에게 어울릴 수나 있을 법하오? 내가 뛰어난 점이 무엇이고 특별히 잘난 점이 무엇이란 말이오! 그대를 알기 전 나는 거칠고 평범한 존재였고 내 모습은 의기소침하고 우중충하였지요. 나는 다른 삶은 원치도 않았고 생각도 하지 않았소. 그것을 추구하지도 않았고 그럴 생각도 없었던 것이지요. 내 안의 모든 것은 왠지 억눌려 있었고 또 이 세상에서 내가 늘상 하는 평소의 일보다 중요한 것은 아무것도 알지 못하였지요. 단

하나 근심이 되었던 것은 내일이었지만, 그것에도 역시 무관심했지요. 이미 오래전 얘기이긴 합니다만, 예전에는 그런 비슷한 것이 나의 꿈에 나타났고 나도 바보처럼 그것을 꿈꾸었소. 하지만 그 이후로 많은 시간이 흘렀고 그리하여 나는 외롭고 냉담하고 조용하게, 심지어는 내 가슴을 얼어붙게 만드는 한기도 느끼지 못한 채 살게 되었지요. 그리고 가슴은 잠에 빠져 들었소. 또 다른 태양은 나에게 결코 떠오르지 않으리라 알고 있었고 또 그렇게 결정해 버렸지요. 그리고 그것을 믿으면서 한탄 같은 것은 하지 않았소. 〈마땅히 그럴 수밖에 없었다〉고 알고 있었기 때문이오. 그대가 내 곁을 지나갈 때 감히 두 눈을 들어 당신을 쳐다볼 수 있으리라는 생각은 정말이지 할 수도 없었소. 그렇듯 당신 앞에서 나는 노예와 다를 바가 없었지요. 그대가 옆에 있으면 내 가슴은 아무런 떨림도 고통도 느끼지 않았소. 가슴은 내게 아무 얘기도 해주지 않았고 그저 조용할 뿐이었지요. 내 마음은 아름다운 누이가 옆에 있으면 밝아지면서도 당신의 마음은 알아보질 못했지요. 나는 그것을 알고 있었고 막연하게 느끼고 있었소. 내가 그것을 느낄 수 있었던 것은, 다름이 아니라, 신이 내려 주는 새벽녘 서광이 화사한 꽃 옆에서 온순하게 얼어붙어 있는 마지막 풀줄기에도 빛을 뿌리고 화사한 꽃과 마찬가지로 따스하고 온화하게 감싸 주기 때문이었지요. 그날 저녁 이후, 당신이 내 마음을 밑바닥까지 뒤흔든 얘기를 한 이후, 모든 것을 알게 되었을 때 나는 눈이 아찔하도록 충격을 받아 마음속의 모든 것이 몽롱한 상태에 빠져 버렸지요. 아시겠소? 너무도 강한 충격을 받고 너무도 자신을 믿을 수가 없어서 당신의 말을 이해하지 못할 정도였소! 이런 얘기는 한번도 그대에게 하지 않았소. 당신은 아무것도 몰랐소. 이전에 내 모습은 당신이 나를 보았을 때의 그런 모습은 아니었소. 만일 할 수만 있었다면, 만일 용기를 내어 얘기할 수만 있었다면 오래전에 이 모든 것을 고백했을 것이오. 하지만 나는 침묵하였소. 그리고 당신이 지금 떠나 버리려 하는 사람이 누구이며 어떤 사람과 헤어지려 하는 것인지를 당신이 알게 하려고 이제서야 모든 것을 말하려 하오! 불과 같은 열정이 마치 독약이 피 속에 흘러든 것처럼 나를 사로잡았소. 그 열정은 나의 모든 생각과 감정에 동요를 일으켰지요. 나는 술 취한 사람처럼, 마치 넋이 나간 사람처럼 되었소. 그리하여 당신의 순수하고 〈동정적인〉 사랑에 대해 대등한 자의 모습으로서도 아니고, 당신의 순수한 사랑을 받을 가치가 있는 사람의 모습으로서도 아니고, 의식도 없고, 감정도 없는 모습으로 대답했지요. 나는 당신을 분별하질 못했소. 나는 스스로의 눈앞에서 〈나만큼 제정신을 잃은〉 사람에게 하듯이 당신에게 대답했소. 당신이 그대 자신의 위치까지 끌어올리고 싶은 그런 사람이 아닌 모습으로 말이오. 내가 어느 면에서 당신을 의심의 눈으로 보았는지, 〈나라는 존재만큼 제정신을 잃었다〉는 말이 무슨 의미인지 아시겠소? 하지만 아니오. 이런 고백으로 당신을 모욕하지는 않겠소. 당신은 나란 사람을 너무도 잘못 보았다는 한 가지만 얘기하겠소! 한 번도, 단 한 번도 나는 당신의 위치까지 올라설 수 없었지요. 당신을 이해하게 되었을 때 나는 단지 한없는 사랑 속에서 당신에게 다가서지도 못한 채 멀리서 관조할 수 있을 뿐이었소. 하지만 이것으로 내 죄를 씻지는 못했소. 당신에 의해 고양된 나의 정열은 사랑이 아니었소. 나는 사랑이 두려웠지요. 당신을 사랑할 용기가 나지 않았소. 사랑에는 상호 간의 대등함이 있어야 하는데 나는 그럴 만한 가치가 없었소……. 나에게 무슨 일이 있었는지 정말 모르겠소! 아! 어찌 이런 얘기를 당신에게 하는 것인지, 당신이 그 말을 어찌 알아들으실지! 처음에 나는 믿지 못했지요……. 아! 기억하나요. 최초의 흥분이 가라앉고 시야가 밝아졌을 때, 그리하여 아주 순수하고 죄 없는 감정만이 남았을 때, 그때 내게 나타난 최초의 반응은 놀라움과 당혹, 두려움이었소. 기억하는가요, 내가 갑자기 울면서 당신의 발 아래 몸을 던진 모습을? 당황하고 깜짝 놀란 당신이 눈물을 머금고서 〈몸이 편찮으세요?〉 하고 물었던 것을 기억하시오? 나는 입을 다물고 당신의 물음에 대답하지 못했지요. 하지만 내 영혼은 산산이 부서졌소. 행복감이 견디기 힘든 짐처럼 나를 압박했고 마음속에서는 이러한 통곡소리가 들렸소. 내가 이것을 받아도 될까? 내게 이런 가치가 있는 걸까? 내가 이런 행복에 값할 만한 일을 한 적이 있던가! 나의 누이여, 나의 누이여! 아! 몇 번이나 — 당신은 이것을 모르실 거요 — 몇 번이나 몰래 당신의 옷에 입을 맞추었는지. 그렇게 몰래 입 맞추었던 것은 내가 그대에게 비할 바가 못 되는 존재임을 알고 있었기 때문이오. 그때 내 숨은 거칠어지기 시작했소. 가슴은 마치 멈추려는 것처럼, 영원히 멎어 버리기라도 할 듯이 느릿느릿 심하게 고동쳤소. 당신의 손을 잡은 순간 나의 안색은 창백해졌고 온몸은 떨리기 시작했소. 그대는 그 순수한 마음으로 나를 당황하게 만들었던 것이지요. 아, 내 마음속에 쌓인 말들, 그렇게 입 밖으로 하고 싶었던 말들을 모두 다 당신에게 하지 못하겠소! 그대가 때때로 내게 보내 주는 동정적인 온정이, 한결 같은 그 온정이 얼마나 고통스럽고 괴로운 것인지 당신은 아시오? 당신이 내게 키스해 주었을 때(그것은 꼭 한 번이었죠. 나는 그것을 결코 잊지 못할 거요) 내 눈에는 안개가 서리고 영혼은 온통 번민에 빠져 들었소. 그 순간 어째서 그대의 발 아래서 죽지 못했을까? 당신은 오래전에 그렇게 부르라 하였지만 이제서야 처음으로 당신에게 〈그대〉라고 쓰고 있소. 내가 무슨 얘기를 하고 싶어하는지 당신은 아시겠소? 당신에게 〈모든 것〉을 얘기하고 싶소. 아니, 모든 것을 얘기하겠소. 그래요. 당신은 지금도 나를 무척 사랑해 주고 과거에도 그러하였지요. 누이가 오빠를 사랑하듯이 말이오. 그대는 자신의 창조물처럼 나를 사랑하였소. 그대가 내 가슴에 세례를 주고 내 의식을 잠에서 깨워 가슴에 희망을 부어 주었기 때문이지요. 나는 할 수 없었소. 감히 그러지를 못했소. 지금껏 한번도 당신을 나의 누이라 부르질 못했소. 그것은 당신이 그때 내 누이가 될 수 없었기 때문이고 우리가 대등한 존재가 아니었기 때문이오. 당신이 내게 속임을 당했기 때문이오.

하지만 보아요. 지금 나란 작자는 자신에 관한 얘기를 쓰고 있잖소. 이 무서운 불행의 순간에도 나는 오로지 나 자신에 관한 생각만을 하고 있소. 아, 나 때문에 괴로워하지 마세요. 내 사랑하는 벗이여! 지금 내 스스로가 자신이 보기에도 얼마나 비천한 존재가 되어 있는가 아실는지! 이 모든 일이 공개되었을 때 얼마나 많은 소란이 있었던가요? 당신은 나 때문에 따돌림을 당하고 당신에게는 경멸과 조소가 쏟아지고 있소. 사람들이 보기에 나는 너무도 낮은 위치에 있기 때문이오! 내가 당신에 못 미치는 존재에 지나지 않는 것은 정말로 모두 내 잘못이오! 만일 내가 사람들 사이에서 평판이 높고 존경받는 인물이었더라면, 그들에게 더 많은 존경심을 불러일으킬 수 있었더라면 그들은 당신을 용서해 주었겠지요! 하지만 나는 하찮고 별 볼일 없는 존재라오. 너무도 가소로워서 어느 것도 이보다 가소로운 것은 없을 정도라 해야겠지요. 도대체 큰 소리로 떠드는 사람들은 〈누구〉요? 이렇게 된 것은 바로 〈그들〉이 이미 떠들기 시작하여 내가 낙심을 하였기 때문이오. 나는 언제나 미욱했으니까요. 내가 지금 어떤 상태에 처해 있는지 당신은 아실는지요. 나는 지금 스스로를 비웃고 있소. 그리고 그들이 진실을 말하고 있는 것처럼 여겨지오. 나 자신도 스스로가 증오스러워 보이니까요. 나는 그것을 느끼고 있소. 심지어 얼굴, 용모, 모든 습관, 별로 좋을 것도 없는 모든 몸짓이 증오스럽소. 나는 그것들을 언제나 증오하였지요! 아, 이 조잡한 내 절망을 용서해 주시오. 모든 것을 얘기해 달라고 한 것은 당신 자신이었소. 내가 당신을 망치고 당신에게 악의와 조소가 쏟아지게 만들었소. 내가 당신에게 못 미치는 존재였기 때문이오.

그리고 나를 괴롭히는 것은 바로 이런 생각들이오. 이런 생각이 내 머리를 끊임없이 두드리는가 하면 가슴을 찢기도 하고 찌르기도 하오. 당신이 사랑한 사람은 내게서 발견한 모습이 아닌 것 같다는 생각, 당신이 내게 기만당한 것이라는 생각이 줄곧 떠나지 않소. 내 마음이 아픈 것은 바로 그 때문이오. 지금 나를 괴롭히고 있으며 이후로 죽기 전까지 나를 괴롭힐, 어쩌면 나를 미쳐 버리게 만들 것은 바로 그것이오!

그럼, 이만 안녕, 안녕히! 이제 모든 것이 밝혀지고 그들의 고함소리, 그들의 험담이 시끄럽게 퍼지는(나는 그것을 들었소!) 지금, 스스로 보기에도 작고 비천한 존재가 되어 버려 스스로가 창피하고 당신에게도, 당신의 선택에도 창피해 하는 내 스스로를 저주하게 된 지금, 나는 당신의 평안을 위해 이곳에서 달아나 사라지지 않으면 안 되오. 사람들이 그러기를 요구하니 이제 다시 당신은 나를 보지 못하겠지요! 그래야 하오. 그것이 정해진 운명이오! 내게는 너무도 많은 짐이 지워져 있소. 운명이 잘못되었던 거요. 이제 운명은 실수를 바로잡아 모든 것을 제자리로 돌려놓고 있소. 우리는 우연히 만나 서로를 알아보았지만 이제 이렇게 또 다른 만남을 위해 헤어지는 것이오! 어디서 만나게 될까, 그때는 언제일까? 오, 말해 주시오, 내 사랑, 우리가 어디서 만나게 될까, 어디서 내가 당신을 찾고 어떻게 당신을 알아볼까? 그때 당신은 나를 알아볼 수 있을까? 내 마음은 온통 당신 생각으로 가득 차 있소. 가르쳐 줘요, 정말이지 나는 이해하지 못하겠소. 그것을 이해 못 하겠소. 결코 이해할 수가 없소. 가르쳐 주시오. 어떻게 삶을 둘로 가를 수가 있는지, 어떻게 가슴에서 마음을 떼어 낼 수 있는지, 그것 없이도 살 수 있는지를. 앞으로 다시는 영원히 그대 모습을 보지 못하게 되리라는 것을 어찌 생각이나 할 수 있겠소!

  오, 하느님. 그들이 외치는 저 소리! 지금 당신으로 인해 내 마음은 얼마나 두려운지 알 수가 없소! 나는 방금 당신 남편을 만났소. 우리 두 사람은 그 사람에게 결백하다 하지만 그 사람에게 못 미치는 존재요. 그는 모든 것을 알고 있소. 그는 우리의 일을 알고 있소. 그는 모든 걸 이해하고 있소. 예전에도 그는 모든 것을 대낮처럼 환히 알고 있었지요. 그는 영웅적으로 당신을 변호하였소. 그가 당신을 구했고 이 험담과

매도로부터 당신을 보호하고 있소. 그는 당신을 무한히 사랑하고 존경하오. 그는 당신을 구원하려 하고 있는데 나는 달아나는 것이오! 그에게 달려가 그의 손에 입 맞추고 싶소! 그는 천천히 가도 된다고 말하였지요. 결정은 났소! 사람들은 얘기하지요. 그 사람이 당신 일로 그들과 사사건건 다툰다고 말이오. 그곳에서는 모두가 당신을 나쁘게 말하오! 사람들은 당신 남편이 묵인한다고, 성격이 모질지 못하다고 비난하오. 오, 하느님! 그곳에서 사람들이 당신에 대해 또 무슨 말을 하고 있는지! 그들은 알지 못하오. 그들은 〈이해할 수도 없고 그럴 능력도 없소!〉 용서해 주시오. 그들을 용서해 주시오, 내 사랑. 내가 그들을 용서하듯이. 하지만 그들이 내게서 빼앗아 간 것은 당신에게서보다 더 많소!

나 자신도 스스로를 이해하지 못하겠소. 내가 당신에게 무슨 말을 쓰고 있는지도 모르겠소. 어제 헤어지며 당신에게 무슨 얘기를 했을까? 정말로 모든 걸 잊어버렸다오. 나는 제정신이 아니었소. 당신은 울고 있었지……. 그렇게 눈물을 흘리게 만든 나를 용서해 주시오! 나란 놈은 이다지도 무력하고 소심한 자니까!

아직 무언가 당신한테 할 말이 있었는데……. 아, 그렇소! 지금 이 편지에 눈물을 뿌리는 것처럼 당신의 두 손에 한 번만이라도 눈물을 뿌릴 수 있다면! 단 한 번만이라도 당신의 발 밑에 쓰러질 수 있다면! 당신 마음이 얼마나 아름다운지 〈그들〉이 알기만 한다면! 그들은 눈이 멀었소. 그들의 마음은 오만불손하오. 그들은 그 사실을 보지도 못하고 또 영원히 보지 못할 거요. 〈무엇에 의해서도〉 그들은 보지 못할 거요! 그들은 당신이 죄가 없다는 것을, 그들의 법정에 서더라도 무죄라는 것을 믿지 않소. 세상 모든 것이 그들에게 무죄임을 맹세해도 그들은 믿지 않겠지만 말이오. 그들이 그것을 이해할 리가 없겠지요! 하지만 그들이 당신에게 무슨 돌을 든단 말이오? 제일 먼저 돌을 들 자는 누구요? 아, 하지만 그들은 주저하지도 않고 수천 개의 돌이라도 들 것이오! 그들은 자신들이 이것을 어떻게 하는지를 알고 있기에 감히 돌을 들 것이오. 그들은 모두 한꺼번에 돌을 쳐들고 자신들은 죄가 없으며 자기들이 그 죄를 책임지겠다고 말할 것이오! 아, 그들이 무슨 짓을 하고 있는지 알고 있다면! 그들이 보고 듣고 이해하고 납득하도록 모든 것을 숨김없이 얘기해 줄 수만 있다면! 하지만 아니오. 그들은 그렇게 악한 사람들이 아닙니다. 지금 절망에 빠져 있어서, 어쩌면 그래서 그들을 비방하는 것인지도 모르겠소! 어쩌면 내 두려운 마음 때문에 당신을 놀라게 만드는 것이나 아닌지 모르겠소! 무서워하지 마시오, 그들을 두려워하지 마시오, 내 사랑! 사람들은 〈그대〉를 이해하게 될 것이오. 그리고 한 사람은 이미 당신을 이해하였소. 바로 당신 남편 말이오!

안녕, 안녕히! 당신에게 고맙다는 말은 하지 않으려오. 영원히 안녕!

S. O.

이 편지를 읽고 당혹스러운 마음이 너무도 커서 오랫동안 나는 자신에게 무슨 일이 일어났는지 알지도 못했다. 내 마음은 뒤흔들리고 몹시 놀랐다. 3년 동안 공상을 하며 지내 온 가벼운 삶에서 별안간 현실이 나에게 충격을 준 것이다. 내 손에 커다란 비밀이 쥐어져 있다는 것을, 그리고 이 비밀이 이미 내 존재 전체와 연관을 맺게 되었다는 것을 나는 공포심을 가지고 느꼈다……. 어째서 그랬을까? 아직은 나 자신도 그것을 알지 못한다. 나는 그 순간 비로소 내게 새로운 미래가 시작되고 있음을 느꼈다. 이제 뜻하지 않게도 그들의 삶에, 그리고 지금까지 내 주변의 온 세계를 둘러싸고 있던 사람들의 관계에 너무도 밀접한 참여자가 된 것이다. 그래서 나는 자신이 무서워졌다. 나는 무엇에 의해서 그들의 삶 속으로 들어가게 되는 것일까, 불청객인 내가, 그들과 낯선 내가? 나는 그들에게 무엇을 가져다 주게 될까? 그처럼 뜻밖에 나를 이상한 비밀에 얽어매게 만든 이 고삐는 무엇으로 풀리게 될까? 어찌 알겠는가? 어쩌면 내가 맡게 된 새로운 역할이 나나 그들 모두에게 고통스러운 것이 될지도 모를 일이었다. 하지만 나는 잠자코 있을 수가 없었고 이 역할을 맡지 않을 수 없었다. 그리고 내가 알게 된 것을 가슴속에 꼭꼭 가두어 둘 수가 없었다. 하지만 앞으로 내게 어떤 일이 어떻게 일어나게 될까? 나는 무슨 일을 하게 될까? 그리고 내가 알게 된 것은 무엇일까? 아직은 막연한, 아직은 분명치 않은 수천 가지 물음이 내 앞에 떠올라 견디기 어려울 만큼 가슴을 압박하였다. 나는 갈피를 잡지 못하는 사람처럼 되고 말았다.

지금 생각해 보면 그런 후에 지금까지 내가 경험하지 못한 다른 순간이 새롭고 이상한 인상과 함께 찾아왔던 것 같다. 마치 무언가가 내 가슴속에서 해소되어 예전의 슬픔이 갑자기 한꺼번에 사라져 버리고 새로운 어떤 것이 그 자리를 채운 것같이 느껴졌다. 그것은 슬퍼해야 할지 기뻐해야 할지 아직은 알지 못할 그런 것이었다. 그 순간은 어떤 사람이 미지의 먼 길을 떠나기 위해 자기 집을, 지금까지 안온하고 평화스럽던 삶을 영원히 버리고 떠나면서 마지막으로 한번 자기 주변을 둘러보며 마음속으로 자신의 과거와 작별을 하는 한편, 새로운 길목에서 그를 기다리고 있는 알 수 없는 미래에 대한, 어쩌면 험난하고 적의에 찬 미래에 대한 애수 어린 예감으로 가슴 아파하는 것과 흡사하였다. 마침내 경련적인 흐느낌이 가슴에서 터져 나와 병적인 발작으로 끝을 맺었다. 누군가를 보지 않고서는, 사람의 목소리를 듣지 않고서는, 힘껏 껴안지 않고서는 견딜 수가 없었다. 혼자 있을 수가 없었고 이제는 그러고 싶지도 않았다. 나는 알렉산드라 미하일로브나에게 달려가 그녀와 저녁 내내 함께 지냈다. 우리는 둘이서만 있었다. 그녀에게 피아노를 치지 말아 달라고 부탁하였고 노래를 불러 달라는 그녀의 청도 거절하였다. 갑자기 모든 것이 싫어져서 그 어느 것에도 주의를 집중할 수가 없었다. 아마도 우리 두 사람은 울었던 것 같다. 지금 기억 나는 것은 내가 그녀를 너무 놀라게 했다는 사실이다. 그녀는 내게 진정하고 불안해 하지 말라고 타일렀다. 그녀는 두려운 마음으로 내 행동을 주시하면서 내 몸이 아픈 상태에 있으며 몸을 스스로 간수하지 않고 있다고 타일렀다. 결국 나는 완전히 괴로움에 지쳐서 그녀 곁을 떠났다. 마치 비몽사몽의 상태처럼 되어서 침대에 누웠을 때는 오한에 몸을 떨고 있었다.

 제정신이 들고 자신의 상태를 분명히 깨닫게 된 것은 며칠이 지나서였다. 그동안 우리 두 사람, 나와 알렉산드라 미하일로브나는 완전한 고독 속에서 지냈다. 뾰뜨르 알렉산드로비치는 뻬쩨르부르그에 없었다. 그는 무슨 사업 때문에 모스끄바로 가서 거기서 3주 간 머무르고 있었다. 헤어져 있는 기간이 짧았음에도 알렉산드라 미하일로브나는 심각한 우수에 빠져 들었다. 간혹 평온을 되찾기도 하였으나 나도 그녀에게 짐이 되었던지 혼자 틀어박혀 지냈다. 더군다나 나 자신도 고독을 찾았다. 내 머리는 어떤 병적인 긴장 속에서 활동을 하였다. 나는 마치 넋을 잃은 사람 같았다. 때로는 긴 사색이 몇 시간이고 고통스러울 만큼 머리를 떠나지 않을 때도 있었다. 그 당시 내게는 이런 꿈이 나타났다. 어떤 사람이 몰래 나를 비웃는 것 같은 꿈이었다. 마치 무엇인가가 마음속에 똬리를 틀고 앉아서 나의 생각 하나하나에 해를 끼치고 어지럽히는 것 같은 그런 꿈이었다. 나는 매순간 내 앞에 떠올라 평온을 깨뜨리는 괴로운 형상들을 떼어 버릴 수가 없었다. 내 머릿속에는 출구 없는 오랜 고난과 고뇌가, 묵묵히 순종적으로 덧없이 희생하는 모습이 떠올랐다. 그녀가 희생을 바친 그 사람이 그녀를 경멸하고 조소하는 것처럼 여겨졌다. 정의로운 사람의 죄를 용서해 주는 죄인을 보고 있는 것 같은 생각이 들어서 가슴이 갈가리 찢어지는 것 같았다! 동시에 나는 온 힘을 다해 자신의 의혹에서 떨어지고 싶었다. 나는 그 의혹을 저주하였다. 내 모든 확신이 확신이 아니고 단지 예감일 뿐이라는 것에 대해, 나 자신에게조차 내가 받은 인상을 정당화할 수 없다는 것에 대해 나는 자신을 증오하였다.

그 후 나는 이 문구를, 무서운 이별의 마지막 부르짖음을 머릿속에서 새겨 보았다. 나는 이 사람, 이 〈열등한 사람〉을 상상해 보았다. 그러면서 이 〈열등한 사람〉이라는 낱말의 고통스러운 의미를 헤아려 보려고 애썼다. 내게 고통스러운 충격을 준 것은 절망 어린 작별의 말이었다. 〈나는 가소로운 존재입니다. 나 자신도 당신이 선택한 것에 대해 부끄러워하고 있습니다.〉 이것이 무슨 말이었을까? 이 사람들은 어떤 사람들이었을까? 그들은 무엇을 슬퍼하고 괴로워하며 또 무엇을 잃어버린 것일까? 마음을 가라앉힌 뒤 다시 그 편지를 긴장하며 읽어 보았다. 그 편지에는 가슴을 찌를 듯한 절망이 어려 있었지만, 그 의미가 내게는 너무도 이상하고 풀기 어려운 것이었다. 편지가 손아귀에서 흘러 떨어졌고 격한 흥분이 점점 내 가슴을 사로잡았다……. 결국 이 모든 것이 어떤 방법으로든 풀려야만 했다. 하지만 해결책은 보이지 않았다. 아니, 어쩌면 그것이 두려웠는지도 모른다!

뽀뜨르 알렉산드로비치의 마차가 정원에서 방울소리를 내던 날에 나는 거의 완전히 병적인 상태에 있었다. 알렉산드라 미하일로브나는 환성을 지르며 남편에게 달려갔지만 나는 붙박힌 듯이 그 자리에 서 있었다. 지금 생각해 보면 나 자신도 스스로의 돌연한 흥분에 충격을 받을 만큼 놀랐던 것 같다. 나는 참지 못하고 내 방으로 달려갔다. 무엇에 그렇게 갑자기 놀랐는지는 모르겠으나 이 놀랐다는 사실에 나는 두려웠다. 15분이 지나자 나는 부름을 받았고 공작이 보낸 편지를 전해 받았다. 응접실에서 나는 뽀뜨르 알렉산드로비치와 모스끄바에서 함께 온 낯선 사람을 만났다. 내가 들은 몇 마디 말로 판단하건대, 그가 우리 집에 오랫동안 머물 것이라는 걸 알았다. 그 사람은 이미 오래전부터 뽀뜨르 알렉산드로비치가 관리해 오던 공작 집안의 어떤 중요한 일을 처리하러 뻬쩨르부르그에 온 공작의 대리인이었다. 그는 공작이 보낸 편지를 내게 건네면서, 공작의 따님도 편지를 써보내려 하였고 마지막까지 편지를 반드시 쓰리라 확신하였지만 빈손으로 자신을 보냈으며 이런 말을 전해 달라고 부탁하더라는 말을 했다. 자신은 내게 써보낼 말이 하나도 없다, 편지에 아무것도 쓰지 못하겠다. 편지를 쓰다가 다섯 장을 망치고 나서는 그것을 모두 갈기갈기 찢어 버렸다. 편지를 주고받으려면 다시 친해질 필요가 있겠다는 것이었다. 그런 다음 머지않아 재회를 하게 되리라는 것을 내가 믿도록 해달라는 부탁을 받았다고 하였다. 이 낯선 신사는 조급하게 묻는 나의 물음에, 조만간 만나게 되리라는 소식은 사실이며 가족 모두 아주 빠른 시일 내에 뻬쩨르부르그에 들르려 한다는 대답을 해주었다. 이 소식을 듣고 나는 기쁨에 겨워서 어찌할 바를 모르고 서둘러 내 방으로 가서 문을 닫아걸고 눈물을 흘리며 공작의 편지를 펼쳤다. 공작은 자신과 까쨔가 얼마 안 있어 나와 만나게 될 것이라 약속하고 내 재능을 칭찬해 주었다. 그리고 나의 미래에 대해 축복을 해주고 자신이 그 계획을 세워 보겠다고 약속하였다. 편지를 읽으며 나는 울었다. 하지만 지금 기억하기로 그 기쁨의 눈물에는 내가 스스로도 놀랄 정도의 견딜 수 없는 슬픔이 뒤섞여 있었다. 나 자신도 내게 무슨 일이 일어나고 있는지 알지 못했다.

며칠이 흘렀다. 이전에 뽀뜨르 알렉산드로비치의 서기가 있던 내 옆방에서는 이제 매일 아침, 그리고 종종 한밤중까지도 새로 온 그 내방객이 일을 하였다. 그들은 자주 뽀뜨르 알렉산드로비치의 서재에서 문을 닫아걸고 함께 있었다. 어느 날인가 점심 식사 후에 알렉산드라 미하일로브나가 나더러 남편 서재에 가서 우리와 함께 차를 마시겠는지 물어봐 달라는 부탁을 하였다. 서재에는 아무도 없어서 나는 뽀뜨르 알렉산드로비치가 곧 돌아오리라 생각하며 그 자리에서 기다렸다. 벽에는 그의 초상화가 걸려 있었다. 나는 그때 이 초상화를 보고 흠칫 몸을 떨고 자신도 알지 못하는 흥분을 느끼며 주의 깊게 살펴보았던 것 같다. 그것은 매우 높이 걸려 있었고 주위는 너무 어두웠다. 나는 더 편하게 관찰하려고 걸상을 놓고 그 위에 올라섰다. 나는 마치 내 의혹의 해결책을 발견하려는 듯이 무엇인가를 찾아내려고 하였다. 그리고 지금 기억에는 무엇보다도 초상화의 두 눈이 나를 놀라게 했던 것 같다. 그 자리에서 내가 놀란 것은 내가 이 사람의 두 눈을 거의 한번도 본 적이 없다는 사실 때문이었다. 그는 언제나 안경 아래에 두 눈을 감추고 있었던 것이다.

어렸을 적부터 이미 나는 알 수 없는 이상한 선입견 때문에 그의 눈초리를 좋아하지 않았다. 한데 지금 이런 선입견이 증명된 것 같았다. 내 상상이 발동하기 시작했다. 내가 보기에는 초상화의 눈이 당혹스러워하며 뚫어질 듯이, 시험하듯이 바라보는 내 시선을 피하는 것처럼 여겨졌다. 그 두 눈은 애써 내 시선을 피하려는 듯하였고 거짓과 기만이 그 눈 속에 있는 것 같았다. 내 짐작이 들어맞은 것같이 생각되었고, 잘은 모르겠으나 어떤 내밀한 기쁨이 마음속에서 내 추측에 반응한 것 같았다. 가벼운 비명이 내 가슴에서 터져 나왔다. 이때 뒤쪽에서 바스락거리는 소리가 들렸다. 나는 뒤돌아보았다. 내 뒤에서는 뾰뜨르 알렉산드로비치가 나를 주시하며 서 있었다. 그의 안색이 갑자기 빨개지는 것같이 보였다. 나는 순간 얼굴을 붉히며 의자에서 뛰어내렸다.

「여기서 무엇을 하고 있는 거지?」 그가 엄한 목소리로 물었다. 「무엇 때문에 여기에 있지?」

나는 어찌 대꾸해야 할지 몰랐다. 몇 마디 둘러댄 뒤 알렉산드라 미하일로브나의 말을 전했다. 그가 내 말에 어떻게 대답했는지 지금은 기억이 나지 않는다. 내가 어떻게 서재에서 나왔는지도 기억 나지 않는다. 하지만 알렉산드라 미하일로브나에게 가자 나는 그녀가 기다리던 대답을 완전히 잊고 그가 올 거라고 되는 대로 말해 버렸다.

「그런데 무슨 일이니, 네또츠까?」 그녀가 물었다. 「얼굴이 온통 빨개졌구나. 한번 보려무나. 어디가 안 좋은 거니?」

「모르겠어요……. 급히 걷느라고…….」 내가 대답했다.

「뾰뜨르 알렉산드로비치는 어떻게 말씀하시던?」 그녀는 당황하며 말을 중간에서 가로챘다.

나는 대꾸하지 않았다. 이때 뾰뜨르 알렉산드로비치의 발걸음소리가 들렸고 곧바로 나는 방에서 나갔다. 그리고 두 시간 동안을 꼬박 커다란 슬픔 속에서 기다렸다. 마침내 알렉산드라 미하일로브나가 사람을 보내 자기한테로 오라고 하였다. 알렉산드라 미하일로브나는 침묵한 채 근심 어린 얼굴을 하고 있었다. 내가 들어서자 그녀는 빠르게 그리고 무엇인가를 캐낼 듯이 나를 바라보다가 곧 눈을 아래로 내리깔았다. 어떤 곤혹스러운 표정이 그녀의 얼굴에 떠올랐다. 나는 곧 그녀의 정신이 안 좋은 상태라는 것과 말수가 거의 없다는 것을 알아챘다. 그리고 내 쪽은 전혀 쳐다보지도 않고 B씨의 걱정하는 물음에 대한 대답으로 두통을 호소하였다. 뾰뜨르 알렉산드로비치는 평소보다 말을 많이 했다. 하지만 그가 얘기를 나눈 것은 B씨하고뿐이었다.

알렉산드라 미하일로브나는 넋 나간 사람처럼 피아노 쪽으로 다가갔다.

「우리에게 무어라도 들려주지 않으련?」 B씨가 나를 보며 말했다.

「그래, 아네따야. 새로 연습한 아리아를 불러 보아라.」 알렉산드라 미하일로브나는 그의 제의에 반가운 마음이 든 것처럼 그의 말을 받아서 얘기했다.

나는 그녀를 한번 쳐다보았다. 그녀는 불안스러운 기대감을 갖고 나를 바라보고 있었다.

하지만 나는 자신을 억제할 수가 없었다. 피아노로 가서 어떻게든 노래를 부르려 하는 대신에 어떤 구실로 거절을 해야 할지 당황해 하면서 허둥거렸다. 마침내 짜증스러운 마음을 어쩌지 못하고 딱 잘라 거절을 하고 말았다.

「어째서 노래를 안 부르려 하는 거지?」 알렉산드라 미하일로브나가 어떤 의미가 담긴 눈길로 나를 한번 바라보고 동시에 순간적으로 남편을 흘끗 쳐다본 다음 말했다.

이 두 개의 다른 시선에 나는 참을성을 잃어버리고 말았다. 극도로 당황해서 나는 자리에서 일어났지만 이제는 그렇게 당황한 모습을 감추지도 못하고 어떤 성급하고 짜증스러운 느낌에 몸을 떨면서 〈하고 싶지 않아요, 못하겠어요, 몸이 안 좋아요〉 하고 열에 들떠 말했다. 그리고 이렇게 말하며 사람들의 눈을 바라보았다. 그 순간 내가 모두를 피해 방에 숨어 있기를 얼마나 바랐는지는 아무도 모르리라.

B씨는 놀랐고 알렉산드라 미하일로브나는 눈에 띄게 슬픈 기색을 하며 한마디도 하지 않았다. 하지만 뾰뜨르 알렉산드로비치는 돌연 자리에서 벌떡 일어나더니 자신이 한 가지 일을 잊고 있었다고 말했다. 그리고 보기에는 유감스러운 표정으로 필요한 시간을 놓쳤다고 말한 뒤 서둘러 방에서 나갔다. 방에서 나가기 전에 그는 어쩌면 늦게 돌아올지도 모르겠다는 말을 하고, 일이 어찌 될지 모른다며 B씨와 작별의 악수를 하였다.

「어디 몸이 안 좋으니?」 B씨가 물었다. 「얼굴을 보니 정말 아픈 모양이구나.」

「예, 몸이 안 좋아요. 몹시 안 좋아요.」 참지 못하고 내가 대답했다.

「정말로 얼굴이 창백하구나. 아까 전까지만 해도 빨갛더니.」 알렉산드라 미하일로브나가 말을 하다가 갑자기 멈추었다.

「이제 그만 하세요!」 나는 이렇게 말하고 곧장 그녀에게로 다가가서 그녀의 눈을 응시하였다. 가련한 그녀는 내 시선을 견디지 못하고 죄지은 사람처럼 눈을 아래로 숙였다. 그러자 옅은 홍조가 그녀의 창백한 뺨에 떠올랐다. 알렉산드라 미하일로브나는 꾸밈없이 순진한 표정으로 즐거워하며 나를 바라보았다. 「오늘 그렇게 버릇없이 못되게 군 것을 용서해 주세요.」 나는 감정을 담아 그녀에게 말했다. 「하지만 정말 몸이 아파요. 화내지 마시고 제발 저를 놓아 주세요……」

「우린 모두 어린애야.」 그녀가 수줍은 미소를 지으며 말했다. 「그래, 나도 어린애지. 너보다 나쁜, 훨씬 더 나쁜 애지.」 그녀가 내 귀에 대고 말을 덧붙였다. 「자, 그럼 가거라. 몸조리 잘하고. 또 하나 말할 것은 제발 나에게 화를 내지는 말아다오.」

「무엇 때문에 화를 내죠?」 내가 물었다. 그렇듯 순진한 고백은 나를 놀라게 하였다.

「무엇 때문이냐고?」 그녀는 몹시 당황하며 내가 한 말을 되풀이했다. 심지어는 자신에 대해 놀라기라도 한 것 같았다. 「무엇 때문이냐고? 내가 어떤 사람인지 너도 알고 있잖니, 네또츠까. 그런데 내가 왜 이런 말을 하지? 자, 가거라.

너는 나보다 영리해⋯⋯. 하지만 나는 어린애보다 더 나쁜 사람이야.」

「그만 됐어요.」 그녀에게 무슨 말을 해야 할지 모른 채 완전히 감동에 젖어 내가 대답했다. 나는 그녀에게 다시 한번 키스를 하고 서둘러 방에서 나왔다.

나는 너무도 짜증이 나고 슬펐다. 더구나 내가 부주의하고 처신을 제대로 할 줄 모른다는 것을 느끼면서는 울화가 치밀었다. 나는 왠지 창피해서 눈물이 다 나왔다. 그러고는 깊은 슬픔 속에서 잠이 들었다. 이튿날 아침 잠이 깨자 제일 먼저 떠오른 것은 엊저녁의 모든 일이 완전히 환영이고 신기루라는 생각이었으며, 우리는 단지 서로를 속였을 뿐 너무 서두르는 통에 하찮은 것에 무슨 대단한 사건 같은 외양을 부여했다는 것, 그리고 모든 것은 경험 부족에서, 외적인 인상을 받아들일 때 우리가 익숙지 못한 데서 발생한 것이라는 생각이었다. 그 편지가 이 모든 것의 근원이며 그것이 너무도 나를 불안하게 만들고 있다, 내 사고가 흐트러져 있다고 느끼며 앞으로는 아무것도 생각하지 말아야겠다고 작정했다. 예전 같지 않게 아주 가볍게 모든 슬픔을 해소하고, 결심한 바를 아주 쉽게 행하게 될 것이라는 확신이 들자 마음이 한결 가라앉았다. 그러고서는 완전히 명랑하게 되어서 음악 공부를 하러 갔다. 아침 공기가 머리를 말끔하게 가셔 주었다. 나는 음악 선생한테 가는 이 아침 여행을 매우 좋아했다. 여덟 시경 완전하게 활기를 띠며 분주하게 일상의 생활을 시작하는 도시를 걷는 것은 매우 즐거운 일이었다. 우리는 사람이 가장 많이 다니고 활력이 넘치는 거리를 걸었고, 귀족 같은 생활 속에서 그런 상황에 처하게 된 것이 매우 기뻤다. 일상의 이 사소한 일들, 별것은 아니지만 생기가 넘치는 근심과, 이 삶에서 두 발자국 떨어진 곳에 예술과는 하등 상관이 없는 것처럼 생각되는 거주자들로 꼭대기부터 맨 아래까지 가득 찬 커다란 건물에서 나를 기다리는 예술 사이의 대비된 모습이 좋았다. 나는 악보를 겨드랑이에 낀 채 사무적이고 성난 행인들 사이에 있었다. 나를 바래다 주던 나딸리야 노파는 자기가 가장 많이 생각하는 것이 무엇인가 하는, 자신도 알지 못하는 질문을 던지고는 맞춰 보라 했다. 그러다가 마침내 나의 선생님을 만났다. 그는 반은 이탈리아 계, 반은 프랑스 계 사람으로 괴짜였으며 순간순간 진정한 열정가의 면모를 보여 주었다. 그리고 그보다 훨씬 자주 학자인 체했다. 또한 그는 무엇보다도 구두쇠였다. 이 모든 것이 나를 매료시켰으며 나로 하여금 웃거나 깊이 생각을 하도록 만들었다. 내 성격은 내성적이었으나 나는 열정적인 기대를 품고서 스스로의 예술을 사랑하여, 그야말로 공중에 누각을 지어 놓고 정말 기적적인 미래의 일을 설계하였다. 그리고 귀가하면서는 공상에 열병이 들린 듯한 경우도 드물지 않았다. 한마디로 말해 이 시간 동안 나는 거의 행복했던 것이다.

바로 그런 순간이 이번에도, 내가 열 시에 수업을 마치고 집으로 돌아오던 시간에도 나를 찾아왔다. 모든 걸 잊고서, 지금 기억하기로는 무엇인가를 매우 즐겁게 생각하면서 공상에 잠겨 있었던 것 같다. 그런데 돌연 계단을 오르다 불에 덴 것같이 전율하였다. 내 머리 쪽에서 뾰뜨르 알렉산드로비치의 목소리가 울렸다. 그는 이때 계단을 내려오고 있었다. 나를 사로잡은 불길한 느낌은 너무도 컸고 어제의 기억이 적의를 품은 것처럼 너무도 나를 놀라게 하여서 슬픔을 숨길 수가 없을 정도였다. 나는 그에게 가볍게 고개를 숙였다. 하지만 그 순간 내 얼굴이 너무도 많은 표정을 담고 있었는지 그는 놀라서 내 앞에 멈추어 서고 말았다. 그의 거동을 알아채고 나는 얼굴이 빨개져 재빠르게 위로 올라갔다. 그는 내 뒤에서 무슨 말인가를 중얼거리는 듯하더니 자기 갈 길로 가버렸다.

나는 분해서 울고 싶었지만 어째서 그렇게 되었는지는 알 수가 없었다. 아침 내내 나는 제정신이 아니었다. 모든 일을 한시 바삐 끝내고 결말을 짓기 위해 어떤 결단을 내려야 할지 몰랐다. 정신을 더 차려야겠다고 끝없이 자신을 타이르면서도 자신에 대한 두려움에 사로잡혔다. 나는 내가 알렉산드라 미하일로브나의 남편을 증오하고 있으며 동시에 나 자신에게 절망하고 있다고 느꼈다. 이번에는 계속되는 흥분으로 인해 내 건강이 심각할 만큼 안 좋아졌으며 이미 자제력마저 잃고 있었다. 모두에 대해 화가 치밀었다. 그리하여 아침 내내 방에 틀어박혀 알렉산드라 미하일로브나에게도 가지 않았다. 나중에는 그녀가 직접 찾아왔다. 나를 보자마자 그녀는 하마터면 소리를 지를 뻔하였다. 내 안색이 너무도 창백해서 나 자신도 거울을 보고는 깜짝 놀라고 말았다. 알렉산드라 미하일로브나는 한 시간 동안 내 곁에 앉아 어린아이처럼 나를 보살폈다.

하지만 그녀가 관심을 기울이는 것이 너무도 슬프게 생각되었고 그녀의 어루만짐이 견디기 힘겨웠다. 또한 그녀를 바라보기도 고통스러워서 나는 마침내 혼자 있게 해달라고 부탁하고 말았다. 그녀는 나에 대해 매우 불안을 느끼며 방을 나갔다. 결국 나의 슬픔은 눈물과 발작으로 끝났다. 저녁 무렵이 되자 마음이 한결 가벼워졌다……

마음이 그렇게 가벼워졌던 것은 내가 그녀에게 가기로 결심을 하였기 때문이다. 그녀의 무릎 아래 몸을 던지고 그녀가 잃어버린 편지를 건네주고 모든 것을 고백하기로 결심했다. 그녀가 나를 바라보면, 나는 내 마음속에 있는 그녀에 대한 감정이 얼마나 열화 같고 변치 않는 것인지 보여 주기 위해서 내가 가졌던 모든 고통, 내가 가졌던 모든 의심을 고백하고, 내 안에 타오른 그녀, 나의 수난자에 대한 한없는 애정으로 그녀를 포옹하며, 내가 그녀의 아이이며 벗이라고, 내 가슴은 그녀에게 열려 있다고 말하기로 결심했다. 아, 하느님! 나란 존재가 그녀에게는 자기 마음을 열어 줄 수 있는 마지막 사람임을 나는 알고 있었고 또 느끼고 있었다. 그리고 구원이 확실할수록 내 말도 더 힘이 있을 것이라 생각되었다……. 비록 어렴풋하고 불분명하기는 했지만 나는 그녀의 슬픔을 이해하고 있었고, 그리하여 그녀가 내 앞에, 나의 심판 앞에 얼굴이 빨개질 수 있으리라는 생각에 내 가슴은 분노로 끓어올랐다……. 가엾은 여자, 가엾은 내 사랑, 당신이 정말 그 같은 죄인이었을까? 이렇게 그녀에게 얘기하며 그녀의 발 밑에서 울고 싶었다. 정의감이 내 안에서 들끓었고 나는 흥분했다. 무엇을 해야 좋을지 몰랐다. 잠시 후 예기치 않은 사건이 일어나 나는 한걸음 내딛다가 멈춰 서서 제정신으로 돌아왔다. 그것이 나와 그녀를 파멸에서 구했다. 공포가 나를 덮쳤다. 과연 그녀의 고통받은 마음이 희망을 위해 소생할 수 있을까? 내가 한 번만 충격을 주었어도 그녀는 죽음에 빠졌을 것이다!

그 사건은 이러했다. 뾰뜨르 알렉산드로비치가 옆문으로

나와 나를 보지 못하고 곁을 지나쳐 갔을 때, 나는 이미 그녀의 방에서 두 방 떨어진 곳에 있었다. 그도 그녀한테로 가고 있었다. 나는 못박힌 듯이 제자리에 멈추어 섰다. 그는 그런 순간에 만나서는 안 될 사람이었다. 나는 나가고 싶었으나 호기심이 돌연 나를 그 자리에 붙잡아 두었다.

그는 거울 앞에 멈추어 서서 머리를 손질하였다. 그리고 너무나 놀랍게도 그가 무슨 노래를 흥얼거리는 소리가 갑자기 내 귀에 들려왔다. 순간 내 어릴 적의 막연하고 먼 기억이 되살아났다. 이 순간 느낀 이상한 느낌이 어떤 것이었는지 설명하기 위해 나는 그 기억을 얘기해 보려 한다. 내가 이 집에서 머물게 된 지 1년이 되던 해에 나에게 커다란 충격을 주는 한 사건이 일어났다. 그 사건은 지금에서야 확연히 인식할 수 있게 되었는데, 그 까닭은 지금에서야, 이 순간에서야 내가 이 사람에 대한 설명할 수 없는 반감을 어떻게 갖기 시작했는지 알게 되었기 때문이다! 그 당시에 그가 있을 때면 마음이 괴로웠다는 것은 앞에서도 언급한 바 있다. 인상을 찌푸리고 걱정에 찬 듯한 모습, 종종 슬프고 상심에 젖어 있는 얼굴 표정이 내게 얼마나 우울한 인상을 주었는가 하는 것도 얘기한 바 있다. 알렉산드라 미하일로브나의 다과용 탁자에서 시간을 같이 보내고 난 후면 나는 정말 괴로웠으며, 내가 처음에 언급한 그런 음울하고 어두운 장면을 두세 번 목격했을 때는 커다란 고통을 동반한 슬픔이 내 가슴을 쥐어뜯었다. 그때에도 이번과 똑같이 그가 나처럼 알렉산드라 미하일로브나를 찾아가던 시간에 같은 방에서 그와 만났다. 당시 나는 혼자 그와 마주치게 되자 아주 어린애 같은 소심함을 느끼며 죄지은 사람처럼 구석에 숨어 그가 나를 발견하지 못했으면 하고 기도했다. 그때도 지금과 똑같이 그는 거울 앞에서 멈추었고 나는 어떤 분명치 않은, 어린애답지 않은 감정을 느끼고 몸을 흠칫하였다. 나는 그가 얼굴을 꾸미는 것 같다고 생각했다. 적어도 거울 앞으로 다가서기 전에 그의 얼굴에 떠오른 미소를 분명히 보았던 것이다. 나는 그에게서 한번도 볼 수 없었던 웃음을 보았다. 그것을 보지 못했던 것은(무엇보다도 이것이 나를 놀라게 했다) 그가 알렉산드라 미하일로브나 앞에서는 한번도 웃은 적이 없었기 때문이다. 거울을 들여다보는 순간 갑자기 그의 안면이 싹 달라졌다. 미소는 어디서 명령을 받기나 한 것처럼 사라져 버리고 미소 대신에 어떤 고통스러운 표정이, 의지에 반하여 가슴에서 터져 나온 것 같은 표정이 마치 저절로 그렇게 된 듯이 나타났다. 그 표정은 어떠한 노력을 기울여도 인간의 힘으로는 숨길 수 없는 그런 표정이었다. 그의 입술은 일그러졌으며 어떤 경련성 통증이 그의 이마에 주름살을 짓게 하고 그의 눈썹을 찌푸리게 만들었다. 그의 시선이 침울하게 안경 밑으로 숨었다. 한마디로 그는 마치 명령을 받기나 한 것처럼 일순간 전혀 다른 사람이 되었다. 당시 어린애였던 나는 자신이 본 것이 너무도 두려워 공포에 떨었다. 그리고 그 후 그에 대한 무겁고 기분 나쁜 인상이 출구 없는 곳에 갇힌 것처럼 내 가슴속에 자리 잡았다. 잠깐 거울을 들여다본 그는 머리를 숙인 뒤 평소 알렉산드라 미하일로브나 앞에 나타날 때처럼 등을 구부렸다. 그러고는 뒤꿈치를 들고서 그녀의 방으로 갔다. 나를 놀라게 한 것은 바로 이런 기억이었다.

그리고 그때도 지금처럼 그는 자신이 혼자 있다고 생각하고 같은 거울 앞에서 걸음을 멈추었다. 그때처럼 나는 적의가 포함된 불쾌한 기분으로 그와 함께 있었다. 하지만 내가 놀라 그 자리에 붙박힌 듯 멈춰 설 정도로 뜻밖이었던 이 노랫소리를 들은 순간에(그 노래는 기대한다는 것이 불가능했던 그의 입에서 나온 것이었다), 그 유사한 상황으로부터 내 어릴 적의 거의 동일했던 어떤 순간이 생각났다. 지금 제대로 전달할 수는 없지만 당시 얼마나 독살스러운 인상이 내 가슴을 찔렀던가. 내 모든 신경들은 전율하였고 이 불유쾌한 노래에 대한 응답으로 내 가슴속에서는 웃음이 폭발하였다. 그러자 예의 그 가련한 가수는 비명을 지르며 거울에서 두 걸음 뒤로 펄쩍 물러났다. 그리고 죽은 사람처럼, 불명예스럽게 현장을 목격당한 사람처럼 안색이 창백해지고 공포와 경악, 광란에 휩싸여 나를 쳐다보았다. 그의 시선은 내게 병적인 인상을 주었다. 나는 그의 시선에 대해 두 눈을 똑바로 쳐다보며 신경질적이고 히스테릭한 웃음으로 응답하면서, 그의 곁을 지나 웃음을 멈추지 않은 채 알렉산드라 미하일로브나의 방으로 들어갔다. 나는 그가 커튼 뒤에 서서 들어가야 할지 어떨지 몰라 망설인다는 것을 알았다. 그리고 광란과 소심함이 그를 그 자리에 잡아 두고 있다는 것도 알았다. 나는 그가 어떤 결심을 할지 안달을 하며 초조하게 기다렸다. 그가 들어오지 않을 것이라는 데 내기라도 할 마음이었지만 내 생각은 빗나가고 말았다. 그는 30분이 지나서 방으로 들어왔다. 알렉산드라 미하일로브나는 몹시 놀라서 나를 한참 동안 쳐다보았다. 하지만 그녀는 부질없이 내게 무슨 일이 있었는지 꼬치꼬치 묻기만 할 뿐이었다. 나는 대답할 수 없었다. 그리고 숨이 가쁘기 시작했다. 마침내 그녀는 내가 신경성 발작 상태에 있다는 것을 알고서 불안하게 나를 지켜

보았다. 숨을 한번 내쉬고 나는 그녀의 손을 잡고 거기에 입을 맞추기 시작했다. 그제서야 나는 제정신을 차리게 되었고 그녀의 남편과 만나지 않았더라면 내가 그녀를 죽이고 말았으리라는 생각이 머릿속에 떠올랐다. 나는 되살아난 사람을 보듯이 그녀를 바라보았다.

그때 뾰뜨르 알렉산드로비치가 들어왔다.

나는 그를 살짝 한번 쳐다보았다. 그는 마치 그와 나 사이에 아무 일도 없었던 양 바라보았다. 말하자면 여느때처럼 냉랭하고 우울한 표정이었다. 하지만 창백한 얼굴과 가볍게 떨리는 입술로 보아 그가 자신의 흥분을 숨기지 못하고 있음을 짐작할 수 있었다. 그는 알렉산드라 미하일로브나의 안부를 묻고 말없이 자리에 앉았다. 찻잔을 든 그의 손도 떨리고 있었다. 나는 폭발을 기다렸다. 그러자 알 수 없는 두려움이 나를 덮쳤다. 그 자리를 벗어나고 싶었으나 알렉산드라 미하일로브나를 놔두고 나올 수는 없었다. 그녀의 얼굴은 남편을 보자 안색이 변해 있었다. 그녀도 어떤 좋지 않은 예감을 하고 있었다. 이윽고 내가 그렇듯 두렵게 기다리던 일이 일어났다.

깊은 침묵 속에서 나는 머리를 들고 내 쪽을 똑바로 향해 있던 뾰뜨르 알렉산드로비치의 안경을 쳐다보았다. 이것은 너무도 예기치 못한 일이어서 나는 흠칫 몸을 떨며 소리를 지를 뻔하였지만 곧 고개를 숙이고 말았다. 알렉산드라 미하일로브나가 내 거동을 발견하였다.

「무슨 일이냐? 어째서 얼굴이 빨갛게 되었지?」 뾰뜨르 알렉산드로비치의 날카롭고 삭막한 목소리가 울렸다.

나는 침묵하였다. 한마디도 할 수 없을 만큼 가슴이 뛰었다.

「어째서 저 애가 얼굴이 빨개졌소? 뭣 때문에 저 아이는 늘 얼굴을 붉히는 거요?」 알렉산드라 미하일로브나를 향하면서 그가 뻔뻔하게 나를 가리키며 물었다.

분노가 내 마음을 사로잡았다. 나는 간청하는 듯한 시선을 알렉산드라 미하일로브나에게 던졌다. 그녀는 내 마음을 알아차렸다. 창백한 그녀의 두 뺨이 확 달아올랐다.

「아녜따.」 결코 기대하지 않았던 확고한 목소리로 그녀가 말했다. 「네 방으로 가거라. 1분 있다가 너한테로 가마. 오늘 저녁은 함께 지내자꾸나……」

「내가 지금 묻고 있잖소. 내 말 들은 거요, 못 들은 거요?」 뾰뜨르 알렉산드로비치는 아내가 한 얘기를 듣지 못하기나 한 듯이 더 목소리를 높이며 말을 가로막았다. 「어째서 너는 나하고 만나기만 하면 얼굴을 붉히는 거냐? 대답해 봐라!」

「그것은 당신이 저 애로 하여금 얼굴을 붉히게 만들기 때문이에요. 그건 저한테도 마찬가지고요.」 알렉산드라 미하일로브나가 흥분 때문에 더듬거리는 목소리로 말했다.

나는 놀라서 알렉산드라 미하일로브나를 쳐다보았다. 처음부터 그녀의 표현이 격했다는 사실이 나에게는 전혀 이해가 되지 않았다.

「〈내〉가 당신에게 얼굴을 붉히도록 만들었다고? 〈내〉가?」 뾰뜨르 알렉산드로비치는 자신도 경악을 해서인지 제정신을 잃어버린 듯 〈나〉라는 말에 강한 악센트를 두어 이렇게 말했다. 「〈나〉 때문에 〈당신〉이 얼굴을 붉혔다고? 정말로 〈내〉가 〈당신〉에게 〈나〉 때문에 얼굴을 붉히게 할 수 있단 말이오? 〈당신〉이 〈내〉 얼굴을 붉히게 만든 게 아니라 〈내〉가 〈당신〉의 얼굴을 붉히게 만들었단 말이오, 그렇게 생각하오?」

이 말들은 나도 이해할 수 있는 너무도 격하고 신랄한 조소가 섞인 말이었으므로 나는 무서워서 비명을 지르고 알렉산드라 미하일로브나에게 몸을 던졌다. 경악, 고통, 비난, 공포가 납덩이처럼 창백해진 그녀의 얼굴에 나타났다. 나는 간청하는 표정으로 두 손을 모으며 뾰뜨르 알렉산드로비치를 쳐다보았다. 그는 문득 말을 삼가는 것 같았다. 하지만 이 말이 터져 나오게 만든 광기는 아직 끝나지 않았다. 그러나 무언의 내 간청을 보자 그는 당황했다. 나의 몸짓은 그 두 사람 사이에 이때까지 비밀이었던 사실 중에 많은 것을 내가 알고 있다는 것과 내가 그의 얘기를 잘 알고 있다는 것을 분명하게 말해 주고 있었던 것이다.

「아네따, 네 방으로 가렴.」 알렉산드라 미하일로브나가 의자에서 일어나 약하지만 또렷한 목소리로 되풀이했다. 「뾰뜨르 알렉산드로비치와 얘기를 나눠야겠구나……」

그녀는 평온해 보였다. 하지만 그 어떤 흥분보다도 나는 이런 차분한 모습이 두려웠다. 내게는 그녀의 말이 들리지 않는 듯하였다. 나는 그 자리에 꼼짝 않고 서 있었다. 이 순간 그녀의 마음속에서 벌어지고 있는 일을 그녀의 얼굴에서 읽어 내려고 나는 모든 힘을 긴장시켰다. 내게는 그녀가 내 몸짓도, 내 외침도 이해하지 못한 것처럼 생각되었다.

「아가씨, 결국 일을 저지르고 말았군!」 뾰뜨르 알렉산드로비치가 내 두 손을 붙잡고 아내를 향해서 말했다.

오, 하느님! 충격을 받아 죽은 사람처럼 되어 버린 이 얼굴에서 지금 읽은 그런 절망을 나는 한번도 본 적이 없었다. 그는 내 한 손을 잡더니 방을 나갔다. 나는 마지막으로 두 사람을 쳐다보았다. 알렉산드라 미하일로브나는 벽난로에 팔꿈치를 괴고 양손으로 머리를 감싸쥔 채 서 있었다. 그녀의 몸 전체가 견디기 어려운 고통을 나타내 주고 있었다. 나는 뾰뜨르 알렉산드로비치의 손을 뜨겁게 잡아 쥐었다.

「제발! 제발!」 나는 더듬는 목소리로 말했다. 「용서해 주세요!」

「겁내지 마라, 무서워 마라!」 왠지 이상하게 나를 보며 그가 말했다. 「이건 아무것도 아니니까. 발작일 뿐이야. 물러가, 물러가 있어.」

내 방에 들어서자 나는 안락의자에 몸을 던지고 두 손으로 얼굴을 가렸다. 세 시간 동안 그런 상태로 있었다. 이 순간은 지옥, 바로 그곳에 있는 것 같았다. 마침내는 더 이상 참을 수가 없어서 알렉산드라 미하일로브나에게 가도 괜찮은지 사람을 보내 물어보았다. 답변을 가져온 사람은 마담 레오따르였다. 뾰뜨르 알렉산드로비치는, 발작은 지나갔으며 위험은 없다, 하지만 알렉산드라 미하일로브나에게는 안정이 필요하다는 말을 전해 왔다. 나는 새벽 세 시까지 잠자리에 눕지 못하고 방 안을 이리저리 걸으며 줄곧 생각만 하였다. 나의 상태는 그 어느 때보다도 수수께끼 같은 것이었지만 왠지 마음이 편하다고 느꼈다. 아마도 자신이 가장 큰 죄인임을 느끼고 있었기 때문일 것이다. 이튿날 아침을 못 견디게 기다리며 나는 잠자리에 들었다.

그런데 다음날 슬프고 놀랍게도 나는 알렉산드라 미하일로브나의 태도에서 어떤 설명할 수 없는 냉랭함을 발견했다. 처음에는 엊저녁 남편과의 그 장면을 내가 어쩔 수 없이 목격하게 된 후라서 이 순결하고 마음 착한 사람이 나를 어려워하는 것이라 생각하였다. 어제의 불유쾌한 장면 때문에 내 마음이 상처를 입지 않았는가 하고 이 어린애 같은 사람이 내 앞에서 얼굴을 붉힐 수도 있으며, 또 그것을 가지고 내게 용서를 구할 수도 있다는 것을 나는 알고 있었다. 하지만 곧 그녀에게서는 어떤 또 다른 근심과 울적한 기색이 보였다. 그런 기색은 너무도 어색하게 드러나고 있었다. 그녀는 내게 무뚝뚝하고 냉담하게 대꾸하는가 하면 말 속에 어떤 특별한 의미를 담기도 하였다. 그러다가는 갑자기 내게 그 무뚝뚝함을 뉘우치듯이 매우 온화하게 대해 주었지만, 상냥하고 조용한 그녀의 말은 어떤 질책처럼 울리는 것 같았다. 결국 나는 그녀에게 어디가 아픈지, 내게 무슨 하고 싶은 말은 없는지 직접 물어보았다. 갑작스러운 물음에 그녀는 조금 당황하였지만 금방 커다랗고 조용한 눈을 들어 부드러운 미소를 머금으며 내게 말했다.

「괜찮다, 네또츠까. 네가 그렇게 급히 물어보니 좀 당황이 되어서 그랬구나. 네가 하도 급하게 물어봐서 그랬어……. 정말이란다. 하지만 내 아이야, 내게 정직하게 대답해 주겠니? 만일 네가 뭣 때문에 그렇게 당황했느냐고 지금과 똑같이 급하고 예기치 못한 질문을 받는다면 네 마음에 무슨 생각이라도 떠올랐겠니?」

「아니오.」 분명한 눈으로 그녀를 본 뒤 내가 대답했다.

「그렇다면 됐어! 그 멋진 대답에 내가 얼마나 고마워하는지 친구 같은 네가 알았으면 좋겠구나. 너에 대해 어떤 나쁜 일을 의심한다는 건 있을 수 없는 일이지. 결코 그럴 수는 없어! 이 일은 생각하지 말라고 네게 부탁하고 싶구나. 하지만 말이다. 난 너를 어린애처럼 생각했는데 어느덧 네 나이도 열일곱이구나. 너도 잘 알 거다. 내가 몸이 아프고 어린애 같다는 거. 내게는 아직 다른 사람의 보살핌이 필요해. 너를 사랑하는 마음이 내 마음속에 충만하다 해도 내가 너의 친엄마를 대신할 수는 없어. 그리고 만일 걱정 때문에 내가 괴로워한다면 그것은 물론 네 탓이 아니라 내 탓이겠지. 아가, 그렇게 질문했던 것을 용서하거라. 그리고 너를 아버지 집에서 데려올 때 너와 아버지에게 한 모든 약속을 지키지 못한 것도 용서해 주렴. 그것이 나를 몹시 불안케 하는구나. 이전에도 자주 그랬단다, 네또츠까.」

나는 그녀를 껴안고 울기 시작했다.

「정말 고마워요, 모든 것에 감사드려요!」 그녀의 두 손에 눈물을 뿌리며 내가 말했다. 「그렇게 말하지 마세요. 그렇게 말하시면 가슴이 찢어질 것 같아요. 당신은 제게 친엄마 이상이에요. 당신과 공작님 두 분이 불쌍하고 버려진 제게 해주신 모든 일을 하느님은 축복해 주실 거예요! 불쌍한 분, 사랑스러운 분!」

「그만 해라, 네또츠까. 이젠 됐다! 나를 꼭 안아 다오. 그래, 그렇게 힘껏, 꽉! 무슨 이유인지는 모르겠지만 이것이 네가 마지막으로 나를 포옹해 주는 것처럼 생각되는구나.」

「아니에요, 아니에요.」 어린애처럼 울음을 터뜨리며 내가 말했다. 「아니에요. 그렇지 않을 거예요! 당신은 행복해지실 거예요! 아직도 많은 날들이 있는걸요. 정말이에요. 우린 행복해질 거예요.」

「고맙구나. 네가 날 그렇게 사랑해 주니 고맙다. 이제 내 주위에는 사람들이 거의 없어. 모두가 나를 버렸어!」

「누가 버렸죠? 그들이 어떤 사람들이죠?」

「예전엔 주위에 다른 사람들도 있었지. 너는 모른단다, 네또츠까. 그들은 나를 버리고 모두 떠났어. 마치 환영처럼 말이야. 하지만 난 그들을 기다렸지. 사는 동안 줄곧 기다렸단다. 하느님이 그들과 함께하시길! 자, 네또츠까, 가을도 이제 깊었구나. 곧 눈이 내리겠지. 첫눈이 오면 나는 죽는단다. 그래, 하지만 슬퍼하지는 않아. 자, 안녕!」

그녀의 얼굴은 새하얗고 초췌했다. 양쪽 뺨에 불길한 붉은 반점이 떠올랐다. 입술은 떨고 있었고 열 때문에 바싹 말라서 까칠해져 있었다.

그녀는 피아노로 다가가 몇 번 음을 골랐다. 그 순간 땅 하는 소리를 내며 줄이 끊어졌고 그 소리는 길게 떨면서 여운을 남기다가 잦아들었다…….

「저 소릴 들어 봐, 네또츠까, 들리니?」 그녀가 피아노를 가리키며 어떤 영감에 찬 목소리로 불쑥 말하였다. 「이 줄은 너무나, 너무나 죄어 있었구나. 그래서 견디지 못하고 끊어지고 만 거란다. 너도 들었지. 소리가 얼마나 가엾게 죽어 버리는지!」

그녀는 힘겹게 말했다. 막연한 마음의 병이 그녀의 얼굴에 나타났고 두 눈에는 눈물이 가득 고였다.

「그래, 이런 얘기는 그만 하자꾸나, 네또츠까야. 됐다. 아이들을 데려오겠니?」

나는 애들을 데려왔다. 그녀는 그들을 바라보면서 마치 휴식을 취하는 것 같았다. 그리고 한 시간이 지나자 그들을 보냈다.

「내가 죽더라도 너는 저 아이들을 버리지 않겠지, 아네따? 그렇지?」 누군가 우리 얘기를 엿들을까 봐 겁내듯이 그녀가 속삭이는 소리로 내게 말했다.

「그만 하세요. 그러다가 저를 죽이시고 말겠어요!」그녀의 말에 나는 간신히 이렇게 응대할 수 있었다.

「그냥 농담해 본 거란다.」잠시 침묵하다 미소를 한번 짓더니 그녀가 말했다.「그런데 너는 정말 그걸 믿은 거니? 나는 때로 아무도 모를 말을 할 때가 있단다. 지금 나는 어린애 같단다. 모든 걸 용서해 주렴.」

그러고선 마치 자기 입에서 무슨 말이 입 밖에 나올까 두려운 듯 겁먹은 표정으로 나를 쳐다보았다. 나는 기다렸다.

「주의하렴. 그를 놀라게 해서는 안 돼.」이윽고 그녀가 눈을 내리뜬 뒤 내게 들릴까 말까 한 조용한 목소리로 얼굴에 가벼운 홍조를 띠며 말했다.

「누구를 말이에요?」나는 놀라서 물었다.

「내 남편 말이다. 넌 그 사람한테 모든 걸 몰래 얘기하고 말 거야.」

「어째서요. 왜 그렇죠?」더 더욱 놀라면서 내가 되풀이하여 물었다.

「그래, 어쩌면 얘기하지 않을지도 모르지. 모르고말고!」순박한 미소가 여전히 그녀의 입술에 어려 있고 홍조가 얼굴에 점점 짙어 갔지만, 그녀는 가능한 한 교활한 표정으로 나를 쳐다보려고 노력하면서 이렇게 말했다.「이 얘기는 그만두자. 농담으로 하는 얘기니까.」

내 가슴은 점점 더 죄어들었다.

「하지만 말이다, 내가 죽게 되면 너는 그들을 사랑해 줄 거야, 그렇지?」그녀가 심각하게, 그리고 다시 알 수 없는 표정을 지으면서 말했다.「친자식을 사랑하듯이 그렇게 사랑해 줄 거야, 맞지? 기억해 두렴. 나는 언제나 너를 내 자식들과 다를 바 없이 친자식으로 생각해 왔단다.」

「그래요, 그랬어요.」 내가 지금 무슨 말을 하고 있는지도 모른 채 눈물과 곤혹감으로 숨을 헐떡이며 이렇게 대답했다.

그런데 내가 미처 손을 빼내기도 전에 뜨거운 입맞춤이 내 손 위에서 타오르기 시작했다. 놀라움이 내 혀를 마비시켰다.

〈그녀에게 무슨 일이 생긴 것일까? 무엇을 생각하는 걸까? 엊저녁 두 사람 사이에 무슨 일이 있었던 것일까?〉

내 머릿속에서는 의문들이 스쳐 지나갔다.

1분 후 그녀는 피곤하다고 하소연을 하기 시작했다.

「나는 벌써 오래전부터 아팠어. 너하고 그 사람을 놀라게 하고 싶지는 않구나. 두 사람 다 나를 사랑하는 거지, 그렇지? 자, 그만 가거라, 네또츠까. 저녁에 꼭 내게로 오너라, 그렇게 해주겠지?」

나는 약속했다. 하지만 그 자리를 떠나게 된 것이 기뻤다. 더 이상 견딜 수가 없었던 것이다.

〈가엾은 사람, 불쌍한 사람! 어떤 의심이 당신을 죽음으로 이끌고 있는 건가요?〉 나는 통곡하며 울부짖었다. 〈어떤 비애가 새로 생겨나 당신의 가슴을 찌르고 괴롭히나요. 그리고 당신이 그렇게 말을 하지 못하는 것은 무엇 때문인가요?〉 오, 하느님! 내가 이미 모든 것을 외우다시피 알아 버린 이 오랜 수난, 광명 없는 이 삶, 아무것도 요구하지 않는 이 수줍은 사랑. 그녀는 아픔으로 가슴이 찢어지는 지금도, 죽음이 거의 임박한 지금 이 순간에도 죄인처럼 아주 작은 불평이나 투정을 말하기도 두려워하고 있는 것이다. 그리고 새로 생긴 비애를 상상하고서는 남편에게 순종하고 그와 화해했던 것이다!

저녁 해질 무렵에 오브로프(이는 모스끄바에서 온 사람의 이름이다)가 부재중인 틈을 이용하여, 나는 서재로 들어가 책장을 열고 알렉산드라 미하일로브나에게 읽어 줄 것을 고르기 위해 책들을 뒤적이기 시작했다. 그녀를 어두운 생각에서 끌어내고 싶었고 명랑하고 내용이 무겁지 않은 책이라면 무엇이든 찾아내고 싶었던 것이다……. 나는 오랫동안 정신 없이 책들을 살펴보았다. 어둠이 짙어졌다. 그리고 이와 더불어 나의 슬픔도 더해 갔다. 내 손에는 또다시 그 책이, 지금 내 눈에 편지 자국을 드러내 보이는 그 페이지를 연 채 들려 있었다. 그때 이후로 내 가슴에서 떠나지 않던 편지, 그로 인해 내 존재가 일변하여 새롭게 시작하게 된 비밀과 차갑고 알 수 없고 은밀하고 반갑지 않은 많은 것들을 내게 불러일으켰던 편지, 이전부터 그리고 지금도 멀리서 내게 그렇듯 험상궂게 위협을 하고 있는 편지……. 〈우리는 어떻게 될까〉 하고 나는 생각했다. 〈내게 그렇듯 따뜻하고 편안했던 보금자리가 황량해지고 있는 거야! 내 어린 시절을 지켜 주던 순수하고 밝은 정신이 내게서 떠나가고 있어. 내 앞날은 어떻게 될까?〉 지금은 그렇듯 마음에 친근하게 느껴지는 과거를 나는 마치 나를 위협하는 미지의 앞날을 바라보려 노력하듯이 어떤 망연자실한 상태에 빠진 채 서 있었다……. 이 순간을 머릿속에 떠올리면 마치 그것이 새롭게 느껴지는 듯하다. 그 순간은 그렇듯 강렬하게 내 기억 속에 박혔던 것이다.

나는 편지와 펼쳐져 있는 책을 손에 들고 서 있었다. 내 얼굴은 눈물로 젖어 있었다. 그런데 갑자기 깜짝 놀라서 부르르 몸을 떨고 말았다. 머리 뒤에서 아는 목소리가 들렸던 것이다. 이와 동시에 편지가 손에서 탈취당했음을 느꼈다. 나는 비명을 지르고 뒤를 돌아보았다. 내 앞에는 뾰뜨르 알렉산드로비치가 서 있었다. 그는 내 손을 잡고 나를 그 자리에 단단히 붙잡아 두었다. 그는 오른손으로 편지를 양초가 있는 쪽으로 갖다 댄 후 처음 몇 줄을 살피려고 하였다⋯⋯. 나는 소리치기 시작했다. 이 편지를 그의 수중에 놓아두느니 차라리 죽어 버리고 싶었다. 그의 얼굴에 떠오르는 회심의 미소를 보고서 나는 그가 몇 줄을 읽는 데 성공했다는 것을 알았다. 나는 어찌할 바를 몰랐다⋯⋯.

한순간이 지나자 나는 거의 정신이 나간 채 그에게 달려들어 그의 손아귀에서 편지를 빼앗았다. 이 모든 것은 너무도 순식간에 일어난 일이어서 나 자신도 어떻게 그 편지가 다시 내 손에 오게 되었는지 알지 못할 정도였다. 하지만 그가 다시 그것을 내 손에서 빼앗으려 하는 것을 발견하고 나는 얼른 편지를 품속에 숨기고 세 걸음 뒤로 물러섰다.

우리는 잠깐 동안 말없이 상대방을 바라보았다. 나는 아직 놀라움 때문에 떨고 있었다. 얼굴이 창백해진 그는 분노로 떨리는 새파래진 입술로 먼저 침묵을 깨뜨렸다.

「그만 하자!」 그가 분노로 약해진 목소리로 말했다. 「내가 완력을 쓰는 걸 원하는 건 아닐 테지. 자, 그 편지를 순순히 이리 다오.」

그제서야 나는 제정신으로 돌아왔다. 그리고 슬픔과 수치감, 잔인한 폭력에 대한 분노로 숨이 막히기 시작했다. 뜨거운 눈물이 달아오른 두 뺨 위로 흘러내렸다. 흥분으로 온몸이 떨려 얼마간 한마디도 할 수가 없었다.

「내 말 안 들려?」 그가 내게 두 발걸음 다가서며 말했다⋯⋯.

「나를 가만 내버려 둬요, 내버려 두란 말이에요!」 다시 뒤로 물러서며 나는 소리쳤다. 「이렇게 행동하시면 비열하고 나쁜 짓이에요. 당신은 제정신이 아니에요! 놓아줘요!」

「어째서 그렇지? 그게 무슨 말이냐? 네가⋯⋯ 그러고 난 다음에도 그런 투로 이야기를 할 수 있다니⋯⋯. 다시 말하지만 어서 이리 내놓아라!」

그가 다시 한걸음 다가섰다. 하지만 내 눈에 어린 단호함을 보았는지 무뚝뚝하게 말하며 생각에 잠긴 듯하였다.

「그렇다면 좋다!」 이윽고 어떤 결심을 하게 되었는지, 하지만 여전히 애써 자제하려고 하면서 그가 무뚝뚝하게 말했다. 「그건 차차 하기로 하고, 우선⋯⋯.」

이렇게 말한 뒤 그는 주위를 둘러보았다.

「그런데⋯⋯ 누가 너를 서고로 들여보냈지? 어째서 책장 문이 열려 있느냐? 열쇠는 어디서 났지?」

「대답할 수 없어요.」 내가 말했다. 「당신과 말하지 않겠어요. 나를 보내 주세요, 보내 줘요!」

나는 문 쪽으로 걸어갔다.

「가만,」 그가 내 팔을 잡아 멈춰 세우더니 말했다. 「이대론 못 간다!」

나는 말없이 그에게서 손을 빼내고 다시 문 쪽으로 걸음을 옮겼다.

「그럼 좋다. 하지만 내 집에서 네가 애인들의 편지를 받는 것은 정말이지 용납할 수 없어.」

나는 놀라서 비명을 지르고는 정신 나간 사람처럼 그를 쳐다보았다.

「그리고 따라서⋯⋯.」

「그만 하세요!」 내가 소리쳤다. 「어찌 그럴 수가 있죠? 당신이 어떻게 내게 그런 말을 할 수가 있어요? 오, 하느님! 오, 하느님!」

「무슨 말이냐고? 왜 그러냔 말이지! 날 겁주는 거냐?」

하지만 나는 절망에 상심하여 얼굴이 하얘져서 그를 바라보았다. 우리 두 사람의 격한 상황은 내가 이해할 수 없을 정도의 단계까지 다다랐다. 나는 눈빛으로 이제 그만 하라고 그에게 애원했다. 필요하다면 모욕을 준 것에 대해 용서라도 빌어 그의 말을 멈추게 하고 싶었다. 그가 가만히 나를 응시하였다. 아마도 동요하는 것 같았다.

「저를 극한 상황까지 내몰지 말아 주세요.」 무서워서 내가 속삭이는 소리로 말했다.

「아니, 일을 마무리지어야지!」 마침내 생각을 다시 한 듯 그가 말했다. 「고백컨대 네 눈빛을 보고 마음이 흔들릴 뻔했구나.」 그가 이상한 미소를 지으며 덧붙였다. 「하지만 불행하게도 사태 자체가 진상을 얘기해 주고 있어. 편지 앞부분을 읽었거든. 연애 편지더군. 아니면 아니라고 얘기해 보아라! 아니, 그것을 내 머릿속에서 씻어 버리도록 해봐! 그래서 만일 잠시라도 내가 스스로의 생각에 회의를 갖는다면 그것은 단지 네 훌륭한 자질에 거짓말을 썩 잘할 수 있는 능력이 있다는 것까지 내가 추가하지 않으면 안 된다는 것을 증명할 따름이겠지. 그래서 다시 얘기하는 거지만……」

말이 이어질수록 그의 얼굴은 적의로 인해 더욱 일그러졌다. 그리고 얼굴은 창백해졌다. 그가 마침내 마지막 말을 하고 나자 그의 입술은 뒤틀린 채 심하게 떨렸다. 날이 어두워지기 시작했다. 아무렇지도 않게 여자를 모욕하는 사람 앞에 나는 무방비 상태로 홀로 서 있었다. 결국 모든 사태가 내게 불리했다. 나는 수치심에 괴로웠다. 괴로웠을 뿐 아니라 이 사람의 악감정을 이해할 수가 없었다. 그에게 대꾸를 하지 않고 두려움에 정신이 나가서 나는 방에서 뛰쳐나갔다. 그러다 문득 내가 알렉산드라 미하일로브나의 방 입구에 서 있다는 것을 깨달았다. 그 순간 그의 발걸음소리가 들려왔다. 나는 방으로 들어서려다가 벼락소리에 놀란 듯이 그 자리에 우뚝 멈추었다.

〈그녀는 어떻게 될까?〉 이런 생각이 문득 머릿속에 떠올랐다. 〈이 편지! 아냐. 그녀의 가슴에 이런 결정적인 충격을 주는 일보다 나쁜 일은 없을 거야.〉 이런 생각이 들자 나는 뒤돌아서 달려갔다. 하지만 때는 늦어 버렸다. 그가 내 곁에 서 있었던 것이다.

「어디로든 가도 좋아요. 하지만 여긴 안 돼요, 여기만은 안 돼요!」 내가 그의 팔을 붙잡고 속삭이듯 말했다. 「내가 다시 서재로 갈게요. 아니면…… 당신이 원하는 곳으로 가겠어요! 안 그러면 그녀를 죽음으로 몰고 갈 거예요.」

「그녀를 죽음으로 몰고 가는 건 너야!」 나를 밀어제치면서 그가 말했다.

나의 모든 희망은 꺼졌다. 나는 그가 정말로 방금 일어난 모든 얘기를 알렉산드라 미하일로브나에게 전하려 한다고 생각했다.

「제발!」 내가 온 힘을 다해 그를 제지하면서 말했다. 그런데 이 순간 커튼이 열리며 알렉산드라 미하일로브나가 우리 앞에 모습을 나타냈다. 그녀는 놀란 모습으로 우리를 쳐다보았다. 그녀의 얼굴은 여느때보다 창백해져 있었다. 그녀는 간신히 두 발로 지탱하고 서 있었다. 우리의 목소리를 듣고 우리가 있는 곳까지 오는 데도 힘이 많이 든 것 같았다.

「거기 있는 게 누구죠? 여기서 무슨 얘기들을 한 거죠?」 그녀가 극도로 놀란 표정으로 우리를 바라보며 물었다.

침묵이 잠깐 동안 이어졌다. 그녀의 얼굴이 백지장처럼 하얘졌다. 나는 그녀에게 달려가 그녀를 꼭 껴안고 서재로 끌고 갔다. 뾰뜨르 알렉산드로비치가 내 뒤를 따라 들어왔다. 나는 알렉산드라 미하일로브나의 가슴에 얼굴을 파묻고 기대감에 숨을 죽이면서 더욱 힘을 주어 그녀를 꼭 껴안았다.

「무슨 일이니? 무슨 일이에요?」 알렉산드라 미하일로브나가 다시 물었다.

「저 애한테 물어봐요. 당신이 어제 그렇게 저 애를 변호했으니까 말이야.」 뾰뜨르 알렉산드로비치는 털썩 의자에 몸을 파묻으며 말했다.

나는 그녀를 안은 팔에 더욱 힘을 주었다.

「대체 어찌 된 일들이에요?」 알렉산드라 미하일로브나가 몹시 놀란 표정으로 말했다. 「당신은 흥분해 있군요. 이 아인 놀라서 눈물까지 흘리고 있고. 아네따야, 두 사람 사이에 무슨 일이 있었는지 얘기해 줄래?」

「아니, 내가 먼저 말하겠소.」 뾰뜨르 알렉산드로비치가 우리에게로 다가와 내 손을 잡아 알렉산드라 미하일로브나에게서 떼어 내며 말했다. 「저만큼 서 있어.」 그가 방 한가운데를 가리키며 말했다. 「네 엄마를 대신하는 사람 앞에서 너를 심판해야겠어. 당신은 앉아서 가만히 있어요.」 그가 알렉산드라 미하일로브나를 소파에 앉히면서 말했다. 「너를 이 유쾌하지 못한 해명에서 구할 수 없는 것이 가슴 아프군. 하지만 그래도 어쩔 수 없는 일이지.」

「오, 하느님! 이 일이 어찌 되려는가?」 알렉산드라 미하일로브나는 깊은 슬픔에 잠겨서 나와 남편을 번갈아 쳐다보며 말했다. 나는 운명의 순간을 예감하며 두 손을 포갰다. 그에게서 더 이상 자비를 기대할 수는 없었다.

「한마디로 말해,」 뾰뜨르 알렉산드로비치가 말했다. 「당신이 함께 심판을 해주었으면 싶군. 당신은 언제나, 그 이유는 알지 못하겠지만, 이것도 당신의 공상 가운데 하나지, 언제나 그랬어. 가령 어제만 해도 그런 생각을 하고 말했던 거야……. 하지만 어찌 말해야 할지 모르겠군. 생각만 해도 얼굴이 붉어지니……. 한마디로 당신은 저 애를 감싸고 나를 비난하고 또 내가 〈쓸데없이〉 엄하다고 책망하고……. 게다가 당신은 내가 〈어떤 딴마음〉을 품고 있다고 암시하였지. 마치 내게서 그 쓸데없는 엄격함을 불러일으키기라도 하듯이 말이야. 당신이란 사람은…… 하지만 이해를 못하겠어. 어째서 당신이 제안한 얘기를 생각하면 마음이 당혹스러워지고 얼굴이 붉어지는 것을 억누를 수가 없는지. 어째서 내가 저 아이가 있는 앞에서 당신의 그런 제안을 터놓고 공개적으로 얘기할 수 없는지…… 한마디로 당신은…….」

「아, 그러시면 안 돼요! 그런 말씀을 하시면 안 돼요!」 알렉산드라 미하일로브나가 흥분하면서 수치심에 얼굴이 확 달아오르며 소리쳤다. 「안 돼요. 저 아이를 다치게 하지 마세요. 그걸 생각해 낸 건 바로 저예요! 이제 제 마음엔 아무 의심도 없어요. 그런 제안을 한 저를 용서해 주세요, 제발. 몸이 아파서 그런 것이니 용서해 주세요. 하지만 저 애한테 그 말만은 하지 마세요. 그러시면 안 돼요……. 아네따!」 그녀가 내게 다가오며 말했다. 「아네따, 여기서 물러가거라. 어서,

얼른! 저 사람은 농담을 한 거야. 그 책임은 모두 나한테 있다. 그냥 쓸데없는 농담을 하고 있는 거야……」

「한마디로 당신은 저 애와 나와의 관계를 질투한 거요.」뾰뜨르 알렉산드로비치는 그녀의 애잔한 기대에 대한 응답으로 이런 무자비한 말을 던졌다. 그녀는 소리를 지르고 얼굴이 창백하게 되어 두 발로 간신히 버티며 의자에 기댔다.

「주님이 당신의 죄를 사하여 주옵기를!」 그녀가 마침내 약한 목소리로 말했다. 「네또츠카, 저이가 저러는 것을 용서해라. 이 모든 것은 내 탓이란다. 아파서 그랬어. 나는……」

「하지만 이건 횡포예요. 파렴치하고 비열한 짓이에요!」 결국 나는 모든 것을 깨닫고, 왜 그가 아내가 보는 앞에서 나를 심판하려는지 알아채고는 극도로 흥분하며 말했다. 「이건 경멸받아 마땅한 일이에요. 그런데 당신은……」

「아네따!」 알렉산드라 미하일로브나가 무서워 내 손을 잡고 소리쳤다.

「이건 희극이야! 희극일 뿐이야!」 뾰뜨르 알렉산드로비치가 형언할 수 없이 흥분된 얼굴로 우리에게 다가서며 말했다. 「당신에게 말해 두지만 이건 희극이야.」 그가 악의 어린 미소를 지으며 아내를 응시한 채 말을 이었다. 「그리고 당신 혼자만 이 모든 희극에 속고 있는 거야. 내 말을 믿어야 해.」 그가 숨을 가쁘게 내쉬면서 나를 가리키며 말했다. 「우리는 그런 해명에 겁낼 필요가 없어. 남들한테 그런 얘기를 듣는다 해도 우리는 모욕감을 느껴 얼굴이 빨개지거나 귀를 틀어 막을 만큼 그렇게 순진하지는 않으니까. 미안하구려, 이렇게 사실대로 직접적으로 표현을 해서. 아니 어쩌면 난폭하게 말했는지도 모르겠소. 하지만 그러지 않을 수가 없었소. 부인,

정말 당신은 이…… 처녀의 행동이 방정하다고 믿고 있소?」

「오, 맙소사! 무슨 말씀을 하시는 거예요? 제정신이 아니군요!」 알렉산드라 미하일로브나가 아연하여 말했다. 그녀의 얼굴은 놀라서 잿빛으로 굳어졌다.

「제발 그렇게 소리 지르지 마시오!」 뾰뜨르 알렉산드로비치가 멸시하듯이 중간에서 말을 끊었다. 「나는 그런 것을 좋아하지 않으니까. 이 일은 단순하고 직접적이고 말할 수 없이 속된 것이오. 나는 저 애의 품행을 묻고 있소. 당신은 아는지 모르겠지만……」

하지만 나는 그의 말을 막고 그의 손을 잡아 억지로 한쪽으로 끌어당겼다. 조금만 늦으면 모든 것이 허사가 될 판이었다.

「편지 얘기는 하지 마세요!」 내가 서둘러 속삭이는 목소리로 말했다. 「그러시면 당신은 저분을 그 자리에서 죽이는 거예요. 저를 나무라시면 그것은 동시에 저분을 나무라시는 거예요. 그녀는 저를 심판할 수 없어요. 왜냐하면 저는 모든 걸 다 알고 있으니까요……. 아시겠어요? 저는 〈모든 것〉을 알고 있어요!」

그는 기이한 호기심을 품고서 골똘히 나를 쳐다보았다. 그리고 당황했다. 그의 얼굴에 핏기가 올랐다.

「난 〈모든 걸〉 알고 있어요, 〈모든 걸〉요!」 내가 반복해서 말했다.

그는 아직 주저하고 있었다. 무슨 말을 물으려는 듯 그의 입술이 달싹였다. 하지만 내가 말을 앞질렀다.

「사실은 이랬던 거예요.」 몹시 놀라서 겁먹고 슬픈 눈으로 우리를 바라보는 알렉산드라 미하일로브나 쪽으로 얼른 돌아서며 내가 소리 내어 말했다.「이 모든 잘못은 저한테 있어요. 제가 두 분을 속인 지는 벌써 4년이 되었어요. 제가 서고 열쇠를 주워서 4년 간 몰래 책을 읽어 왔던 거예요. 제 손에 있어서도 안 되고 있을 수도 없는 책을 제가 읽고 있을 때 마침 뾰뜨르 알렉산드로비치가 목격하셨던 거예요. 나 때문에 놀라서 저분은 당신이 보는 앞에서 위험을 과장하셨던 거지요……. 하지만 변명하지는 않겠어요(그의 입술에 어리는 비웃는 듯한 미소를 발견하고 나는 말을 빨리 했다). 이 모든 잘못은 제게 있어요. 유혹이 너무도 참기 어려워서 한번 거기에 휩쓸리고 나자 제 잘못을 실토하기가 부끄러웠어요. 이것이 저와 저분 사이에 일어난 진상의 전부예요. 거의 모두라고 해야겠지요…….」

「오호, 정말 기민하군!」 뾰뜨르 알렉산드로비치가 내 곁에서 속삭이는 목소리로 말했다.

알렉산드라 미하일로브나는 깊은 주의를 기울이며 내 얘기를 들었다. 그러나 그녀의 얼굴에는 의아해 하는 기색이 눈에 띄게 떠올랐다. 그녀는 나와 남편을 번갈아 쳐다보았다. 침묵이 시작되었다. 나는 호흡하기가 힘들었다. 그녀는 고개를 아래로 숙이고 한 손으로 두 눈을 가린 채 무언가를 생각하고 있었다. 내가 한 얘기를 한 마디 한 마디 되새겨 보는 것이 분명했다. 마침내 그녀가 고개를 들고 나를 찬찬히 응시하였다.

「네또츠까, 내 딸 같은 아이야, 나는 안다, 네가 거짓말을 못 한다는 것을.」 그녀가 말했다. 「그것이 일어난 일의 전부냐, 분명히 그렇느냐?」

「전부예요.」 나는 대답했다.

「전부라고?」그녀가 남편 쪽으로 돌아서며 물었다.
「그렇소, 전부요.」그가 힘을 주어 말했다.「전부요!」
나는 안도했다.
「나한테 약속해 주겠니, 네또츠까?」
「예.」내가 더듬지 않고 대답했다.
하지만 나는 참을 수가 없어서 뾰뜨르 알렉산드로비치를 흘끗 쳐다보았다. 내가 약속하는 것을 들으면서 그는 웃음을 터뜨렸다. 내 얼굴이 확 달아올랐다. 그리고 내가 당황하는 모습은 가련한 알렉산드라 미하일로브나의 눈을 피하지 못했다. 무겁게 짓누르는 듯한 고통스러운 우수가 그녀의 얼굴에 떠올랐다.
「이제 그만 해요.」그녀가 슬픈 어조로 말했다.「나는 당신들을 믿어요. 당신들을 믿지 않을 수 없으니까요.」
「난 그런 자인만으로도 충분하다고 생각하는데.」뾰뜨르 알렉산드로비치가 말했다.「당신 내 말 듣고 있소? 무슨 생각을 하는 거요?」
알렉산드라 미하일로브나는 대꾸하지 않았다. 상황은 점점 더 고통스러워져 갔다.
「내일은 모든 책을 샅샅이 다 뒤져 봐야겠군.」뾰뜨르 알렉산드로비치가 계속해서 말했다.「거기에 무엇이 있었는가는 모르지만 어쨌든……」
「그런데 저 애가 읽은 게 무슨 책이었죠?」알렉산드라 미하일로브나가 물었다.
「책이라고? 네가 대답해 봐라.」그가 나를 보며 말했다.「네가 나보다 더 훌륭하게〈문제를 설명〉해 줄 수 있을 테니.」그가 은근히 비웃으며 덧붙였다.

나는 당황해서 한마디 말도 할 수가 없었다. 알렉산드라 미하일로브나는 얼굴이 빨개지며 고개를 숙였다. 오랜 침묵이 시작되었다. 뾰뜨르 알렉산드로비치가 답답한 듯이 방 안을 서성거렸다.

「당신들 사이에 무슨 일이 있었는지 전 모르겠어요.」 마침내 알렉산드라 미하일로브나가 입을 열고 한 마디 한 마디를 조심스레 말했다. 「하지만 만일 〈그것뿐〉이었다면……」 비록 남편을 보지 않으려고 했지만 그의 못 박힌 듯한 시선에 당황하면서 그녀는 자신의 말에 특별한 의미를 부여하려고 애쓰면서 계속하여 말했다. 「만일 〈그것뿐〉이었다면 어째서 우리 모두가 슬퍼하고 낙심을 해야 하는지 전 모르겠군요. 여기서 가장 잘못한 사람은 저예요, 저 한 사람이에요. 그리고 이것이 저를 몹시 괴롭게 하는군요. 저는 저 아이의 교육을 소홀히 했어요. 마땅히 제가 모든 일을 책임져야 하겠지요. 저 아이는 나를 용서하지 않으면 안 되고 또 저도 저 아이를 나무랄 수 없어요. 감히 그러지도 못하겠어요. 하지만 다시 한번 말하지만 무엇 때문에 우리가 낙담을 해야 하죠? 위험은 이제 사라졌어요. 저 아이를 보아요.」 그녀가 더욱 활기를 띠며 자기 남편에게 탐색하는 듯한 눈길을 보내면서 말했다. 「저 아이를 한번 보아요. 저 아이의 부주의한 행동이 어떤 안 좋은 일이라도 초래했던가요? 과연 내 자식, 내 사랑스러운 딸 같은 저 아이를 내가 모른단 말인가요? 정말로 내가 저 아이의 마음이 순결무구하다는 것을 모른단 말인가요? 이 귀여운 머릿속에……」 그녀는 나를 자기 쪽으로 끌어당겨 머리를 쓰다듬으면서 말했다. 「밝고 분명한 사고가 들어 있으며 양심이 거짓을 꺼린다는 것을 제가 모를까요……? 사랑하는 두 분, 이제 그만 됐어요! 그만 하기로 해요! 어쩌면 우리가 슬퍼하는 데에는 다른 까닭이 숨어 있을지도 모르죠. 어쩌면 순간적으로 우리가 적의의 그림자에 휩싸였는지도 몰라요. 하지만 그런 것은 사랑으로, 화해로 걷어 내고 우리의 오해를 씻어 내기로 해요. 아마도 우리 사이에는 못다 한 얘기가 많을지도 몰라요. 그리고 그것은 제일 먼저 제 탓이에요. 제가 먼저 당신들에게 감추었고 아무도 알 수 없는 의심이 제 마음속에 제일 먼저 생겨났어요. 제 아픈 머리가 원인이었어요. 하지만…… 하지만 만일 우리가 얼마라도 얘기한 것이 있다면 두 분은 저를 용서해 주셔야 해요. 왜냐하면…… 왜냐하면 결국 제가 의심을 한 것이 큰 죄악은 아니니까요……」

이렇게 말하고 그녀는 얼굴을 붉히며 조심스럽게 남편 쪽을 한번 바라보고 근심 어린 모습으로 남편의 말을 기다렸다. 그녀의 얘기를 들을 때 그의 입술에는 조소 어린 미소가 간간이 떠올랐다. 그는 걷기를 중단하고 그녀 바로 앞에 딱 멈추어 섰다. 그는 그녀가 당황하는 모습을 지켜보고 관찰하고 그것을 음미하는 것 같았다. 자기한테 향하는 그의 고정된 시선을 느끼자 그녀는 허둥댔다. 그는 마치 무언가 더 기다리듯이 잠시 기다리고 있었다. 이윽고 그가 조용하고 길게 끄는 찌르는 듯한 웃음으로 난처한 상황을 중단시켰다.

「가련한 아내여, 당신이 가여워!」 그가 웃음을 멈추고 씁쓸하고 심각하게 말했다. 「당신은 스스로의 능력이 미치지 못하는 역할을 떠맡아 버렸어. 당신이 원한 게 뭐요? 나에게 책임을 전가하여 새로운 의심들로 내 가슴을 애타게 만들고 싶었던 거요? 아니면, 좋게 말한다 해도 당신이 그 말 속에 서투르게 감추고 있는 과거의 의심들로 그러려고 했던 것이겠지. 저 애에게 화낼 것은 아무것도 없다고? 당신 말의 의미는 — 내 솔직하게 말해서 — 어쩌면 이미 어떤 영향을 미쳤을지도 모르는 불량한 서적을 읽고서도 저 애는 괜찮다, 당신이 저 애를 책임지겠다, 그런 말이오? 그런데 그렇게 말하면서 당신은 어떤 다른 것을 암시하고 있어. 당신은 내가 의심하는 거나 박해하는 것이 다른 감정에서 나오는 거라고 생각하는 것 같군. 어제도 당신은 내게 암시를 하였지 — 가만, 내 말을 막지 말아요. 나는 직설적으로 말하는 걸 좋아하니까 — 당신은 심지어 이렇게 암시를 하였지. 내가 기억하기로 몇몇 사람들에게는, 당신의 견해에 따르자면 이 사람들은 늘상 단정하고 엄격하며 곧고 현명하고 강하다는 것이지. 하지만 관대한 마음이 들고일어나는 중에 당신이 규정하지 않은 성격이 무엇이 있을라고! 다시 말하지만 몇몇 사람들에게는, 하지만 당신이 어째서 이런 말을 생각해 냈는지 누가 알겠어! 애정이 그렇게 엄하고 뜨겁고 완고하게, 그리고 자주 의심과 박해를 동반하여 나타날 수밖에 없다고 하였지. 지금은 잘 기억이 나지 않는군. 당신이 어제 꼭 그렇게 얘기했는지 안 했는지는……. 가만 있어요, 내 말 막지 말고. 나는 당신의 양녀를 잘 알고 있소. 저 애는 모든 것을 들을 수 있지, 모든 것을. 당신에게 백 번이라도 얘기하지만 모든 것을 들을 줄 안단 말이오. 당신은 속은 거야. 하지만 당신이 어째서 그렇게 나란 사람을 그렇고 그런 인물이라고 주장하는지 난 모르겠군! 당신이 나를 멍청이로 만들고 싶어한다는 건 하느님만이 아시겠지. 내 나이에 이런 처녀에 대한 애정은 있을 수 없는 일이야. 그리고 마지막으로 말해 두지만, 부인, 〈나는 자신의 도리를 안단 말이오〉. 그리고 당신이 아무리 나를 관대하게 용서해 준다 해도 나는 우선 이런 말을 해두어야겠어. 〈당신이 아무리 잘못된 감정을 위대한 것으로 치켜세운다 해도, 범죄는 언제나 범죄로 남으며 죄악은 언제나 수치스럽고 추악하고 천박한 죄악으로 남을 거라는 것〉을 말이야! 하지만 이제 그만두지! 그만두자고! 이런 추악한 행위는 더 이상 듣고 싶지 않으니까!」

알렉산드라 미하일로브나가 울기 시작했다.

「그래요, 그건 제가 책임지겠어요. 저한테 맡겨 주세요.」 그녀가 마침내 울부짖으면서 나를 안으며 말했다. 「제가 의심한 건 부끄러운 일이었어요. 당신이 그렇게 심하게 비웃어도 좋아요! 하지만 얘야, 가련한 아이야, 무엇 때문에 네가 이런 모욕을 당해야 한단 말이냐? 나도 너를 변호할 수가 없구나! 나는 말을 잘 못해! 오 하느님! 하지만 당신에게는 침묵할 수가 없군요! 못 참겠어요……, 당신의 행동은 현명치 못해요!」

「됐어요, 그만 하세요!」 심한 비난이 그의 인내를 무너뜨릴까 두려워 그녀의 흥분을 진정시키려고 하면서 내가 속삭이듯 말했다. 나는 아직도 그녀에 대한 두려움으로 초조해하고 있었다.

「그렇지만 당신은 어리석어!」 그가 소리쳤다. 「당신은 모르지, 당신은 모르고 있어…….」

그가 잠시 말을 멈추었다.

「아내한테서 떨어져!」 그는 내 쪽으로 돌아선 다음, 내 손을 알렉산드라 미하일로브나의 두 손으로부터 떼어 내며 말하였다. 「네 손이 아내의 몸에 닿는 것을 나는 용납할 수 없어. 네가 아내를 망치고 있어. 네가 있는 것만으로도 아내에겐 모욕이야! 하지만…… 하지만 필요한 때, 말을 하지 않으면 안 될 때 무엇이 나를 침묵하게 만들 수 있을까?」 그가 발을 한번 구른 뒤 소리 지르기 시작했다. 「나는 말하겠어. 전부 얘기해 버리고 말겠어. 네가 아는 게 무엇인지, 그리고 무엇을 가지고 나를 협박하려 드는지 나는 모르겠어. 그리고 알고 싶지도 않아. 내 말 좀 들어 봐요!」 그가 알렉산드라 미하일로브나 쪽으로 몸을 돌리며 계속하여 말했다. 「내 말 좀 들어 봐요.」

「말하지 마세요!」 내가 앞으로 내달으며 소리쳤다. 「말하지 마세요. 한마디도!」

「들어 봐요!」

「말하지 마세요. ……을 위해서라도.」

「무엇을 위해서란 거지?」 그가 빠르게 꿰뚫어 보듯이 내 눈을 바라보며 말을 끊었다. 「무엇을 위해서지? 당신은 알아야 해. 내가 저 애의 손에서 연애 편지를 빼앗았다는걸! 이게 바로 우리 집에서 일어나고 있는 일이오! 당신 곁에서 일어나고 있는 일이란 말이오! 당신이 모르는 게, 당신이 알아채지 못한 게 바로 그것이란 말이야!」

나는 그 자리에서 비틀거리며 쓰러질 뻔하였고 알렉산드라 미하일로브나는 죽은 사람처럼 얼굴이 창백해졌다.

「그렇지 않을 거예요.」 그녀가 들릴 듯 말 듯한 소리로 속삭였다.

「부인, 내가 두 눈으로 보았소. 내 수중에 있었단 말이오. 몇 줄 읽기까지 했으니 잘못 보았을 리가 없지. 그 편지는 애인한테서 온 것이었소. 저 애가 그것을 다시 내 손에서 빼앗아 가서 지금은 저 애한테 있지. 이건 틀림없는 일이오. 아무렴.

여기엔 추호의 착오도 없고말고. 당신, 아직도 의심쩍다면 저 애를 한번 쳐다보고 내 말에 잘못된 점이 조금이라도 있는가 확인해 보지.」

「네또츠까!」 알렉산드라 미하일로브나가 내게 다가서며 소리쳤다. 「아니다. 말하지 마라, 말하지 마라! 무슨 일이 있었는가, 어떻게 그런 일이 있었는가 난 모르겠구나……. 오, 하느님, 오 주여!」

이렇게 말하고 나서 그녀는 두 손으로 얼굴을 가리고 울기 시작했다.

「하지만 아냐! 그럴 리가 없어요! 당신이 잘못 보신 거예요. 그건…… 그게 무엇을 의미하는 건지는 제가 알아요!」 그녀가 남편을 단정히 바라보며 말했다. 「당신…… 나는…… 할 수가 없었어요. 당신은 나를 속이지 않을 거예요. 당신은 나를 속일 수가 없어요! 자, 모두, 숨김없이 전부 얘기해 주겠니? 저 양반이 잘못 본 거지? 그렇지, 맞지? 분명하지? 눈이 어두워져 딴것을 보고 착각한 거지? 그렇지, 맞지? 틀림없지? 그런데 네또츠까야, 내 친딸 같은 아이야, 어째서 너는 내게 모든 것을 얘기해 주지 않았니?」

「대답해, 대답하라니까, 얼른!」 내 머리 위에서 뾰뜨르 알렉산드로비치의 목소리가 들렸다. 「대답해 봐, 내가 네 손에서 편지를 보았는가, 못 보았는가를?」

「그래요!」 흥분 때문에 숨이 막히며 내가 대답했다.

「그 편지는 애인한테서 온 거지?」

「맞아요!」 내가 대답했다.

「지금도 누군가와 연락을 하고 있지?」

「그래요, 그래요. 맞아요!」 나는 이미 자신이 무엇을 하고 있는가도 잊어버린 채 우리의 고통을 끝내기 위해 모든 질문들에 그렇다고 대답했다.

「당신도 들었지? 자, 이제 당신에게 할 말이 있소. 정말이지 당신은 사람을 너무나 잘 믿어서 탈이오.」 그가 아내의 손을 잡고 덧붙였다. 「내 말을 믿고 당신의 상상이 초래한 사태가 어떤 것인지를 깨달아야 하오. 당신은 이제 저…… 아이가 어떤 아이인가 알았을 것이오. 나는 다만 당신의 의심이 전혀 틀린 생각이라는 것을 보여 주고 싶었을 따름이오. 내가 알게 된 지는 오래되었지만 결국 저 애의 본 모습을 당신 앞에서 밝히게 되어 기쁘군. 나는 저 애 모습을 당신 곁에서, 당신 품안에서, 우리와 같이 한 식탁에서, 그리고 우리 집에서 보는 것이 괴로웠소. 당신의 어리석음 때문에 내 마음이 혼란스러웠지. 이게 바로 내가 저 애에게 주의를 기울이고 뒤를 살폈던 이유요. 바로 그 때문이었소. 그런데 당신은 그것을 보고 의심을 키워 마음대로 상상을 했던 것이지. 하지만 이제 사태는 다 밝혀지고 의심은 모두 끝났소. 그리고 내일이면, 너는 우리 집에서 안 보이게 되겠지!」 그가 나에게로 몸을 돌리며 말을 끝냈다.

알렉산드라 미하일로브나가 의자에서 벌떡 일어나며 말했다. 「그만 하세요! 나는 이 모든 것을 믿지 않아요. 나를 그런 무서운 눈으로 보지 마세요. 나를 비웃지도 말고요. 내가 하는 말을 당신 스스로 판단해 보세요. 아네따, 내 자식아, 이리 오렴. 자, 네 손을 다오. 그래, 우리 모두는 죄인이란다!」 그녀는 울음 때문에 떨리는 목소리로 말하고 누그러진 마음으로 남편 쪽을 한번 바라보았다. 「우리 가운데 어느 누가 다른 사람의 손을 뿌리칠 수 있을까? 자, 내게 손을 다오, 아네따야, 내 사랑스러운 딸아. 나는 너보다 못한 사람이란다. 네가 있다고 해서 나에게 모욕이 될 수는 없는 일이지. 나 또한 〈똑같은 죄인〉이니까.」

「이봐요!」 뾰뜨르 알렉산드로비치가 놀라서 소리쳤다. 「이봐, 진정하시오! 잊어서는 안 되오!」

「아무것도 안 잊고 있어요. 하는 말 막지 마시고 그냥 말하게 놔두세요. 당신은 저 애 손에서 편지를 보시고 그것을 읽기까지 했다고 말씀하셨어요. 그리고 저 애는…… 그 편지가 사랑하는 사람에게서 온 것이라고 실토했어요. 하지만 그렇다고 해서 그것이 저 애가 죄인이라는 것에 대한 증명이 될까요? 그렇다고 해서 당신이 그렇게 저 애를 무시하고 자기 아내가 있는 앞에서 그렇게 저 애를 모욕해도 된다는 말인가요? 다른 사람도 아니고 자신의 아내 앞에서 말이에요? 정말 당신이 이 문제에 판결을 내릴 수 있단 말인가요? 정말로 당신이 이것이 어떻게 해서 그렇게 됐는지 알기라도 한단 말인가요?」

「그렇다면 내가 할 일은 저 애한테 용서를 빌고 도망가는 일만 남았다는 얘기군. 당신이 바라는 게 그거요?」 뾰뜨르 알렉산드로비치가 놀라서 소리쳤다. 「당신 얘기를 듣자니 참을 수가 없군. 당신이 지금 하는 얘기가 어떤 것인지 알고서나 하는 얘기요? 당신이 무슨 얘기를 하고 있는지 아는 거요, 모르는 거요? 당신이 무엇을, 〈누구〉를 비호하는지 알고나 있는 거요? 하지만 나는 모든 걸 훤히 알고 있소…….」

「당신은 분노와 자만에 눈이 멀어서 문제의 근원을 못 보고 계세요. 당신은 제가 비호하는 게 무엇인지, 제가 무엇을 말하고 싶어하는지 모르고 계세요. 저는 죄악을 비호하려는 게 아니에요. 하지만 생각해 본 적 있으세요? 만일 당신이 잘 생각해 보신다면 당신은 분명히 아시게 될 거예요. 저 애가 어린애처럼 죄가 없다는 것을 당신은 생각해 본 적이 있으신가요? 그래요. 저는 죄악을 비호하려는 게 아니에요! 만일 당신이 정히 그러신다면 이렇게 가정을 해보죠. 그래요, 만일 저 애가 어엿한 성인이고 제가 어머니로서 자신의 도리를 잊었다면, 정말이지 그랬다면 나는 당신 말에 동의했을 거예요……. 지금 한 얘기는 가정이에요. 저를 나무라지 말고 가만 들어 보세요! 하지만 저 애가 나쁜 짓인 줄 모르고 편지를 받았다면 어쩌죠? 만일 저 애가 미숙한 마음에 휩쓸렸는데 아무도 저 애를 잡아 줄 사람이 없어서 그랬다면 어쩌죠? 저 애의 마음을 살피지 못한 것은 저니까 제가 가장 먼저 벌을 받아야 할 사람이라면요? 그것이 처음 받은 편지였다면요? 만일 당신이 그 야비한 의심으로 저 애의 순결하고 향기로운 마음에 상처를 입힌 것이라면요? 당신이 그 편지를 갖고 냉소적으로 생각하는 것으로 저 애의 상상력을 더럽혔다면요? 지금도 내 눈에 보이고 과거에도 내가 보아 왔던 저 순진 무구한 모습, 저렇듯 순결하고 악의 없이 빛나고 있는 저 모습을 당신이 보지 못했다면요? 봐요, 저 아인 상심하고 괴로워서 무슨 말을 해야 할 줄도 모르고 슬픔에 가슴이 찢기어 당신의 야만적인 모든 물음에 대답하고 있잖아요? 그래요, 맞아요! 이건 야만적이에요, 잔인해요. 난 당신이란 사람을 모르겠어요. 결코 당신을 용서하지 않을 거예요, 결코!」

「용서해 주세요, 저를 용서해 주세요.」 내가 그녀를 꽉 끌어안으며 소리쳤다. 「저를 용서하세요, 믿어 주세요, 저를 밀어내지 마세요…….」

나는 그녀 앞에 쓰러져 무릎을 꿇었다.

「마지막으로, 만일······.」 그녀가 헐떡이는 목소리로 말을 계속했다. 「마지막으로, 만일 저 애 곁에 제가 없기라도 한다면, 그리고 만일 당신이 말로써 저 애를 놀라게 한다면, 그리고 만일 저 가련한 아이가 스스로 자신이 죄를 지었다고 믿기라도 한다면, 만일 당신이 저 애의 양심과 가슴을 흐트러뜨리고 마음의 평온을 깨뜨린다면······. 오, 주여! 당신은 저 아이를 집에서 쫓아내고 싶은 거예요! 그러나 그것이 누구한테 하는 짓인지 알고나 계시나요? 당신은 알고 있어요. 만일 저 아이가 쫓겨나면 우리를, 우리 두 사람을 함께 내쫓는 것이 된다는 것을요. 그러니까 나도 쫓아낸다는 것을요. 내 말 알겠어요, 당신?」

그녀의 눈이 반짝반짝 빛났다. 가슴은 흥분하고 있었고, 그녀의 병적인 긴장감이 마지막 위기 상황에까지 이르렀다.

「충분히 알아들었소, 부인!」 마침내 뾰뜨르 알렉산드로비치가 소리쳤다. 「그 정도면 충분해! 플라토닉한 사랑이 있다는 건 내 알고 있지. 그리고 그것이 나의 파멸을 노린 것이라는 것도 알고 있소, 부인, 내 말 들리오? 내 파멸을 말이야. 부인, 하지만 죄악에 금칠을 하는 건 가만 놔두고 볼 수가 없군! 나는 그것을 이해할 수 없어. 허식은 치워 버려요! 그리고 당신이 만일 스스로 죄인이라 느낀다면, 만일 마음속으로 무엇인가를 알고 있다면, 부인, 나는 그것을 당신에게 상기시킬 수가 없군, 그리고 마지막으로 당신이 내 집을 떠난다는 생각이 좋다고 한다면······ 나로서는 당신에게 이런 말을 상기시킬 수밖에 없군. 당신은 적절한 시기가, 아주 적당한 기회가 몇 년 전에 왔을 때 그런 생각을 실행에 옮기지 못한 것을 망각하고 있다는 것을 말이야……. 만일 당신이 잊었다면 그것을 상기시켜 드리지…….」

나는 알렉산드라 미하일로브나 쪽을 쳐다보았다. 그녀는 슬픔에 지치고 끝 간 데 없는 마음의 고통에 눈을 반쯤 감고서 경련을 일으키며 나에게 기댔다. 다시 잠깐 동안의 시간이 지나자 그녀는 쓰러지려고 하였다.

「오, 제발, 이번만이라도 저분을 가엾게 여겨 주세요! 마지막 말은 꺼내지 말아 주세요.」 나는 자신이 스스로의 마음을 배반했다는 것도 잊고서 뾰뜨르 알렉산드로비치에게 달려가 그 앞에 무릎을 꿇으며 소리쳤다. 하지만 이미 때는 늦었다. 내가 말한 뒤에 가느다란 비명소리가 들리더니 가련한 그녀는 정신을 잃고 바닥에 쓰러져 버렸다.

「결국은 이렇게 되었군요! 당신이 저분을 이렇게 만들었어요!」 내가 말했다. 「사람들을 불러서 저분을 구하세요! 저는 서재에서 기다리겠어요. 당신과 할 얘기가 있어요. 모든 걸 다 말씀드리겠어요…….」

「무엇을? 무엇을 말이냐?」

「나중에 말할게요!」

졸도와 발작은 두 시간 동안 계속되었다. 온 집안이 두려움 속에 잠겨 들었다. 의사는 회의적으로 고개를 저었다. 두 시간이 지나고 나서야 나는 뾰뜨르 알렉산드로비치의 서재로 들어갔다. 그는 이제 막 아내한테서 돌아와 손톱을 피가 나도록 깨물며 창백하고 낙담한 모습으로 방 안을 이리저리 서성이고 있었다. 그의 그런 모습은 한번도 본 적이 없었다.

「무엇을 얘기하고 싶다는 거지?」 그가 엄하고 거친 목소리로 말했다. 「말하려는 게 무엇이지?」

「자, 당신이 빼앗았던 편지예요. 알아보시겠지요?」

「그렇군.」

「받으세요.」

그가 편지를 받아 불빛 쪽으로 가져갔다. 나는 주의를 기울이면서 그를 주시했다. 몇 분이 지나서 그가 서둘러 네 번째 쪽을 뒤집더니 서명을 확인했다. 나는 그의 얼굴에 핏기가 오르는 것을 보았다.

「이게 뭐지?」 그가 놀라 아연하여 내게 물었다.

「그 편지를 어떤 책에서 발견한 것은 3년 전이었어요. 잊고서 놔둔 편지라 짐작하고 그것을 읽었어요. 그리고…… 다 알게 되었지요. 그 후로 편지는 제가 가지고 있었어요. 그것을 건네줄 사람이 없었으니까요. 난 그 편지를 줄 수가 없었어요. 당신에게 드려야 했을까요? 하지만 그렇게 된다면 당신은 그 편지의 내용을 알게 되었을 것이고 그 편지 속의 슬픈 얘기를 알게 되었겠죠……. 당신이 어째서 허위를 부리는 것인지 모르겠어요. 아직 저로서는 어렴풋하게밖에 이해하지 못하니까요. 지금은 당신의 검은 마음을 분명히 들여다볼 수 없어요. 당신은 그분 위에 군림하기를 원했고 또 그렇게 했어요. 하지만 무엇 때문이었죠? 병자의 공상에, 혼란스러운 상상에 승리감을 얻기 위해서였어요. 그분이 착각을 하고 있다는 걸, 당신이 그분보다 〈죄가 덜하다〉는 것을 보여 주려던 거였어요! 그리고 당신은 목적을 달성했어요. 왜냐하면 그분의 의심이야말로 꺼져 가는 이성 속에서도 흔들림 없는 생각이었으니까요. 당신도 한패가 되어 동의하고 있는 세상 사람들의 판결이 부당하다는, 상처 입은 가슴의 마지막 하소연이었으니까요. 〈당신이 나를 사랑한 것이 어째서 죄인가요?〉 이것이 바로 그분이 말했던 거예요. 이것이 바로 그분이 당신에게 보여 주고 싶었던 거예요. 당신의 허영, 질투심 많은 당신의 이기심은 너무 무자비했어요. 이제 그만 가겠어요! 해명은 필요 없어요! 하지만 내가 당신이라는 사람을 완전히 알고 있다는 것, 속까지 꿰뚫어 보고 있다는 것, 이것은 잊으시면 안 될 거예요!」

나는 자신에게 무슨 일이 있었는가도 거의 기억하지 못한 채 방으로 돌아왔다. 방문 옆에서 뾰뜨르 알렉산드로비치의 사무를 보좌하던 오브로프가 나를 멈춰 세웠다.

「당신과 잠시 얘기를 나누었으면 싶군요.」 그가 정중하게 인사를 하며 말했다.

나는 그가 한 얘기가 무엇인지 거의 이해하지도 못하고서 그를 바라보았다.

「죄송해요. 나중에요. 지금은 몸이 안 좋아요.」 그의 곁을 지나치며 내가 대답했다.

「그럼 내일 얘기하기로 하죠.」 그가 어떤 모호한 미소로 작별을 고하면서 말했다.

하지만 어쩌면 그것은 내게 그렇게 보였는지도 모른다. 모든 것이 마치 내 눈앞에서 명멸하는 것 같았기 때문이다.

역자 해설
현실적 색채의 미완성 소설

『네또츠까 네즈바노바』는 한 편의 심리 소설이자 청년 도스또예프스끼가 최초로 시도한 장편소설이다. 이 작품은 청년 시대를 마감하고 미래의 작가상을 예고해 주는 작품이라고 할 수 있을 것이다. 작가는 이 작품 속에서 창작 기법에 대한 여러 가지 실험을 하고 있으며 유형 후 그의 작품에 나타나는 사상과 여러 인물들의 형상을 선보이고 있다. 미완성으로 끝나기는 하였으나 후기 도스또예프스끼의 발전을 예감케 하는 작품이다.

1

도스또예프스끼는 문단에 데뷔한 지 얼마 안 되어서부터 장편소설을 쓰려는 계획을 갖고 있었다. 특히 문단 데뷔작인 『가난한 사람들』의 격찬으로 자만에 빠져 있던 그는 『분신』이 예상했던 좋은 평가를 받지 못하고 오히려 비난을 받게 되자 외국으로 나가 여유를 가지면서 장편소설을 쓸 생각을 하였다.

그는 이 작품을 1846년 말에 시작하여 1847년 혹은 1848년에는 완성하려고 하였다. 그리고 작품은 네끄라소프가 주관하던 『동시대인Sovremennik』지에 게재될 예정이었다. 그러나 『네또츠까 네즈바노바』라는 작품의 제목이 처음으로 언급된, 1846년 12월 17일자의 형에게 보내는 편지에서 도스또예프스끼는 자신의 작품을 『동시대인』이 아니라 끄라예프스끼가 주관하던 『조국 수기Otechestvennye zapiski』에 싣겠다는 말을 하고 있다. 이렇게 애초의 계획과 달리 발표 지면이 바뀌게 된 데에는 데뷔작 후에 나온 그의 작품들에 대한 당시 네끄라소프 등의 호의적이지 못한 평가와 사상의 차이 때문이었다.

작업은 순조롭게 진행되지 않았다. 다른 작품을 집필하고 있는 데다가 재정적인 곤란으로 신문에 〈잡문〉을 써야 하는 탓에 이 작품의 완성을 위해 몰두할 수가 없었기 때문이다. 결국 애초에 6부로 계획되었던 『네또츠까 네즈바노바』는 1849년 4월 23일 사회주의 사상 등을 연구, 토론하던 뻬뜨라셰프스끼 단체 사건에 연루되어 체포됨으로써 완성을 보지 못하고 중단되었다(당시 그의 체포로 중단된 이 작품은 출옥 후 단행본으로 내면서 부(部)를 생략한 채 연속적인 장으로 표기되었다). 소설은 미완성으로 남았다. 1849년 4월 28일 끄라예프스끼는 악명 높은 검열국으로부터 도스또예프스끼의 이름을 뺀다면 『네또츠까 네즈바노바』의 3부를 『조국 수기』 5월호에 실어도 좋다는 허락을 얻어 냄으로써 마무리가 안 된 3부가 출간되는 것을 끝으로 작품은 완성을 보지 못하고 말았다. 작가의 체포와 유형으로 작업은 중단되었고, 유형 후 부분적인 수정을 한 것 이외에는 도스또예프스끼는 다시 이 작품으로 돌아가지 못했다.

애초에 소설은 대작으로 계획되었다. 한 명의 주인공에 의해 5, 6개의 독립된 중편소설이 연결되는 레르몬또프의 『현대의 영웅』식의 구성을 생각하고 있었던 것으로 보인다. 그의 구상대로라면 출간된 네또츠까의 유년 시절은 다만 프롤로그에 지나지 않을 뿐이었다. 또한 작업을 하는 과정에서 작가의 구상과 전체적인 윤곽, 인물도 많은 변화를 거쳤다. 초기 판본에서는 작가적 인칭(3인칭)으로 서술되었으나, 1849년 〈어느 여인의 이야기〉라는 부제가 붙어 출간된 잡지본에서는 여주인공의 관점으로 진행되며, 최종본의 3부에서 미지의 인물이 쓴 편지를 발견하는 사람은 원래 맨 마지막 장면에 잠깐 등장하는 뾰뜨르 알렉산드로비치의 사무 보좌관인 오브로프라는 인물이었으나, 이 또한 네또츠까로 바뀐다. 그리고 2부에서 공작이 입양한 고아 소년 라렌까의 일화도 최종본에서는 사라진다. 초기 판본에서 작가는 자신이 부모님을 죽게 만들었다는 죄의식과 충격 때문에 나중에는 가축을 괴롭히는 일종의 사디즘적 상태에까지 이르는 이 소년의 심리를 상세하게 분석하였으나, 최종본에서는 이 부분이 사라져 버리고 공작 영애 까쨔가 2부의 중심 인물이 된다. 5장 말미에서 알렉산드라 미하일로브나에게는 자식이 없다고 한 것이 3부에 해당하는 6장 이후의 내용과 다르게 된 것(두 명의 어린 아이가 있는 것으로 나온다)은 작가의 유형으로 미처 손을 보지 못한 때문으로 보인다.

한편 그간의 연구 결과에 의하면 이 작품은 다른 여러 작품에서 모티프를 취하고 있다. 가령 광기에 들린 예피모프의 모습은 새로운 형식의 음악과 새로운 악기를 고안하려고 광기 어린 집착에 사로잡힌 음악가를 다룬 발자크의 소설 『강바라

Gambara』(1837)에 등장하는 인물에서 시사받았을 것으로 추정된다. 고아가 된 네또츠까와 까쨔의 오해와 사랑은 프랑스 작가인 외젠 쉬의 소설 『마틸다 혹은 젊은 여자의 기록』(1841)에서 고아인 마틸다와 후견인의 딸 위르쉴과의 그것과 유사하게 나타난다고 보고 있다. 그리고 3부에 등장하는 알렉산드라 미하일로브나의 운명은 도스또예프스끼 자신이 1845년에 번역한 바 있는 발자크의 소설 『외제니 그랑데』의 여주인공의 운명과 흡사하다. 이것 말고도 작가는 2부에서 교육 문제에 대해 루소의 『에밀』에서 많은 모티프를 따오고 있다. 하지만 플롯과 모티프의 부분적인 유사성 혹은 〈모방〉에도 불구하고 도스또예프스끼는 자신의 창조적 노력으로 이것을 변형시켜 새로운 형상의 주인공을 만들어 내고 있다.

2

이 소설은 네또츠까(원래의 이름인 안나의 애칭. 또 다른 애칭은 아네따)라는 한 소녀가 자신의 삶을 얘기하는 방식으로 진행되는 슬픈 과거의 회상이자 비극적인 이야기다. 소설은 여주인공의 계부인 예피모프에 관련된 이야기와, 공작의 딸 까쨔와의 우정과 사랑, 그리고 나중에 보호자가 되는 알렉산드라 미하일로브나에 얽힌 이야기라는 세 편의 이야기로 구성되어 있다. 이 세 가지 이야기는 전체를 구성하는 부분일 뿐만 아니라 각기 독립된 주제와 사건의 전개, 정점, 해소를 지니고 있는 독립적인 소설 형식을 취하고 있다(1849년에 나온 판본에는 〈유년 시절〉, 〈새로운 인생〉, 〈비밀〉이라는 부제가 붙어 있다). 또한 각각의 이야기에는 몇 개의 에피소드가 있어서 이러한 에피소드들이 사건의 진행에 가속도를 부여하면서 각각의 이야기를 비극적인 결말로 이끌고 있다.

첫 번째 이야기는 비범한 재능을 지닌 음악가 예피모프의 비극적 운명에 관한 것이다. 여기에는 낭만주의적인 색채가 짙게 깔려 있다. 예피모프의 기이한 운명, 수수께끼 같은 이탈리아 인 지휘자, 바이올린에 얽힌 이야기가 그것이다. 뒤에 이어지는 다른 두 이야기에서도 낭만주의적인 분위기를 느낄 수는 있지만 거기에서는 현실적 색채에 의해 그것은 후면으로 물러서고 정조로서만 감지된다. 도스또예프스끼의 초기작들, 그리고 당대의 문단 상황을 고려해 볼 때 이런 낭만주의적 성격은 다소 특이하게 보인다.

그의 데뷔작인 『가난한 사람들』(1845)이 출간되었을 당시는 〈자연파 Natural'naia shkola〉라는 경향이 새로운 문학 흐름을 주도하고 있었다(『가난한 사람들』도 〈자연파〉 작가들의 작품집에 실렸다). 이 경향은 고골의 창작(특히 그의 장편 소설 『죽은 혼』)과 벨린스끼의 사상에 영향을 받아 일어난 것으로서 러시아 문학을 낭만주의에서 리얼리즘으로 결정적으로 전환시킨 운동이다. 〈자연파〉는 르포 형식의 서술 방식과 건조한 문체에 의한 객관적인 서술 방식(오체르끄)을 통해 사회 하층민에 대한 관심, 지주와 관료에 대한 비판과 풍자를 지향하였다. 고골과 〈자연파〉 작가들이 사회 세태를 〈외면적〉으로 기술하였다면, 도스또예프스끼는 그것을 〈내면적으로〉, 곧 심리적 측면에서 접근하였다는 것에 차이가 있을 뿐, 실상 그의 첫 소설은 당시 문단의 흐름을 반영하고 있었다(『가난한 사람들』 중 뽀끄로프스끼 부자에 관한 이야기나 주변 하층민의 생활에 대한 묘사). 하지만 이후에 집필한 『네또츠까 네즈바노바』의 예피모프 이야기는 오히려 1830년대의 러시아 낭만주의 소설을 연상시키고 있다. 가령 1835년에 나온 고골의 『초상화』와 대조해 보면 이러한 점이 쉽게 눈에 들어온다.

『초상화』의 주인공 차르뜨꼬프는 예피모프처럼 재능 있는 화가이며 예술가로서의 본능적인 감각을 지닌 인물이다. 그는 유행과 세태, 부의 추구에 빠지지 말라는 교수의 설교에도 불구하고 초상화 속의 악마 같은 인물(초상화의 모델은 과거의 악명 높은 고리대금업자이다)에게 영혼을 빼앗기고, 결국은 자신의 재능을 돈, 명성과 바꿈으로써 타락해 간다. 그의 타락은 과거에 친구였던 화가의 성장과 대비된다. 그의 친구는 천재적인 재능을 부여받았으면서도 몇 년 동안 모든 것을 등한시하고, 오로지 예술에만 전념하여 〈불꽃 같은 정신〉을 지닌 근면한 자의 노력의 결실로서 작품을 완성한다. 차르뜨꼬프는 전시회에서 이 작품을 보고서 아연할 만큼의 충격을 받는데, 이후 그의 파멸이 시작된다.

> 무서운 시기심이, 광기에 가까운 시기심이 그를 사로잡았다. 재능의 흔적을 담고 있는 작품을 보자 그의 얼굴에는 신경질이 드러났다. 그는 훌륭한 작품이 나오는 대로 모두 사들이기 시작했다. 그래서는 그것을 자기 방으로 가져와 즐거이 그림들을 훼손하였다. 잔인한 복수자가 된 그는 그림들을 없애는 데 돈을 아끼지 않았다.

차르뜨꼬프가 돈과 명성의 유혹에 빠져 자멸하는 모습은 『네또츠까 네즈바노바』의 음악가 예피모프의 모습과 유사하다. 예피모프 또한 명예에 대한 탐욕스러운 희구와 오만 방자한 기질로 인해 자신의 재능을 모두 탕진하고 비극적인 죽음을 맞는다. 다른 점이 있다면 차르뜨꼬프의 경우에는 그의 재능이 발전하는 것을 가로막았던 가난이 해결되었음에도, 아니 오히려 그것이 해결되었기 때문에 타락하는 반면(이때 문제가 되는 것은 차르뜨꼬프 개인의 〈성정(性情)〉이라기보다는 〈예술혼과 물질적 가치의 대립〉이라고 할 수 있을 것이다), 예피모프는 자신의 재능을 가로막고 있다고 한탄하던 가난한 〈환경〉을 끝내 극복하지 못한 채 파멸한다. 하지만 도스또예프스끼는 예피모프가 파멸하는 원인을 〈환경〉에서만 찾지는 않는다. 인자한 예술 애호가인 지주의 모습이거나 뻬쩨르부르그에서 같은 처지에서 만나 끊임없는 노력에 의해 마침내 성공하는 친구 B의 모습은 작가가 이 문제에 대해 다른 방식으로 접근하고 있음을 보여 준다. 바로 이 점에서도 예피모프의 일화는 당시의 〈시대정신〉과는 사뭇 다르다. 앞서 말한 〈자연파〉에서는 개인과 사회의 관계에 대해 〈사회적 결정론〉이 지배하고 있었던 것이다. 당대의 정신을 잘 보여 주는 예로서 우리는 『네또츠까 네즈바노바』가 출간되기 몇 개월 전에 나온 게르쩬의 단편소설 「도둑까치」를 들 수 있다. 이 소설의 여주인공은 천재적인 재능을 소유한 배우인데도 불구하고 그녀를 소유한 늙고 음탕한 지주로 인해 재능을 꽃피울 수 있는 가능성을 박탈당한 채 고통 속에서 죽어 간다. 농노 제도에 대한 혹은 사회 환경에 대한 게르쩬의 고발이 작품의 사상적 배경을 이루고 있다. 이에 반해 『네또츠까 네즈바노바』에서는 예피모프의 오만한 성격, 모든 것을 〈아내의 탓〉으로 돌리는 그의 비뚤어진 마음 그리고 나태한 생활이 그가 파멸하게 되는 본질적인 원인이 된다. 따라서 그에게 가난이나 〈환경〉의 문제는 중요하기는 하지만 결정적인 것은 아니다.

아내의 주검 앞에서 문제의 바이올린을 들고 연주하는 장면과 파멸의 순간을 묘사한 3장의 마지막 장면은 대단히 극적으로 묘사되고 있다. 서술자는 격앙된 감정으로 예피모프가 진실을 자각하는 과정을 빠른 어조로 그려 낸다.

> 아버지가 돌아가신 것은, 그 같은 죽음이 그가 살아온 생애 전체의 필연이자 자연스러운 결과였기 때문이다. 삶 속에서 그를 지탱해 주었던 모든 것이 한순간에 무너져 버리고 환영처럼, 형체 없는 공허한 꿈처럼 산산이 흩어져 버리자 그는 그렇게 죽을 수밖에 없었던 것이다. 자신을 기만하면서 삶을 지탱하도록 만들던 모든 것이 한순간 그 자신의 눈앞에서 실체를 드러내고, 그리고 모든 것을 확연히 깨닫게 되자 아버지는 숨을 거둔 것이었다. 진실은 그 견딜 수 없는 섬광으로 현기증이 나도록 그의 정신을 깨워 놓았다.(p. 104)

위 인용문에서 보듯이 예피모프가 자멸하는 원인은 자기기만에 있었다. 연주회에서 들은 음악 천재의 마지막 연주는 예술의 비밀을 그에게 섬광처럼 드러내었고, 아내가 죽자 결국 자신은 자유로운 몸이었음을 깨닫고 그 충격으로 정신착란과 죽음에 이르게 되었던 것이다.

이처럼 고골의 『초상화』나 게르쩬의 「도둑까치」를 비교해 보면 도스또예프스끼의 이 작품은 낭만주의 쪽에 더 가깝다는 것을 알 수 있다. 덧붙여 얘기한다면 다른 두 이야기에 등장하는 까쨔와 알렉산드라 미하일로브나의 형상도 〈전형〉이라기보다는 〈이상적인〉 모습으로 나타난다는 점이다. 이것은 도스또예프스끼가 예술가의 문제, 개인의 문제를 당대와는 다른 관점에서 보기 시작했음을 의미하는 것일 것이다. 사상적인 측면에서 볼 때 이 글이 집필되던 시기가 1848~1849년, 유럽 전역에 혁명이 몰아치던 시점이었다는 점에서도 이 작품은 후기 도스또예프스끼의 보수적인 사상을 예고해 주는 것일 것이다.

첫 번째 이야기에서 우리가 또 하나 주목할 것은 상세한 세부 묘사(심리 묘사를 포함하여)를 통해 나타나는 인물들의 모습이다. 미하일 바흐찐에 의해 〈다성 음악(多聲音樂, *polifoniia*)〉적 소설이라는 명칭을 부여받은 도스또예프스끼 소설의 특징은 이 소설에서도 나타난다. 1부의 주인공 예피모프의 모습은 화자인 네또츠까의 서술에 의해서만 드러나지 않는다. 네또츠까도 밝히고 있지만, 예피모프에 관한 서술은 주로 친구인 B의 기억에 의존하는 것으로 되어 있고 그 밖의 것은 네또츠까와 어머니, 주변 사람들의 관계와 평가 속에서 이루어진다. 서술자-화자는 계부의 모습을 가급적 자신의 부분적인 기억, 주관적인 생각에 한정시키면서 그의 모습을 그려 낸다. 작품에 등장하는 인물들은 예피모프의 성격이 부조(浮彫)를 이루도록 돕는다. 그들은 나름대로 자신의 성격과 삶을 지니면서 예피모프라는 인물을 형상화하는 데 기여하고 있다.

아무튼 예피모프라는 인물의 비극적인 파탄을 다룬 1부에서 도스또예프스끼는 대비되는 두 유형의 예술가를 통해 자신이 추구하는 예술가의 상을 정립하려 했던 듯하다. 하나는 끊임없이 노력하며 기예를 완성해 가는 인물(친구 B)이며, 다른 하나는 천부적인 재능을 지니고 있지만 허상과 극단적인 오만에 사로잡혀 몰락하는 인물(예피모프)이다. 어쩌면 작가는 뒤늦게 〈비범한〉 재능을 발견하는 네또츠까가 음악가로 성장해 가는 모습을 통해 진정한 예술가의 문제를 그리려 했는지도 모른다.

3

『네또츠까 네즈바노바』의 2부는 새로운 이야기다. 아버지가 정신 착란으로 죽은 후, 네또츠까는 입양된다. 이 집에서 공작 딸인 까쨔를 만나 친구가 된다. 이 일화에서 도스또예프스끼는 사춘기 소녀의 심리를 섬세하게 묘사하고 있다.

2부의 중심 인물은 까쨔다. 네또츠까의 형상은 화자-관찰자의 모습으로 후면으로 물러서고 까쨔의 형상이 전면에 나타난다. 까쨔의 모습은 유형 이후 도스또예프스끼의 작품에 등장하는 〈도도한 여성상〉의 선구가 된다(『노름꾼』의 뽈리나, 『백치』의 나스따시야 필리뽀브나, 『악령』의 리자, 『까라마조프 씨네 형제들』의 까쩨리나 이바노브나). 네또츠까의 방백 같은 말을 통해 까쨔의 모습은 이렇게 묘사된다.

여러분도 한번 이상적이라 할 만큼 매력을 지닌 인물,

충격을 줄 정도로 눈에 번쩍 띄는 미인을 상상해 보라. 그런 사람을 보게 되면 여러분은 무엇에 찔린 것처럼 기분 좋게 당황하다가 환희에 흠칫 몸을 떨며 문득 발걸음을 멈추게 될 것이다.(p. 124)

까쨔는 단순한 미인이 아니라 미의 한 원형이라 할 만큼 강렬한 색채를 지니고 있다. 까쨔의 이 〈도도한 여성상〉은 후기의 도스또예프스끼의 소설에서 영혼을 미적으로 황홀하게 만드는 아찔할 정도의 미모를 지니고 있다. 도스또예프스끼의 소설에서 미적인 힘은 때로 악마적이기까지 하여서 『미성년』의 베르실로프, 『까라마조프 씨네 형제들』의 드미뜨리 까라마조프 그리고 『백치』의 로고진 같은 인물들은 이 힘 때문에 파멸하고 만다. 까쨔의 형상은 수줍어하고 울기 잘하는 네또츠까나 3부에 나오는 알렉산드라 미하일로브나의 〈온유한 형상〉과 훌륭한 대비를 이루고 있다(〈온유한 형상〉은 그 후의 작품 『죄와 벌』의 여주인공 소냐, 『미성년』의 소피야, 『악령』의 다샤에게서 다시 나타난다).

네또츠까는 까쨔의 아름다움을 보자 처음부터 사랑을 느끼기 시작한다. 두 소녀의 관계는 한쪽의 짝사랑과 애닯음, 다른 한쪽의 무관심과 냉대 그리고 충돌, 그런 이후 격한 사랑으로 발전한다. 이 사랑은 1부에서 네또츠까가 계부에게 느끼는 애정과 마찬가지로 기이하다. 두 소녀의 사랑은 사디즘이나 페티시즘(주물 숭배) 같은 병적인 증후까지 내포하고 있다. 여기서 우리가 주목하게 되는 것은 그 선정성이 아니라 심리의 근원까지 파고 들어가는 그리고 다시 심리가 발현하는 여러 가지 양태(비정상적인 것까지 포함해서)를 그려 내는 작가의 치밀함과 대담함이라 할 것이다. 네또츠까는 이 사랑을 통해 왜곡되어 있던 어린 시절의 기억에서 서서히 벗어난다. 하지만 두 소녀의 관계는 갑작스러운 단절에 의해 중단되고 그 후의 관계는 〈미완성〉 작품의 경계 너머로 남겨진다.

2부에서 우리가 또 하나 주목할 인물은 H공작의 형상이다. 그에 관한 얘기는 작품 속에 분명하게 드러나지는 않으나 매우 풍부한 성격을 가진 인물로 보인다. 공작의 집안 내력이 〈오랜 대귀족 가문의 살아 있는 연대기〉라고 하는 것을 보아도 이 인물에 관한 또 다른 이야기가 흘러나올 듯한 모습을 보여 주고 있다. 이 인물은 도스또예프스끼가 그린 최초의 이상적인 공작으로써 『백치』의 주인공 미쉬낀 공작을 예고하는 것이라 볼 수도 있을 것이다.[1]

까쨔와 네또츠까의 사랑과 우정을 다룬 2부에서 특징적인 점은 1부에서의 낭만주의적 측면이 퇴조하고 인물 묘사와 성격에 현실적인 색채가 강하게 나타난다는 것이다. 상황은 구체적으로 서술되고 개개의 사건은 단순한 윤곽이 아니라 핵심적인 정황의 묘사에 의해 달성된다. 1부나 3부와는 달리 2부에서는 대화가 주요한 서술 방식이 되고 있다. 가령 까쨔와 네또츠까의 갈등은 까쨔가 네또츠까에게 고의로

---

1 공작의 모델은 V. F. 오도예프스끼 공작이라는 추정을 하기도 한다. 오도예프스끼 공작은 1820년대부터 1830년에 활동한 사람으로 『러시아의 밤』이라는 낭만주의적 환상 소설로도 당대의 사람들에게 잘 알려진 작가다. 도스또예프스끼의 첫 작품 『가난한 사람들』의 제사는 바로 이 공작의 작품에서 취한 것이다. 오도예프스끼는 『베토벤의 마지막 4중주곡』, 『세바스찬 바흐』와 같은 음악가 소설뿐 아니라 〈위대한 광인들〉의 고투를 그린 『기사 잠바티스타 피라네시의 작품』 등 〈예술가 소설〉을 쓴 바 있다. 특히 노력하지 않고 작품을 창작하려 했던 예술가의 파멸을 그린 오도예프스끼의 『즉흥시인』은 『네또츠까 네즈바노바』의 사상에도 연결된다.

묻는 몇 마디 물음을 통해 달성된다. 바로 이러한 측면은 『가난한 사람』에서 보이는, 지나치게 세세한 묘사 혹은 구성의 느슨함과는 대단히 대조를 이루는 부분이다.

4

네또츠까와 까쨔의 사랑은 갑작스러운 단절에 의해 중단되고 소설은 다시 또 다른 이야기로 옮아 간다. 3부는 네또츠까의 새로운 보호자가 된 알렉산드라 미하일로브나의 과거에 얽힌 〈비밀〉을 둘러싸고 전개된다. 〈비밀〉은 서서히 진행되어 가는 사건에 의해 표면으로 떠오르고 그 실체가 드러나면서 세 번째의 비극적 결말에 다가서게 된다.

파국의 발단은 네또츠까가 서가의 한 책에서 발견하게 되는 편지에서 비롯된다. 이 편지에 의해 네또츠까는 〈몽상의 세계〉에서 벗어나 〈타인들의 세계〉에 관여하게 되고 삶에 커다란 변화를 맞게 된다. 편지의 내용은 〈S. O.〉라는 미지의 인물이 알렉산드라에게 자신의 심경을 낱낱이 밝히고 자신의 잘못에 대해 용서를 구하는 내용이다. 진정한 사랑을 느껴 그것을 고백하는 알렉산드라의 사랑에 대해 미지의 인물은 그러한 사랑을 자신은 받을 자격이 없다며 끊임없이 자기를 비하한다. 〈대등한 사랑〉을 이루기에는 자신의 존재가 너무도 하찮다는 것이다. 하지만 그 순수성에도 불구하고 둘의 관계는 세인에게 노출되기에 이르고 사람들은 두 사람의 관계를 의심하고 비방과 험담을 퍼뜨린다. 〈죄 없는 죄인〉인 두 사람의 위기는 〈자비로운〉 남편 뾰뜨르에 의해 〈구원〉받는

다. 이 같은 내용의 편지를 통해 알렉산드라와 뾰뜨르, 그리고 미지의 인물 사이에 얽힌 과거의 진실을 알게 된 네또츠까는 뾰뜨르가 알렉산드라의 과거 전력을 문제 삼아 부인 위에 군림하고 있음을 깨닫게 되고 마지막 장면에서 그것을 폭로하려 한다.

도움을 준 사람이 실제로는 악인이라는 모티프는 이미 『가난한 사람들』의 비꼬프에서도 나타나지만 이 소설에서는 두 사람의 대비되는 모습을 통해 선명하게 드러난다. 우선 뾰뜨르의 위선적인 모습은 작가에 의해 반복적으로 표현된다. 가령 네또츠까가 느끼는, 거짓과 기만이 있는 듯한 눈이라든가, 〈녹색 안경 아래 감추고 있는 눈〉에 대한 묘사가 그러하다. 그리고 결정적으로 그의 위선적인 정체는 거울 앞에서 표정을 바꾸는 장면에서 선명하게 폭로된다.

> 나는 그가 얼굴을 꾸미는 것 같다고 생각했다. 적어도 거울 앞으로 다가서기 전에 그의 얼굴에 떠오른 미소를 분명히 보았던 것이다. 나는 그에게서 한번도 볼 수 없었던 웃음을 보았다. 그것을 보지 못했던 것은(무엇보다도 이것이 나를 놀라게 했다) 그가 알렉산드라 미하일로브나 앞에서는 한번도 웃은 적이 없었기 때문이다. 거울을 들여다보는 순간 갑자기 그의 안면이 싹 달라졌다. 미소는 어디서 명령을 받기나 한 것처럼 사라져 버리고 미소 대신에 어떤 고통스러운 표정이, 의지에 반하여 가슴에서 터져 나온 것 같은 표정이 마치 저절로 그렇게 된 듯이 나타났다. 그 표정은 어떠한 노력을 기울여도 〈인간의 힘으로는 숨길 수 없는 그런 표정〉이었다.(p. 241)[2]

인용문에서 강조한 부분은 뾰뜨르의 〈악마〉적인 모습을 연상케 한다. 〈악마〉에 관한 암시는 이미 1부에서 예피모프가 지주에게 말하는 장면에서도 나타난 바 있다(악마가 저를 홀린 게지요). 이런 장면에서 우리는 작가가 『성서』에서 모티프를 취하고 있음을 감지할 수 있다. 도스또예프스끼가 『성서』에서 모티프를 따왔다는 사실은 『네또츠까 네즈바노바』의 초고본 중 하나에 다음과 같은 구절이 있는 것으로도 확인할 수 있다.

그대에게. 내 시뇨르[3]의 판화에 「그리스도와 매춘부」가 있었네. 거기에는 이러한 제목이 붙어 있지. 〈너희 가운데 누구라도 죄가 없는 자, 이 여인을 돌로 쳐라.〉 가련한 그대여, 내 가련한 그대여! 그 죄 많은 여자가 바로 그대이런가?

이에 반해 그의 아내 알렉산드라의 모습은 전혀 상반된 모습이다. 그녀는 소심하며 수줍음을 잘 타며 감수성이 몹시 예민한 사람이다. 하지만 그녀의 부드럽고 맑은 푸른 두 눈은 남편의 눈과 완전히 상반되어 나타난다. 작가는 그녀의 아름다운 두 눈을 이상적인 경지로까지 끌어올린다.

하늘처럼 푸른 두 눈은 사랑으로 빛나고 너무도 기분 좋은 시선으로 상대방을 바라보는 것이었다. 그 속에는 언제나 선량한 모든 것, 사랑을 구하고 동정을 바라는 모든 것에 대한 깊은 공감이 어려 있어서 사람들의 마음은 그녀에

---

2 강조 표시는 인용자가 한 것임.
3 에밀 시뇨르. 19세기 프랑스 화가로 주로 역사화를 그렸다.

게 굴복하고 자기도 모르게 그녀를 향하면서 그녀에게서 맑은 마음을, 영혼의 평안을, 순종과 사랑을 찾는 것 같았다.(p. 194)

순수하고 어린애 같은 신앙심을 지니고 있는 알렉산드라는 천사로서도 비유된다. 남편의 음흉한 두 눈과는 달리 그의 두 눈은 아름다움의 순수한 불꽃을 순결하게 간직하고 있다. 하지만 이 불꽃은 위선적인 남편의 〈악마〉적인 힘에 눌려 스러져 간다.

결혼 제도에 묶인 한 여인의 사랑과 비극이라는 주제와 함께 3부에서 우리의 관심을 모으는 것은 교육 문제다. 사실 『네또츠까 네즈바노바』는 네또츠까의 성장 과정을 바탕으로 전개되고 있으며 어린 소녀에서 예술가(음악가)로 발돋움하게 되는 과정이 서술되고 있다. 이런 점에서 이 소설은 〈성장 소설〉로 부를 수 있을 것이다. 1부에서 가난한 환경과 비뚤어진 아버지의 심성, 그로 인한 어머니의 히스테리, 부모의 이런 〈이상한〉 관계 속에서 형성된 네또츠까의 심성은 어머니가 죽어 그곳을 탈출하고 싶다는 극한의 상태로까지 발전한다. H공작의 부인이 까쨔에게 악영향을 미칠까 두려워하고 있는 것도 바로 네또츠까가 자란 환경 때문이다(그 아이는 젖을 먹으면서부터 그런 교육과 습관, 그리고 어쩌면 생활 규범까지도 빨아들였을 거예요). 이렇듯 왜곡된 상황에서 형성된 네또츠까의 감정과 사고는 알렉산드라의 도움으로 서서히 치유되어 간다.

알렉산드라는 〈(교육의) 성공은 본능적 감각을 이해하고 선한 의지를 깨울 수 있는가의 여부에 달려 있다〉는 확신을 갖고 있다. 이러한 알렉산드라의 교육 방식은 루소의 사상을 연상시킨다.

알렉산드라 미하일로브나는 처음의 실패에도 불구하고 대담하게 마담 레오따르의 교육 체계에 반대한다는 의견을 표명했다. 그들은 웃으면서 말다툼을 하였지만 나의 새로운 교육자는 온갖 교육 체계에 반대한다는 의견을 단호히 선언하였다. 그녀의 확신은 그녀와 내가 감각을 통해 참다운 방법을 찾을 수 있으며 무미건조한 지식을 내 머릿속에 집어넣는 것은 아무 소용이 없다는 것, 그리고 성공은 나의 본능적 감각을 이해해 주는 것과 내 마음속에서 선한 의지를 깨울 수 있는가에 달려 있다는 것이었다.(pp. 195~196)

알렉산드라의 이러한 노력에 의해 (그에 앞서서는 까짜와의 사랑에 의해) 네또츠까는 이전의 왜곡된 심성과 상처받은 가슴을 치료하고 마음은 균형과 조화를 찾게 된다.

마지막으로 이 소설 전체를 읽고서 느끼게 되는 것은 도스또예프스끼의 개인적인 체험이 여기에 담겨 있다는 점이다. 1부의 예피모프의 모습은 데뷔작의 성공과 『분신』 이후의 좌절을 겪은 도스또예프스끼의 정신 상태를 반영하고 있다고 보아도 좋을 것이다. 특히 1부에서 친구가 예피모프와 헤어지며 들려주는 다소 긴 충고는 당시 그가 겪은 심적 체험과 그에 대한 반성을 보여 주는 대목으로 보인다. 또한 3부에서 발단이 되는 편지의 내용에서 〈세인의 험담〉에 대한 도스또예프스끼의 항변의 목소리를 감지할 수 있다. 문학에 대한 순수한 사랑을 표현한 〈죄 없는〉 자신을 험담하고 비판한 세상 사람들에게 토로하는 작가의 고통스러운 심경이 강하게 나타난다. 〈모욕당한 자존심〉의 항변이라는, 데뷔작 이래의 감성이 예민한 〈개인〉과 그것을 이해하지 못하는 〈대중〉이 날카롭게 대립한다. 이런 점에서 『네또츠까 네즈바노바』는 도스또예프스끼가 겪은 심적 체험을 반영한 것이며, 이후 그의 창작 방향을 예고해 주고 있다.

세 편의 이야기는 모두 극적인 결말로 끝난다. 이후 소설의 전개에 대해서는 몇 가지 추측을 해볼 수도 있을 것이다. 가령 알렉산드라 미하일로브나의 죽음, 까쨔와 네또츠까의 8년 만의 해후, 음악가로서 네또츠까의 활동, 마지막 장면에 등장하는 오브로프와의 새로운 관계 등. 하지만 도스또예프스끼는 방대한 스케일로 구상한 이 소설을 완성하지 못했다. 이 작품에 대한 당대의 평가처럼 지나치게 많은 독백이나 지루한 설교, 몇 군데에서 보이는 완만한 전개, 주인공의 역을 맡기에는 빈약한 화자 네또츠까의 형상을 이 소설의 단점으로 지적할 수도 있을 것이다. 하지만 도스또예프스끼는 이 작품에서 초기의 감상성과 낭만주의적 흐름에서 벗어나 각각의 인물 묘사와 심리 묘사, 세부 묘사에서 현실적인 색채를 부여하고 있다. 또한 많은 이념, 이미지, 기법 그리고 뚜렷한 성격을 지닌 인물들의 형상이 이 작품에 모여 있다. 이와 같은 점들을 고려해 볼 때 이 소설은 도스또예프스끼가 자신의 청년 시절을 마감하고 자신의 이념과 기법을 단련한 실험작이자 위대한 작가로서의 면모를 예고해 주는 작품이라 할 수 있을 것이다.

『네또츠까 네즈바노바』에 대한 저술이나 논문은 매우 희귀한 편이다. 이 해설을 집필할 때 다음의 한정된 문헌들을 참고·인용하였다.

L. Grossman, *F. M. Dostoevskii* (Moskva: Molodaia gvardiia, 1962).

K. Mochulsky, *F. M. Dostoevsky: His Life and Work,* trans. by M. Minihan (New Jersey: Princeton Univ. Press, 1967).

V. S. Nechaeva, *Rannii Dostoevskii 1821~1849* (Moskva: Nauka, 1979).

박재만

도스또예프스끼 연보

1790년 아버지 미하일 안드레예비치 도스또예프스끼, 우니아뜨교 사제의 아들이며 뽀돌리야의 귀족 가문의 자손으로 태어남. 모스끄바의 내외과(內外科) 아카데미에 들어가 1812년 조국 전쟁 때 부상자들을 돌봄. 1819년에 마리야 네차예프와 결혼.

1820년 첫아들 미하일 태어남. 아버지 미하일 도스또예프스끼는 군대에서 제대한 후 모스끄바에 있는 자선 병원의 주치의 자리를 얻음.

1821년 출생 10월 30일(현재의 그레고리우스력(曆)으로는 11월 11일) 부모가 살고 있던 모스끄바의 마린스끼 자선 병원의 부속 건물에서 둘째 아들 표도르 미하일로비치 도스또예프스끼 태어남. 11월 4일 마린스끼 병원 근처, 상뜨 뻬뜨로 빠블로프스끼 성당에서 어린 표도르에게 세례를 줌. 표도르란 이름은 그의 대부이자 외조부인 표도르 네차예프(1769~1832)에게서 물려받은 것으로 보임.

1822년 1세 12월 5일 여동생 바르바라 태어남.

1825년 4세 3월 15일 남동생 안드레이 태어남.

1829년 8세 7월 22일 쌍둥이 여동생이 태어나나 그중 동생인 베라만 살아남음.

1831년 10세 여름 아버지 미하일 도스또예프스끼가 뚤라 지방의 다로보예 영지를 사들임. 8월 농부 마레이 사건 발생(『작가 일기』 1876년

2월호에 이 사건을 소재로 한 단편 「농부 마레이」 발표). 12월 13일 남동생 니꼴라이 태어남.

1832년 11세　4월 어머니 마리야 표도로브나, 세 아들을 데리고 다로보예 영지로 감. 6월 도스또예프스끼 부부, 다로보예 옆에 있는 주민 1백여 명의 체레모쉬냐 마을을 사들임. 9월 도스또예프스끼, 어머니와 형제들과 모스끄바로 돌아옴.

1833년 12세　가을 형 미하일과 드라슈소프 씨 집에서 기숙사 생활. 4월 4일 부활절 주간에 소유지가 화재로 잿더미가 됨. 도스또예프스끼 부부, 여름 내내 피해 복구.

1834년 13세　여름 다로보예에서 지내면서 월터 스콧의 작품 탐독. 10월 도스또예프스끼와 형 미하일, 체르마끄가 경영하는 중학 과정의 기숙 학교에 들어감.

1835년 14세　7월 25일 여동생 알렉산드라 태어남.

1837년 16세　1월 29일 단테스 남작과의 결투로 뿌쉬낀 사망. 이 소식에 온 러시아가 충격에 휩싸임. 2월 27일 도스또예프스끼의 어머니 마리야 사망. 봄 도스또예프스끼, 갑작스러운 후두염과 목소리 상실로 고생함. 이 병은 그를 평생 따라다님. 5월 아버지와 형 미하일 그리고 표도르 도스또예프스끼, 수도 뻬쩨르부르그로 일주일간 마차 여행(모스끄바와 뻬쩨르부르그 두 도시 간의 철도는 1851년에 개통됨). 두 형제는 뻬쩨르부르그로 가서 중앙 공병 학교의 입학을 목표로 K. F. 꼬스또마로프가 경영하던 기숙 학교에 들어감. 아버지와 두 형제들 작별 이후 더 이상 만나지 못함. 7월 1일 도스또예프스끼의 아버지, 건강상의 이유로 퇴역한 후 아직 어린 두 딸과 시골로 들어감. 9월 두 형제가 공병 학교에 응시하나 표도르 혼자 합격(형 미하일은 신체 검사 결과 불합격).

1838년 17세　1월 16일 공병 학교에 입학. 6월 뻬쩨르부르그 근처에서 야영 생활. 돈이 떨어져서 아버지에게 서신으로 줄기차게 돈을 요구함.

1839년 ¹⁸세 6월 6일 도스또예프스끼의 아버지, 다로보예 농노들에게 살해당함.

1840년 ¹⁹세 11월 29일 하사관으로 임명됨. 군생활을 지겨워함. 호프만, 실러, 빅토르 위고, 셰익스피어, 라신, 괴테의 책을 읽음.

1841년 ²⁰세 8월 소위보로 진급됨. 미완성으로 남아 있는 두 편의 희곡,「마리 스튜어트Marie Stuart」와「보리스 고두노프Boris Godunov」를 씀. 알렉산드리야 극장을 자주 드나들며 발레와 음악회를 감상함.

1842년 ²¹세 8월 육군 소위가 됨.

1843년 ²²세 8월 공병 학교를 졸업하고 공병국 제도실에서 근무. 9월 친구 리젠깜프 박사가 살고 있는 아파트에 자리 잡음. 박사의 환자들과 알게 됨. 돈이 떨어져 P. 까레삔에게 돈을 요구. 12월 발자크의 소설 『외제니 그랑데*Eugénie Grandet*』(1834년 판) 번역. 형 미하일에게 공병 학교 친구들과 더불어 번역 작업을 할 것을 제의.

1844년 ²³세 2월 재정 상태가 극도로 안 좋아짐. 유산 관리인으로부터 일시금을 받고, 토지와 농노에 대한 상속권을 방기함. 8월 제대 신청. 10월 19일 제대함. 『가난한 사람들*Bednye liudi*』집필 시작.

1845년 ²⁴세 1월 『가난한 사람들』 처음부터 다시 쓰기 시작. 3월 소설 『가난한 사람들』 끝냄. 4월 세 번째로 전체 수정. 5월 원고를 친구 그리고로비치Grigorovich에게 읽어 줌. 그리고로비치가 이 글을 가지고 네끄라소프Nekrasov에게 뛰어감. 네끄라소프, 열광하여 그다음 날로 유명한 평론가 벨린스끼에게 보임. 작품이 성공을 거둠. 여름 레벨에 있는 형의 집에서 기거하며 두 번째 중편소설 『분신*Dvoinik*』에 착수함. 11월 하룻밤 만에「아홉 통의 편지로 된 소설Roman v deviati pis'makh」을 씀. 벨린스끼와 뚜르게네프가 도스또예프스끼의 절도 없는 생활을 비난함. 12월 벨린스끼의 집에서 열린 문학 모임에서 『분신』을 낭독함.

1846년 ²⁵세 1월 24일 『뻬쩨르부르그 선집*Peterburgskii sbornik*』에

『가난한 사람들』을 발표. 2월 두 번째 작품인『분신』을『조국 수기 Otechestvennye zapiski』에 발표. 봄 뻬뜨라셰프스끼를 알게 됨. 여름 레벨에 있는 형 집에서「쁘로하르친 씨Gospodin Prokharchin」집필. 10월 5일 게르쩬을 알게 됨.『여주인Khoziaika』과『네또츠까 네즈바노바Netochka Nezvanova』쓰기 시작. 가벼운 간질 증세. 10월「쁘로하르친 씨」를 잡지『조국 수기』에 발표.

1847년 26세 1월 소설「아홉 통의 편지로 된 소설」을 잡지『동시대인 Sovremennik』에 발표. 1~3월 벨린스끼와 절연. 6월「뻬쩨르부르그 연대기 Peterburgskaia letonisi」를 신문「상뜨 뻬쩨르부르그 통보 Sankt-Peterburgskie vedomosti」에 발표함. 7월 7일 센나야 광장에서 갑작스러운 첫 번째 간질 발작. 7월 15일 뻬쩨르부르그 근교에서 도스또예프스끼의 절친한 친구이자 시인인 B. 마이꼬프가 뇌졸중으로 인해 익사함. 가을『가난한 사람들』이 단행본으로 나옴. 10~12월『여주인』을『조국 수기』지에 발표함.

1848년 27세 5월 28일 비사리온 벨린스끼 사망. 가을 뻬뜨라셰프스끼와 스뻬쉬네프와 화해하고 그들의 사회주의 이론에 흥미를 느낌. 12월 뻬뜨라셰프스끼의 집에서 푸리에주의와 공산주의에 관한 강연을 들음.
• •『조국 수기』에 발표한 작품들 :「남의 아내Chuzhaia zhena」(1월)「약한 마음Slavoe serdtse」(2월),「뽈준꼬프」,『닳고 닳은 사람 이야기』(1장「퇴역 군인」, 2장「정직한 도둑」, 후에 1장은 완전히 삭제하고 제목도「정직한 도둑Chestnyi vor」으로 바꿈),「크리스마스 트리와 결혼식 Iolka i svad'ba」,「백야Belye nochi」(12월),「질투하는 남편」(「질투하는 남편」을 12월『조국 수기』에 발표하였으나, 1월에 발표한「남의 아내」와 합쳐「남의 아내와 침대 밑 남편」으로 개작함).

1849년 28세 연초에 뻬뜨라셰프스끼 친구들 집에서 금요일마다 열리는 문학 모임에 참석. 1~2월『조국 수기』에「네또츠까 네즈바노바」일부 발표(4월 체포로 인해 작업이 중단됨). 4월 7일 푸리에의 탄생일 기념으로〈뻬뜨라셰프스끼 모임〉에서 점심 식사. 4월 15일 뻬뜨라셰프스끼 집에서 열린 한 모임에서 도스또예프스끼는,〈절대 왕정의 입장을 신봉했다는 이유로 고골을 비난하는 내용을 담은〉 벨린스끼의 편지를 두 번째로 읽음. 4월 23일 고발에 의해 새벽 5시에 체포당함. 9월 30일 재판 시작. 11월 13일 벨린스끼의 〈사악한〉 편지를 퍼뜨린 죄목으로 사형을 선고받음. 12월 22일 세묘노프스끄 광장에서 사형수들의 형을 집행하기 직전, 황제의 특사로 형 집행이 중단되고 강제 노동형으로 감형됨.

1850년 ^{29세} 1월 11일 또볼스끄에 도착하여 이곳에서 여러 명의 12월 당원(제까브리스뜨) 아내들의 방문을 받음. 그중 폰비진의 아내는 그에게 10루블짜리 지폐가 표지에 숨겨진 복음서를 몰래 건네줌. 1월 23일 옴스끄에 도착하여 4년을 지냄. 이 기간 동안 가족에게 편지 쓰기를 금지당한 채 혹독하고 비참한 수용소 생활을 견뎌 냄.

1854년 ^{33세} 2월 중순 출옥. 2월 22일 감옥 생활을 묘사한 편지를 형에게 보냄. 3월 2일 시베리아 전선 세미팔라친스끄에 주둔 중인 제7대대에 배치됨. 봄에 세무관 이사예프와 알게 됨. 이사예프 부인에게 반함. 이 기간에 뚜르게네프, 똘스또이, 곤차로프, 칸트, 헤겔 등의 서적을 탐독함. 11월 21일 세미팔라친스끄에 검찰관으로 임명된 브란겔 남작과 가까운 친구가 됨.

1855년 ^{34세} 2월 18일 니꼴라이 1세 사망. 8월 4일 세무관 이사예프 사망. 12월 브란겔, 세미팔라친스끄를 떠남.
• 이해에 『죽음의 집의 기록 *Zapiski iz miortvogo doma*』을 쓰기 시작.

1856년 ^{35세} 브란겔, 상뜨 뻬쩨르부르그에서 도스또예프스끼의 사면을 위해 활동을 함. 11월 26일 마리야 드미뜨리에브나 이사예프가 오랜 망설임 끝에 도스또예프스끼의 청혼을 승낙함.

1857년 ^{36세} 2월 6일 마리야 드미뜨리에브나 이사예프와 결혼. 4월 17일 이전의 권리(세습 귀족 신분)를 되찾음. 8월 감옥에서 구상하고 집필에 들어갔던 「꼬마 영웅 *Malenkii geroi*」이 『조국 수기』에 M이라는 익명으로 실림. 12월 간질 증세로 인해 군복무를 계속할 수 없다는 진단을 받음.

1858년 37세 봄 까뜨꼬프에게 편지를 보내 『러시아 통보Russkii vestnik』지에 중편소설 게재를 요청함. 까뜨꼬프 받아들임. 6월 19일 형 미하일이 정치와 문학 잡지 『시대Vremia』지의 출판 허가를 요청함. 9월 30일 미하일, 잡지 출판 허가받음. 10월 31일 돈 떨어짐. 두 편의 중편과 장편 한 편을 씀.

1859년 38세 3월 18일 하사관으로 제대함. 3월 『아저씨의 꿈 Diadiushkin son』이 『러시아 말Russkoe slovo』지에 실림. 4월 11일 소설 『스쩨빤치꼬보 마을 사람들Selo stepantikovo』을 까뜨꼬프에게 보냄. 7월 2일 세미팔라친스끄를 떠나 뜨베리로 감. 8월 19일 뜨베리 도착. 8월 28일 형 미하일이 도착하여 며칠간 동생과 함께 지냄. 도스또예프스끼, 상뜨 뻬쩨르부르그에서 거주할 허가를 얻기 위해 교섭. 뜨베리에 싫증을 냄. 10월 6일 네끄라소프, 『동시대인』지에서 『스쩨빤치꼬보 마을 사람들』 출판에 동의함. 도스또예프스끼는 『죽음의 집의 기록』 집필 구상. 11월 상뜨 뻬쩨르부르그 거주를 허가받음. 그러나 평생 비밀 경찰의 감시를 받게 됨. 12월 상뜨 뻬쩨르부르그에 도착(10년 만의 귀환). 며칠 후 스뜨라호프Strakhov와 알게 되고 친구가 됨. 후에 그는 도스또예프스끼의 공식 전기를 쓰게 됨. 11~12월 『스쩨빤치꼬보 마을 사람들』이 『조국 수기』지에 실림.

1860년 39세 봄 여배우 A. I. 쉬베르뜨의 집에 드나들게 되고 그녀의 남동생 내외와도 알게 됨. 3~4월 〈문학 기금〉을 위한 두 편의 연극에 참여(고골의 「검찰관Revizor」과 「코nos」). 9월 『러시아 세계Russkii mir』지(67호)에 『죽음의 집의 기록』 연재 시작. 11월 검열 당국은 『죽음의 집의 기록』의 불온한 표현들을 삭제한다는 조건으로 이 책의 출판을 허가함. 가을 형과 함께 문학 서클 〈편집자들의 모임〉 결성. 당대의 유명 인사들이 대거 참여.
• 도스또예프스끼의 작품들이 두 권의 책으로 나옴.
1권 : 『가난한 사람들』, 『네또츠까 네즈바노바』, 「백야」, 「정직한 도둑」, 「크리스마스 트리와 결혼식」, 「남의 아내와 침대 밑 남편」, 「꼬마 영웅」. 2권 : 『아저씨의 꿈』, 『스쩨빤치꼬보 마을 사람들』.

1861년 ⁴⁰세　3월 5일 2월 19일의 농노 해방령이 시행됨. 7월 『상처받은 사람들*Unizhennye i oskorblionnye*』마지막 손질. 『시대』지에 기고. 9월 『상처받은 사람들』 출판 허가. 이 해에 많은 작가들과 관계를 맺음. 그중에는 곤차로프, 오스뜨로프스끼, 살띠꼬프 쉬체드린도 있음.
• 『상처받은 사람들』이 두 권의 단행본으로 출간됨.

1862년 ⁴¹세　1월 『죽음의 집의 기록』의 두 번째 부분이 『시대』지에 실림. 1월 16일 『죽음의 집의 기록』의 단행본을 내기 위해 바주노프와 계약. 5월 온천에 가기 위해 통행증 신청. 5월 16일 상뜨 뻬쩨르부르그에서 화재 발생, 15일간 계속되어 1천여 개의 상점이 잿더미가 됨. 도스또예프스끼, 크게 놀람. 6월 7일 처음으로 외국 여행. 6월 8~26일 베를린, 드레스덴, 프랑크푸르트, 쾰른, 파리 등을 여행. 7월 초 런던에 가서 게르쩬 만남. 〈도스또예프스끼가 어제 나를 만나러 왔습니다. 그는 순수하고, 그다지 명석하지는 않지만 매력있는 사람입니다. 그는 러시아 민족을 열광적으로 믿고 있습니다.〉(1862년 7월 17일 게르쩬이 오가레프Ogarev에게 보낸 편지) 7월 7일 체르니셰프스끼Chernyshevskii가 체포되어 뻬뜨로 빠블로프스끄 감옥에 감금됨. 7월 8일 도스또예프스끼, 파리로 돌아가기 전 게르쩬에게 자신의 서명이 든 사진을 선물함. 7월 15일 쾰른으로 갔다가 라인 강을 거쳐 스위스로, 그 후엔 이탈리아로 감. 12월 『시대』지에 『악몽 같은 이야기*Skvernyi anekdot*』 발표.

1863년 ⁴²세　2월 『시대』지에 「여름 인상에 대한 겨울 메모Zimnie zametki o letnikh vpechatleniakh」 연재됨. 4월 『시대』지, 스뜨라호프가 1월에 발생한 폴란드인의 무장봉기 실패에 관해서 폴란드인에게 유리한 기사를 실었다는 이유로 4호로 발행 정지됨. 5월 『시대』지 출판금지 당함. 8월 외국으로 떠남. 8월 14일 파리에 도착하여 다음 날 먼저 와 있던 수슬로바와 만남. 둘의 관계가 악화되고 그는 노름판에서 돈을 잃음. 9월 수슬로바와 이탈리아로 출발. 바덴바덴에서 머물다가 뚜르게네프를 만남. 노름판에서 3천 프랑을 잃음. 바덴바덴을 떠나 토리노로 감. 그다음 제네바로 가서 도스또예프스끼는 시계를, 수슬로바는 반지를 저당잡힘. 그 후 제네바, 로마, 리보르노로 여행. 9월 17일 로마의 성 베드로 성당 방문. 9월 18일 포럼 산책. 스뜨라호프에게 편지를 보내 『노름꾼 Igrok』에 대한 이야기와 돈이 궁한 사정을 호소함. 스뜨라호프는 도스또예프스끼가 토리노로 가기 전, 그에게서 〈독서를 위한 총서〉의 편집자가 되겠다는 약속을 받아 냄. 10월 수슬로바와 나폴리 체류. 그곳에서 게르쩬 가족을 만남. 그 후 토리노로 돌아옴. 10월 8일 수슬로바와 헤어짐. 수슬로바는 파리로 떠남. 도스또예프스끼는 함부르크로 가서 도박을 하고 돈을 잃음. 수슬로바에게 편지를 보내 350프랑을 받음. 이 시기에 『노름꾼』과 『지하로부터의 수기 Zapiskii iz podlpol'ia』쓰기 시작. 10월의 마지막 10일 동안 러시아로 돌아감. 11월 형 미하일, 내무부 장관 발루예프에게 『시대』지를 다른 이름으로 낼 수 있게 해달라고 요청.

1864년 43세 1월 발루예프, 형 미하일에게 『세기 Epokha』지 출판 허가 내줌. 3월 21일 『세기』지 첫 호 나옴. 3~4월 『지하로부터의 수기』를 『세기』지에 발표. 4월 4일 〈오전 문학 모임〉에서 『죽음의 집의 기록』의 일부를 낭독함. 4월 14~15일 아내 마리야 드미뜨리예브나의 건강 상태 악화. 새벽 4시에 병자 성사. 낮 동안 각혈 계속됨. 저녁 7시에 숨을 거둠. 4월 16일 죽은 아내의 머리맡에서 수첩에 자신의 반성을 적음. 〈아내 마샤는 탁자 위에서 쉬고 있다. 마샤를 다시 볼 수 있을까?〉 4월 말 뻬쩨르부르그로 돌아감. 7월 10일 아침 7시, 빠블로프스끄에서 형 미하일 사망. 그의 아내가 『세기』지 발간을 계속해 나갈 것을 허가받음. 9월 25일 친구 아뽈론 그리고리예프 죽음.
• 『죽음의 집의 기록』이 두 권의 독일어 판으로 라이프치히 출판사에서 나옴.

1865년 44세 3월 31일 친구 브란겔에게 아내의 죽음을 알리는 편지를 씀. 〈그녀는 나를 무척이나 사랑했지. 그리고 나도 그녀를 한없이 사랑했네. 그런데 우린 이제 함께 행복을 나눌 수 없게 되었어……. 내 삶은 갑자기 둘로 나뉘어 버렸어.〉 이 시기에 꼬르빈 끄루꼬프스까야 부인. 후에 유명한 수학자가 된 소피야 꼬발레프스까야와의 우정이 시작됨. 4~5월 꼬르빈 끄루꼬프스까야 부인에게 청혼하나 거절당함. 5월 10일 외국 여행을 위해 여권 신청. 6월 『세기』지 2호에 「악어」 연재 (「기이한 사건 혹은 아케이드에서의 돌발적 사건」이라는 제목으로 연재 시작). 『세기』지, 재정난으로 발행 중단(통권 13호). 여름에 출판업자 스쩰로프스끼와 계약을 맺고 자기의 모든 작품을 양도하고 1866년 11월 1일까지 일정 페이지의 새 소설을 탈고하겠다고 약속함. 계약을 이행하지 못할 경우 스쩰로프스끼는 보조금 지급 없이 이후의 모든 작품에 대한 저작권을 가지기로 함. 도스또예프스끼, 3천 루블을 받고 모든 작품의 저작권을 팔아 버림. 7월 말 비스바덴에 도착. 8월 3일 뚜르게네프에게 편지를 보내 노름판에서 거액을 잃은 사실을 알리고 1백 탈러를 보내 달라고 부탁함. 수슬로바, 도스또예프스끼를 만나러 비스바덴으로 감. 8월 8일 50탈러를 부쳐 주어서 고맙다는 편지를 뚜르게네프에게 씀. 9월 밀류꼬프에게 편지를 보내 어디든 상관없으니 중편소설을 팔아 당장 8백 루블을 보내 달라고 부탁하지만 허탕. 〈나는 호텔에 묵고 있습니다. 빚이 불어나서 위협을 받고 있습니다. 그리고 한 푼도 없는 실정입니다.〉 밀류꼬프는 〈독서를 위한 총서〉, 『동시대인』, 『조국 수기』지에 요청하지만 모두 그가 요구하는 선불금을 거절함. 까뜨꼬프에게 『죄와 벌 Prestuplenie i nakazanie』의 구상을 알리는 편지의 초안 작성. 편지에 소설의 줄거리 묘사. 10월 코펜하겐에 도착하여 친구 브란겔의 집에서 10일을 보냄. 15일 상뜨 뻬쩨르부르그로 돌아옴. 11월 2일 수슬로바를 만나 다시 청혼함. 11월 8일 브란겔에게 보낸 편지에서 돌아온 첫 주에 세 차례의 간질 발작이 있었음을 알림. 까뜨꼬프가 그에게 선불금 지급. 11월 말 『죄와 벌』 초고를 태워 버림. 〈새 형식, 새 플롯이 내 마음을 사로잡아 나는 모두 다시 시작했다.〉 (1866년 2월 18일 브란겔에게 보낸 편지) 『죄와 벌』을 쓰는 동안 센나야 광장 근처로 자주 산책 나감. 어느 날 술 취한 군인이 다가와 목에 걸고 있던 십자가를 팔겠다고 해 그 십자가를 사서 목에 걸고 다님. 1867년 외국으로 떠날 때 상뜨 뻬쩨르부르그에 놓고 갔으며 이후 없어짐.

• 도스또예프스끼의 전집이 작가의 검토와 보충을 거쳐 스쩰로프스끼 출판사에서 나옴.
1권 : 「여주인」, 「쁘로하르친 씨」, 「약한 마음」, 『죽음의 집의 기록』, 『가난한 사람들』, 「백야」, 「정직한 도둑」. 2권 : 『상처받은 사람들』, 『지하로부터의 수기』, 「악몽 같은 이야기」, 「여름 인상에 대한 겨울 메모」 등.

도스또예프스끼의 여러 단편들과 중편들이 같은 출판사에서 단행본으로 나옴.『가난한 사람들』,「백야」,「약한 마음」,「여주인」,「쁘로하르친 씨」등.『죽음의 집의 기록』의 세 번째 판이 검토를 거치고 새 장들이 추가되어 나옴.

1866년 45세 1월『죄와 벌』,『러시아 통보』지에 연재 시작(12월호로 완결). 1월 14일 고리대금업자 뽀뽀프와 그의 하녀 노르만이 대학생 다닐로프에게 살해되고 금품을 강탈당함. 도스또예프스끼는『백치 Idiot』를 쓰며 이 사건을 숙고함. 3~4월『동시대인』지에『죄와 벌』에 대한 비호의적인 평이 실림. 4월 4일 러시아 황제 알렉산드르 2세에 대한 까라꼬조프의 암살 계획. 도스또예프스끼는 이 사건에 깜짝 놀람. 6월 여름을 여동생의 가족이 사는 곳에서 가까운 모스끄바의 교외 지역인 류블리노에서 보냄.『노름꾼』의 줄거리와『죄와 벌』5부 작업.『러시아 통보』의 편집자 까뜨꼬프에게 부도덕한 장면이라고 지적당한 2부의 6장을 수정해야 했음(라스꼴리니꼬프와 소냐가 복음서를 읽는 장면). 9월 까라꼬조프에 대한 재판과 판결. 도스또예프스끼는 작가 노트와『악령』의 도입부에서 이 재판에 대해 언급함. 10월 스쩰로프스끼에게 약속한 소설을 제때에 끝내기 위해 속기사를 고용하기로 결심함. 10월 3일 저녁때 안나 그리고리예브나 스니뜨끼나 Anna Grigorievna Snitkina가 찾아와 속기사로 일하겠다고 함. 그다음 날『노름꾼』구술 시작. 29일에 끝냄. 30일, 31일 원고 정서함. 11월『노름꾼』원고를 스쩰로프스끼에게 가져감. 스쩰로프스끼는 자리에 없고 그의 서기가 원고를 거절함. 도스또예프스끼는 출판사 부근의 경찰서에 소설을 맡김. 11월 3일 어머니 집에 있는 안나 그리고리예브나를 방문함. 그리고『죄와 벌』마지막 부분을 속기해 달라고 부탁함. 11월 8일 안나 그리고리예브나에게 청혼. 그녀의 수락. 이달 말, 도스또예프스끼는 하나뿐인 외투를 저당잡혀 쪼들리는 친척들을 도움.

• 도스또예프스끼 전집 제3권 나옴(스쩰로프스끼 출판사).
수록 작품:『노름꾼』,『분신』,「크리스마스 트리와 결혼식」,「남의 아내와 침대 밑 남편」,「꼬마 영웅」,「네또츠까 네즈바노바」,「아저씨의 꿈」,『스쩨빤치꼬보 마을 사람들』. 스쩰로프스끼 출판사에서 단편, 중

단편들이 단행본으로 나옴. 『분신』, 『지하로부터의 수기』, 『노름꾼』, 「크리스마스 트리와 결혼식」, 「악어Krokodil」, 「악몽 같은 이야기」 등. 『상처받은 사람들』 세 번째 개정판(스쩰로프스끼 출판사). 『스쩨빤치꼬보 마을 사람들』의 세 번째 판(스쎌로프스끼 출판사).

1867년 ⁴⁶세 2월 15일 저녁 7시, 삼위일체 대성당에서 도스또예프스끼와 안나 그리고리예브나의 결혼식. 3월 30일 도스또예프스끼와 그의 아내, 모스끄바에 도착. 듀소 호텔로 감. 모스끄바에서 보석상 까밀꼬프가 양갓집 아들 마주린에게 살해당하는 사건이 발생. 도스또예프스끼는 이 범죄 사건을 『백치』의 마지막에 이용함. 4월 도스또예프스끼 부부, 외국으로 갈 계획 세움. 4월 12일 안나 그리고리예브나, 돈을 빌리기 위해 개인 물품을 저당잡힘. 빌린 돈의 일부를 도스또예프스끼 가족에게 줌. 4월 14일 도스또예프스끼 부부, 외국으로 떠나 4년 넘게 체류. 안나 그리고리예브나 일기 쓰기 시작. 4월 17일과 18일 베를린 체류. 4월 19일 드레스덴에 도착, 미술관에서 라파엘의 마돈나 감상. 책 사들임. 5월 4일 도스또예프스끼, 룰렛 게임을 하러 함부르크로 출발. 5월 5일 도박을 하여 처음엔 땄으나 그 후에 거액을 잃고 아내에게 여러 차례 돈을 요구하지만 이 돈마저 잃음. 5월 15일 드레스덴으로 돌아옴. 5월 25일 알렉산드르 2세에 대한 폴란드 이민자 베레조프스끼의 암살 음모. 파리 체류. 6월 디킨스, 위고를 읽음. 베토벤, 바그너의 음악회 감상. 이달 여러 번의 간질 발작을 일으킴. 6월 21일 도스또예프스끼 부부, 바덴바덴으로 떠남. 이후 룰렛 게임을 계속함. 6월 28일 뚜르게네프를 만나러 감. 러시아와 서양의 관계에 대한 생각 차이로 말다툼. 7월 10일 도박으로 마지막 남은 돈을 잃음. 물건을 저당잡힘. 7월 16일 도벨린스끼에 대한 기사 쓰기 시작. 8월 11일 도스또예프스끼 부부, 제네바로 떠남. 바젤에 들러 미술관 방문. 8월 13일 제네바 도착. 8월 28일 가리발디와 바꾸닌의 협력으로 제네바에서 평화와 자유 연맹의 첫 번째 회의 열림. 도스또예프스끼, 여러 회의에 참석. 9월 도박으로 또 손해를 봄. 제네바에 싫증을 냄. 경제 사정 매우 악화. 10월 『백치』 집필. 도박으로 돈을 잃음. 물건을 저당잡힘. 12월 6일 『백치』의 최종 원고 작업 돌입. 〈내 소설의 주요 생각은 지극히 완전한 사람을 그

리는 데 있다.〉
- 『죄와 벌』 수정판이 두 권으로 바주노프 출판사에서 나옴.

1868년 47세 2월 22일 딸 소피야 태어남. 3월 10일 한 가족(6명)이 땀 보프에서 살해되는 사건 발생. 16세의 고등학생이 용의자로 지목됨. 도스또예프스끼는 이 사건을 『백치』 2부에 이용함. 도박 계속. 5월 12일 어린 딸 소피야 죽음. 9월 밀라노 도착. 성당에 감. 11월 피렌체로 출발. 그곳에서 겨울을 남.
- 『러시아 통보』지에 『백치』 게재.

1869년 48세 봄 러시아의 친구들과 활발한 서신 교환. 무신론에 관한 소설을 구상. 7월 프라하에서 사흘을 보낸 다음 베네치아, 볼로냐를 거쳐 드레스덴으로 돌아감. 9월 14일 딸 류보프 출생. 11월 21일 모스끄바에서 혁명 운동가 네차예프를 지도자로 하는 〈민중의 복수〉라는 혁명 단체가 불복종을 이유로 농학과 학생 이바노프를 암살함(소위 네차예프 사건). 도스또예프스끼는 이 사건을 주의 깊게 연구하여 후에 『악령 besy』에 이용함.

1870년 49세 봄 니힐리즘에 대한 〈악의적인 것〉 작업(『악령』). 6~8월 프랑스-프로이센 전쟁. 도스또예프스끼, 자기 일기와 서신에 유럽의 사건들에 대해 언급.
- 『오로라 L'Aurore』에 『영원한 남편 Vechniimuzh』 실림. 『죄와 벌』, 전집 제4권으로 나옴(스쩰로프스끼 출판사).

1871년 50세 1월 『러시아 통보』지에 『악령』 연재 시작. 3~5월 파리 코뮌. 도스또예프스끼의 편지와 『미성년 Podrostok』의 작가 노트에서 이 사건을 반영했음을 밝힘. 4월 비스바덴에 가서 룰렛 게임. 돈을 잃고 아내에게 편지를 써서 다시는 도박을 하지 않겠다고 약속함. 러시아가 그리워져서 다시 돌아갈 생각을 함. 7월 1일 네차예프의 재판. 재판의 내용이 『악령』 2부와 3부에서 이용됨. 7월 5일 드레스덴을 떠나 뻬쩨르부르그 도착. 7월 16일 뻬쩨르부르그에서 아들 표도르 태어남.
- 바주노프 사에서 〈동시대 작가 총서〉의 하나로 『영원한 남편』이 단행본으로 나옴.

1872년 51세 4~5월 딸 류보프의 팔이 부러짐. 도스또예프스끼, 뜨레쨔꼬프에게 주문받은 초상화를 그리기 위해 뻬로프의 모델이 됨. 5월 15일 여름을 지내기 위해 스따라야 루사로 떠남. 며칠 후 딸의 잘 낫지 않는 팔을 수술하기 위해 뻬쩨르부르그로 다시 돌아옴. 10월 30일 『시민 *Grazhdanin*』지에서 도스또예프스끼와 공동 작업할 것임을 알림. 11~12월 안나 그리고리예브나, 『악령』을 직접 출판하기 위해 교섭. 도스또예프스끼, 『시민』지의 편집 일을 맡음. 12월 말 도스또예프스끼, 『시민』지 1호에 『작가 일기』 제1장 원고 조판 작업. 독감과 폐기종으로 고생하기 시작.

1873년 52세 1월 1일 『시민』지 제1호가 나옴. 편집장을 맡음. 1월 7일 끼르끼즈 대표단이 겨울 궁전으로 알렉산드르 2세를 접견하러 감. 검열 당국의 사전 허가를 받지 않은 점을 변명하기 위해 도스또예프스끼도 따라감. 뽀베도노스쩨프(성무권의 담당 검사관)가 왕위 계승자 알렉산드르 알렉산드로비치에게 편지와 『악령』 견본 보냄. 2월 26일 안나 그리고리예브나가 출판한 『악령』 판매 시작. 2월 27일 슬라브 자선 단체의 회원으로 뽑힘. 6월 11일 검열법 위반으로 25루블의 벌금형과 48시간의 구류(끼르끼즈 대표단 사건) 처분받음. 6월 15일 시인 쮸체프 사망. 그에 대한 글을 『시민』지에 기고함.
• 『악령』이 세 권의 단행본으로 나옴. 정치적, 연대기적, 문학적 기사와 중편소설, 일상 생활을 묘사한 『작가 일기』가 『시민』지에 연재됨. 『작가 일기』(『시민』지 제6호)에 단편 「보보끄」가 실림.

1874년 53세 1월 『백치』, 두 권의 단행본으로 나옴. 3월 11일 『시민』지 10호에 기고한 글 〈러시아에 사는 독일인들에 대한 비스마르크 왕자의 생각과 관련된 두 단어〉로 잡지는 첫 번째 경고를 받음. 3월 21일과 22일 쎈나야 광장의 보초에게 체포당함. 이때 『레 미제라블』을 다시 읽음. 4월 22일 건강상의 이유로 『시민』지의 편집장직 사퇴. 그러나 기고는 중단하지 않음. 6월 4일 스따라야 루사를 떠나 엠스에 온천 요법을 받으러 감. 6월 12일 엠스에 도착. 독감에 걸림. 엠스에 싫증을 냄. 뿌쉬낀을 다시 읽고 『미성년』 작업. 〈엠스가 너무 싫은 나머지 감옥이 더 나을 것 같다.〉 7~8월 제네바에 가서 딸 소냐의 무덤에 감. 8월

10일 스따라야 루사로 돌아옴. 이곳에서 겨울을 나기로 결심함. 10월 12일 네끄라소프에게 보낸 편지에 『조국 수기』지에 자기 소설 『미성년』이 실릴 것이라고 알림.

1875년 54세 4월 9일 안나 그리고리예브나, 꾸르스끄 지방에 있는 남동생 아내의 땅을 소작하기로 남동생과 합의. 5월 26일 도스또예프스끼, 엠스로 떠남. 처음 왔을 때와 같은 참기 힘든 인상을 받음. 욥기를 읽음. 7월 7일 스따라야 루사로 돌아옴. 8월 10일 아들 알렉세이 태어남. 12월 길에서 일곱 살의 거지 어린애와 자주 만나며 그의 생활에 관심을 가지고 질문을 함. 현대의 부모와 아이들에 관한 소설 구상. 12월 27일 비행 청소년을 위한 감화원 방문. 12월 31일 개인 잡지 『작가 일기』의 발행 허가가 내려짐.
• 『죽음의 집의 기록』 제4판이 두 권의 책으로 나옴. 『미성년』이 『조국 수기』(1~12월호)에 실림.

1876년 55세 1월 월간 『작가 일기』 제1호 발행. 단편 「예수의 크리스마스 트리에 초대된 아이」 발표. 2월 『작가 일기』 2월호에 단편 「농부 마레이」 발표. 3월 영적 경험. 『작가 일기』 3월호에 단편 「백 살의 노파」 실림. 5월 18일 안나 그리고리예브나, 남동생에게 스따라야 루사에 집을 한 채 사놓으라고 시킴. 7월 도스또예프스끼, 엠스로 떠남. 그곳에서 의사는 〈죽으려면 아직도 멀었다〉고 안심시킴. 10월 도스또예프스끼가 『작가 일기』에서 말한 계모 꼬르닐로바의 재판이 열림. 그는 죄수를 두 번 방문함. 『작가 일기』는 점점 더 풍부한 통신란이나 다름없게 됨. 11월 도스또예프스끼는 뽀베도노스쩨프의 충고에 대해 『작가 일기』의 별책들을 유명해지게 할 것을 제안. 『온순한 여자 Krotkaia』 집필, 『작가 일기』 11월호에 발표. 12월 6일 까잔 광장에서 대학생들의 시위와 난투극. 『작가 일기』에서 이 사건을 상세히 다룸.
• 『미성년』이 3권의 단행본으로 나옴. 『작가 일기』 계속 발간.

1877년 56세 봄 스따라야 루사에 안나 그리고리예브나의 동생 명의로 집을 사들임. 4월 러시아 황제의 성명. 러시아 군대가 터키 영토에 진입. 도스또예프스끼는 성명을 읽고 까잔 성당에 감. 4월 22일 꼬르닐로

바의 두 번째 재판에 참석함. 피고는 무죄 석방됨. 검사는 처음 선고는 『작가 일기』의 기사에 따라 취소되었다고 말함. 『작가 일기』 4월호에 단편 「우스운 사람의 꿈」 발표. 도스또예프스끼 가족, 여름을 안나 그리고 리예브나의 남동생 소유지에서 보냄. 7월 『안나 까레니나』 8부가 단행본으로 나옴. 전쟁에 대한 똘스또이의 반체제적 견해 때문에 거부되었던 책으로 『러시아 통보』지의 편집부에서 펴냄. 도스또예프스끼, 그 책을 구입. 7월 19일 꾸르스끄 지방으로 떠남. 어린 시절을 보낸 다로보예로 감. 12월 27일 시인 네끄라소프 사망. 충격에 싸인 도스또예프스끼는 밤을 새워 죽은 시인의 시를 낭독함. 12월 29일 연말 공식 회의에서 도스또예프스끼가 과학 아카데미 러시아 문헌 분과의 객원 회원으로 뽑혔음을 알려 옴. 12월 30일 네끄라소프 장례식에서 간단한 연설을 함.
• 『작가 일기』계속 발간. 『죄와 벌』 4판이 두 권으로 나옴. 『온순한 여자』가 「상뜨 뻬쩨르부르그 신문」에 프랑스어로 번역됨. 단행본으로도 나옴.

1878년 57세　연초 도스또예프스끼, 매달 문학인 협회가 주관하는 저녁 모임 참가. 3월 베라 자술리치의 재판. 베라는 정치범을 하찮은 이유로 채찍질한 뜨레뽀프 경찰국장을 저격. 도스또예프스끼, 재판 방청. 5월 16일 세 살의 어린 아들 알렉세이 도스또예프스끼, 갑작스러운 간질 발작으로 죽음. 아들이 죽은 후 그는 자주 블라지미르 솔로비요프를 만남. 6월 23일 솔로비요프와 함께 러시아 영성의 중심지 중 하나인 옵찌나 수도원에 감. 암브로시 장로와 두 번의 대화. 그로부터 『까라마조프 씨네 형제들 Brat'ia Karamazovy』의 영감을 얻음. 12월 계획을 세우고 『까라마조프 씨네 형제들』의 첫 부분 씀. 12월 14일 『상처받은 사람들』의 넬리 이야기를 자선 문학의 밤 모임에서 낭독. 〈문학 기금〉의 저녁 모임에서 뿌쉬낀의 『예언자』를 읽음. 이 겨울 동안 문단에 자주 나옴.
• 『작가 일기』 1877년 12월호가 1878년 1월에 나옴.

1879년 58세　3월 9일 〈문학 기금〉을 위한 연회에서 도스또예프스끼는 『까라마조프 씨네 형제들』의 일부분을 낭독함. 3월 13일 뚜르게네프 기념 오찬 모임에서 뚜르게네프와 도스또예프스끼 사이의 별로 좋지 않은 이야기들이 회자됨. 3월 20일 어린 딸을 괴롭힌 혐의로 고발 당한 외국인 브룬스트의 재판. 도스또예프스끼는 이 사건에 매우 깊은 인상을 받아 『까라마조프 씨네 형제들』에 이용함. 도스또예프스끼는 술 취한 남자 때문에 길에 넘어져 얼굴에 상처를 입음. 그의 항의에도 불구하고 가해자는 16루블의 벌금형을 받음. 빅토르 위고의 주재로 열리는 런던 문학 회의에 참여해 달라는 요청을 건강상의 이유로 거절함. 7월 22일 엠스로 떠남. 베를린에서 이틀 머무름. 수족관, 박물관, 티어가르텐 구경. 7월 24일 엠스 도착. 그가 이곳에 머무는 동안 그의 아내는 아이들을 데리고 그녀의 친척인 꾸마닌 부인의 토지 분할 문제를 처리하기 위해 랴잔 지방에 감. 꾸마닌 부인은 2백 평방미터의 산림과 1백 평방미터의 경작지를 보유. 8월 6일 형수 죽음. 9월 러시아로 돌아옴. 『까라마조프 씨네 형제들』 작업. 10월 알렉세이 똘스또이의 미망인, 똘스또이 백작 부인이 도스또예프스끼에게 드레스덴 박물관에 있는 라파엘의 「시스티나의 마돈나」 사진을 보여 줌.

• 『까라마조프 씨네 형제들』(소설 3부의 제4권까지) 『러시아 통보』에서 나옴. 『작가 일기』 제2판 1876년. 『상처받은 사람들』 제5판.

1880년 59세   1월 도스또예프스끼의 아내가 출판한 작품 판매. 1월 17일 도스또예프스끼와 프랑스 외교관이자 작가인 보귀에 사이에 논쟁〔보귀에는 후에 유명한 책, 『러시아 소설』(1886)을 씀〕. 도스또예프스끼는 다음과 같이 말함. 〈우리는 모든 민족들이 가진 특징을 가지고 있습니다. 그 위에 모든 러시아의 특징도. 그 이유는 우리는 당신들을 이해할 수 있기 때문입니다. 그러나 당신들은 우리에 미치지 못합니다.〉 자선 문학의 밤 행사에 여러 번 참여. 자기 작품의 몇몇 부분을 읽음. 4월 6일 뻬쩨르부르그 대학에서 열린 블라지미르 솔로비요프의 박사 논문 통과 심사에 참석. 5월 11일 모스끄바에서 열리는 뿌쉬낀 동상 제막식에서 슬라브 자선 단체의 대표로 임명됨. 5월 23일 모스끄바 도착. 5월 24일 도스또예프스끼를 축하하는 오찬. 여러 작가들 참석. 6월 6일 뿌쉬낀 동상 제막식. 6월 7일 첫 번째 공개 회의, 뚜르게네프 연설. 6월 8일 두 번째 공개 회의. 도스또예프스끼, 대중의 열광을 불러일으킨 뿌쉬낀에 대한 연설을 함. 월계관을 받음. 저녁에 『예언자』 낭독. 밤에 그는 뿌쉬낀 동상에 가서 자기가 받은 월계관을 바침. 6월 10일 모스끄바를 떠나 스따라야 루사로 감. 『까라마조프 씨네 형제들』쓰기 시작. 9월 26일 똘스또이가 스뜨라호프에게 편지를 보내『죽음의 집의 기록』은 뿌쉬낀의 작품을 포함하여 새로운 모든 문학 작품들 중 가장 아름다운 책이라고 말함. 11월 8일 도스또예프스끼, 『러시아 통보』지에 『까라마조프 씨네 형제들』의 마지막 장들을 보냄. 〈내 소설은 끝났습니다. 이 소설에 바친 3년과 출판한 2년, 나에게는 의미 있는 순간입니다. 작별 인사를 하지 않은 것을 용서하시기 바랍니다. 나는 20년은 더 살면서 글을 쓸 작정입니다.〉 11월 29일 한 편지에서 나쁜 건강 상태에 대해 불평(폐기종으로 고생). 12월 10일 젊은 메레쥐꼬프스끼 Merezhkovskii의 방문을 허락. 15세의 젊은 시인은 도스또예프스끼에게 자신의 시를 읽어 줌. 〈제대로 쓰기 위해서는 고통을 감내해야 한다.〉
• 〈뿌쉬낀에 대한 연설〉이 『모스끄바 통보』지에 실림. 『까라마조프 씨네 형제들』, 『러시아 통보』지에 연재(11월 완결). 『작가 일기』제2판 1880년. 『까라마조프 씨네 형제들』단행본 며칠 만에 동이 남.

1881년 60세   1월 『작가 일기』작업. 1월 19일 알렉세이 똘스또이의 미망인 집에서 열린 연극 『폭군 이반의 죽음 Smert' Groznogo Ivana』에서 수도승 역을 맡음. 1월 26일 상속 문제로 여동생이 찾아와 다투고 간 후 도스또예프스끼 각혈, 5시 반에 의사 폰 브레첼 도착, 진찰 도중 다시 각혈, 의식을 잃음, 6시경 병자 성사를 받음, 7시경 아내와 아이들에게 작별 인사. 1월 27일 각혈 멈춤. 1월 28일 아침 7시 도스또예프스끼는 아내에게 오늘 틀림없이 죽을 것 같다고 말함. 그는 복음서를 아무데나 펼쳐 「마태오의 복음서」 3장, 14~15절을 읽음. 죽음의 전조가 보임. 아침 11시 또 각혈. 저녁 7시 자식들을 불러 아들에게 자신의 성서를 건네줌. 저녁 8시 38분 도스또예프스끼 사망. 1월 31일 알렉산드르 네프스끼 수도원 묘지에 묻힘, 많은 사람들이 긴 행렬을 이루며 그의 죽음을 애도함.
• 『죽음의 집의 기록』제5판 나옴. 『상처받은 사람들』의 프랑스어 번역이 「상뜨 뻬쩨르부르그 신문」에 실림. 『죽음의 집의 기록』 영어로 번역됨. 『상처받은 사람들』 스웨덴어로 번역됨.

열린책들 세계문학 124 **네또츠까 네즈바노바**

옮긴이 박재만 1961년 서울에서 태어나 고려대학교 노어노문학과와 동 대학원을 졸업했다. 서경대학교 노어학과에 재직했으며 현재는 동국대학교와 건국대학교에 출강하고 있다. 논문으로 「L. N. 똘스또이의 심리묘사 분석」, 「도스또예프스끼의 『가난한 사람들』 연구」 등이 있으며 역서로 『고리끼 단편소설선』(1989, 공역), 『마야꼬프스끼 시선집』(1994, 공역) 등이 있다.

지은이 표도르 도스또예프스끼 **옮긴이** 박재만 **발행인** 홍예빈·홍유진
발행처 주식회사 열린책들 **주소** 경기도 파주시 문발로 253 파주출판도시
전화 031-955-4000 **팩스** 031-955-4004 **홈페이지** www.openbooks.co.kr
Copyright (C) 주식회사 열린책들, 2000, *Printed in Korea.*
ISBN 978-89-329-1124-3 04890 **ISBN** 978-89-329-1499-2 (세트)
발행일 2000년 6월 15일 초판 1쇄 2002년 3월 15일 신판 1쇄 2004년 6월 10일 신판 3쇄 2007년 2월 5일 3판 1쇄 2010년 5월 30일 세계문학판 1쇄 2021년 2월 15일 세계문학판 2쇄

이 도서의 국립중앙도서관 출판예정도서목록(CIP)은 서지정보유통지원시스템 홈페이지(http://seoji.nl.go.kr)와 국가자료공동목록시스템(http://www.nl.go.kr/kolisnet)에서 이용하실 수 있습니다.(CIP제어번호 : CIP2010001778)